이어도

이청준 전집 10 중단편집

이어도

초판 1쇄 2015년 1월 30일

지은이 이청준
펴낸이 주일우
펴낸곳 ㈜문학과지성사
등록번호 제1993-000098호
주소 121-894 서울 마포구 잔다리로7길 18(서교동 377-20)
전화 02) 338-7224
팩스 02) 323-4180(편집) 02) 338-7221(영업)
전자우편 moonji@moonji.com
홈페이지 www.moonji.com

ⓒ 이청준, 2015. Printed in Seoul, Korea

ISBN 978-89-320-2090-7
ISBN 978-89-320-2080-8(세트)

이 도서의 국립중앙도서관 출판예정도서목록(CIP)은 서지정보유통지원시스템 홈페이지(http://seoji.nl.go.kr)와
국가자료공동목록시스템(http://www.nl.go.kr/kolisnet)에서 이용하실 수 있습니다. (CIP제어번호: CIP2015001049)

이청준 전집 10

이어도

문학과지성사
2015

일러두기

1. 문학과지성사판 『이청준 전집』에는 장편소설, 중단편소설, 그리고 작가가 연재를 마쳤으나 단행본으로 발간되지 않은 작품과 미완성작 등을 모두 수록했다.

2. 전집의 권별 번호는 개별 작품이 발표된 순서를 따르되, 장편소설의 경우 연재 종료 시점을, 중단편소설의 경우 게재지에 처음 발표된 시점을 기준으로 삼았다. 단, 연재 미완결작의 경우 최초 단행본 출간 시점을 그 기준으로 삼았다. 중단편집에 묶인 작품들 역시 발표된 순서대로 수록하였으며, 각 작품 말미에 발표 연도를 밝혀놓았다.

3. 전집의 본문은 『이청준 문학전집』(열림원) 발간 이후 작가가 새롭게 교정, 보완한 내용을 충실히 반영하여 확정하였다. 특히 미발표작의 경우 작가가 남긴 관련 자료에 근거하여 수록하였음을 밝힌다.

4. 전집의 각 권에는 작품들을 수록하고 새롭게 씌어진 해설을 붙였으며 여기에 각 작품 텍스트의 변모 과정과 이청준 작품들의 상호 관계를 밝히는 글을 실었다. 이 글은 현재의 문학과지성사판 전집의 확정 텍스트에 이르기까지 주요한 특징적 변모를 잘 보여준다.

5. 이 책의 맞춤법은 국립국어연구원의 '한글 맞춤법'에 따르는 것을 원칙으로 하되, 띄어쓰기의 경우 본사의 내부 규정을 따랐다. 단, 작품의 분위기에 영향을 준다고 판단되는 방언이나 구어체 표현 · 의성어 · 의태어 등은 작가의 집필 의도를 살려 그대로 두었다 (괄호 안: 현행 맞춤법 표기).
   예) ① 방언 및 의성어 · 의태어: 밴밴하다(반반하다) 희멀그럼하다(희멀겋다) 달겨들다(달려들다) 드키(듯이) 뚤레뚤레(둘레둘레) 뎅강(뎅궁) 까장까장(꼬장꼬장)
   ② 작가의 고유한 표현:
   ─그닥(그다지) 범상찮다(범상치 않다) 들춰업다(둘러업다)
   ─입물개 개웂고 아심찮게도 목짓 편뜻 사양기
   ③ 기타: 앞엣사람 옆엣녀석 먼젓사람 천릿길 뱃손님 뒷번
   그리고 나서(그러고 나서) 그리고는(그러고는)

6. 이 책의 외래어 표기는 국립국어연구원의 '외래어 표기법'에 따라 바꾸었다. 단, 작품의 제목이나 중요한 어휘로 등장하는 경우에는 원본을 그대로 살렸다.
   예) ① 맘모스(매머드) 세느(센) 뎃쌍(데생) ② 레지('종업원'으로 순화)

7. 이 책에 쓰인 문장부호의 경우 단편, 논문, 예술 작품(영화, 그림, 음악)은 「 」으로, 단행본 및 잡지, 시리즈 명 등은 『 』으로 표시하였다. 대화나 직접 인용은 큰따옴표(" ")와 줄표(─)로, 강조나 간접 인용의 경우 작은따옴표(' ')로 묶었다.

차례

건방진 신문팔이

우리는 누구나 녀석을 알고 있었다.

녀석은 정말 이상한 신문팔이였다.

— 동아일보요, 서울신문이요, 중앙일보요, 민국일보요, 내일 아침 한국이요, 내일 아침 조선이요, 경향신문 있습니다, 신아일보 있습니다……

저녁 9시가 지나서 좌석 버스로 서대문을 지나는 사람들은 누구나 녀석을 만날 수 있었다. 버스가 정류소로 들어서면서 제일 먼저 출입구를 비집고 올라서는 친구가 그 점퍼 소년이었다.

하지만 녀석은 일단 버스를 올라오면 서두르는 법이 없었다. 옆구리가 휠 만큼 커다란 신문 뭉치를 소중하게 앞으로 돌려 안고는 손님들을 천천히 한차례 둘러본다. 신문팔이로 잔뼈가 굵은 듯한 인상이면서도, 이제는 버스 안에서 신문 따위를 팔고 다니기엔 다소 몰골이 어색할 만큼 나이를 먹어버린 녀석은, 그러나 그때마다 얼굴에 웃음기를 가득 담고 있었다. 이제 막 여드름이 돋기 시작한 녀석의 가분수형 면상(그래서 딱 바라진 상체와 함께 조금은 난쟁이 같은 느낌이 들기도 했는데) 가운데서도 터무니없이 좁아진 그의 실눈가를 맴돌고 있는 웃음기는 녀석으로서도 거의 속수무책인 듯하였다.

어쨌거나 녀석은 그렇게 웃음 띤 얼굴로 점검하듯 천천히 차 속을 한차례 훑어보고는 비로소 그 독특한 목소리로 제 상품 목록을 외워대기 시작했다.

─동아일보요, 서울신문이요, 중앙일보요, 민국일보요……

억양이나 단속이 똑같이 유별났다.

억양은─ 그건 사실 억양이나 말의 단속이라고도 할 수 없는 것이었다. 그는 마치 나어린 변론반 학생이 긴장 때문에 잘못 시작한 웅변 원고의 서두처럼, 동아일보요, 서울신문이요를 높낮이가 거의 없이 느릿느릿 그리고 일정하게 발성해나가곤 했다. 억눌린 가성기가 섞인 그의 목소리는 자세히 들어보면 강약 약강약의 순서로 여덟 가지 신문 이름이 차례로 조음되어나가고 있었지만 그건 거의 있으나 마나 한 변화였다. 일테면 그는 자신의 목소리에서 억양의 변화나 발음의 장단 따위를 적당히 조화시켜나가는 것이 아니라, 거꾸로 그것을 최대한으로 아끼고 억제해버리는 식이었다.

하지만 우리는 그 극단의 억제 속에서 오히려 어떤 기묘한 변화나 단속을 예감하곤 했다. 신문 하나하나의 이름을 말할 때마다 목소리를 끊어내는 그의 단호한 스타카토가 듣는 사람에게 은밀한 가락을 암시적으로 재생시켜주고 있었다. 일정하게 끊어지고 일정하게 이어져나가는 그 느릿느릿하면서도 단호한 목소리의 단속 가운데에 보이지 않는 녀석의 가락이 간직되어 있었다. 그것은 그런 식으로 빈틈없이 완성되고 한 숨결 안에 굳게 묶인 길고 정연한 녀석의 대사였다.

동아, 중앙, 서울, 경향이요, 하는 식으로 여느 아이들처럼 약칭을 쓰지 않는 건 말할 것도 없었다. 신문의 순서가 바뀌거나 생략되는 일도 절대 없었다. 녀석은 여덟 가지 신문을 빠짐없이 마련해가지고 와선 토씨나 어미 하나 뒤바뀌는 일이 없이, 그의 그 속수무책인 듯한 눈웃음을 던지면서, 느릿느릿 그 판에 박힌 대사를 정확하게 외워나가곤 하였다.

— 동아일보요, 서울신문이요, 중앙일보요, 민국일보요……

그래서 우리는 누구나 맘속으로 은근히 녀석을 아꼈다.

하지만 그는 좀 건방진 신문팔이 녀석이었다.

밤 버스가 서대문 정류소만 들어서면 신문 뭉치를 옆구리에 낀 그 점퍼 소년의 가분수형 머리통이 영락없이 먼저 출입구를 비집고 올라왔다. 시간이 바쁠 때는 가끔 그를 못 보고 서대문을 지날 적도 있었지만, 우리는 이제 그 서대문께를 지날 때면 자신도 모르게 녀석의 모습을 찾게 되곤 했다. 녀석을 못 보고 서대문을 지나게 되는 날은 제물에 괜히 마음이 서운해지곤 하였다.

녀석은 우리들에게 가로등 같은 소년이었다. 녀석은 우리들에게 서대문의 가로등이었다. 녀석이 보이지 않는 날은 그의 등불이 꺼져 있는 날이었다. 우리들의 가로등 하나가 불이 오지 않은 날이었다. 녀석을 보지 못하는 날은 불이 오지 않은 가로등 사이를 건너갈 때처럼 마음의 균형이 어긋나 있곤 했다.

하지만 그런 날은 좀처럼 드물었다. 녀석은 언제나 서대문에서 우리를 기다렸고, 우리는 그 소년의 가로등을 지나갔다.

하지만 녀석에겐 그보다도 더욱 인상 깊은 일이 있었다.

녀석은 늘 신문을 팔기 위해 차를 비집고 올라와서도 정작 신문을 파는 데는 마음을 쓰지 않았다. 녀석은 언제나 느릿느릿 여유가 만만했고, 은밀스런 비밀을 숨기고 있는 소년처럼 가는 실눈 속에 괴상한 웃음기를 참고 있었다. 그리곤 자신의 목소리를 즐기고 있는 듯한 그 가성기 목소리로 예의 대사를 외워나갔다.

하지만 딱 한 번이었다. 언제나 그 한 번뿐이었다. 느릿느릿 여덟 개의 신문 이름을 외고 나면, 차가 벌써 움직이기 시작했다. 두 번 되풀이할 시간이 없었다. 신문을 팔 시간도 없었다. 대사만 외고 나면 번번이 차를 쫓겨 내려가야 했다. 하지만 그는 목소리를 서두르거나 중간에서 대사를 중단한 일이 없었다. 대사를 외우면서 신문을 파는 일도 없었다. 대사를 외워주는 것만이 유일한 목적이듯이, 그것만 끝내고 나면 미련 없이 차를 내려가버릴 때가 많았다. 손님 중에서 신문을 사주려 해도 미처 기회를 못 잡고 마는 수가 많았다. 신문을 사지도 못하고 차를 내린 소년이 정류소로 들어서는 뒤차를 향해 가는 모습을 내다보고는 눈길이 멍해질 때가 많았다.

한번은 이런 일이 있었다.

여자 차장 애는 이제 녀석의 승차를 방해하지 않았다. 차가 몇

기도 전에 기를 쓰고 뛰어올라오는 소년에겐 차장도 이제 습관이 되어 있었다. 하지만 차장은 언제나 손님이 다 오르내리고 나면 녀석을 더 기다려주지 않았다. 차가 떠날 때는 그저 인정머리 없이 소년을 밀어냈다. 대사가 아직 끝나지 않은 때라도 팔을 당기고 등을 밀쳐대며 녀석을 마구 차에서 몰아냈다.

그러던 어느 날— 이날 밤도 녀석은 미처 대사가 끝나지 않은 참이었는데, 차가 불쑥 움직이기 시작했다. 여차장은 마구 녀석을 밀어제쳤다. 녀석은 차장에게 등을 밀리면서 대사를 계속했다. 마지막엔 승강구까지 밀린 소년이 차장의 발길에 차이듯 하면서도 기를 쓰고 매달리며 마지막 대사를 외워댔다.

—내일 아침 조선이요, 경향신문 있습니다. 신아일보 있습니다!

닫히다 만 출입문 사이로 간신히 얼굴을 디밀어놓은 채였다. 마지막 대사를 차 속으로 외워 들여보내고 나서야 소년은 매달려가던 차를 훌쩍 뛰어내려갔는데, 그때도 물론 녀석의 얼굴엔 언제나와 같이 그 속수무책인 듯한 웃음이 유난스레 짙게 번지고 있었다. 그는 그렇게 차를 뛰어내리고 나서도 어둠 속에서 잠깐 멀어져가는 버스를 향해 멍한 웃음기를 흘리고 서 있다간 터벅터벅 그 서대문 정류소 쪽으로 되돌아가고 있었다.

그는 필경 신문팔이보다도 그 자신의 대사를 즐기면서 그 때문에 늘상 웃음을 참지 못하는 것 같은 건방진 신문팔이 녀석이었다.

하지만 우리는 어쨌거나 녀석을 아끼고 그를 사랑했다. 이상하고 건방져도 그는 사랑하지 않을 수 없는 녀석이었다. 밤차로 서대문을 지날 때마다 우리는 적어도 차가 섰다 떠나가는 시간만큼

씩 녀석을 사랑했다. 낯선 거리에서도 우리들이 불 켜진 가로등을 사랑하듯 우리는 녀석을 잠깐씩 사랑했다. 그것은 녀석이 늘 불가사의한 웃음기를 눈가에 잃지 않고 있었기 때문만은 아니었다. 녀석의 웃음은 차라리 우리들을 까닭 없이 부끄럽고 당황하게 할 때가 많았다. 녀석이 신문을 사달라 귀찮게 애원을 해오지 않은 때문도 아니었다. 우리는 대개 누구나 녀석의 신문을 사주고 싶었지만, 오히려 기회를 놓칠 때가 많은 형편이었다.

그렇다면 무엇 때문인가.

무엇 때문에 우리가 그 가분수형 머리통의 점퍼 소년을 사랑하게 되고 말았는가. 조급하지 않고 서두르지 않는 그의 여유 만만한 대사 때문이었는가. 그 대사의 이상스레 억제되고 일정해진 억양과 단속 때문이었는가.

녀석의 대사라면 그건 오히려 우리하곤 더욱 인연이 안 닿는 소리일 것이다.

소년은 정말로 자신의 대사를 자기 혼자 즐기고 있음에 틀림없는 녀석이었다. 그걸 우연히 본 사람이 있었다.

지난가을 추석 날 저녁이었다.

날마다 밤 버스로 서대문을 지나다니던 사내 하나가(이 이야기 중에 그 사내가 굳이 누구라는 특정 인물로 한정 짓는 일이 무슨 의미가 있을 것인가) 그날 저녁엔 여느 때와 달리 광화문에서부터 서대문 간을 도보로 지나가고 있었다. 그리고 그가 그 서대문 정류소를 지나면서 자신이 지금 무슨 일로 차를 타지 않고 그곳을 걸어지나가고 있는가를 생각하기 시작했을 때 그 소년이 문득 그의 앞에 서 있었다. 그때는 마침 앞차들이 떠나가고 뒤차들은 아직 정류소로 들어서지 않고 있어 거리가 잠깐 비어 있는 참이었는데, 그래서 사내는 그 짧은 시간 동안 용케도 그 소년의 괴상한 비밀을 훔쳐볼 수 있었다.

소년은 사람들이 몰려 서 있는 정류소에서 광화문 쪽으로 조금 비켜 나와 녀석 혼자서 다음 차가 들어오기를 기다리고 서 있었다. 언제나와 같이 회갈색 점퍼 옆구리엔 신문 뭉치가 휠 듯이 무겁게 들려 있었고, 그 헐렁한 점퍼와 신문 뭉치 때문에 커다랗게 부풀어 보인 녀석의 상체는 어딘지 좀 난쟁이처럼 보이는 평소의 느낌을 더 역연하게 해주고 있었다. 점퍼 깃에 묻혀버린 짧은 목덜미 위론 녀석의 커다란 가분수형 머리통이 단단하게 얹혀 있었는데, 이상스럽게도 그 큰 머리통이 녀석을 더욱 처량해 보이게 하였다.

아닌 게 아니라 녀석은 그런 모양을 하고 서서 전에 없이 청승맞게 밝은 추석 달을 쳐다보고 있었다. 녀석의 볼 위에서 눈물 줄기라도 찾아볼 양이듯 그가 조심조심 녀석에게로 다가갔다.

그런데 뜻밖이었다. 가까이 다가가서 보니 녀석에게선 중얼중얼 이상한 소리가 들려왔다. 자세히 들어보니 예의 그 대사였다.

—동아일보요, 서울신문이요, 중앙일보요……

추석 달을 쳐다보고 서서, 차를 기다리면서, 녀석은 주문처럼 그의 대사를 외워대고 있었다. 나지막하기는 했지만 차에 올라왔을 때와 똑같이 단호하고 억양을 극도로 아끼는 녀석의 목소리 그대로였다. 게다가 눈물이라도 흘리고 있을 줄 알았던 녀석의 얼굴에는 언젠가 그가 여차장에게 떠밀려 내리면서도 기를 쓰고 차 속을 향해 웃어 보이던 그런 필사적인 웃음기가 달빛 아래 가득 떠돌고 있었다.

그는 좀 어이가 없어지고 말았다

소년은 분명 자신의 대사를 혼자 은밀히 즐기는 녀석이었다. 그렇다고 오로지 녀석의 그런 대사 때문에 우리가 그를 사랑한 것은 물론 아니었다.

이유 같은 건 있어도 좋고 없어도 상관없는 일이리라. 어느 것도 이유가 되지 않는 건 아니었지만, 어느 것도 결정적으로 합당한 이유는 못 되었다. 분명한 이유를 생각하지 않으면서도 우리는 이미 녀석을 사랑하고 있었다. 우리는 그가 거기 그렇게 가로등처럼 자리해 있었기 때문에 가로등을 사랑하듯 그를 사랑했으며, 비록 그가 추석 날 밤 혼잣소리로 그 대사를 외워대며 달을 보고 웃고 서 있는 모습을 보지 않은 사람이라 할지라도 누구나 그를 비슷하게 느끼며 서대문을 지나갔을 것이다.

하지만 우리가 녀석을 사랑하고 있다는 것을 안 것은 사실인즉 때가 너무 늦은 다음이었는지 모른다.

그 가을 추석 달을 바라보며 웃고 서 있던 며칠 뒤부터 웬일인지 서대문을 지나는 밤차에 소년의 모습이 나타나지 않기 시작한 것이다.

처음에는 녀석이 그저 차를 놓친 것이거니 짐작했고, 하루 이틀 같은 일이 계속되면서 감기라도 앓고 있나 편한 상상들을 하였다. 하지만 소년은 닷새가 지나고 열흘이 지나도 모습을 나타내지 않았다. 그러자 우리는 새삼 소년의 소식을 궁금해하기 시작했고, 자신도 모르게 문득 녀석을 사랑하고 있었다는 사실을 깨닫기 시작한 것이다.

보름이 지나고 한 달이 지나도 그 독특한 목소리의 점퍼 소년은 내내 얼굴을 볼 수 없었다. 소리도 들을 수 없었고, 속수무책인 듯하면서도 때로는 필사적인 느낌을 주던 녀석의 눈웃음도 다시는 만날 수 없었다. 서대문엔 어디에도 녀석이 없었다.

소년의 가로등엔 불이 켜지지 않았다. 그리고 우리는 그 불이 켜지지 않은 가로등 사이를 건너가듯 어딘지 아쉬움이 남는 기분으로 서대문을 건너다녔다.

무심한 사람들도 이따금은 녀석을 생각했다.

그러던 어느 늦가을 저녁이었다. 잊혀져가던 점퍼 소년이 문득 다시 서대문 정류소에 나타났다.

―저 녀석 저기 있군.

누군가 유리창을 내다보며 혼잣말처럼 낮게 중얼거린 사람이 있었는데, 그 소리에 오른쪽 창가에 앉아 있던 사람들은 무심결에 일제히 그 창문 밖을 쳐다보게 되었다. 그리고 거기 녀석이 다시 나타난 것을 발견했다.

녀석은 점퍼 주머니에 두 손을 찔러 넣은 채 누군가를 기다리듯 한가하게 이쪽 창문을 올려다보고 서 있었다. 눈가엔 여전히 그 웃음기를 잃지 않고 있었지만, 그러나 어디엔가 아쉬움이 깃들인 눈초리였다.

녀석의 옆구리에 신문 뭉치도 들려 있지 않았다. 신문 뭉치가 없으니 녀석은 차를 비집고 올라올 일도 없었다. 억양을 한껏 아껴가며 그것을 즐기는 듯한 목소리로 대사를 외워대던 옛날의 녀석은 볼 수가 없었다. 우리는 얼마간 시들해지기 시작한 궁금증이 다시 살아났다.

　—녀석에게 이젠 다른 밥벌이가 생긴 건가.

　—신문도 팔지 않으면서 웬일로 여긴 다시 나와 서성대고 있는 건가.

　하지만 녀석에게선 물론 아무것도 사정을 들을 수가 없었다. 그날 저녁 이후로도 녀석은 가끔 그 서대문께에 나타나 두 손을 점퍼 주머니에 찔러 넣고 서서 우두커니 지나가는 버스들을 쳐다보고 있을 적이 있었고, 때로는 담벼락 밑 군밤 장수의 연탄불 곁에 쭈그리고 앉아 점퍼 깃을 세운 채 언 손을 싹싹 비벼대고 있는 모습을 보게 될 때도 있었다.

　하지만 녀석은 한 번도 신문 뭉치를 지닌 일이 없었고, 따라서 차에도 올라오는 일이 없었다. 주머니에 손을 찔러 넣고 서 있거나 군밤 장수 연탄불에 손을 녹이며 쭈그리고 앉아 있거나, 지나가는 차창에서 항상 그 아쉬운 듯한 눈길이 떠나지 않고 있는 녀석을 볼 수 있을 뿐, 무엇 때문에 그가 가끔 신문도 팔지 않는 그 서대문 근처를 하릴없이 서성대고 있는지는 아무도 이유를 들을 수가 없었다. 우리는 갈수록 궁금증만 더해갔다.

　그런데 어느 날 저녁 마침내 다시 한 사내가(다시 말하지만 그 사내가 군이 누구였다고 말하지 않는 것은 이 이야기 중의 모든 일을 이번에도 누구 혼자의 것으로 말하지 않고 그저 '우리'라고 말하고 싶은 것과 같은 이유에서다) 광화문에서부터 서대문까지 차를 타지 않고 걸어서 갔다. 그리고 거기서 다시 한 번 소년을 만났다. 이번에는 사내 쪽 혼자 소년을 몰래 만난 것이 아니라 녀석과 사내가 함께 상대방을 만난 것이다.

소년은 물론 사내가 좀 이상스러운 눈치였다. 요즘은 왜 신문을 팔지 않느냐, 신문을 팔지 않고 무엇을 하고 지내느냐는 따위 이쪽의 허물없는 물음에, 녀석은 처음 별걸 다 묻는다는 식이었다.

—그런 건 왜 물어요. 요즘 난 아무것도 하지 않는단 말예요.

하지만 이번에도 그는 여전히 그 눈가의 웃음기만은 잃지 않고 있었다.

—다시 신문을 팔아야지요. 하지만……

조금은 어른스런 말투가 차 속에서 신문 이름들을 외워댈 때하곤 판이하게 풀이 죽어 있었다. 그러나 그보다도 더 뜻밖인 것은 녀석의 예기치 않은 불평이었다.

—민국일보가 없어져버렸기 때문이에요. 민국일보가 빠지니까 소리가 맞지 않아요. 동아일보요, 서울신문이요, 중앙일보요…… 민국일보가 없으니까 자꾸만 짝이 어긋나버리거든요.

하고 보니 녀석이 보이지 않기 시작한 것은 몇십 년간 발간 실적을 가진 그 민국일보가 뚜렷한 명분도 없이 어물어물 자진 폐간 형식으로 신문 발간을 중단해버린 다음부터인 것 같았다. 이상스런 얘기지만, 녀석은 그 민국일보가 나오지 않으니 신문을 팔 수가 없었다는 것이었다. 일테면 녀석에겐 민국일보가 빠진 것이 그의 대사 전체 골격이나 질서를 무너뜨린 격이 된 셈이었다. 그리고 그 때문에 녀석은 아예 신문을 팔 수가 없게 된 것이었다.

　그는 다시 연습을 시작하고 있노라 했다. 남은 신문들의 순서를 꿰맞춰서 대사의 억양과 호흡을 다시 연습하고 있는 중이랬다. 그러면서 소리가 좀처럼 짝이 맞질 않는다 불평이었다. 하지만 그는 연습이 끝나면 반드시 다시 신문을 팔겠노라 다짐했다.

　— 말하나 마나지요. 신문을 팔아야지요. 그렇지만 아직 소리가 그전처럼 신이 나질 않아요. 민국일보가 다시 나와준다면 좋겠지만……

　녀석은 정말로 알 수 없는 신문팔이였다.

　그래서 우리는 아직도 누구나 녀석을 기억하고 있었다.

　하지만 그는 좀체 다시 신문을 팔러 나타나지 않았다. 소리 연습이 여태 다 끝나질 않은 탓이었을까. 아니면 아주 연습을 포기하고 만 것이었을까.

　가을이 다 지나가도록 그는 여전히 신문을 팔지 않았다. 녀석의 희망처럼 민국일보가 다시 복간호를 내주지도 않았다. 자진해서 폐간호를 내고 사라진 신문이 다시 살아나줄 희망은 없었다.

　하지만 우리는 기다리고 있었다. 언젠가는 녀석이 다시 새로운 대사를 익혀가지고 나타나리라, 그때를 기다렸다. 녀석의 그 서두르지 않는 유유한 태도와 새로 익힌 대사와 독특한 눈웃음을 기대를 가지고 기다렸다.

　하지만 녀석은 첫눈이 내린 다음에도 여전히 신문을 팔러 나오지 않았다. 어쩌다 그 서대문께 길가에 두 손을 찔러 넣고 서서 아쉬운 듯 우두커니 지나가는 버스들만 바라보고 있는 녀석의 모습을 볼 수 있었을 뿐, 그나마도 나중엔 아예 그런 모습조차도 찾아볼 수 없게 되고 말았다.

하지만 우리는 아직도 기다리고 있었다. 녀석이 그의 연습을 끝내고 새로 완성된 대사를 외며 나타나기를 참을성 있게 기다렸다. 불이 켜지지 않은 가로등 사이를 건너가듯, 녀석이 보이지 않는 서대문을 지나다니면서 끈질기게 그를 기다렸다. 낯익은 거리일수록 우리가 우리의 가로등을 사랑하듯, 소년의 등불이 어느 날 그의 자리에서 다시 살아나 빛나지는 않으나마 우리들의 조그만 사랑을 그에게 전할 수 있기를 오래도록 기다렸다.

하지만 한번 죽어버린 민국일보가 다시 살아나지 못하는 것처럼, 녀석은 끝끝내 모습을 나타내지 않았고, 시간이 흐를수록 우리들에겐 녀석이 없는 서대문이 그런대로 조금씩 친숙해지는 날이 생기기 시작했다. 언제까지나 불이 켜지지 않는 가로등의 존재가 마침내 우리들에게서 스스로 사라져가듯이, 또는 이 빠진 자리가 언젠가는 저절로 그 간격이 흐지부지 골라져버리듯이, 녀석이 없는 서대문 거리 역시 우리에게 어느덧 그 허전하던 의식의 간격이 골라져가고 있었다.

몇몇 사람들만이 아직도 그를 기억하고 있었다. 그리고 녀석을 기다리고 있었다. 녀석이 다시 나타날지 모른다고, 이따금이나마 녀석의 그 속수무책인 듯하면서도 때로는 필사적인 느낌이 들곤 하던 눈웃음을 생각하면서, 한껏 억양을 아낌으로써 오히려 유유하게 자신의 대사를 즐기고 있는 듯한 녀석의 목소리를 생각하면서, 어렴풋이 아직도 그를 기다리는 몇몇 사람들이 있었다. 하지만 이젠 그런 사람들마저도 녀석이 다시 옆구리가 휘도록 신문을 끼고 나타나 자신의 목적은 오직 그 상품 목록을 외워주는 것뿐이라는 듯 신문 한 장 팔지 않고도 미련 없이 다시 차를 내려가버리곤 하던 녀석의 모습은 거의 기대하지 않았다.

녀석이 다시 나타날 것인지 어떨지는 누구에게도 그처럼 확실하지 않았다.

확실한 것은 다만 하나, 녀석이 다시 나타나든 안 나타나든 그의 기억을 지닌 채 밤 버스로 서대문을 지나다니는 사람들은 마지막 녀석의 기억이 사라질 때까지도 아직 머리를 깊이 갸웃거리리라는 점이었다.

— 녀석 참 이상하게 건방진 신문팔이였어. 그 뭔가 아무래도 알 수 없는 녀석이었단 말야.

그리고 아마도 그 때문에 녀석은 더욱더 우리들에게 오래도록 잊혀지지 않고 기억 속에 깊이 남아 있게 될지도 모른다는 점이었다.

녀석은 정말 이상스럽게 건방진 신문팔이였다.

(『한국문학』 1974년 2월호)

안질주의보

1

예비군 훈련 날만 되면 나는 언제나 그를 만나 똑같은 내기를 시작했다.

녀석이 늘 한발 먼저 집을 나와 훈련장 입구에서부터 나를 기다리고 있었기 때문이다.

내기가 시작된 것은 지난가을서부터였다. 그리고 녀석을 처음 만난 것도 바로 그 지난가을의 어느 예비군 훈련 날이었다. 그 무렵 성동구에서 서대문구로 집을 옮겨온 나는 새로 전입해온 지역 중대에서의 첫 훈련 소집 날이라 이것저것 주위가 여간 서투르지 않던 참이었다. 훈련장으로 정해진 이웃 초등학교 교문 근처에서 엉거주춤 혼자 담배를 피워 물고 서 있는데, 그때 똑같은 예비군복 차림의 사내 하나가 슬그머니 곁으로 다가서 왔다.

"담뱃불 좀……"

그는 그 불 때문에 담배를 꽤 오래 참아온 듯 미리부터 왼쪽 손 손가락 사이에다 비둘기 한 개비를 뽑아 들고 있었다. 오른손은 벌써 불을 받을 자세로 나의 가슴께까지 반쯤이나 올라와 있었다.

나는 무심히 담배를 내어 주었다. 그는 느릿느릿 조심스런 동작으로 자기 담배에다 불을 붙였다. 불씨가 건너 붙고 나서도 연기가 충분히 빨려 나올 때까지 몇 번씩 입술을 뻐끔대고 나서야 비로소 그는 허리를 반쯤 굽혀 보이며 아쉬운 듯 천천히 나의 담배를 되돌려주었다.

"고맙습니다."

나는 여전히 무심스런 태도로 위인에게서 담배를 받아 물었다.

한데 그의 거동이 아무래도 좀 수상했다. 그는 담뱃불을 붙이고 나서도 미적미적 아직 나의 곁을 떠나려 하지 않고 있었다. 마치 어디선가 나를 본 일이라도 있는 사람처럼 계속 미심쩍은 눈초리로 내 옆얼굴을 슬금슬금 엿보고 서 있었다.

"저, 좀 실례가 되겠습니다만……"

한동안 그런 식으로 망설이던 끝에 짐작대로 그는 마침내 내게 다시 말을 걸어왔다. 나는 비로소 녀석의 얼굴을 정면으로 바라다보았다. 자라다 말아버린 듯한 작달막한 키에, 여름 한철 햇볕 때문에 얼굴빛이 검붉은 피문어색으로 잘 그은 사내였다. 위인의 그 좁은 얼굴은 허름한 예비군모의 차양 아래서 더욱 옹색하게 좁아진 모습이었는데, 그는 그 비좁은 얼굴에 어딘지 비굴하고 바보스러워 보이는 웃음기를 가득 담고 있었다.

기억이 없는 얼굴이었다. 제복이란 언제 어디서나 사람을 조금은 바보스럽게 보이게 했다. 더구나 천이 나쁜 예비군복 차림의 사내들이란 이목구비가 아무리 번듯해도 두루 그 친구가 그 친구 같기만 해서 누구 하나 따로 실실한 젊은이론 보이기가 힘들었다. 사내도 물론 그렇고 그런 모습의 한 위인일 뿐이었다. 낯이 익은데가 전혀 없었다.

"왜 그러오?"

나는 처음부터 작자의 거동이 신경에 거슬리던 참이라 목소리가 약간 무뚝뚝해지고 있었다.

"저, 형씨만 괜찮다면 보여드리고 싶은 게 한 가지 있는데……"

위인은 여전히 그 바보스런 웃음기를 얼굴에 머금은 채 주저주저 뭔가 나의 의향부터 확인하고 싶어 했다.

"보여주다니, 뭘 말요?"

"아, 그건 형씨한텐 물론 별 게 아닐 거예요. 전 그저 형씨한테 뭘 좀 알아맞혀 보이고 싶은 것뿐이니까요. 이래 봬도 전 그 기술 하나는 자신이 있거든요. 이건 장담을 해도 좋아요."

그는 느닷없이 요령을 알 수 없는 소리를 지껄이고 있었다. 요령은 알 수 없었지만 위인이 무엇인가 자기 나름으론 열심히 설명을 하고 있다는 것은 짐작이 갔다.

"장담을 할 수 있고 없고는 내가 상관할 일이 아니지요. 한데 형씨가 알아맞히겠다는 건 뭐요? 나한테 무얼 알아맞혀 보이겠다는 거요?"

나는 조금 귀찮은 어조로 위인의 말을 가로막았다. 그는 그 자기 기술이라는 것에 대해 내가 별로 호기심이 동하는 기색을 안 보이자 이상스럽게 갑자기 기가 꺾이는 표정이었다. 그리고 풀이 죽은 목소리로 변명하듯 더듬거리기 시작했다.

"아니 전 형씨한테서 직접 무얼 알아맞히겠다는 건 아니었어요. 그건 다른 이한테섭니다. 형씨한텐 그저 그걸 보여드리기만 할 작정이었어요. 형씬 제가 그걸 알아맞히는 걸 보고만 계시면 된단 말씀입니다."

한마디로 그는 내가 아닌 다른 사람한테서 자신의 그 알아맞히는 기술을 시험하여 그것을 내게 증명해 보이고 싶다는 것이었다.

"형씨는 곁에서 제가 하는 걸 보아주시기만 하면 되는 거예요."

그는 이상하게 초조해하고 있었다. 그는 쉴 새 없이 내 눈치를 살폈다. 위인의 그 불안스런 눈길 속엔 불현듯 알 수 없는 애원기마저 어리고 있었다. 나는 터무니없이 위인으로부터 무엇인가를 깊이 강요당하고 있는 듯한 기분으로 한동안 그의 얼굴을 물끄러미 들여다보고 있었다.

그러자 위인이 갑자기 한 사내를 눈짓해 보였다.

교문을 들어선 운동장 한쪽에 역시 그렇고 그런 차림의 사내 하나가 등을 돌리고 서 있었다. 교육을 받으러 나온 예비군들은 무슨 영문인지 누구나 집합 장소까지 곧바로 길을 들어가지 않는 버릇들이 있었다. 훈련장으로 정해진 학교 교문을 들어서고 나서도 대개는 그냥 그 교문 근처에 몰려서서 웅성웅성 집합 시간을 기다리기 일쑤였다. 이날도 물론 훈련을 나온 친구들은 교문을 들어서는 족족 모두가 그 교문 근처에서 발길을 머무른 채 어정어정 잡담들을 나누고 있었다. 그런데 위인이 가리킨 사내만은 그 교문 안쪽 친구들 가운데서도 유독 혼자서만 따로 등을 돌리고 서 있었다. 담배도 피우지 않았고, 그렇다고 누구 아는 동료를 기다리고 있는 것 같지도 않았다. 바지 주머니에다 두 손을 깊숙이 찔러 넣은 채 학교 담벼락 너머로 우두커니 무연스런 시선을 던지고 있었다.

"저 친구한테서 뭘 알아맞히겠다는 거요?"

나는 입에 물었던 담배를 후 불어 뱉으며 위인에게 다그쳤다. 그러자 그는 기다리고 있었다는 듯 갑자기 눈빛을 빛내기 시작했다.

"그건 저 친구의 고향이지요. 전 저 친구의 고향을 알아맞힐 수 있어요."

"고향이라니? 저 친구 고향이 어디란 말요?"

내가 다시 물었다.

"그야 남쪽이지요. 저 친구 틀림없이 그쪽이 고향입니다. 그것도 아마 맨 끄트머리 남쪽 해변가 어디쯤서 올라왔을 거예요. 이건 형씨하고 내기를 해도 좋습니다. 어때요. 내기를 할까요. 이따가 훈련 끝나고 술 한잔 사기 말입니다. 저 친구가 만약 남도 치가 아니라면 제가 술을 사지요. 그 대신……"

위인은 신이 나서 마구 떠들어대었다. 하지만 나는 이제 그만 입을 다물고 말았다. 싱겁고 어이가 없었다, 라기보다 새삼 기분이 찜찜해지기 시작했다. 녀석이 정말 사내의 고향을 알아맞혔는지 어쨌는지는 아직 확인이 되지 않고 있었다. 그가 정말 그것을 똑바로 알아맞혔다면 그건 필경 용한 재간임에는 틀림이 없을 것이다. 하지만 위인은 도대체 무엇 때문에 하필 남의 고향 따위를 알아맞혀내는 데 그토록 열을 올리는 것인가. 위인에게 필시 무슨 다른 속셈이 있는 것만 같았다. 작자에게 무얼 감추다 들키기라도 한 것처럼 기분이 찜찜했다.

"형씬 그래도 아직 제 말에 신용이 가질 않는 모양이군요. 하지만 이건 틀림이 없어요. 정 뭣하시면 저하구 내기를 하자니까요. 저 사람 고향이 그쪽이 맞는지 안 맞는지는 물어보면 금세 알 수 있는 거 아닙니까."

내가 입을 다물어버리니까 녀석은 거의 필사적으로 덤벼들고 있었다.

"그렇다고 제가 무어 미리부터 저 친구를 알고 있었다든지, 그런 건 물론 아니에요. 맹셀 해도 좋습니다. 저 친구 이 훈련장에서밖에 본 일이 없어요. 말을 건네본 일도 없구요. 하지만 전 자신이 있습니다. 아무리 처음 본 사람한테서라도 그걸 알아맞혀내는 게 제 기술이라니까요."

"도대체 저 사람 어디가 어째서 그쪽 친구라는 거요?"

"그야 저 친구가 그쪽 사람이니까 그쪽 사람일 수밖에 없는 거지요. 제 눈은 속일 수가 없거든요. 척 보면 금세 알 수 있어요."

"……"

"자, 어때요. 그래도 아직 믿을 수 없으시다면 내기를 해요, 내기를."

위인은 이제 조금도 거리낌이 없었다.

결국은 그런 식으로 이미 내기가 시작되어버린 꼴이었다. 위인은 그 이상스런 재간에 대해 놀라울 만큼 강한 집념을 가지고 있었다. 좋아하든 싫어하든 이제 내 쪽의 기분 같은 건 아랑곳도 하지 않으려는 기세였다. 어떻게든지 나를 그 용한 재간의 증인으로 삼아야만 직성이 풀리겠다는 식이었다. 집합 호루라기가 울리고 나서도 그는 계속 나의 주위를 떠나지 않았다. 대열을 지을 때도 꼭꼭 내 옆자리가 아니면 뒤쪽 어디엔가 가까이 다가와 있었고, 휴식 시간이 되면 휴식 시간대로 또 어느새 나의 곁에서 열심히 사내를 찾고 있었다.

"틀림없어요. 보세요. 제 눈은 속일 수가 없어요."

"술 같은 건 제가 사도 좋으니까 정말 한번 내기를 안 해볼래요?"

이기나 지나 자기 쪽에서 술을 내겠다면 그건 이미 내기랄 것도 없는데, 위인은 끝끝내 그 일을 단념하지 못하고 있었다.

"자, 이제 제가 가서 고향을 한번 확인해볼까요?"

나는 숫제 작자의 머릿속 어딘지가 좀 이상한 거 아닌가 싶어질 지경이었다. 남도 쪽이 고향일 거라는 사내에겐 도대체 그럴 만한 특별한 흔적을 찾아볼 수가 없었다. 가끔 위인이 귀띔을 해줄 때 보면, 그는 늘 동료한테서 혼자 떨어져 있기를 좋아하는 편인 듯싶기는 했다. 그렇듯 휴식 시간만 되면 그는 늘 한쪽으로 사람을 피해 가서 두 손을 바지 주머니에 찔러 넣은 채 우두커니 서 있길 잘 했다. 담배를 피우는 일도, 누구에게 말을 건네는 일도 없었다. 집합 시간이 되면 특별히 게으름을 피우는 것 같지도 않은데, 번번이 대열의 맨 뒤쪽에만 붙어 서 있곤 하는 것이 어딘지 숫기가 썩 모자란 위인처럼 보이기도 했다. 하지만 그런 것들이 그의 고향이 남쪽일 거라는 근거는 물론 될 수 없었다.

나는 끝끝내 내기를 허락하지 않았다. 녀석 쪽에서도 내가 내기를 허락하지 않는 한, 절대로 혼자서 사내의 고향을 확인해오려곤 하지 않았다. 그리고 그런 식으로 결국 이날은 하루의 훈련 시간이 모두 끝나고 말았다.

한데 그렇게 훈련이 다 끝나고 난 다음이었다. 위인이 마침내 당황하기 시작했다. 내기고 뭐고 이젠 더 이상 조르고만 있을 경황이 없는 모양이었다. 대열이 해산되자 위인은 이제 무턱대고 나를 사내 쪽으로 끌어댔다.

"실례지만 저……"

그는 허겁지겁 사내에게로 다가가더니, 위인이 내게 처음 말을 걸어왔을 때처럼 예의 비굴하고 바보스러워 보이는 웃음을 띠면서, 주뼛주뼛 사내에게 먼저 양해부터 구했다. 그러곤 더욱 조심스럽고 겸손한 어조로 형씨의 고향이 혹시 남쪽 바닷가 근방이 아니냐고 물었다.

그런데 이때 희한스런 일이 일어났다. 처음부터 낯선 사내들의 접근에 얼굴이 다소 굳어져 있던 사내는 위인의 갑작스런 물음에 표정이 좀더 딱딱해졌다. 그리고 본능적인 경계심 같은 것이 어린 눈초리로 두 사람을 재빨리 훑어내렸다.

"고향은 그렇습니다만요. 그런데 왜들 그러시오?"

대꾸의 내용이야 어쨌든 억양부터가 남쪽 바닷가 방언 투가 분명한 말씨였다.

2

녀석과의 내기는 그렇게 해서 그를 만난 첫날부터 바로 시작이 된 것이었다. 그리고 좀 일방적인 데가 있긴 했지만 위인과의 그 첫 번 내기에선 작자가 물론 나를 이긴 셈이었다. 그는 내기를 이 기고 나자 터무니없이 의기양양해져 근처 대폿집으로 나를 이끌고 들어갔다.

"까짓것 술값 걱정은 마요. 오늘은 저한테도 막걸리 몇 잔 값은 있으니까 말요."

사내의 고향을 알아맞힌 것이 무척은 기분이 좋은 모양이었다.

"형씬 아마 아직도 별 미친놈을 다 만났구나 싶으시겠지요. 틀 림없어요. 형씬 아무래도 제 기분을 모르실 테니까요. 사실은 저 오늘 그 친구한테서 오랜만에 고향을 맞혀냈거든요. 요즘은 웬일 인지 제 눈구멍이 한동안 통 말을 들어먹지 않았단 말입니다. 전 엔 아주 백발백중이었는데 말요. 그러다가 오늘은 참 오래간만에 기분 좋게 솜씨를 발휘한 거예요."

북어무침과 막걸리 사발을 앞에 놓고 앉아서 녀석은 한창 신이 나 있었다.

"형씬 그런데 그 용한 점 기술을 어떻게 익힌 겁니까?"

위인의 사설에 대한 말대꾸 겸해서 비로소 내가 한마디 끼어들 었다. 아직도 그의 재간을 신용한 것은 물론 아니었다. 위인이 사 내의 고향을 알아맞힌 건 그저 우연일 수도 있는 일이었다. 다만 그가 그걸 알아맞히고 나서 얼마나 신이 나 있는가는 짐작이 가고도 남을 만했다. 가슴속엔 무언지 아직 꺼림칙한 것이 남아 있는 대로 호기심이 아주 동하지 않는 것도 아니있다.

위인은 술기가 돌아 오르자 점점 기승이 더해갔다. 간단히 대답해버릴 수 있는 말도 재간껏 멋을 부려가며 설명을 끌고 있었다.

"어떻게 기술을 익혔느냐구요? 글쎄요. 굳이 그런 걸 말하라면 그건 아마 어렸을 때 고향에서부터라고 해야겠지요. 제 고향이 어딘 줄 아십니까. 벌써 짐작이 가셨는지 모르지만, 제 고향 말씀을 드리자면 우선 서울역에서부터 설명을 시작하는 게 좋을 거예요. 좀 들어보십시오. 제 고향을 가자면 전 우선 서울역에서 기차를 탑니다. 물론 좌석권이 없는 호남선 야간열차 같은 경우가 설명이 더 쉽지요. 기차에 올라서 간신히 자리를 잡아 앉고 나면 뒤늦은 친구들이 끊임없이 통로를 지나가며 물어오지요. 형씨도 아마 그런 경험이 있으신지 모르지만, 손님 어디까지 가시느냐구요. 오래지 않아 내릴 손님을 찾아내면 곁에 서서 자리가 날 때를 기다릴 참이지요. 한데 저한텐 도대체 여지가 없어요. 종점까집니다, 종점. 전 항상 같은 대답입니다. 호남선 기차를 영산포까지 타고 가면 종점 아닙니까. 사람들은 절 거들떠보지도 않고 지나가버립니다. 저한텐 볼일이 없다는 거죠. 그쯤 되면 마음이 편할 정도지요. 하지만 실상은 또 그렇지도 못해요. 영산포가 저한텐 마지막 종점이 아니거든요."

위인은 단숨에 거기까지 지껄이고 나서 목이 마른 듯 갑자기 술사발을 쳐들었다. 그리곤 빈 잔을 내 쪽으로 건네오며 이내 또 이야기를 이어나갔다.

"기차를 내려선 또 버스를 타게 되는데, 이번에도 또 3백 리 길이나 되는 종점까지 차를 달려야 한단 말입니다. 혹시 영산포를 버스로 지나보신 일이 있으신지 모르겠습니다만. 거기선 또 앉을 자릴 잡기가 얼마나 힘듭니까. 여편네들은 좀 억척스럽구요. 용케자리를 잡고 앉았다 싶으면 다시 또 물어오기 시작하지요. 전 이번엔 그저 간단히 장산읍 정도라고만 대답하고 맙니다. 장산이라고만 해도 사람들은 아예 내 쪽은 거들떠보지도 않고 지나가게 마련이거든요. 그런데 정작 그 장산에선 또 어떻습니까. 저의 조상님네들은 어떻게 하고많은 땅 다 버리고 굽이굽이 그 먼 데까지 찾아들어갔는지 알 수가 없어요. 장산읍에서 손님들이 갈아타고 나면 또 같은 물음들 아닙니까. 어디까지 가십니까, 손님 어디까지 가십니까…… 전 다시 종점이지요. 종점입니다, 종점. 사람들은 이번에도 제 근처에는 서 있지도 않으려 하지요. 하기야 장산에서도 아직 바닷가 대흥면 면소 종점까지는 1백 리가 넘는 거리니까요……"

위인은 거기서 잠깐 설명을 중단한 채 시무룩한 표정으로 앞에 놓인 술잔을 들여다보고 있었다. 나는 벌써부터 공연히 속이 섬찟거리고 있었다.

―역시 그랬었군. 작자의 고향이 바로 그쪽이었으니까.

미슥미슥 꺼림칙하게 속에 걸려 있던 것이 이젠 아주 목구멍까지 차 올라온 기분이었다. 하지만 나는 거의 본능적으로 그것을 잘 참아내고 있었다.

"자, 듭시다."

위인을 향해 모처럼 웃음기까지 띠어 보이고 있었다.

"그러니까 형씨네 고향이 바로 그 종섬에서 종점으로 몇 번씩 차를 바꿔 타고 들어가는 바닷가 동네였군요."

"그렇지요. 제 고향이 바로 거기예요. 그리고 전 거기서부터 기술을 익힌 거예요."

"거기서부터 어떻게 말요?"

"글쎄, 그걸 어떻게 익혔느냐고 하면 말이 좀 어려워지는군요. 저도 분명한 건 알 수가 없거든요. 하지만 이렇게 말하면 형씨도 좀 이해가 되실지 모르겠군요."

위인은 거기서 비로소 빗나간 이야기의 실마리를 되찾아낸 것 같았다. 녀석의 말이 또 잔뜩 길어지고 있었다.

"말하자면 전 아까 제가 기차를 타고 고향을 가는 것하곤 정반대 순서로 차근차근 그걸 배워왔노라고 말입니다. 사실대로 말하자면 저의 진짜 고향 마을은 아까 말씀드린 그 대흥면 면소 동네도 아니었어요. 거기서 또 한 10리쯤 시골길을 걸어 들어가야 해요. 그런데 전 어렸을 때 가끔 아버지나 어머니를 따라 그 면소 마을의 장터 구경을 나온 일이 있었어요. 한데 재미있었던 일은 그 장터에 모여든 사람들 가운데서 용케도 전 우리 동네 사람들을 곧잘 분간해낼 수 있었던 것이에요. 물론 말소리나 낯이 익은 탓은 있었겠지요."

하지만 어떤 때는 말소리나 얼굴을 전혀 분간할 수 없는 먼 거리에서도 그 사람의 걸음걸이나 거동새로 영락없이 같은 마을 사람을 구별해내곤 했다는 것이었다.

"한데 그 뒤로 전 중학골 다니기 위해 한 3년 그쪽 장산읍으로 나와 지낸 일이 있었는데, 이번에도 마찬가지였어요. 이번엔 저희 동네 사람이 아니라 대흥면 사람들을 쉽게 알아볼 수가 있더군요. 얼굴을 전혀 모르는 사람이라도 어딘지 대흥 쪽 사람은 다른 골 사람들하고는 별스런 느낌을 주는 데가 있었어요. 물어보면 대개는 영락없더군요. 전 다시 광주로 나와서 길가에서 조그만 점포를 지키기 시작했지요. 그리고 이번에는 일대 사람들이 오만 잡탕으로 뒤섞여 살고 있는 광주 사람들 가운데서 장산 사람을 금세 알아보곤 했어요…… 이제 좀 알아들으시겠습니까. 전 그런 식으로 하나하나 단계적으로 제 기술을 익혀온 겁니다. 이 서울에서라면 남도 사람이 금세 눈에 드러나게 마련이지요."

"그렇담 형씨가 고향을 알아맞힌다는 건 그 형씨의 고향인 장산이나 크게 잡아 남도 쪽 사람들에 대해서만 한정된 재주겠군요."

내가 다시 이야기를 꺾고 드니까 위인은 비로소 좀 맥이 풀린 듯 희멀겋게 웃었다.

"그야 물론 그렇지요. 다른 데 사람까지 알아맞힐 재간이 있나요."

"하지만 같은 동네 쪽에서 온 사람이라고 어디 특별히 다르게 생긴 데가 있을 것도 아닐 텐데 형씬 그걸 어떻게 알아낸다는 거지요. 형씨 눈엔 무에 다르게 보이는 데가 있어요?"

나는 결국 물을 데까지 묻고 있었다.

하지만 거기까지는 위인도 물론 자신이 썩 덜한 모양이었다.

"글쎄요. 어딘지 좀 다른 데가 있을지도 모르지요. 얼굴 생김새라든지 표정이나 행동거지 같은 게 말입니다. 전 그런 걸로 사람을 알아내는 건 아니지만 말씨도 물론 다르겠고요. 참 그쪽 사람들 가운덴 재빨리 서울 말씨를 배워버린 사람들이 많으니까, 그건 아무래도 기준이 되기 어렵겠군요. 하지만 전 어쨌든 그런 건 자세히 설명할 수가 없어요. 무어가 다른 건지 별로 생각을 해본 일이 없으니까요. 아마 뭐 다른 게 있더라도 어느 한 가지가 아니라 그것들 전부가 합해져서 생긴 어떤 특별한 느낌으로 전해져온다고 할까, 그런 식이겠지요. 이를테면 그 사람의 분위기 같은 걸로 말입니다."

"직감이라는 거로군요."

"그렇지요. 순전한 직감이지요. 전 남도 사람이니까 남도 사람은 직감으로 알아내는 거지요."

3

밤이 한창 이슥해진 다음에야 우리는 겨우 술집 문을 나왔다. 나중에는 별로 이야기도 많이 하지 않았다. 나는 처음부터 위인에 대해 어떤 본능적인 기피증 같은 것을 숨기고 있었기 때문에 더 이상 깊은 말을 캐묻기가 꺼려졌고, 작자도 술이 취한 다음부터는 느닷없는 객기가 터져 나와 주위를 소란하게 했기 때문에, 드디어는 주인 사내에게 등을 떼밀리다시피 하여 술집을 나오게 된 것이었다. 그리고 우리는 술집 문을 나와서야 비로소 서로 통성명을 하게 되었고 나중에는 새삼스레 다정한 악수까지 나누고 나서 길을 갈라섰다.

아랫동네 큰길 모퉁이 어디에서 시계 수리점을 내고 있다는 김길수라는 이름의 사내였다.

그런데 위인의 그 기괴한 재간 때문에 생긴 위인과 나 사이의 일이 그것으로 끝이 난 건 물론 아니었다. 무엇보다 나는 우선 위인을 만나고 난 느낌이 개운치를 못했다. 도대체 위인이 그 재간이라는 걸 펴 보이는 데 하필이면 나를 구경꾼으로 택해낸 것부터가 수상했다. 그의 말대로 작자가 정말 고향 쪽 사람을 백발백중 가려낼 수 있다고 한다면, 나를 하필 그의 구경꾼으로 청한 데는 위인대로의 무슨 속셈이 있었던 게 분명한 것 같았다. 위인은 벌써 나의 그런 내심까지를 모두 점치고 있으면서도 일부러 내게는 그런 내색을 해 보이지 않았을 수도 있었다. 호남선 야간열차를 타 본 경험이 있느냐는 둥 영산포 버스를 타면 아낙들의 자리다툼이 오죽하냐는 둥, 그런 소리들을 마구 지껄여대는 걸 보면 그는 벌써 나에게서도 그 고향이라는 걸 읽어내고 있었는지 모를 일이었다. 그렇다면 또 위인이 내게는 왜 전혀 그런 내색을 보이지 않았는지가 석연치 않았다. 무엇 때문에 나에 관한 말은 한마디도 입에 올리질 않았을까. 위인의 고향에선 직선거리로 백 리도 못 되는 바닷가 동네를 알고 있었다면 녀석은 왜 처음부터 내게선 그의 재간을 뽐내 보이려 하질 않았단 말인가.

개운찮은 느낌은 다음번 훈련 날까지도 줄곧 머리를 떠나지 않

았다. 그리고 그의 그 바보스럽도록 헤픈 웃음기가 사라질 줄을
모르던 얼굴이 이상스럽게 내겐 자꾸 두려운 것이 되어갔다.

그런데 다음번 훈련 날이었다. 나는 훈련을 나가면서도 아예 이
날만은 위인을 다시 만나지 않을 작정을 했다. 위인의 일을 상관
하고 싶지 않았다기보다, 거꾸로 그 위인으로부터 내 기분을 더
이상 간섭받고 싶지가 않았기 때문이었다.

나는 공연히 무슨 잘못이라도 숨긴 사람처럼 주뼛주뼛 주위를
두리번거리며 훈련장 입구를 들어서고 있었다. 하지만 녀석은 이
날도 그런 나를 용납하지 않았다.

"오늘은 좀 늦으셨네요."

훈련장을 들어서고 나서, 교문 근처에 몰려서 있는 동료들 사이
로 막 몸을 섞어들려는 참인데, 어느새 작자가 또 등 뒤까지 다가
와 예의 바보스런 웃음을 흘리고 서 있었다. 또 내기를 하자는 것
이었다. 위인은 내가 오기 전서부터 벌써 이날의 내기감을 정해
놓고 나를 기다리고 있던 참이었다. 피할 수가 없었다.

"오늘도 알아맞혀내면 이번에는 정말 형씨가 술을 사셔야 해요."

위인은 한나절 내내 나를 이리저리 끌고 다니며, 그가 미리 점
찍고 있던 인물에 대해 신중한 관찰을 계속했다. 그리고 훈련 시
간이 거의 끝나갈 무렵쯤 해서 그는 이제 확신이 얻어진 듯 드디어
한 사내에게로 다가갔다.

그러나 이날만은 그의 눈이 전날처럼 정확하질 못했다. 한나절
내내 녀석이 관찰을 끝내고 난 사내의 고향은 남쪽이 아니었다.

위인은 약속대로 또 자신이 술을 샀다. 이번에는 몹시 저조한

기분 속에 산 술이었다. 술잔을 앞에 놓고도 녀석은 우스울 만큼 기가 죽어 있었다. 전날의 그 의기양양하던 사설은 흔적도 찾아볼 수 없었다. 그는 멍청스레 천장만 쳐다보고 앉았다간 생각난 듯 이따금씩 술잔을 비워낼 뿐이었다. 어쩌다 나하고 눈이라도 맞부 딪치게 되면 그는 괜히 뭐가 무안스러워진 사람처럼 그 바보스런 웃음을 힐쭉 한번 웃어 보이곤 할 뿐이었다.

이날은 결국 그런 식으로 간신히 막걸리 한 되를 비우고 난 다음 우리는 일찍 자리를 일어서고 말았다.

하지만 위인은 아직도 내기를 단념하려고 하진 않았다. 다음번 훈련 날 그는 여전히 훈련장 입구에서 나를 기다리고 있었다. 그 리고 또 그 다음번에도 계속해서 나를 기다렸다. 언제나 새로운 내기가 시작되곤 했다. 하지만 술을 사야 하는 건 번번이 녀석 쪽 이었다. 위인이 사람을 알아맞힌 건 오직 그 첫날 한 번뿐이었다. 이후로는 한번도 그의 말이 맞아떨어진 적이 없었다. 위인의 실망 은 점점 깊어져갔다. 약 기운이 떨어진 아편 중독자처럼 그의 어 깨에는 힘이 없어 보였고 표정도 더없이 후줄근했다.

"난 이제 글렀나 봐요. 이럴 수가 없어요. 이젠 모두가 글렀어요."

어느 경우를 당하더라도 위인이 그 바보스런 웃음기를 끝끝내 얼굴에서 잃지 않고 있는 것이 신기했으나, 이젠 그 헤픈 웃음마 저 차라리 어떤 깊은 낭패의 빛을 감추지 못하곤 했다.

나는 까닭도 모르면서 위인이 차츰 가엾어지기 시작했다. 이젠 위인의 재간을 믿게 되어서라거나, 번번이 위인에게만 술값을 치 르게(그는 내기에 지고 나면 고집이 대단했다. 반드시 술을 마셔야 했고, 술값도 반드시 내기에 진 자신이 내야 한다는 주장을 굽히지 않았다) 하는 것이 안되어서가 아니었다. 위인의 그 재간이라는 것이 사실이든 아니든, 그는 너무도 집착이 심했고, 그 때문에 그가 겪고 있는 실패들이 너무도 고통스러워 보인 때문이었다.

"김 형, 이젠 쓸데없는 장난 그만두는 게 어때요."

가을이 가고 겨울도 꽤 추위가 깊어진 어느 훈련 날이었다. 날이 저물어지자 우리는 또 술집 나무 의자에 걸터앉아 내기 술을 마시고 있었다. 작자의 속도 좀 떠볼 겸 내가 은근히 충고 조로 말을 꺼냈다.

"이런 일로 괜히 속을 상해 하는 김 형을 보면 난 도대체 이해할 수가 없단 말요. 설사 어떤 녀석이 진짜 남도 사람이란 걸 알아맞혀냈다고 합시다. 그렇다고 그게 김 형하고 무슨 상관이 있느냔 말입니다. 그게 김 형에게 무슨 소득이 있는 일이에요."

하지만 그때 위인은 이상스럽게 서글픈 눈으로 한참 동안이나 나를 물끄러미 건너다보고 있다가는,

"글쎄요. 무슨 소득이 있는 일은 아니지요. 이건 첨부터 무슨 소득이 있어서 시작한 짓거린 아니니까요. 하지만 전 그만둘 수가 없는걸요. 형장이 절 아무리 우스운 놈으로 생각하신다 해도 전……그만둘 수가……"

한숨을 토하듯 낮게 지껄이다 말곤 느닷없이 눈물을 비쭉 쏟아내는 것이었다.

알 수 없는 일이었다. 그만 일로 또 눈물까지 흘리다니. 하지만 더욱더 알 수 없는 것은 이때의 나 자신이었다. 작자의 눈물을 보

자 뚱딴지같이 나는 왠지 문득 위인을 믿고 싶어진 것이었다. 그리고 아직도 무엇 때문인지 분명하지 않았지만, 나 역시 어쩌면 위인의 상처를 함께 느낄 수 있을 것 같은 엉뚱스런 기분이 들어온 것이었다.

"김 형은 정말 알 수가 없는 사람이군요."

나는 위인의 오랜 친구나 되는 것처럼 진심으로 말하고 있었다.

그러자 위인의 그 비좁고 검붉은 얼굴 위로 수줍은 듯 쑥스러운 미소가 한차례 희미하게 지나갔다.

"그러시겠죠. 솔직하게 말씀드리면 저 자신도 사실은 왜 이런 짓거리에 넋이 팔리고 있는질 알 수가 없으니까요. 생각해본 일이 없거든요. 낯모르는 사람들 속에서 고향 쪽 사람을 점찍어내고, 그게 들어맞으면 괜히 즐겁고 신이 나는 것밖에 다른 이유가 없어요. 무슨 미친 지랄인지 알 수 없는 노릇이에요."

위인은 탄식하듯 중얼거리고 나선 다시 한 번 그 예비군모의 긴 차양 밑에서 전에 없이 쓸쓸한 미소를 피식 흘렸다.

하지만 위인은 전날엔 그런대로 자기 눈이 틀린 일이 별로 없었댔다. 도대체가 자신의 눈이 틀린다는 건 상상할 수도 없었을 만큼 늘 판별력이 정확했댔다. 그런데 어느 때부턴지 그놈의 눈구멍이 딱 한 번 실수를 저지르고 나면서부터는 이상하게 자주 같은 실수가 겹쳐왔고, 그러다 보니 나중엔 자신의 판단에도 믿음이 없어져 더욱 잦은 낭패를 되풀이하게 됐다고. 그는 남도 사람에서부터 장산 사람으로, 그리고 나중에는 아주 그 해변가 동네까지 판별의 범위를 줄여나갔지만 그래도 실수는 여전했다고 했다. 그는 나를 처음 만났을 때까지도 한동안 그런 실수만 계속해왔노랬다. 눈이 한창 밝았던 시절(그가 그렇게 말했다)을 되찾아보려고 자기 인생의 전부를 걸듯이(놀라운 일이지만 이 말도 역시 그가 그렇게 말했다) 혼신의 정력을 기울여보았지만 모두가 허사였다고. 그러던 중 용케도 나를 만나 모처럼 만에 한번 옛날 실력을 되살려낼 수 있었다고. 그러고 보면 위인이 그때 그토록 끈질기게 내기를 간청해온 것이나 다른 한 사내의 고향을 알아맞히고 나서 그토록 의기양양 술을 사던 기분은 짐작이 가고도 남을 만했다. 하지만 그것도 딱 그 한 번뿐, 위인은 다시 낭패를 되풀이하기 시작했고, 이제 와선 아닌 게 아니라 그 자신의 인생이 통채로 끝난 것처럼 우습도록 엄청난 실의에 빠져들고 있는 것이었다.

한데 그런 일이 있고 난 다음이었다.

위인은 마침내 자신을 깡그리 잃어버리고 만 것 같았다. 다음번 훈련 날이 돌아왔을 때, 위인은 나를 만나고 나서도 여느 때처럼 얼핏 내기를 제안해오지 않았다. 내기는커녕 풀이 잔뜩 죽은 모습으로 비실비실 오히려 날 피하고 싶어 하는 눈치가 완연했다. 아직도 얼굴에선 그 독특하게 바보스러워 뵈는 웃음기를 잃지 않고 있었지만, 그것도 이젠 지극히 자신감이 없는, 어찌 보면 내 쪽에서 먼저 내기를 걸어오지나 않을까 겁을 먹고 있는 것 같은 그런 웃음이었다.

다음번부터는 아예 내 근방에는 모습도 잘 나타내려고 하지 않았다. 하니까 이젠 오히려 내 쪽에서 위인을 가만 놔둘 수가 없었다. 위인이 기를 못 펴고 어깨를 잔뜩 내려뜨리고 다니는 모습이 무척은 안되어 보였다. 그리고 위인이 아주 내기를 단념하고 만 것이 이상스럽게 섭섭했다. 어떻게든지 위인이 다시 자신감을 되찾아 전날처럼 의기양양 내기를 걸어오기를 기다렸다. 엉터리없는 상상일지 모르지만 위인에겐 어쩌면 그편이 훨씬 위인다운 데가 있어 보일 것 같았다. 그가 어디에 몸을 숨기고 있든 귀찮을 정도로 나는 꼭꼭 위인을 찾아내버리곤 했다.

"어때요, 오늘은 술 한잔 생각 없소?"

그가 다시 자신감을 회복하기를 고대하며 은근히 위인의 눈치를 살피곤 했다. 위인에게 좀더 용기를 북돋워줄 만한 방법이 없을까 생각을 짜내보기도 했지만, 워낙 속을 헤아릴 수가 없었던 나는 그 이상 어떻게 손을 써볼 수가 없었다. 그저 그런 식으로 주변을 넘나들면서 위인의 반응을 기다려보는 수밖에 다른 도리가 없었다. 하지만 위인에게선 계속 별다른 기미가 나타나지 않고 있었다.

어느새 봄이 다가와 있었다.

한데 그러던 어느 날이었다.

나는 모처럼 어떤 친구들과의 모임엘 나갔다가 그때의 나로서는 전혀 우연찮은 얘기 한 가지를 듣게 되었다.

"가만 있자, 이 친구 고향이 남쪽 바닷가 어디라고 했었지?"

내가 그렇다고 고개를 끄덕여주니까, 자기네 회사 상품 시장 조사 때문에 1년에도 몇 차례씩 지방 출장이 잦은 그 친구는 대뜸,

"이번에 나 자네 고향 근처까지 갔다 왔지"

하고 친절하게 자기 출장길 소식을 전하고 나선 곧이어 엉뚱한 소리를 꺼냈다.

"그런데 말야. 자네 동네 참 이상한 곳이더구먼."

나는 좀 어리둥절해질 수밖에 없었다.

"이상하다니, 뭐가?"

"사람들 됨됨이가 다른 지방하곤 전혀 별나던걸."

"별나다니, 뭐가 어떻게?"

"글쎄, 뭐라고 할까. 골상도 그냥 우리들하곤 좀 다른 것 같고, 묘하게 짭짤한 맛을 풍기는 피부 색깔이라든가 표정 같은 게 모두……"

"표정이 어쨌길래?"

"글쎄, 표정이 어떻다고 말하는 게 좋을까. 한? 체념? 원망? 어쩌면 그런 것이 온통 한데 엉켜들어 있는 것 같기도 하고…… 얼굴에선 늘 불안하고 각박한 무엇이 느껴지면서도 행동이나 생각은 이상스럽게 또 느릿느릿 여유가 많은 것 같고. 아까 얘기한 그 한이라든가 체념이나 원망기 같은 것이 이 사람들에겐 오히려 어떤 적극적인 생활 에너지로 전이되어 새로운 삶의 깊이를 지니게 된 것 같다고 할까. 글쎄 얼핏 보면 그렇게 순박하고 단순해 보이면서도 자세히 뜯어보면 그렇게 복잡할 수가 없고, 겉으로는 그렇게 만만스러워 보이면서도 막상 속을 부딪쳐 들어가보면 그렇게 단단하고 차디찬 고립감 같은 것을 만나게 될 수 없거든. 하여튼 그런 식이야. 난 그렇게 느껴졌어. 느껴질 정도가 아니라 이젠 어디 다른 곳에서라도 그 동네 사람들을 만나면 금세 알아볼 수가 있을 것 같던걸 뭐. 그런데 자넨 여태 아직 그런 걸 느껴본 적이 없어? 그렇게 분명한 걸 말야. 글쎄, 딱 집어 한마디로 뭐라고 할까……"

글쎄 글쎄를 연발하면서도 녀석은 어떻게든 그 남쪽 바닷가 사람들이 다른 지역 사람들과는 눈에 띄게 다르다는 걸 설명하려 애를 먹고 있었다. 적어도 그로서는 그렇게 믿지 않을 수가 없다는 것이었다. 그리고 그는 마침내 그것을 가장 잘 설명할 수 있는 마지막 한마디를 찾아내고 있었다.

"참 이렇게 말하는 게 적당할지 모르겠군. 남도 육자배기 같은 사람들이라고 말야. 그래 육자배기 같은 생김새들이지. 자네 동네가 육자배기 고장 아냐. 난 첫대목에 그 사람들을 보고 정말 육자배기를 부르며 살아온 사람들이로구나 생각했거든. 생김새고 표정이고 거동 같은 거 모두가 말야."

"허 이 친구! 갑자기 무슨 관상쟁이가 됐나, 허풍을 떨긴."

나는 그만 녀석의 말을 끝내주었다. 듣다 보니 슬그머니 화가 나기 시작했다. 나의 고향 사람들에 대해 녀석이 무슨 모욕적인 언사를 지껄이고 있대서가 아니었다. 사람들의 생김새나 기질을 육자배기 같다고 말한 것은 녀석으로서는 절대 모욕적인 의도에서가 아니었다. 그는 원래부터 육자배기 같은 남도 소리를 좋아했다. 그쪽에서 귀가 빠진 놈이 어떻게 육자배기를 모르느냐고 나더러 늘 핀잔 섞인 소리를 하던 위인이었다. 그러던 그가 육자배기에 사람들의 기질을 비유했다면 그건 절대 모욕이 아니라 애정이 담긴 칭찬 쪽이었다. 한데도 나는 녀석의 말을 들으면서 어떤 알 수 없는 모욕감 같은 것을 누를 수가 없었다. 녀석은 물론 나하고는 고향이 같지 않았다. 육자배기 동네하고는 애초에 인연이 없는 북도 태생이었다. 그런 그가 남쪽 사람들을 거침없이 육자배기 가락

정조에 비유하고 있었다. 언제 어디서나 그곳 사람들을 구별해낼 수 있노라 자신 있게 단언하고 있었다. 그러면서 나더러 여태 그런 걸 느껴보지 못했느냐는 추궁이었다. 무슨 이유에선진 모르지만 나는 녀석의 그런 말을 견딜 수가 없었다. 그리고 마치 억박지르듯 들이대오는 녀석의 설교를 듣고 있는 나 자신에게까지 화가 났다.

그런데 퉁명스럽게 말을 중단당하고 만 녀석이 거기다 또 한마디를 덧붙이고 있었다.

"아직도 내 말이 믿기지 않는 모양이군. 하기야 육자배길 모르니까…… 그래 그런지 자넨 내가 보아도 영 그쪽 사람 같은 덴 한 가지도 없는 인간이거든."

4

그런 일이 있고 난 다음번 훈련 날이었다. 나는 이날 특별히 일찍부터 훈련장 입구에서 위인을 기다렸다. 위인은 이날도 역시 어깨를 잔뜩 늘어뜨린 채 어슬렁어슬렁 느지막이 교문을 들어섰다. 나는 대뜸 그를 붙들고 운동장 한쪽으로 끌고 갔다. 그리고는 다짜고짜 친구와의 일을 털어놓으며 조심스럽게 위인의 반응을 살펴나갔다.

"남도 사람을 구별해낼 수 있다는 사람을 또 하나 만났어요……"

짐작대로 위인은 내 첫마디가 떨어지자 눈빛이 잠깐 생기를 되찾는 게 역력했다. 하지만 그건 정말 짧은 한순간뿐이었다. 위인은 이내 그 바보스런 웃음을 헤프게 흘리기 시작했고, 이야기가 진행되는 동안엔 다시 그 체념기가 어린 표정 속에 덤덤히 귀를 기울이고 있을 뿐이었다. 하지만 나는 희망을 버리지 않고 열심히 이야기를 계속했다. 그리고 이야기를 거의 끝내갈 즈음에서야 위인을 위해 마지막까지 아껴두었던 사실을 털어놓았다.

"그런데 그 친군 김 형처럼 남쪽 사람은 아니에요. 남도 사람이 아닌데도 그쪽 사람은 한눈에 금방 알아낼 수 있다는 거예요."

마침내 반응이 나타났다. 나의 그 마지막 말이 떨어지기 무섭게 위인의 얼굴에선 웃음기가 싹 사라졌다. 그리고 갑자기 어떤 세찬 열기 같은 것이 치솟는 눈초리로 쏘아보듯 나를 똑바로 쳐다보았다. 예상대로였다. 위인이 모욕감을 느끼고 있는 게 분명했다.

"흠."

그의 입과 콧구멍이 함께 열리면서 기침하듯 짧은 소리를 토해냈다. 그 순간 위인의 검붉은 얼굴 위론 예의 그 헤프고 방심스런 표정 대신 기묘한 비소(鼻笑)기가 스쳐 지나갔다.

하지만 또 그뿐이었다. 위인은 이내 나로부터 다시 눈길을 비켜버렸다. 그러곤 곧 담벼락 너머로 뿌옇게 흐린 도회의 봄 하늘을 한동안이나 멍하니 바라보고 있더니 혼잣말처럼 싱겁게 중얼거렸다.

"그런 사람도 있겠지요, 뭐. 그럴 수가 있으니까 그럴 수 있다고 한 것 아니겠어요."

위인의 얼굴엔 어느새 그 실없이 헤픈 웃음기까지 되살아나 있었다. 나는 이제 터무니없이 심사가 조급했다. 위인이 다시 그 깊은 체념의 수렁 속으로 가라앉아버리기 전에 작자를 붙들어야겠다는 생각이 앞서고 있었다.

"한데 김 형은 요즘 어째서 통 나한텐 내기를 걸어오지 않는 거죠?"

혼자 참아오고 있던 말부터 아무렇게나 불쑥 내던졌다.

"이제 내겐 아주 술을 사기가 싫어진 거 아니오?"

하지만 위인은 그때 벌써 움츠릴 대로 속을 움츠러들어버린 뒤였을까. 위인은 나의 말뜻을 알아듣고 있었다. 하지만 그는 그 농담조 추궁에는 대꾸도 않은 채 계속 그 헤프디헤픈 웃음기만 흘리고 있었다.

"어때요? 오늘은 내가 술을 한잔 사게 해봐요."

그래도 위인은 히죽히죽 여전히 머리를 가로젓고 있었다.

"소용없어요. 이젠……"

"소용없다니, 내가 술을 산다는데두요."

"자신이 없어요."

"그야 자신이 있을 때도 못 맞힐 때가 있었는걸 뭘."

"하지만 너무 많이 틀렸어요."

"자신이 없더라도 한번 더 자신을 가져봐요. 김 형은 전에도 벌써 그런 일이 많았다고 하지 않았소."

나는 계속 설득을 단념하지 않았다. 그런데 위인의 실망이 그 감도가 떨어진 눈길의 판별력 때문일 거라는 내 이해는, 그리고 그 때문에 위인이 지금 자신을 잃고 끝없는 실의의 수렁 속으로 가라앉아들고 있으리라는 추리는 아직도 정확한 것이 아니었는지 모른다. 위인은 끝내 내 충고엔 고개를 가로저었다.

"소용없어요. 번번이 제가 사람을 잘못 짚어낸 건 둘째치고, 요행히 사람을 틀리지 않는다 해도 이젠 더 이상 알아맞혀낼 사람이 없는걸요."

"알아맞힐 사람이 없다구요! 그럼 우리 중대 안에 남도 사람이 하나도 없다는 말요?"

나는 비로소 좀 의아스런 느낌이 들기 시작했다.

"그렇지는 않을걸요. 우리 예비군 중대에 남도 사람이 하나도 없다니……"

"……"

"이봐요 김 형, 아마 그건 김 형이 잘못 보았을 수도 있지 않아요. 이 운동장엔 내가 알기에도 남도 사람이 한 사람쯤은 섞여 있을 텐데 말요."

나는 위인을 속이고 있는 듯한 기분 속에 계속 추궁해들어갔다. 하지만 위인은 이제 나의 말에는 제대로 대꾸조차 해오지 않았다. 말끝마다 고개만 가로저을 뿐이었다.

나는 차츰 짜증이 나기 시작했다.

"김 형은 자기 자신만 믿었지 남의 말은 들을 줄을 모르는군요. 글쎄 난 분명히 알고 있다니까요. 이번엔 내가 장담을 하지요."

"그야……"

성화를 못 견딘 위인이 오랜만에 다시 입을 열기 시작했다.

"한 사람쯤이라면 나도 벌써 알고 있는 사람이 있어요."

겨우 속심을 털어놓을 기색이었다. 나는 다시 조급해졌다.

"그럼 그 사람을 맞혀내면 될 게 아니오. 어서 그 사람을 찾아내 봐요."

"하지만 그건……"

"해봐요."

나는 이제 참을 수가 없었다. 기어코 위인에게 대답을 듣고 싶었다. 나는 위인이 마치 내 생애 가운데에 가장 귀중한 말을 간직하고 있기라도 하듯 보채대고 있었다.

"그러죠 그럼. 그게 그토록 소원이시라면."

위인이 다시 피식하니 헤픈 웃음을 떠올리며 나를 찬찬히 건너다보았다. 그러자 나는 이제 내 운명이 뒤바뀔 어떤 무서운 예언이라도 기다리듯 긴장했다.

하지만 뜻밖이었다. 위인은 다시 한 번 나를 말끔 무시하고 말았다. 위인은 잠시 망설이듯 시선을 이리저리 굴려대고 있었다. 그리고 마침내 교육장 안에 여기저기 널려 있는 동료 예비군들 사이에서 한 엉뚱한 사내를 점찍어냈다.

전혀 예상 밖의 일이었다. 아니 그건 꼭 위인이 내 예상을 빗나가고 있었기 때문만도 아니었다. 위인이 모처럼 점찍어낸 사내는 지금 한창 운동장 가운데에서 동네 꼬맹이들과 공놀이에 정신이 팔려 있는 친구였다. 공부 시간이 끝나고도 아직 학교에 남아 있는 꼬맹이들 사이에서 그 사내는 땀까지 뻘뻘 흘려가며 심술스런 공놀이를 즐기고 있었다. 꼬맹이들은 그에게서 공을 빼앗아내기 위해 기를 쓰고 쫓아다니고, 녀석은 녀석대로 공을 빼앗기지 않으려고 경중경중 운동장을 휩쓸고 다녔다. 예비군복 상의가 허리춤에서 흘러나와 속살이 훤히 다 들여다보일 정도였다. 동료 예비군들이 여기저기서 응원이라도 하듯 녀석들을 구경하고 서 있었고, 그 바람에 사내는 더욱 신이 나서 꼬맹이들을 짓궂게 괴롭혔다.

전혀 앞뒤가 맞지 않는 인물이었다. 위인이 첫대목에 고향을 알아맞혀낸 사내하곤 유형이 다른 친구였다. 그는 물론 사람의 외모나 거동거지 따위로 고향을 맞혀내는 건 아니라고 했다. 그건 한 인물의 모든 특징이 한데 뭉쳐져 느낌으로 전해져오는 것, 이를테면 그 인물에 대한 독특한 직감 같은 것에 의해서라 했다. 하지만 내가 느끼기엔 그런 위인의 판단에도 어떤 일정한 기준 같은 것이 있을 게 분명했다. 그런 위인이 꼽아낸 인물들을 보면 외모나 거동새 같은 데서 대개 어떤 비슷한 느낌을 받았다. 맨 처음 그가 점을 찍어 맞혔던 사내에게서처럼 생김새나 행동이 좀 암스럽다든가, 아니면 언젠가 그 친구 녀석이 기세등등해서 설명한 것처럼 (나중에 곰곰 생각을 해보고 안 일이지만 녀석의 말 가운데엔 실상 그럴듯한 데가 많았던 것 같았다) 사람이 퍽 순박하고 쉬워 보이면서도 막상 가까이로 다가가보면 이상하게 단단한 고립감 같은 것이 느껴지는 사람들, 육자배기 같다고 말하기는 좀 뭣하지만, 아닌 게 아니라 그 비슷한 어떤 격절스런 느낌을 주는 인물들이 대부분인 게 사실이었다.

하지만 이번에는 사람이 전혀 달랐다. 어딘지 속이 복잡해 보일 만한 데도 없고 숫기가 부족한 것 같지도 않았다. 숫기라면 오히려 밉살스럴 정도로 지나쳐 보인 위인이었다. 한데도 위인은 무슨 생각에선지 서슴없이 녀석을 점찍어낸 것이었다. 그러곤 이제 더 확신을 구할 필요도 없다는 듯 사내로부터는 금방 눈길을 돌려버리고 마는 것이었다.

하니까 일은 거기서부터 더욱 나빠져간 셈이었다. 마침내 교육 집합 호루라기 소리가 울리고 교문과 운동장 가에 몰려서 있던 제복의 사내들이 중앙 연단 앞으로 대열을 짓기 시작했을 때였다. 일이 그렇게 되려고 그랬던지 뒤늦게 공놀이를 끝낸 사내가 변소 옆 수돗가에서 손발을 씻고 오다가 하필이면 대열의 맨 꽁무니에 붙어 선 위인 곁으로 줄을 지어 선 모양이었다. 그리고 위인은 때마침 자기 곁으로 다가온 녀석에게 이날만은 일찍 내기를 끝내 보이고 싶어진 모양이었다.

"뭐요? 내 고향이 어디냐구?"

느닷없이 대열 뒤쪽에서 큰 목소리가 터져 나오고 있었다. 위인은 원래부터도 대열을 지을 때면 늘 뒤쪽 꽁무니에 붙어 서기 일쑤였지만, 그즈음엔 특히 위인 쪽에서 나를 피하는 눈치였기 때문에, 이날도 나는 맨 후미 쪽의 위인보다는 서너 사람 앞자리에 몸을 끼어박고 있던 참이었다. 소리는 그 서너 사람 앞쪽에 서 있는 내게까지 똑똑히 들려왔다. 뒤를 돌아보니 짐작대로 그 공놀이꾼 사내가 위인을 향해 마구 시비조로 떠들어대고 있었다.

"밥맛없는 소리 마슈. 사람 좀 똑똑히 보고 나서란 말요. 멀쩡하게 괜히…… 그래 형씬 내 어디가 그쪽 사람같이 보인다는 거요?"

사내는 아직도 물방울이 돋아 내리는 얼굴을 옷섶으로 쓱쓱 문지르며 위인의 턱밑까지 손가락을 불쑥불쑥 들이대고 있었다.

"내 참 어이가 없어서!"

동의라도 구하듯 주위를 둘러보며 너털너털 웃음까지 터뜨리고 있는 사내의 언동은 무슨 개선장군처럼 당당했다. 그리고 그의 당당한 손가락 끝에서 위인의 얼굴은 실룩실룩 그 이상스럽게 바보스러운 웃음기를 필사적으로 지켜내고 있었다.

기이한 일이었다. 위인은 자기 고집 때문에 또 한번 무참한 낭패를 당하고 만 것이었다. 그러나 그보다도 더 납득이 가지 않는 일은 그러고 나서도 위인은 아직 화를 내지 않는 것이었다. 생각처럼 그렇게 실망이 큰 것 같지도 않았다. 그는 차라리 심사가 훨씬 편해져버린 듯한 얼굴이었다.

훈련을 끝내고 나오면서 위인은 모처럼 만에 내게 술을 한잔 사라고 했다. 내기를 지고 나서 위인이 내게 술을 사라고 한 것은 그것이 처음이었다. 하지만 술집엘 들어가고 나서도 위인은 계속 별다른 기색이 안 보였다. 이날 일은 그걸로 아예 머리에서 지워버리고 만 듯, 어쩌면 처음부터 일이 으레 그렇게 되게 마련이었다는 듯, 아무렇지 않게 술잔만 자꾸 비워냈다. 술잔을 비워내는 속도가 여느 때보다 좀 빨랐다면 빨랐달까.

민망스러워진 것은 오히려 내 쪽이었다. 이런저런 언동으로 보아 나에 관한 위인의 점 놀음은 이미 해답이 나와 있음에 분명했다. 위인은 이날 나에게서 자신의 점괘를 맞혀낼 수도 있었을 터였다. 그는 나의 말뜻도 모두 알아들은 표정이 역력했다. 한데도 그는 웬일인지 끝끝내 나를 무시하고 말았다. 그 대신 도대체 납득이 가지 않는 위인을 점찍었다 망신만 톡톡히 당하고 난 꼴이었다. 그러고도 전혀 상심기를 안 보이고 있는 위인이었다.

하지만 위인에겐 이제 그런 걸 물을 계제도 아니었다. 전에 없이 그가 조심스러웠다. 그렇다고 그저 아무 말 없이 위인의 심사를 모른 척해버릴 수도 없었다.

"김 형한테 오늘 내가 쓸데없이 너무 졸라댔지요?"

술잔을 건네면서 얼핏 미안한 미소를 지어 보였다.

"조르긴요……"

위인은 여전히 태연스런 대꾸였다. 피식하니 그 헤픈 웃음기가 떠오르는 얼굴이 조금도 미안해할 거 없다는 표정이었다.

"하지만 김 형이 싫다는 걸 공연히 내가 억지를 써가지고……"

"그야 제가 워낙 자신이 없었으니까요…… 전 이제 틀렸는걸요."

위인은 그러고 나서 또 뭐가 우스운지 천장 쪽을 향해 피식하니 혼자 실없는 웃음을 흘리고 있었다. 내가 그 위인의 웃음의 뜻을 알아차린 건 위인과 잠시 더 이야기를 나누고 난 뒤였다.

"어쨌거나 오늘은 나 때문에 일이 그렇게 된 것 같아서……"

"글쎄 형장은 조금도 미안해하실 게 없다니까요. 오늘 일은 형장한테도 저한테도 잘못이 없었단 말씀이에요."

"그야 잘못은 없었지요. 김 형의 눈이 재수 없게 좀 사나운 녀석을 골라냈다 뿐이지."

"재수가 좋았더라도 사정은 마찬가지였을걸요 뭐."

위인의 어조가 터무니없이 완강했다.

"아니 재수만 좋았더라면 사정이 좀 달라질 수도 있었지요. 김 형의 눈이 조금만 더 정확했더라면 말이에요."

"소용없어요. 거긴 아예 처음부터 남쪽 고향 가진 사람이 없었는걸요."

위인은 결국 또 그곳엔 고향 사람이 없었기 때문이라는 핑계를 대고 있었다. 그는 자신이 실수를 한 것이 아니라 그곳에 남도 사람이 없었기 때문에 실수를 할 수밖에 없었다는 소리였다. 처음부터 위인이 이젠 자신이 없다고 말한 것도 차츰차츰 감도를 잃어가는 자신의 눈에 대해서보다는 그쪽 편에 더 큰 실망을 느낀 때문이었던 것 같았다.

"아니 아직도 남도 사람은 있었어요. 그곳엔 분명히 김 형의 고향 사람이 한 사람쯤 더 있었단 말이에요."

나는 다시 한 번 위인을 속이는 기분으로 맞섰다. 그러자 위인 역시 더욱 단호하게 머리를 가로저었다.

"그야 남도 사람이 있었을는진 모르지요. 하지만 남도 사람이 한 사람 아니라 열 사람이 있었대도 제가 고향을 알아맞힐 사람은 하나도 없었습니다."

"무슨 말인지 좀 알아듣기 쉽게 얘기해보구료."

"아까 그 작자 말이에요. 사실은 남쪽 친구가 틀림없을 거예요. 하지만 작잔 아니라잖아요. 할 수 없는 거지요. 작잔 그쪽 고향을 가진 사람이 아니에요. 덕분에 저도 이젠 영 고향 사람을 하나도 알아맞힐 수 없게 되어버렸지만요."

"하지만 그 사람 진짜로 그쪽 친구가 아닐 수도 있지 않아요?"

"그럴 리가 없어요. 전 이제 자신을 믿을 수 없게 되었지만, 아직도 그 지경까진 되지 않았어요."

그는 끝끝내 실수의 허물을 사내 쪽에 돌리고 싶어 했다. 그리고 그의 눈길이 흐려진 것도 계속 그런 혼란스런 거짓말 때문에 자신을 잃은 결과인 듯이 말하고 있었다. 그러고 보면 이날따라 그 아편쟁이처럼 후줄근한 표정이 엿보이지 않은 깃도, 그리고 어느 날보다 심한 낭패를 겪고 난 위인이 특별히 상심을 하고 있지 않은 것 같은 언동도, 그런 식으로 모두 허물을 찾아내어 자신을 아주 단념해버린 때문이었는지 모른다는 생각이 들었다.

하지만 위인은 아직도 한번 더 희망을 가져보고 싶었던 것인가.

"어쨌든 그 친구 틀림없는 남도내기예요."

그가 느닷없이 다시 상체를 솟구치며 소리쳤다. 그리곤 기어코 그 사내에게서 자신의 말을 증명해냄으로써 마지막 미련을 꺾지 않으려는 듯 갑자기 간절한 어조가 되었다.

"다음번에 다시 한 번 내기를 해도 좋아요. 내기를 합시다. 정말 마지막으로 한번만 더…… 이번에도 제 말이 틀리면 그땐 정말……"

하지만 나는 이제 그만 입을 다물고 말았다. 남도 사람이 있어도 위인은 이제 그가 고향을 알아맞힐 수 있는 남도 사람은 없다고 했다. 그가 알아맞힐 수 없는 남도 사람은, 혹은 그가 고향을 알아맞히려고 하지 않는(말은 없었지만 위인은 내심 그런 경우를 함께 염두에 두고 있었을 게 분명했다) 남도 사람은 진짜 남도 사람이 아니라고 말한 위인이 나는 갑자기 꼽추 점쟁이처럼 두려워지고 있었다.

5

다시 두 주일이 지나고 다음번 훈련 날이 돌아왔다. 위인은 보기보다도 집념이 훨씬 강한 사내였다. 훈련이 없는 그 두 주일을 지나고 나서도 위인은 역시 사내의 일을 아직 잊지 않고 있었다.

훈련 날이 돌아오자 그는 사내를 두고 다시 한 번 내기를 해도 좋다던 나와의 약속을 이행했다. 위인의 말대로 사내가 정말 남도 사람인지 아닌지를 기어코 내 앞에서 확인해 보이려 나선 것이었다.

하지만 그건 참으로 이상하고도 끔찍스런 방법이었다. 그것은 사내의 고향을 확인해내려 했다기보다 끝끝내 입을 열지 않은 사내에 대한 그 나름의 어떤 복수였다고 하는 편이 나았다. 그는 아마도 처음부터 사내의 실토를 얻어낼 수 없다는 걸 알고 있었던 것 같았다. 그래서 그는 아마 더욱 견딜 수가 없어졌는지도 모른다. 그리고 그는 녀석에 대해서, 또는 녀석 앞에선 어쩔 수 없이 무력해질 수밖에 없는 자신에 대해서까지 터무니없는 복수를 감행하고 싶어졌는지 모른다. 어쨌거나 위인은 이날 그런 식으로 나와의 내기 약속을 이행해 보이려 미리 작심을 하고 있었음이 틀림없었다. 아니 실상 위인이 처음 훈련장엘 들어섰을 때의 거동새나 기색으론 거의 기대조차 못했던 일이었다.

그러니까 이날도 또 위인보다는 내 쪽에서 먼저 훈련장엘 나와 있었다. 교문 근처에서 어정어정 한동안 위인이 나타나기만을 기다리고 있는데, 집합 시간이 거의 다 될 무렵에야 작업모를 눈썹까지 푹 눌러쓰고 교문을 들어서고 있는 위인의 모습은 웬일인지 다시 약 기운이 떨어진 아편쟁이의 몰골 그대로였다. 내기고 뭐고 아무 생각이 없어 보였다. 슬그머니 곁으로 다가서 간 나를 보고도 위인은 그 노릇노릿 지저분한 볼수염이 자라난 얼굴 가죽을 씩하니 한번 실룩여 보였을 뿐이었다.

나는 위인이 이젠 모든 걸 단념해버린 거라고 생각했다. 망신을 당했던 사내 쪽으론 아예 눈길조차 제대로 보내는 일이 없었다. 교육 시간엔 늘 대열의 꽁무니 쪽에 처져 서 있기 일쑤였고, 휴식 시간이 되면 또 휴식 시간대로 바지 주머니에 두 손을 깊숙이 찔러 넣고 서서 우두커니 허공만 좇고 있었다.

"김 형, 오늘도 영 심사가 편치 못하시군요."

"까짓것 뭐 김 형이 몸살 나 할 거 없어요. 거짓말쟁일 찾지 말고 내로라하고 나설 친구들 하나 더 찾아내면 될 거 아니오. 한 사람쯤 그럴 친구가 없을라구요."

은근히 충동질을 건네보아도 위인은 도대체 반응이 없었다. 한데 그러면서도 위인이 맘속 어느 구석에선간 줄기차게 어떤 음모를 꿈꾸고 있었던 것일까. 아니면 위인에게선 이제 모든 것이 그토록 분명했기 때문에 더 이상 아무것도 서두를 필요가 없었던 것인지도 모른다.

마지막 훈련 시간이었다. 봄이라곤 하지만 해가 질 무렵부터는 바람기가 제법 싸늘해지고 있었다. 중대장은 날씨도 차고 하니 마지막 시간은 기마전이나 한판하고 교육을 끝내자고 했다.

우리는 곧 기마전 준비를 시작했다. 중대 인원을 2분해서 다시 말 한 필에 네 사람씩의 조를 나눴다. 조를 편성한 다음 이내 말을 만들고 있는데 나와는 좀 거리를 두고 다른 조에 가 있던 위인이 무슨 생각을 했는지 그때 갑자기 내가 속한 말 쪽으로 일부러 자리를 바꿔 왔다. 그리곤 스스로 기수 노릇을 자청하고 나서며 내게는 기둥 말 노릇을 부탁하는 것이었다.

"미안하지만 형장이 기둥 말이 좀 되어주어요. 그리고 제가 말한 대로 말을 움직여줘요."

뜻밖의 행동이었다. 위인에게선 처음 보는 객기였다.

심상찮은 예감이 들기 시작했다. 하지만 우리는 곧 말을 만들었다. 내가 기둥 말이 되고, 위인이 기수가 되어 세 사람의 등과 팔을 타고 올라앉았다.

중대장의 구령이 떨어지고 곧 기마전이 시작되었다. 와, 함성과 함께 양쪽 말들이 운동장 복판으로 달려 나갔다.

"오른쪽, 오른쪽으로…… 막바로 덤비지 말고 오른쪽으로 좀 비켜서 가요."

위인이 어깨 위에서 나를 명령하기 시작했다. 위인이 누군가 미리부터 상대를 정해놓고 그를 찾고 있는 모양이었다. 나는 위인의 명령대로 적군의 말들이 몰려오는 정면을 피해 오른쪽으로 공격로를 우회했다. 나가면서 보니 과연 예감대로였다. 우리가 달려 나가는 쪽 적병의 기수는 낯이 익은 얼굴이었다. 두 주일 전 위인을 형편없이 윽박질러대던 그 문제의 사내였다. 그는 이마까지 단단히 모자를 눌러쓰고 있지만 그쪽 대열의 맨 선두에서 기고만장 이

빨을 허옇게 드러내어 웃고 있는 것이 한눈에 금방 녀석임을 알아
볼 수 있었다.

"저기, 맨 앞의 저 작자한테로 가요."

어깨 위에서 위인이 소리쳐왔다. 나는 일순 속이 섬뜩해왔으나
이제 와서 그를 거역할 수는 없었다. 나는 냅다 녀석 쪽으로 말을
돌진해 나갔다.

그런데 바로 그때였다. 이상스런 일이 일어났다. 우리가 막 상
대편 말 앞까지 쫓아나가 본격적인 공격 자세를 취하려던 찰나였
다. 그리고 우리 쪽 기수의 얼굴을 알아본 상대편 녀석이 너 따위
알량한 적수라면 서두를 것도 없다는 듯 다시 한 번 허연 이빨을
드러내며 여유 만만한 얼굴로 웃고 있을 때였다. 덤벼라! 위인이
느닷없이 벽력같은 소리를 내지르며 몸을 솟구치더니 눈 깜짝할
사이에 상대편 기수의 목덜미에 사지가 찰싹 달라붙어버렸다.

싸움은 상대방 기수의 모자를 벗기는 것이었다. 모자를 벗겨내
면 말은 저절로 허물어져내리도록 되어 있었다. 한데도 위인은 상
대방 기수의 모자 같은 건 안중에도 없었다. 그는 믿어지지 않을
만큼 정확하게 상대방의 목덜미로 몸을 날려 붙인 다음, 역시 초
인적인 힘으로 녀석의 목을 눌러대기 시작했다. 너무도 순간적인
일이라 우리는 미처 한동안 무슨 일이 벌어지고 있는지조차 알 수
없었다. 우리는 기수를 잃은 채 잠시 멍청스레 위인의 기묘한 싸
움을 지켜보고 서 있었을 뿐이었다. 상대방의 말들도 처음엔 자기
들의 머리 위에서 무슨 일이 일어나고 있는지를 알아채지 못한 꼴
들이었다.

드디어 상대방의 기수가 비명을 올리기 시작했고, 그제서야 말들도 엉겁결에 틀이 허물어져버렸다. 그리고 그 바람에 상대편의 기수는 땅바닥까지 몸이 벌떡 나동그라져 내렸다. 하지만 땅바닥에 몸이 나동그라진 것은 상대편 기수뿐만이 아니었다. 위인도 사내와 함께 몸이 붙어 떨어졌다. 그는 아직도 사내의 목줄기에서 손을 놓지 않고 있었다. 무엇인가 사내의 목구멍으로부터 마지막 소리를 짜내고 말겠다는 듯 믿어지지 않을 만큼 억센 힘으로 녀석의 목줄기를 지그시 눌러대고 있었다. 손목이 부르르 떨리면서 땀에 밴 얼굴에선 뜻밖에 살기마저 번득이고 있었다.

　드디어 목이 눌린 사내가 경련하듯 눈을 허옇게 까뒤집기 시작했다. 넋을 잃고 서 있던 동료들이 그제서야 우르르 위인을 뜯어말리려 덤벼들었다.

　하지만 그것도 실상 소용이 없는 짓이었다. 위인이 또 무슨 생각이 들어서였을까. 그는 우리가 미처 자신을 어쩌기 전에 스스로 소스라치듯 사내의 목줄기로부터 손을 비켜버린 것이었다. 그리곤 지금 바로 깊은 잠에서 깨어나기라도 한 사람처럼 어리둥절한 표정으로 두릿두릿 주위를 둘러보고 있었다.

　훈련이 끝나고 교문을 나서고 있는 위인의 모습은 차마 눈으로는 바로 쳐다볼 수 없을 만큼 엉망이 되어 있었다. 입술은 깨져 터지고 오른쪽 눈두덩은 저절로 앞이 감길 만큼 시퍼렇고 크게 부어 올라 있었다. 게다가 위인은 다리까지 한쪽을 흉하게 절뚝거렸다. 기력을 되찾아 일어난 사내로부터 무참스럽게 매를 맞은 것이었다.

하지만 위인은 그런 몰골로 집을 향하면서도 이상스럽게 아직 표정이 태연스러웠다. 그를 뒤따라 나서는 나를 보고도 이젠 속이 후련하다는 듯 나머지 한쪽 눈으로 실룩실룩 웃음을 지어 보였다. 하지만 나는 물론 그길로 위인을 헤어져 보낼 수는 없었다. 나는 굳이 그럴 필요가 없다는 위인을 억지로 끌어내다시피 하여 다시 또 발길이 익은 술집을 찾아들어갔다.

술을 시켜놓고 마주 앉아 위인의 몰골을 건너다보고 있노라니 이번에는 내 쪽에서 자꾸 공연히 웃음기가 치솟아 오르려고 했다. 위인은 그것으로 일단 나와의 약속을 이행해준 셈이었다. 그리고 그런 식으로 그 사내로부터 우리의 내기에 대한 해답을 보여주었노라 생각하는지도 몰랐다. 하지만 나는 아직도 그걸 알 수는 없었다. 그가 구해낸 해답이 어느 쪽이었는지도 내게는 물론 아직 확실해질 수가 없었다. 분명한 것은 다만 사내를 짓이겨대고 있을 때의 그 너무도 가열스럽고 확신에 차 있는 듯하던 위인의 표정뿐이었다. 그리고 당장 내 앞에 앉아 있는 위인의 몰골이 너무도 엉망이라는 것과, 그렇게 엉망이 된 위인의 몰골이면 그의 장담이 맞아떨어졌든 말았든 내기의 승부는 이미 중요한 문제가 아닌 것 같은 어떤 진한 느낌뿐이었다.

"볼만하군요, 김 형. 그래도 용케 안주 그릇하고 술잔은 실수 없이 잘 찾아내는 걸 보니 안심인걸요. 하하……"

나는 위인이 아픈 팔을 참아가면서 부들부들 술잔을 집어 올리는 꼴을 바라보다 드디어는 웃음을 터뜨리고 말았다. 위인이 용을 쓰듯 술 사발을 단숨에 다 비우고 나서 천천히 나를 건너다보았다.

하지만 나는 이제 그의 표정을 제대로 읽을 수가 없었다. 입술이 잔뜩 부어오른 데다 멍이 든 오른쪽 눈이 완전히 감겨들어버렸기 때문에, 그는 지금 웃고 있는지 화를 내고 있는지조차 쉽게 구별이 되지 않았다. 나는 위인의 그런 몰골이 더욱 우스워 견딜 수 없었다.

"어때요, 이젠 좀 속이 후련합니까, 하하."

나는 위인의 빈 잔에 술을 채우면서 계속 웃음을 참지 못했다.

"그게 모두 김 형의 괜한 고집 때문이었지 뭐요. 쉬운 사람을 골랐으면 아무 탈도 없었을 게 아니오. 그런 사람이 있대두 자꾸 그 친구만 물고 늘어지다 코를 다친 게 아니냔 말요. 도대체 내 말은 어째서 자꾸 무시하려 들기만 했지요?"

웃음 결에 언젠가는 한번 위인으로부터 시원스런 말을 들어보고 싶었던 소리까지 내뱉어버렸다. 하니까 위인의 입에서는 그제서야 무슨 짐승의 그것처럼 짧고 괴상한 웃음소리 같은 것이 히익 하고 흘러나왔다.

"웃지만 말고 말을 해봐요. 왜 내 말엔 그렇게 통 귀를 주려고 하지 않았지요?"

나는 좀더 진지한 얼굴로 그에게 다그쳐들었다. 사실을 말하자면 위인은 내 말을 무시한 게 아니라 바로 나 자신의 존재를 무시해온 것이었다. 그래 놓고도 끝끝내 그 이유조차 말하지 않으려는 걸 보면, 위인은 필경 그 나름의 어떤 은밀한 사연을 숨기고 있음이 분명했다.

"그건 형장 쪽에서 먼저 제 말을 믿지 않았는걸요 뭐. 형장은 처음부터 제 말을 곧이듣지 않았어요."

위인이 마지못해 한마디 입을 열었다. 하지만 그래 놓고 그는 또 뭐가 켕기는지 변명하듯 한번 더 히익 소리를 내며 제풀에 웃음을 참지 못했다. 이번에는 그 소리가 좀더 길고 괴상스러웠다.

하지만 나는 아직도 위인을 똑똑히 이해할 수가 없었다. 위인의 말도 끝내 뜻이 분명해지질 않고 있었다. 나는 영문도 모른 채 위인의 그 괴상한 소리에 전염이 된 듯 히익히익 빈 웃음을 함께 따라 웃기 시작했다. 둘은 그렇게 한동안 바보처럼 서로 얼굴을 마주보며 괴상한 웃음만 웃고 있었다. 그리고 그러다가 위인은 결국 참을 수 없어진 듯 느닷없이 술상 위로 몸이 풀썩 엎으러지며, 옆사람의 눈길도 아랑곳없이 어린애처럼 히익히익 혼자 그 괴상한 웃음소리를 실컷 토해내고 있었다. 소리를 따라 위인의 등짝까지 장단을 맞추듯 꿈틀꿈틀 들먹이고 있었다.

나는 비로소 정신이 번쩍 들었다. 들먹들먹 요동을 치고 있는 위인의 등짝을 보고 있노라니, 나는 문득 그가 웃고 있는 것이 아니라 울고 있는 것 같은 느낌이 들어온 것이었다. 나는 더 이상 그를 따라 웃을 수가 없었다. 그리고 자신도 모르게 갑자기 가슴속이 텅 비어오는 것 같은 황량스런 느낌이 들기 시작했다. 어쩌면 위인과는 방금까지도 무슨 힘겨운 내기를 계속해오고 있었던 것 같은 새삼스런 생각이 들었다. 그리고 나는 그 내기에서 이제 비로소 무참스런 낭패를 보고 있는 것 같았다.

내기는 너무도 일방적이었다. 하기야 위인과 나 사이의 내기에는 애초부터 상대방은 별로 문제가 되지 않았던 것 같기도 했다.

내기의 상대는 각기 자기 자신이었던 것 같았다. 하지만 내게 관한 한 위인과 나 사이에 무슨 내기가 있었다고 한 것은 실상 그만한 알맹이도 없는 말이었다. 나에게는 애초부터 내기다운 내기가 있어본 일이 없었다. 나는 처음부터 늘 위인 앞에 숨어 있는 위인이었고 위인은 내게 대해 처음부터 일방적이었다. 당연한 일처럼 위인은 처음부터 일방적으로 나를 무시해버리기만 했다. 내기가 있었다면 그는 그 내기가 시작되기도 전에 이미 나를 이겨버리고 있었던 셈이었다. 나는 내기를 가져본 일이 없었다. 위인만이 열심히 내기를 치러온 것이었다.

내기를 진 것도 위인 혼자뿐이었다.

나는 한동안 웃을 수도 울 수도 없는 허허한 심경으로 멍청하니 빈 술잔만 들여다보고 앉아 있었다.

히익 히익 힉히히……

녀석만이 혼자 그 웃음인지 울음인지 구분이 가지 않는 소릴 한참이나 더 계속하고 있었다.

(『문학사상』 1974년 6월호)

줄 뺨

1

　─흠, 여긴 제법 게임이 될 만한 녀석들이 모인 게로군.

　노령의용학도대 장산군지구대대 대흥면 중대(蘆嶺義勇學徒隊 長山郡地區大隊 大興面 中隊). 소위 기합(氣合) 전문가로 알려져 온 신임 중대장 김만석(金滿錫)은 부임 첫날의 제1단계 기합에 대한 중대 녀석들의 반응을 우선은 제법 만족스러워하고 있었다. 밤이 한참 깊도록 중대원 가운데선 아무도 아직 그를 찾아온 녀석이 없었다. 이날 낮 중대 녀석들에게 그가 가한 제1단계 기합은 아무런 효과가 없었다는 증거였다. 하지만 김만석은 오히려 그편을 더 만족해하였다. 부임 첫날 밤 그는 자기 혼자 덩그러니 빈방을 지키고 앉아 있게 된 것이 조금도 섭섭하지 않았다.

　대략은 이미 예상하고 있던 결과였다. 무엇보다 우선 그 제1단계 기합이라는 것이 진짜 기합다운 기합이 아니었다. 그는 다만 한 녀석에게 치질 걸린 제 지저분한 엉덩이를 까 보이게 했고, 오줌을 못 참아낸 중대원 한 녀석에게 개처럼 엉거주춤 한쪽 다리를 옆으로 비켜 든 채 그 일을 보게 해주었을 뿐이었다. 그리고 또 훈련 중 발 맞춤이 틀린 녀석에겐 아침에 숙제를 해오지 않은 초등학교 아이들이 흔히 담임선생 앞에서 그런 꼴을 당하듯이 종아리를 반쯤 걷어 올린 채 잠시 동안 그의 매질을 기다리고 있게 했을 뿐이었다.

그는 부임 인사가 끝나자 그길로 곧 2백 명 중대원 전원을 야외 연병장으로 끌고 나가서 첫날 훈련을 시작했다. 부임 첫날부터 훈련이라니 김만석 자신도 다소 무리라는 생각이 들지 않은 바는 아니었다. 하지만 그는 새 중대를 맡게 될 때면 언제나 그랬듯이 쓸데없이 시간을 허비하고 있을 수가 없었다. 말이 없는 것이 이 대흥 중대 녀석들의 특징이라고 했다. 무슨 의견 같은 걸 보태기는커녕 좋고 싫은 얼굴빛조차 보이는 일이 없이 언제나 중대장의 명령에만 묵묵히 복종할 뿐이라 했다. 그리고 이 중대는 바로 그런 점이 지휘를 오히려 어렵고 힘들게 하고 있다는 사실을 김만석은 부임 전부터 이미 익히 들어 알고 있던 터였다. 기합 전문가 김만석으로 하여금 그다운 흥미와 투지를 느끼게 했고, 그리하여 마침내는 그 스스로 이 대흥 중대의 중대장직을 자청하고 나서게끔 한 것도 바로 이 중대의 그런 특징 때문이었다. 그는 곧 훈련을 시작하기로 작정했다.

훈련을 시작하기 전에 먼저 몸이 불편한 사람부터 열외로 추려

냈다. 몸이 불편해서 훈련이 어려운 사람은 열을 나와서 다른 사람의 훈련을 견학만 해도 좋다고 했다. 처음에는 대열 가운데에 아무 움직임도 없었다. 치질기가 심한 사람은 이날 훈련이 조금 힘이 들지 모른다고 김만석은 짐짓 걱정스런 어조로 주의를 거듭 환기시켰다. 그제서야 진짜 치질기가 있어 보이는 환자 한 녀석이 어기적어기적 불편스런 걸음걸이로 열을 빠져나왔다. 김만석은 곧 녀석에게 엉덩이를 까 보이라 했다. 바지를 내려보라니까 녀석은 말없이 다시 몸을 돌이켜 대열로 돌아가려고 했다. 하지만 한번 열을 빠져나온 이상 김만석은 녀석을 용납하지 않았다. 치질 환자는 제대로 오늘 훈련을 받을 수 없다, 견학만으로도 훈련 효과는 충분하다, 그 대신 환자는 떳떳하게 자신의 환부를 내보여 증거해야 한다…… 김만석은 입가에 미소까지 지어 보이며 녀석으로 하여금 기어코 엉덩이를 까 내리게 했고, 전 중대원 앞에 지저분한 그의 환부를 광고시킨 다음에야 비로소 녀석의 견학을 허락했다.

오줌을 못 참는 녀석에게 개처럼 한 다릴 쳐들고 일을 보게 한 것 역시 그렇게 해서 비로소 첫날 훈련을 한창 진행해가고 있던 도중이었다. 치질 환자를 찾기 위해 김만석은 애초 이날 훈련이 제법은 힘이 들 것처럼 말하고 있었지만, 그야 물론 첫날부터 훈련의 내용을 갑자기 힘들게 할 수는 없었다. 죽창이나 목총 따위를 만져본 사람이면 누구나 이미 몸에 익혀져 있을 간단한 제식 훈련 정도로 첫날 훈련을 시작했다. 우햐앙 웃. 좌히앙 좌. 앞으로잇 가. 번호 붙이어이 갓. ……모두들 이미 익숙할 대로 익숙한 동작들이었다. 하지만 김만석은 이 단조로운 동작들로 내리닫이 두 시간을 보내고 나서 중간에 잠깐 휴식 시간을 준 뒤, 또다시 같은 동작의 훈련을 연거푸 네 시간까지 강행해나갔다. 지루하고 단조로운 제식 훈련은 한꺼번에 두 시간을 견뎌내기가 여간 힘들지 않은 것이었다. 중간에서 종종 소변을 핑계로 열을 빠져나오는 녀석들이 생겨났다. 김만석은 그런 녀석들이 생길 때마다 두 손을 땅바닥에 짚고 엎드린 다음 다리 하나를 엉거주춤 옆으로 비켜 든 자세를 취하게 하고서야 용변을 허락했다.

훈련이 지루하다 보니 행진 간에 가끔 발이 어긋나는 녀석들도 있었다. 발길이 헷갈리는 녀석이 있으면 김만석은 귀신같이 녀석을 찾아 앞으로 끌어내어 제 손으로 바지 자락을 걷어 올리게 했다. 그리곤 회초리로 종아리라도 칠 것처럼 눈을 감은 채 녀석을 한참씩 기다리게 해놓곤 했다.

김만석이 부임 첫날 대흥 중대 녀석들에게 시험한 제1단계 기합이라는 것은 대체로 그런 식이었다. 변변히 기합이랄 수도 없는 것들이었다. 기합이 그래 그랬든지, 혹은 원래부터 무슨 반응을 얻기 힘들다는 이 부대의 괴이한 전통 때문인지 녀석들도 김만석의 그런 기합 방식엔 전혀 자극을 받은 바가 없는 것 같았다. 무슨 짓을 시키든지 그저 덤덤히 명령만 따르고 있었고, 훈련을 끝내고 나서 김만석이 숙소로 돌아와 혼자 빈방을 지키고 앉아 있어도 그의 근처엔 그림자 하나 스쳐 지나가는 녀석이 없었다.

하지만 김만석은 이제 어찌 됐든 그것으로도 부임 첫날의 1단계 기합 성과는 충분하리라 여겼다. 뭐니 뭐니 해도 그는 우선 소문난 기합 전문가였다. 초조하게 생각할 필요가 조금도 없었다. 녀석들과 결판이 나기까지는 그가 동원할 수 있는 기합 종목만 해도 최소한 네 종목 이상까지 이미 단계별 시험을 끝내놓고 있었다. 그것들은 모두가 그의 오랜 경험의 집적과 세심하고 엄격한 실험을 통해 객관적 효능이 충분히 입증된 것들이었다. 그리고 그 기합 방식들은 김만석의 전문가다운 이론의 뒷받침을 얻어 활용에 있어서 가장 신사적이고 효과에 있어서 기합의 경제성이 충분히 고려된 것들이었다.

김만석은 자신의 기합 방식에 대해 그 세련성과 경제성을 무엇보다 중시했고 또 지극한 자부심을 가지고 있었는데, 기합에 있어서의 세련성과 경제성이라는 것을 가령 김만석 스스로는 이렇게 설명하고 있었다. 오늘날 기합권의 행사는 누가 뭐라고 해도 아직은 어떤 개인이나 단체를 효과적으로 '지배'하고 '소유'(그는 '통솔'이라는 말 대신 늘 이 '지배'라든가 '소유'라는 어휘를 즐겨 취했다)하기 위한 유력한 한 방법으로서 엄존하고 있는 게 현실이다. 그리고 그 기합권의 행사가 어떤 개인이나 집단을 효과적으로 지배하기 위한 한 현실적인 수단으로 동원되고 있는 사실이야말로 그것을 보다 정당하고 세련된 기술로 순화·계발해나가야 할 스스로의 이유가 되는 것이다. 사람들은 대개 그러한 기합권의 정당한 요구에는 짐짓 외면을 하려고 한다. 입으로는 늘 기합을 비인간적 악덕으로 매도하면서도 기회가 오면 손쉽게 그 기합의 효율성을 사버리곤 하는 게 또한 숨길 수 없는 기합 세계의 현실이다. 기합이란 구실 아래 사람들이 함부로 폭력의 학대를 겪는 예는 얼마든지 찾아낼 수 있을 것이다. 비능률적인 폭력을 아무렇게나 휘둘러

대고, 목적이나 필요가 없이 사람들을 학대하고······ 기합권은 그
고유의 효능이나 합리적인 질서를 외면당한 채 그런 맹목적인 폭
력과 손을 잡고 그 그늘 아래 심히 위협적인 번창을 계속해왔다.
기합권을 기합권다운 자리에 두고 애초의 목적에 부합한 위상을
찾자면 무엇보다 우선 그 원시적 폭력부터 추방해야 한다. 인간에
게 가장 원시적인 공포감을 유발시킬 수 있다는 점에서는 그러한
폭력도 나름대로의 효능을 발휘할 수 있는 건 사실이다. 그리고
그것이 원시적이면 원시적일수록 사람들은 그 폭력의 공포 앞에
쉽사리 굴복을 하게 되는 것 또한 부인 못할 사실이다. 하지만 사
람을 구타하는 따위의 직접 폭력이란 도대체 인간이 인간을 다루
는 떳떳한 지배 수단이 될 수는 없는 것이다. 그것은 지배권 안으
로의 기술적인 유도 행위가 아니라 맹목적인 굴복의 강요일 따름
이다.

  김만석에 있어서의 기합의 세련성이란 그래서 결국 그 비폭력성
을 뜻한다고 해도 좋은 것이었다. 그는 기합권을 행사하는 데 있
어서 절대로 원시적인 폭력의 사용을 반대했다. 적어도 그 자신이
직접 사람을 구타하거나 해서 극단적인 공포감을 유발케 한 일은
아직 한 번도 경험이 없었다. 직접 폭력으로 상대방의 굴복을 강
요해본 일이란 없었다. 그는 좀더 다른 방법을 사용했다. 기합권
의 행사가 애초에 모종의 학대를 통해서밖에 소기의 지배 효과를
거둘 수 없는 것이라는 혐의가 불가피하다면, 그는 그것을 직접
폭력에 의해서가 아니라, 기합을 당하는 사람(그는 그들을 기합 수
형자라고 말했다) 스스로에게서 상당한 고통을 자생시키고 그 최

소한의 자생의 고통으로 인해 스스로 가형자(이 역시 김만석이 기합권 행사자를 가리켜 한 말이다)의 지배권에 속해올 수 있도록 하는 보다 신사적이고 간접적인 방법을 주장했다. 가능한 한 직접 폭력을 억제하면서 소기의 기합 효과를 거두자면 방법이 세련되어질 수밖에 없다는 주장이었다. 남이야 신용을 하든 안 하든 선착순(先着順) 구보(驅步) 같은 것이 이를테면 그런 방법의 하나였고, 김만석이 자신을 가지고 개발해낸 기합 방식이라는 것들도 대개는 내용이 그의 그런 주장과 유사하게 부합될 수 있는 것들이었다.

한데 여기서 또 하나 문제가 되는 것은 한 집단에 대한 일정한 기합 효과를 위해서는 그 학대의 강도를 어떻게 조절할 수 있느냐는 것이었다. 기합의 효과는 일정하면서도 기합의 방식은 얼마든지 그 학대의 강도가 달라질 수 있었다. 때로는 목적한 효과에 비해 지나친 강도의 기합 방식이 동원될 수 있었다. 그것은 무분별한 기합권의 남용이며 의미 없는 인간 학대 행위였다. 기합 방식은 개인이나 집단에 따라 상대적으로 적정한 강도가 선별될 수 있어야 했다. 그것이 이를테면 기합의 윤리요, 경제성이라는 것이었다. 따라서 그는 무모하고도 부도덕한 기합 에너지의 낭비를 방지하기 위해 모든 기합 방법들(물론 그 비폭력성에 입각한)을 시행 강도에 따라 몇 단계로 미리 서순을 정해두고 있었다. 그것이 그의 단계적 기합권 행사의 방법론이었다.

서두르거나 초조해할 필요가 조금도 없었다. 이날 낮 그가 중대원들에게 시험한 기합으로 말하자면 바로 그의 그런 단계별 기합 방법들 가운데에서도 다만 제1단계에 불과했다. 기합이라기보다 차라리 그가 이 중대에서 그의 기합 방식을 몇 단계까지 시험해볼 수 있겠는가, 그것을 점쳐내기 위한 기초 실험에 불과한 것이었다. 녀석들과 결판을 내기 위해서는 아직도 방법이 수두룩했다. 이날은 그저 녀석들에게 잠깐 모욕을 주어본 것뿐이었다. 조그만 모욕이라도 그것을 아무렇지 않게 행사하는 사람에겐 언제나 은근한 경계심을 불러일으키게 마련이었다. 새 중대장이 그의 부대원들을 첫날부터 그런 식으로 대하고 나섰다면 그것은 곧 그의 성품 중의 한 두려운 일면의 암시가 아닐 수 없었고, 그것은 또한 그의 중대원들에 대한 말 없는 위협이 아닐 수 없었다.

그런데 어쨌든 이 중대에의 그의 그런 1단계 기합은 전혀 효과가 없었던 모양이었다. 밤이 한참 더 깊어진 다음까지도 김만석을 찾아온 녀석은 끝끝내 한 사람도 없었다. 무엇보다도 일과 시간 후에 개인적으로 그를 찾아오는 자가 없다는 것은 그의 기합이 효과가 없었다는 가장 확실한 증거였다.

김만석은 이제 그의 1단계 기합 효과에 대한 사후 점검은 끝이 난 거라고 생각했다. 결과는 오히려 만족스런 편이라 할 수 있었다. 그는 마침내 불을 끄고 잠자리로 들면서 느닷없이 뿌듯한 의욕 같은 것을 느끼고 있었다.

—녀석들 내일은 구보라도 좀 시켜봐야겠군.

2

이튿날은 예정대로 2단계 기합을 실시했다.

기합을 주는 데는 뭐 특별한 구실이 필요 없었다. 중대가 집합을 완료하고 난 다음 아침 첫 시간부터 바로 야외 연병장을 빙빙 뛰어 돌게 했다. 시발은 구보 훈련을 실시하고 있는 거나 다름없었지만 시간이 경과함에 따라 그것은 자연스럽게 기합의 효과를 나타내게 마련이었다.

중대는 일사불란하게 중대장 김만석의 구령을 잘 맞춰나가고 있었다. 그가 워낙 처음부터 속도를 알맞게 조절해놓은 탓도 있었지만, 구보 대열은 10분이 지나고 20분이 지났을 때까지도 좀처럼 지칠 줄을 몰랐다. 발길이 헷갈리거나 대열이 흐트러지는 일이 전혀 없었다. 구령을 복창해오는 소리도 좀처럼 기세가 꺾이지 않았고 녀석들 간에 무슨 불평스런 소리가 오가는 기척도 엿보이지 않았다. 입을 꾹꾹 옥다문 채 녀석들은 참을성 좋게 연병장을 돌고 돌았다. 김만석도 그저 언제까지나 연병장을 뛰어 돌아가는 녀석들의 모양을 끈질기게 지켜보고 있었다.

그는 40분 동안을 그렇게 전 중대로 하여금 연병장을 계속해서 돌게 한 다음 비로소 20분간의 휴식 명령을 내렸다. 그리고 그 20분의 휴식 시간이 지나고 나자, 그는 다시 중대로 하여금 계속해서 연병장을 돌게 했다. 이번에는 첫날 아침 엉덩이를 까본 치질 환자 한 녀석을 미리 열외로 비켜놓고 시작했다. 행군 중에 더 이상 열을 지킬 수 없는 사람도 별명(別命) 필요 없이 스스로 열을 비켜 나오도록 했다.

하지만 이 두번째 시간에도 중대는 역시 별다른 반응이 엿보이지 않았다. 합계 80분 동안의 그 힘든 구보 행진에도 불구하고 스스로 열을 빠져나오는 녀석이 하나도 나타나지 않았다. 대열의 질서나 구보 속도가 시종 일사불란했다. 김만석으로서도 문득문득 가슴이 섬뜩거려왔을 정도였다. 전임 중대장들이 머리를 내두르며 물러서버린 것도 무리가 아니었다. 그 일사불란하고 무표정한 질서야말로 중대장이 녀석들을 다스리는 데는 가장 위태로운 저항 요소가 아닐 수 없었다. 그 이상한 질서의 비밀이 밝혀지지 않는 한 중대를 마음 놓고 소유할 수가 없었다. 소유하지 못하면 진정한 지배도 불가능했다.

20분간의 중간 휴식을 취하게 한 다음 김만석은 다시 셋째 시간 훈련으로 들어갔다. 이번에도 물론 그 2단계 기합을 겸한 구보 훈련이었다. 기합 종목을 바꿀 수는 없었다. 이날은 끝끝내 그 완속 구보 한가지로 일과를 대신할 작정이었다. 2단계 기합의 단일한 반응을 살필 작정이었다.

세번째 시간이 시작되고 나서야 비로소 대열을 빠져나오는 자가 하나 둘씩 생겨나기 시작했다. 구보가 시작된 지 10분쯤 지나고 나서 한 녀석이 슬그머니 열을 벗어 나오는가 싶더니 위인의 몸뚱이가 그만 그 자리에서 풀썩 땅바닥으로 엎어져버렸다. 대열은 다시 녀석의 자리를 앞으로 끌어 채우며 구보를 계속해나갔다. 김만석이 녀석의 곁으로 다가가려다 보니 이번에는 대열도 미처 비켜

나지 못한 채 제 발에 제가 걸려 열 중으로 몸뚱이를 쓰러뜨리고
마는 녀석도 있었다.

셋째 시간 40분이 지나고 보니 그런 식으로 대열을 떨어져 나온
녀석이 열세 명이나 되었다. 넷째 시간 40분이 마저 다 끝나갈 때
쯤 해서는 아직 구보 대열을 지키며 연병장을 돌아가고 있는 녀석
이 2백여 중대원 가운데서 열 명도 채 되지 않았다.

김만석은 비로소 이날 훈련을 모두 끝냈다. 그쯤 했으면 이제 2단
계 기합도 시험이 충분해진 셈이었다. 이젠 그만 숙소로 돌아가서
시험 성과나 기다리고 있어도 좋다고 생각했다.

한데 소문에 듣던 대로 이날의 제2단계 기합 역시 결과는 매한
가지였다. 오전 중에 일과를 끝내버린 김만석이 오후 한나절을 내
내 숙소에만 들어박혀 있어 보았지만 중대원 가운데선 역시 그를
찾아오는 녀석이 한 놈도 없었다. 해가 저물고 밤이 한참 깊어진
다음까지도 여전히 그의 숙소 문을 두드리는 녀석은 그림자 하나
찾아볼 수가 없었다.

—녀석들이 정말 한번 끝까지 맞서보겠다는 건가?

김만석은 기분이 다소 언짢았다. 하지만 그는 아직도 여유가 만
만했다.

—아무래도 녀석들은 꺾어볼 만한 맛이 있겠는걸.

그는 녀석들이 오히려 대견스럽다고 생각했다. 모처럼 좋은 기
회를 만난 것 같았다. 기회가 와준 것은 그가 그 기합의 종류와 방
법에 대해 오랫동안 기울여온 노력의 한 고마운 보답이라 할 수 있
었다.

김만석이 애초 기합에 관심을 기울이기 시작한 것은 단순히 그의 개인적인 취미에서만이 아니었다. 기합 방식과 그 합리적인 행사에 관한 그의 연구 노력은 보다 문화인다운 인간 존엄성의 고양에 첫 동기가 발단하고 있었다. 기합 방법의 비폭력적 세련성과 효율적 경제성이 강조되고 있는 데서 엿볼 수 있듯이 그의 기합에 관한 연구 노력은 전혀 기합권을 행사하는 가형자 쪽의 편의를 위해서가 아니라 그것을 겪어내는 수형자 쪽의 고통을 조금이라도 줄여주고, 가능한 한 그 인간적 자존심까지를 보호해주자는 데에 진정한 목적이 있었다. 김만석이 기합 수형자들을 위해 그런 노력을 바치기로 결심한 데는 물론 그의 경험과 주위의 영향 또한 다대한 바 있었다. 의용학도대 창설 당시 김만석은 그 자신 대대 본부 간부반에 소속이 정해진 평범한 한 하급 간부 대원에 불과했었다. 대대 내의 상급자와 차상급 부대 간부 요원들로부터 난폭스런 기합의 고통을 감내해야 할 때가 얼마든지 많았다. 그리고 그의 주위에선 언제나 그 무질서한 기합권의 행사가 난무했고 그때마다 수많은 동료들의 인격에 대한 무참스런 유린극이 벌어지곤 했다. 기합 수형자의 형편에선 최소한의 자존심도 용납이 되지 않았다.

김만석에겐 마침내 어떤 절실한 각성이 시작되고 있었다. 기합이란 원래 어느 종류의 것이나를 막론하고 그 대상의 효율적 지배를 애초 목적하고 있었다. 하지만 앞서도 말했듯이 기합은 방식에 따라 각기 그 고통의 강도와 효율성이 가지각색이었다. 그는 철저히 기합 수형자의 인간적 존엄성에 입각한 새로운 기합 질서의 정립에 몰두하기 시작했다. 모든 기합 방식들에서 그 고유한 효과를 도출해내고 기합 경제 면에서 그 목적을 효과적으로 실현해낼 수 있는 최소한의 적정 강도에 따른 기합 방식의 단계적 서순 배열을 시도했다. 작업을 착수할 때의 취지에 따라 폭력성 기합은 그 효율성을 유지할 수 있는 다른 비폭력성 기합으로 선별 대체했다.

그에게는 드디어 엄격한 강도 구분에 따른 단계별 기합 진행표가 마련되었다. 하지만 머릿속 생각만으로는 아직 그가 기울인 노력의 실제 효과를 보증할 수 없었다. 기합 수형자들을 위해서도 아무 구체적인 기여를 보탤 수 없었다. 그의 기합 방식들은 현실적 실험이 필요했다. 현실 적용을 통해서만이 실제 효과가 증명될 수 있었고, 기합 수형자들을 위한 구체적인 기여가 이룩될 수 있었다.

그는 순회 중대장을 자원했다. 지구 대대 안에는 16개 지역 중대가 조직되어 있었고 그 중대에는 각기 자대 내의 요원으로 현지 중대장을 임명하는 것이 원칙으로 되어 있었다. 하지만 특별히 훈련이 부실하거나 통솔이 까다로운 부대에 대해서는 현지 중대장을 대대 내의 간부반으로 소환하고, 그 대신 임시 순회 중대장을 임명, 파견하여 중대의 기강을 철저히 바로잡게 했다. 임시 순회 중대장은 대개 대대 내의 간부반 요원 가운데서 임명을 받는 것이 상례였다.

김만석은 곧 순회 중대장 임명을 받고 임지를 돌아다녔다. 그러면서 열심히 자신의 기합 방법들을 시험했다. 생각대로 효과는 늘 성공적이었다. 아무리 심한 말썽을 피우던 중대라도 김만석만 찾아가면 끝내는 도리 없이 그의 손아귀로 들어오고 말았다. 첫날은 그저 간단한 모욕이나 위협을 주어보고, 그리고 다음에는 끈질긴 구보 훈련을 실시했다. 그것으로도 되지 않으면 그다음엔 제3단계 기합으로, 그리고 다시 또 4단계 기합으로. 끝내는 기어코 성공이었다. 아니 김만석은 그의 실험 성과가 너무도 정확한 데에 오히려 싱거운 느낌마저 들고 있을 정도였다. 어떤 데선 그의 기합이 2단계도 접어들기 전에 벌써 주렁주렁 숙소를 찾아오는 녀석들이 생겨났다. 1단계나 2단계까지는 그럭저럭 잘 넘기는가 싶다가도 3단계쯤 가고 나면 대부분의 중대들은 반응을 보여오게 마련이었다. 어쩌다 한번은 2, 3단계가 끝난 날까지도 소식이 감감해 있던 경우가 있었지만 거기서도 끝내는 4단계 기합을 실시하고 난 날 밤 고집이 무너졌다.

그는 곧 기합 전문가로 대대 안에 소문이 나게 되었다. 순회 중대장으로서 어지간히 관록도 붙은 편이었다. 그는 쉴 새 없이 말썽거리 중대를 찾아 그의 기합 방식을 실험하고 돌아다녔다. 대대에서도 가장 말썽이 심한 곳은 으레 김만석의 차례가 되곤 했다.

하지만 김만석은 언젠가부터 차츰 알 수 없는 실망 같은 것을 느끼기 시작했다. 번번이 일이 너무 쉽게만 끝나는 것 같았다. 놈들은 너무도 견디지 못했다. 못 견디면 슬그머니 혼자 중대장의 숙소를 찾아오곤 했다. 다음 단계는 시험을 거칠 필요도 없었다. 사실상으로 그가 그런 식으로 돌아다닌 부대는 이번까지 해서 벌써 일곱째나 되고 있었지만, 네번째 단계까지라도 그의 방식을 시험해볼 수 있었던 것은 그간 통틀어 단 한 번에 불과했고 거기서마저도 그 4단계 이후의 기합에 대해서는 반응을 살필 기회가 불가능했던 형편이었다.

그것은 일종의 불상사였다. 김만석이 끝끝내 충실한 실험을 거칠 수 없게 된다면, 무질서한 기합의 횡포를 방지하자는 그의 노력 또한 만족할 만한 결과를 얻을 수 없었다. 그것은 거의 운명적으로 그 무질서한 기합의 학대를 감수하고 있는 기합 수형자들을 위해서도 커다란 불행이 아닐 수 없었다.

실망감 속에서도 김만석은 그의 기합 방식들을 마지막까지 시험해볼 수 있는, 그리고 보다 정연하고 완벽한 기합 질서를 완성케 해줄 말썽거리 중대를 중심으로 고대하고 있었다. 한데 이번에 마침내 대흥면 중대가 그의 차례가 된 것이다. 대흥면 중대는 그사이 벌써 대대에서 파견한 두 명의 순회 중대장을 제풀에 지쳐나가게 한 문제 중대의 하나였다. 김만석은 사명감을 가지고 임지로 달려왔다. 듣던 대로 녀석들은 과연 대가 만만치 않은 것 같았다. 이 이틀 동안의 2단계째 기합에도 불구하고 아무도 아직 그를 찾아오는 낌새가 안 보였다. 정말 한번 꺾어볼 만한 맛이 있는 녀석들 같았다.

김만석은 새삼스레 어떤 보람마저 느껴지고 있었다.

3

"중대 전원은 좌전방 백 미터 지점의 독립가옥을 주목하라. 전 중대는 지금부터 저 독립가옥을 돌아오는 선착순 구보를 실시한다. 출발 지점은 현재 집합 장소. 구보 요령은 현재 지점을 출발, 목표물을 우측으로부터 좌측으로 우회해 오는 한 명 선착순 방법이다. 실시 횟수는 중대 전원이 한 명 선착순 요령에 따라 각기 1회 선착을 완료할 때까지 계속한다. 그 대신 구보 시간은 제한을 두지 않으며 중간 휴식 시간도 충분히 배당한다. 자, 그럼 구보 실시 준비. 목표물을 향하여 전 중대 일렬횡대로 정렬!"

이튿날 아침 김만석은 전 중대원에게 선착순 구보 훈련을 실시했다. 그는 2백여 부대원들 가운데서 예의 그 치질 환자 한 명을 제외한 나머지 인원을 일제히 목표물로 출발시켰다. 마침내 그의 제3단계째 기합이 시험을 시작한 것이었다. 되풀이되는 말이지만 1단계 2단계는 누구에게나 정말 기합다운 기합이 못 되었다. 중대에 따라서는 그저 몇 시간의 집단 구보 훈련 정도로 이미 싱거운 결판이 나는 수가 있었지만, 그러나 그것은 기합으로 치면 어디까지나 아직 가벼운 예비 단계에 불과한 것이었다. 진짜 기합은 이 3단계부터였다. 3단계 기합으로서의 선착순 구보에서 비로소 진짜 기합다운 기합의 의미를 지닐 수 있다는 것은 물론 이 기합 방식의 독특한 특성 때문이었다.

기합의 목적이 어떤 개인이나 집단의 완벽한 지배에 있다는 점에 비추어, 이 선착순 구보야말로 그 목적 집단(김만석에겐 집단이 문제였으므로)의 지배술과는 각별한 의미 관련이 있었다. 1단계 2단계에서는 그저 단순한 모욕감이나 자생적 고통만을 유도해내는 효과 정도였다. 하지만 선착순 구보 훈련은 그런 단순하고 자생적인 고통 외에도 또 한 가지 괴로운 경쟁 현상을 유발하게 되어 있었다. 그것은 김만석 고유의 표현에 따르면 그 집단 구성원의 무의식적인 개인화 현상을 뜻했다. 말이 백 미터지 왕복으로 따지면 1회 거리 2백 미터 이상이었다. 그것도 단 한 명의 선착순 다툼이었다. 맨 첫 번 왕복에선 1착짜리 한 사람을 제외하고 나머지는 다시 목표물을 돌아오게 하여 매번 그 선착자 한 명씩만을 제외시켜나갈 뿐인 것이다. 중간중간에 충분한 휴식을 취하게 한다고는 해도 그 한 명 선착순 구보를 최종회까지 실시하고 나면, 목표물을 혼자서 돌아오는 마지막 선착자는 2백 회 이상의 왕복 구보가 되는 셈이었다. 하지만 이 기합의 요체는 그런 개인별 고통의 격차에 의해서보다 그것을 실시해가는 과정에서 이미 소기의 목적이 수행되게끔 되어 있었다. 제1회 왕복 때부터 1착을 목표로 뛰는 녀석들은 대개 여느 녀석들보다도 경쟁심이 강하거나 보다 이기적인 성격의 소유자들이기 십상이었다. 선착순 기합이란 원래 고통을 당하더라도 남보다는 조금이라도 일찍 그것을 끝내고 싶어 하는 수형자의 상대적 이기심을 노린 기합 방식이었다. 남보다 덜 받고 싶으면 남을 이기라는 방법이었다. 남을 이겨서 자기 고통의 일부를 그쪽으로 떠넘기도록 하는 방법이었다. 당연히 자기 생각들만 하게 마련이었다. 그리고 치열한 경쟁심들이 발휘되게 마련이었다. 하지만 이 경쟁심은 사람마다 정도가 일정하지 않았다. 선착순 경주에서 기합을 일찍 끝내는 녀석들은 그렇지 못한 녀석들보다 어느 의미로 그 경쟁 심리나 이기심이 강한 자들이었다. 그리고 그 전반에서 자기 기합을 끝내지 못하는 녀석들이란 대개 남보다 몇 곱절 고통을 당하면서도, 기합을 이미 끝낸 자들보다는 아직도 그것을 계속하고 있는 자의 수가 많으며 자신은 그 다수의 집단 속에 속해 있음을 차라리 마음 편하게 생각할 정도로 심지가 허약한 자들이었다. 하지만 이 선착순 기합 방식은 그처럼 성미가 흐리멍덩한 녀석들에게도 끝내는 극단의 이기심과 경쟁 심리를 배우게 해주는 데에 진짜 요체가 있다고 할 수 있었다. 기합이 진행되어감에 따라 남은 동료는 하나하나 줄어들고 고통은 점점 더 가중되어가게 마련. 남은 동료의 수가 줄어들수록 불안스런 괴로움이 겹쳐들며 기합은 짜증스럽도록 견디기가 힘들어진다. 어느 단계가 되면 누구라도 이젠 그쯤에서 자신도 그만 기합을 끝내버리고 싶어진다. 오로지 자기만을 생각하게 된다. 그리고 남을 이기고 싶어 한다. 남은 자들끼리의 선두 다툼은 그리하여 아직도 쉴 새 없이 계속된다. 그리고 그 선두 다툼은 횟수가 거듭되어갈수록, 남은 사람의 숫자가 줄어갈수록 오히려 점점 더 열기가 더해져간다. 선착순 기합 방법은 이를테면 그런 식으로 집단 내의 모든 구성원에게 철저히 이기적인 경쟁심을 유발케 하고, 그것을 통해서 마침낸 그 집단의 개인화 현상을 촉진시키게 되어 있었다.

한 집단의 개인화 작업이야말로 그 집단을 소유하고 지배해가는 가장 첫 단계의 비결이 아닐 수 없었다. 한 집단 구성원의 각개 개인화 작업이 그 집단을 소유하는 첫 단계 비결이라고 하는 데는 의견을 달리하는 인사도 있을 수 있겠지만, 적어도 김만석 자신만은 그 스스로의 경험에 비추어 철두철미 그것을 믿고 있었다. 그는 어느 중대를 맡아 가거나 우선 그 단계별 기합 방식을 차례로 시험해나가면서 그 부대원 녀석들의 비공식 숙소 방문을 기다리곤 했는데, 그는 녀석들의 그 비공식 숙소 방문 또한 그 개인화 현상의 어김없는 증좌로 이해했다. 중대원들의 비공식 숙소 방문이 시작되면 그는 곧 그 중대의 개인화 현상을 점치게 되었고, 그리고 나면 아닌 게 아니라 그는 오래지 않아 곧 새 중대의 소유가 훨씬 수월해지곤 했던 것이다.

1차 2차 기합 때의 일사불란한 중대 질서—, 그것을 생각하면 김만석은 이 대흥면 중대를 위해 그의 그 개인화 작업 순차가 무엇보다도 절실해졌다. 3단계 선착순 구보야말로 이 조그마한 집단의 개인화 작업에는 더없이 적절한 기합 방식이었다.

김만석은 예정대로 차근차근 기합을 진행시켜나갔다. 폭력에 의한 학대나 기합권의 남용이라는 혐의를 스스로 경계하면서 끈질기게 출발 구령을 되풀이해가고 있었다. 오전 일과 네 시간을 꼬박 그 3단계 기합 한 가지로 대신했다.

중대 녀석들도 어지간히 끈질기게 버티었다. 중간 휴식이 충분해서 그랬던지 구보 중에 지쳐 넘어진 녀석 하나 없었다. 출발을 기피하거나 섣불리 요령 같은 걸 피우려는 기색이 전혀 없었다. 출발 구령이 떨어지면 묵묵히 목표물을 향해 뛰어갔고, 목표 가옥을 돌아오고 나면 녀석들은 헐떡헐떡 가쁜 숨을 몰아쉬다가도 이윽고는 그 숨소리마저 잠잠해진 채 조용히 또 다음번 출발 신호를 기다리고 있었다.

도대체 불평 한마디 중얼거리는 녀석이 없었다. 김만석은 결국 2백몇 번짼가 마지막 한 녀석이 느릿느릿 걷다시피 해서 저 혼자 목표물을 돌아온 다음에야 이날 기합을 모두 끝냈다.

대결이라면 참으로 끈질긴 대결이었다.

하지만 이 대흥 중대 녀석들이야말로 김만석이 상상했던 것보다 대가 더 단단한 종자들이었는지도 모른다. 다름 아니라 녀석들은 그 3단계 기합을 겪고 나서도 역시 반응이 마찬가지였다. 결판이 나지 않았다. 김만석은 이날도 오전 네 시간으로 일과를 마감하고 일찌감치 숙소로 들어가 있었는데, 오늘쯤은 싶은 그의 기대하곤 딴판으로 이날도 녀석들에게선 역시 아무 소식이 없었다. 밤이 되어서도 사정은 내내 마찬가지였다.

—그럴 리가?

김만석은 한밤중이 되도록 혼자 빈방을 지키고 앉아 있다가 그래도 끝끝내 별다른 기미가 엿보이지 않자 비로소 좀 의외라는 느낌이 들기 시작했다. 보람을 느끼기는커녕 이젠 슬그머니 괘씸한 생각부터 들어왔다.

—그래 봐야 결국 끝장은 정해져 있을 텐데.

느닷없이 어떤 새로운 투지마저 불붙어오는 것 같았다.

당연한 노릇이었는지 모른다. 기합권의 합리적 행사 방식에 대해 그가 그토록 열정을 쏟아온 동기는 여하간에, 그사이 김만석은 자기도 모르게 벌써 상당한 기합 전문가로서의 관록이 붙어 있었다. 그리고 그의 실험이 언제나 소기의 성과를 나타내어 중대를 마음껏 소유할 수 있게 될 때는 기분이 전혀 담담해 있었던 것만도 아니었다. 사람들은 흔히 그것을 지배의 속성이라고 하던가. 김만석 역시 그의 기합 방식들을 부단히 실험해오는 동안 여러 곳에서 그의 부대를 소유해본 경험이 있었다. 그리고 그때마다 어떤 남모르는 쾌감 같은 것에 젖어들었던 것도 그 자신에게만은 숨길 수 없는 사실이었다. 남을 꺾어 자기 지배권 안에 소유한다는 것은 누구에게나 미상불 기분이 나쁠 일이 아니었다. 그 역시 자신의 방법으로 새로운 중대를 완벽하게 소유할 수 있게 된 순간에선 스스로 흥분을 감추지 못했을 때가 많았다. 그것은 그의 새로운 기합 방식의 성공이라는 객관적 의미를 떠나서 김만석 자신의 삶의 확대 내지는 승리의 이정표일 수도 있었다. 유감스러운 것은 다만 그런 흥분이나 희열이 언제나 순간에 불과했다는 점이었다. 새로운 중대를 소유하고 나면 그는 바로 그 소유가 이루어지는 순간에 다시 그 부대의 소유 가치를 잃어버리곤 했다. 그는 중대를 소유하자마자 오히려 중대를 잃어버리는 꼴이 되곤 했다. 이상하게 허탈스런 의욕의 중단을 경험했다. 중대를 소유할 수 있었던 순간의 희열은 언제나 그런 식으로 덧없이 사라져갔다. 그의 성공은 오히려 좌절이었다. 하기야 그의 성공이 번번이 그런 좌절감을 동반하지 않았다면 그는 이미 어느 단계의 성공에서 영영 자신의 중대를 소유한 채 기합에 관한 오늘의 업적은 이룩해낼 수 없었을는지 모른다. 어느 한곳에서 그 성공과 좌절을 동시에 경험하고 나면 그는 이내 그곳을 떠나 그에게 다시 새로운 의욕을 불붙여줄 다른 중대를 찾아 나서지 않으면 안 되었다. 그는 그런 식으로 그 순간적인 희열과 좌절을 되풀이 경험하면서 오늘날까지도 그 기합에 관한 자신의 연구열을 끈질기게 지속해올 수 있었음이 분명했다.

김만석은 이번에도 중대를 소유하고 나면 영락없이 또 같은 경험이 되풀이되리라는 것을 알고 있었다. 미구에 다시 대홍 중대를 떠나게 될 날은 오고 말 것이다. 하지만 그는 또 그러한 성공과 좌절의 되풀이야말로 그의 합리적 기합 방법론과 그 실증에서 보여준 사회적 기여를 가능하게 했고, 동시에 그 자신의 개인적 삶을 위해선 그로 하여금 부단한 지배와 소유욕의 확대 속에 보다 적극적인 삶의 길을 구가해나갈 기본 동력이 되고 있음도 스스로 잘 알고 있었다.

그는 무엇보다 우선은 대홍 중대부터 분명하게 소유해놓을 필요가 있었다. 그리고 언젠가는 결국 일이 그렇게 되고 말리라는 것을 굳게 믿었다. 쾌씸스런 생각이 든 것은 그의 투지가 오히려 모처럼 그럴듯한 상대를 만나 제대로 눈을 뜨기 시작했다는 증거였다. 그의 기합 방식들에 대해 보다 명징한 실험을 가해볼 수 있는 드문 기회를 만난 셈이었다. 다른 곳에서 같으면 이미 결판이 났을 단계까지 가 있는데도 아직 성화가 나도록 반응이 없는 것은 사실이지만, 기왕 그런 상대를 만났으면 가능한 데까지 여러 방법을 시험해볼 수 있는 편이 좋았다. 빠듯한 승부를 내게 되는 편이 그의 실험을 위해서는 훨씬 더 다행이었다.

그는 스스로 노여움을 참았다.

이튿날이었다. 김만석은 이날사말고 모처럼 여덟 시간 훈련을 모두 끝내고 나서야 비로소 막패라도 던지는 기분으로 그의 4단계째 기합을 실시했다. 말인즉 중대의 단결력을 위한 정신 훈련이라 했지만, 훈련 시행 방법은 전혀 육체적인 것이었다. 중대의 단결력보다는 오히려 전날의 선착순 구보에서 시도했던 것 이상의 철저한 개인화 작업이 이날 기합의 진짜 목적이었다. 엎드려 팔굽혀펴기가 그 4단계 기합 종목이었다. 선착순 구보가 단순한 이기심의 환기에 의한 개인화 방책이었다면, 엎드려 팔굽혀펴기는 거기서 한 걸음 더 나아가 타자에 대한 원망과 저주감의 출발을 통한 보다 적극적이고 공격적인 개인화 수단이었다.

그는 전 중대원에게 팔을 짚고 앞으로 엎드리게 한 다음 하낫 둘 하낫 둘 구령에 따라 일제히 엎드린 팔을 한 번씩 굽혔다 폈다 하게 했다. 팔을 굽혔을 때나 폈을 때나 중대원 전체가 그가 요구하는 일정 시간까지 머리, 엉덩이, 발뒤꿈치를 늘 한 직선 높이로 똑바르게 유지하도록 했다. 팔을 굽혔을 때는 배가 땅에 닿지 않도록, 팔을 폈을 때는 허리가 휘어져 내려 어깻죽지가 불쑥 솟아오르는 사람이 없도록 모든 중대원이 자신의 목과 팔과 허리로 항시 부대 대열 전체의 똑바른 직선을 유지하게 했다. 이 기합 중엔 간혹 무릎이나 배 밑을 땅에 대고 적당히 상하 운동을 흉내내는 녀석들이 있을 수 있었다. 원칙대로 구령을 따르려 한다 해도 횟수가 거듭되다 보면 끝내는 자세를 지탱할 수가 없게 되고 마는 수가 많았다. 그럴 경우 대열의 높이가 다시 일사불란해질 때까지 동작 횟수를 계속해가게 하는 것이 이 4단계 기합의 요체였다.

하지만 김만석으로서는 그런 경우가 실제로 생기느냐 않느냐는 문제가 아니었다.

녀석들은 이날도 역시 대단한 참을성을 발휘했다. 적당히 요령을 피우려 하거나 자세가 흐트러지는 녀석이 거의 눈에 띄지 않았다. 가지런하게 몸이 오르내리는 모습들이 제법은 보기가 좋았다. 하지만 김만석에겐 그러나저러나 어차피 결과가 마찬가지였다.

"자세를 똑바로 유지하라. 전원 자세를 올바로 할 때까지 구령을 계속한다. 하느앗 둘, 하느앗 둘······!"

처음엔 제법 구령을 맞춰 나가던 녀석들도 시간이 흐름에 따라 한 사람 한 사람 동작이 더디어지고, 허리가 휘어져 내리기 시작했다.

"배를 땅바닥에 붙이지 말라. 자기 혼자 편하려고 요령을 피우려는 자가 있으면 동지들의 괴로움이 그만큼 배가된다는 것을 명심하도록! 동작을 똑바로······ 하느앗 둘, 하느앗 둘······!"

자세가 흐트러진 녀석들의 숫자가 갈수록 늘어가게 마련이었다.

"그래도 아직 자기 편할 생각만 하는 얌체 족속들이 있다. 그건 동지들에 대한 배신이나 다름없는 행동이다. 자기가 편해 있을 땐 그 값으로 동지들의 소리 없는 원망이 뒤따르고 있다는 걸 알아야 한다. 정확한 자세로 동작을 통일시키라. 하느앗 둘, 하느앗 둘······"

동작의 통일이 이루어질 리 없었다.

"어떤 새끼냐!"

"정말 이렇게 골탕을 멕일 텐?"

고통이 극에 달해가자 중대 가운데선 마침내 진짜 그런 원망 소리가 여기저기서 터져 나오기 시작했다. 그리고 그런 원망 소리는 앞에서 기합을 지휘하는 김만석 중대장에게가 아니라 눈에 보이지도 않는 부대원 자신들 중의 어느 한 사람을 겨냥하고 있음이 분명했다.

하지만 김만석은 아직도 좀더 시간을 끌었다. 시간을 끌면서 그는 그 보이지 않는 원망스런 배신자로 하여금 전 중대원에게 보다 철저한 원망과 저주와 적개심을 빠짐없이 익히게 하였다.

그러나 놀라운 일이었다.

그의 기합은 아직도 효과를 거두지 못했다. 김만석은 이날 밤도 그 혼자서 빈방을 지키고 앉아 있었다. 참으로 지독한 녀석들이었다. 그는 이제 막패까지 다 쓰고 나서도 게임을 지고 만 심경이었다. 초조하고 안타까웠다. 갑자기 자신이 막막하고 외로워지기까지 하였다.

─하지만 여기서 지고 물러설 수는 없지.

그는 몹시도 자존심이 상했다. 그의 기합 방식에 대한 신뢰감의 상실 같은 건 오히려 둘째 문제였다. 그는 그 자존심의 손상감 때문에 자신을 견딜 수가 없었다. 어떻게든지 녀석들을 꺾어 이기고 싶은 욕망만이 가슴 가득 들끓었다. 그것은 거의 맹목적인 복수심과도 같은 것이었다. 녀석들에게 통쾌한 복수를 가해주고 싶은 일념뿐이었다.

그는 복수의 방법을 생각하기 시작했다. 효능이 증명되어본 일은 없지만 마지막으로 아직 한 가지 방법이 남아 있었다. 사실은 이 마지막 방법이야말로 그 기발한 가형 방식에 의해 잔인스러울 만큼 완벽스런 결과가 기대되는 것이었다. 실험을 거친 일이 없었을 뿐이었다. 수형자 편의 사정도 늘 그런 형편이었지만, 사실은 김만석 자신도 이 마지막 단계의 기합만은 그 가형 방식의 기발한 완벽성 때문에 일종의 비인도성 같은 것을 느껴오고 있었을 정도였다. 그는 어느 경우에나 이 마지막 방법까지 시험이 필요하게 되는 사태는 결코 바라온 편이 아니었으며, 그 때문에 오히려 어떤 은근한 두려움 속에 그런 기회를 일부러 회피해버리곤 했던 것인지도 몰랐다. 그러면서도 그가 그 마지막 방법을 하나 더 머릿속에 미리 마련해두고 있었던 것은 그의 게임을 늘 막패 이전에서 끝장이 나게 하려는 기합 전문가다운 여유와 안정감을 위해서였던 셈이었다. 적어도 막패까지는 게임을 끌고 가지 말아야 했다. 게임은 막패 이전에서 결판을 내는 것이 좋았다. 수형자를 위해서도 그편이 훨씬 다행이 될 것은 다시 말할 필요가 없는 일이었다. 그는 마지막 방법을 마련하고 있으면서도 실제로 그것을 시험해야 할 사태가 오는 것은 원하지 않고 있었다. 기회가 오더라도 그것만은 절대로 시험을 사양할 결심이었다.

하지만 이번에는 사정이 어쩔 수 없었다. 복수심 때문에 그는 이제 무조건 녀석들을 이겨놓지 않고는 자신을 견뎌 배길 수가 없었다. 그에게는 이미 그 기합 전문가다운 관록에서 연유한 맹목적일 정도의 강한 지배 의지가 깃들어 있었다. 그는 이제 몸이 자릿자릿 저려오는 듯한 이상스런 쾌감마저 느껴져왔다. 그리고 이곳 녀석들처럼 대가 센 녀석들은 대대 내의 어느 중대에서도 다시 만날 수가 없을 것 같았다. 대대뿐만 아니라 그는 이제 다른 어느 곳에서도 녀석들에게서처럼 치열한 승부욕을 다시는 경험해볼 기회가 오지 않을 것 같았다. 차제에 녀석들에게서 그의 기합 방식들을 최종 단계까지 시험해놓지 않으면 안 되었다. 사정이 여기에 이르자 그는 이제 차라리 느긋한 여유마저 생겼다.

—이게 모두 누구를 위한 고역이란 말인고!

숭엄한 인간 존엄성의 수호를 위해 자신의 단계적 기합 방식론
은 보다 치밀하고 광범한 실험으로 그 가치가 증명되어야 한다는
숭차대한 사명감이 새삼 절실해지고 있었다. 아무렴, 그는 물러설
수가 없었다. 개인적인 자존심 때문만이 아니라 기합 수형자들의
권익을 위해서도 실험은 끝장을 보아야 했다. 녀석들을 놓치고 나
면 다시는 영영 기회가 오지 않을 것 같았다. 기어코 녀석들을 소
유해버려야 했다. 그리하여 보다 합리적이고 효율적인 기합 방법
론을 확고히 완성시켜둬야 했다.

　이번 방법이야말로 기합의 효과에 관한 한 전혀 그 결과를 의심
할 여지가 없었다. 그것은 김만석이 지금까지 시험해온 각 단계의
가학 효능을 한데 종합한 동시 다발성 기합 방식이었다. 그것은
기합 수형자들로 하여금 보다 깊은 자멸감과 육체적인 괴로움을
체득케 해줄 뿐 아니라, 앞 단계까지의 그 소극적인 이기심과 원
망에서 보다 적극적이고 공격적인 복수심을 촉발시킴으로써 신속
하고도 완벽한 기합 효과를 거둘 수 있는 것이었다. 그리고 이 기
합은 수행 방식이 수형자들 스스로 가형자와 수형자의 역할을 동
시에 감당하며 자신들끼리 서로 가열한 복수를 감행케 한다는 데
에 또 하나 다른 특징이 있는 것이었다.

　김만석은 마침내 결심을 굳혔다. 그리고 복수전을 앞둔 권투 선
수처럼 번득이는 투지와 흥분 속에서 마지막으로 그가 그의 중대
를 소유하게 될 결전일의 여명을 맞고 있었다.

4

　이튿날.

　김만석은 이날도 그러저러한 훈련으로 오전 시간을 메운 다음 곧이어 일과 마감을 겸한 그의 마지막 기합권 행사로 들어갔다. 그는 중대 전원을 신장순에 따라 가지런히 2열 종대로 정렬케 한 다음 한쪽 열의 선두를 뒤로 끌어다가 다른 열의 후미 쪽과 거꾸로 키를 맞춰 서게 했다.

　"좌우향 옷!"

　"우측 선두 기준 한 팔 간격 좌우로 나라닛!"

　"바로!"

　"열중쉬어, 차렷!"

　기합 준비가 완료되었다. 두 개의 대열은 서로 선두 쪽과 후미 쪽을 반대로 맞춰 두 사람씩 상대방을 마주 보고 있었다. 대열의 중간 부분을 제외한 나머지 양쪽 인원은 키가 큰 사람과 작은 사람이 각각 한 쌍이 짝을 지어 서게 한 것이었다. 대열을 바꿔서 키가 큰 사람과 작은 사람으로 각각 쌍을 지어 서게 한 것은 물론 기합의 효과를 위해서였다. 기합이란 무릇 어떤 종목을 막론하고 공평의 원칙 따윌 문제 삼고 있는 것은 없었다. 그것은 오히려 공평성보다는 철저한 비공평성 위에서 그 목적을 보다 잘 수행해낼 수 있었다. 그것은 차라리 기합의 없지 못할 비결이자 덕목이었다. 한데다 이날의 기합 방식은 애초부터 그 불공평성이 기합의 전제였다. 키가 작은 자는 그 불공평성 때문에 보다 신속한 원망과 저주를 품게 되고, 키가 큰 자 역시 같은 불공평성 때문에 키가 작은 자에 대하여 보다 가혹한 복수를 감행할 수 있게 되는 것이었다.

"지금부터 각자는 오늘 훈련 성과에 대한 전체 반성을 실시한다. 오늘 훈련 중 열의를 다하지 않았거나 잘못을 범한 사람은 지금부터 그 과오를 반성하는 표시로 그 반성의 표시만큼 앞에 선 상대방의 볼따구를 갈겨준다. 하지만 각자 상대방 동지의 볼따구는 바로 자기 자신의 볼따구며 동지의 아픔은 자기 자신의 아픔임을 명심하라. 뿐더러 동지의 볼따구를 갈기는 것은 오늘의 훈련 성과에 대한 반성의 뜻뿐 아니라 내일의 훈련에 대비한 자기 각오의 표시라는 것을 잊지 않도록!"

김만석은 우선 간곡한 어조로 기합의 명분부터 주지시켰다. 볼을 맞는 사람 역시 그 아픔을 원망해서는 안 된다고 했다. 그것은 곧 상대방 동지의 솔직하고도 허물없는 자기반성이며 내일의 훈련에 대비한 사내다운 각오의 표시인 만큼 맞는 사람 역시 사내 대 사내로서, 또 동지로서 동지답게 고마운 마음으로 받아들여야 한다고 강조했다.

"나아가서는 그 동지의 손길이야말로 맞는 사람 자신의 잘못을 반성하고 내일에 대한 각오를 새로이 하라는 동지로서의 아픈 충고로도 받아들일 수 있는 것이다. 하지만 주먹이 시시한 녀석은 무엇보다도 우선 내일에 대한 자기 각오부터가 그만큼 흐리멍덩해 있다는 증거로 간주한다는 것을 명심해라. 자, 그럼 각자는 지금부터 자신의 각오를 상대방에게 표시한다. 하나에는 좌측 열, 둘에는 우측 열의 차례가 된다. 하나아!"

마침내 우측 열을 위한 첫번째 구령이 떨어졌다. 하지만 대열 가운데선 예상했던 대로 당장 반응이 나타나지 않았다. 우두커니 상대방을 쳐다보고 서 있을 뿐 제대로 팔을 움직이려는 녀석이 없었다. 어쩌다 어색하게 어깨를 잠깐 들썩여 보이는 녀석들이 몇 놈 있었으나 녀석들도 이내 다시 손을 움츠려버리며 히죽히죽 제 풀에 맥 풀린 웃음을 짓고 말았다. 하지만 김만석은 서두르지 않았다.

"짜식덜! 우측 열은 통 각오가 없는 모양이다. 다음에는 좌측 열 차례다, 두울!"

역시 마찬가지였다. 제대로 시늉조차 해 보이는 놈이 없었다. 막다른 골목 같은 걸 의식하고 있었기 때문일까. 대열 가운데선 어렴풋이 어떤 저항의 기미마저 엿보이고 있었다. 하지만 막다른 골목을 느끼기는 이쪽도 처지가 마찬가지였다. 김만석은 이제 누가 뭐래도 거기서 물러설 수는 도저히 없었다. 그는 녀석들의 반응을 전혀 무시했다. 녀석들의 반응을 무시한 채 자신만을 조심스럽게 잘 인내해나갔다. 그는 짐짓 시선을 먼 산 쪽으로 흘려보내면서 무작정 구령만 연발해대었다.

"하느아 둘! 하느아 둘······"

한데 괴이한 일이었다. 김만석의 그 짐짓 관심이 없는 듯한 태도가, 그리고 끈질기게 되풀이되고 있는 침착스런 구령이 끝낸 오히려 놈들을 압도하고 만 것이었을까. 드디어 녀석들이 반응을 나타내기 시작했다. 하나하나 팔을 들어 상대방의 뺨을 스치는 시늉들이 시작되고 있었다. 아니 시늉뿐만이 아니었다. 시늉을 하다 보니 어쩌다간 정말 찰싹 소리가 나도록 손이 제대로 올라붙는 수도 있었고, 그렇게 되련 상대방은 또 상대방대로 보다 거센 가격을 되갚게 되는 경우도 생겼다.

김만석의 얼굴에선 마침내 회심의 미소가 떠오르고 있었다.

—각오가 그뿐이냐!

그는 속으로 소리치고 있었다. 하지만 그는 이제 더 이상 협박이 필요하지 않다는 것을 알고 있었다. 녀석들은 이제 기름을 먹기 시작한 기계처럼 저희들 스스로 그 가형자와 수형자의 역할을 교대교대 감당해나가기 시작하고 있었다. 그는 다만 시선을 반쯤 옆으로 흘리고 선 채 느릿느릿 구령만 계속해갔다. 구령 횟수가 겹쳐나갈수록 대열 가운데선 자기들끼리 주고받는 손찌검 소리가 점점 더 요란스러워져가고 있었다. 키가 작은 쪽은 발돋움까지 해가면서 키가 큰 쪽 볼따귀를 향해서, 그리고 키가 큰 쪽은 작은 쪽의 가격을 피해 머리통을 한사코 뒤로 빼 올리면서 정신없이 서로 두 손을 휘둘러대었다. 이젠 그 김만석의 구령 소리도 이미 박자를 맞춰줄 수가 없었다. 녀석들은 바야흐로 저희들끼리 치열한 보복극이 한창이었다. 힘이 맺힌 주먹질엔 보다 더 모질고 거친 주먹질로, 한 대를 맞으면 두 대 세 대의 앙갚음으로 대열은 온통 목불인견의 난장판이 되어가고 있었다.

"하느아 둘, 하느아 둘……"

끝내는 김만석 자신도 제풀에 흥이 오르고 있는 것 같았다. 김만석은 김만석대로 이미 소용을 잃은 구령 소리를 저 혼자 열에 들떠 한창 신나게 연장해대고 있었다. 그는 자신의 구령에 열중해서 목구멍이 바싹바싹 말라오는 것도 잊고 있을 지경이었다.

"하느아 둘, 하느아 둘…… 동작 그므아안……"

이윽고 그 김만석이 이젠 더 이상 구령을 계속할 수가 없어진 듯 헐떡거리는 목소리로 동작 종료 명령을 토해냈다. 하지만 이번에는 그 김만석의 동작 종료 구령마저도 중대원 녀석들에겐 아무 소용이 없었다.

구령이 끝나고 나서도 한동안 중대원들 가운데선 그 김만석의 마지막 구령 소리를 알아들은 것 같은 녀석이 한 놈도 안 보였다.

(『세대』 1974년 7월호)

이어도

긴긴 세월 동안 섬은 늘 거기 있어왔다.

그러나 섬을 본 사람은 아무도 없었다.

섬을 본 사람은 모두가 섬으로 가버렸기 때문이다.

아무도 다시 섬을 떠나 돌아온 사람이 없었기 때문이다.

1

　해군 함정까지 동원한 파랑도 수색전은 작전 개시 2주일 만에
완전히 끝이 났다. 마라도 한 곳을 제외하고 나면 제주도 남단으
로부터 동중국해 일대의 광막한 해역 안에는 섬 비슷한 것 하나도
떠올라 있는 것이 없었다. 예정된 해역 안을 갈아엎듯이 누비고
다닌 2주일간의 치밀한 수색전에도 불구하고 배들은 끝내 섬을 찾

아낼 수 없었다.

섬은 없었다. 배들은 다시 항구로 돌아왔다.

작전 임무가 끝난 것이다.

보기에 따라서는 도깨비장난 같은 수색이었다. 결과야 어느 쪽 이든 한 가지 조그만 사고만 없었더라면, 이제 이 해역 안에 파랑 도라는 섬이 실재하지 않는다는 사실이 확인된 이상 작전 임무 자 체는 그런대로 원만히 완수된 셈이었다.

그런데 작전 중에 한 가지 개운찮은 사고가 있었다.

천남석 기자— 파랑도 수색 현장 취재를 위해 2주일 전 출항 날 부터 작전 함정에 함께 승선해온 남양일보사 천남석 기자의 영문 모를 해상 실종사고가 생긴 것이다. 작전 수행 과정에서 종종 볼 수 있는 민간인 사고였다. 작전 당국이 최종 책임을 져야 할 성질 의 사고는 물론 아니었다. 사고 처리 방법도 간단했다. 문제될 일 은 별로 없었다. 하지만 천 기자의 실종은 어쨌든 이번 수색전 수 행 중의 한 불행스런 오점이 아닐 수 없었다. 사고 원인이나 경위 에 대해서도 아직 석연찮은 점이 없지 않았다. 취재기자의 실종사 고에 대해 작전 당국으로서도 마무리를 지어둬야 할 일이 남아 있 었다. 섬을 찾으러 나갔다가 새로운 섬 이야기 대신 한 취재기자의 실종사고 소식을 싣고 돌아오는 수색 함정들의 귀항에는 그 2주일 동안의 작전 임무 종료에도 불구하고 개운찮은 숙제를 남기고 있 었던 셈이다.

배들이 항구로 돌아온 날 저녁 무렵, 전령선 한 척이 멀리 외항 에 정박 중인 작전 선단을 떠나 쏜살같이 내항 부두를 향해 달려

나왔다. 잠시 후 전령선은 중위 계급장을 단 해군 장교 한 사람을 부두에 내려놓고, 엔진도 끄지 않은 채 그길로 다시 뱃머리를 선단 쪽으로 되돌려 가버렸다. 부두에 혼자 남은 중위는 우선 현기증부터 주저앉으려는 듯 꽁지가 빠지게 달아나고 있는 전령선을 한참이나 우두커니 바라보고 서 있었다. 크지도 작지도 않은 적당한 몸매에 대리석을 깎아지른 듯 하얀 얼굴이 드물게 세련돼 보이는 젊은 장교였다. 배가 한참 멀어져간 다음에야 중위는 이윽고 몸을 돌이켜 세웠다. 그리고 이제부턴 그 자신도 무슨 부산스런 생각에 쫓기기 시작한 듯 얼굴 표정이나 거동이 갑자기 조급스러워지고 있었다. 빠른 걸음걸이로 부두를 걸어 나온 중위는 시가지로 들어서자마자 흔히 길이 서툰 사람들이 그렇듯 방향도 가리지 않고 대뜸 지나가는 택시부터 불러 세웠다.

"남양일보사로, 남양일볼 아시오?"

"남양일보요? 알구말구요. 하지만 길을 좀 돌아야겠습니다. 중위님이 거꾸로 가는 차를 잡으셨어요."

중위는 그제서야 뭔가 생각이 망설여지는 듯 자신의 손목시계를 들여다본다. 5시 54분. 다소 시간이 바쁘다는 표정이다.

"아무 쪽으로나…… 빨리만 데려다주시오."

더 이상 망설이고 있을 수가 없는 듯 그는 곧 차 속으로 몸을 디밀었다.

"그야 이쪽이나 저쪽이나 시간은 대략 마찬가집니다. 시내를 한바탕 몽땅 돌아간다 해도 길이 얼마 돼야죠."

운전수가 그 중위를 안심시켰다. 그리고 그는 약속을 지켰다.

시간이야 얼마를 더 먹었든 적어도 중위가 바란 만큼은 약속을 지켜준 셈이었다.

남양일보사 현관 앞에서 차를 내린 중위가 수위실 전화를 통해 이 신문사의 편집국장을 찾았을 때, 2층 편집국의 양주호 국장은 할 일도 대충 끝냈겠다 이제 막 그의 자루처럼 커다란 윗도리를 찾아 꿰고 있던 참이었다. 잠시 후에 2층 편집국으로 올라간 중위가 엉거주춤 석양을 등지고 앉아 있는 양주호 국장의 커다란 책상 앞으로 다가섰다.

"편집국장님이십니까?"

중위는 제복을 입은 사람답게 정중하고 절도 있는 목소리로 양주호 국장에게 물었다. 그는 처음부터 그 양주호를 응시하듯 정면으로 바라보고 있었는데, 면도가 잘된 정결한 얼굴로 해서 그의 눈길은 절도 있는 말씨만큼이나 분명하고 정중했다.

"그렇습니다. 내가 편집국 일을 맡아보고 있는 양주홉니다만."

양주호가 잠깐 그의 거대한 몸집을 의자에서 들썩여 보였다. 그는 이 거동이나 생김새가 너무도 분명해 보이는 젊은 중위에 대해 자신도 모르게 가벼운 긴장기 같은 것을 느끼고 있는 표정이었다. 몸집이 큰 사람에게서 흔히 볼 수 있는 양주호의 호인다운 미소가, 중위를 대면하면서부터는 그의 부스스한 볼수염에 가려 흔적을 찾아볼 수 없었다.

그러나 중위는 여전히 그 분명하고 정중한 목소리로,

"아, 그렇습니까. 전 이번에 우리 해군에서 수행한 파랑도 수색 작전의 작전 사령부에서 나온 정훈장교 선우현 중윕니다."

착임 신고라도 하듯 가차 없는 자기소개를 끝내고 나서, 새삼스레 다시 허리를 잠깐 굽혀 보이고는,

"귀사에서도 이번 저희 작전에 취재기자를 한 분 파견하신 줄 알고 있습니다만."

비로소 방문 용건을 꺼낼 양으로 잠시 양주호 국장의 반응을 기다렸다.

"아, 그렇습니까. 수고가 많으십니다. 우리 신문사에서도 기자 한 사람이 따라갔었지요. 사회부에 천남석 기자라고……"

양주호는 그제야 중위에게 그의 독특하게 호인다운 웃음을 잠깐 웃어 보이고는 창문 아래쪽에 놓인 응접 소파로 뒤늦게 중위를 안내했다. 무겁고 둔해 보이는 몸집에다 한쪽 다리마저 절뚝거려 양주호는 그때 자기 의자에서 소파까지 몸을 운반해가는 데에도 테이블 한쪽에 기대어두었던 몽둥이 모양의 투박한 나무 지팡이 신세를 졌다. 그런데 양주호는 벌써 중위가 말하려는 용건을 분명히 눈치채고 있을 텐데도, 웬일인지 그쪽에는 아직 전혀 관심을 보이지 않았다.

"그러니까 이젠 배가 들어온 게로군요. 작전은 다 끝났습니까?"

두 사람이 소파로 자리를 잡아 앉자 양주호가 중위에게 담배를 권하며 남의 일처럼 말했다.

"그렇습니다. 작전은 지난 ×일 18시를 기해 모두 완료되었습니다."

"섬은 찾았습니까?"

"작전 지역 안에는 파랑도라는 섬이 존재하지 않는다는 사실이

확인되었습니다."

양주호는 예상하고 있었던 대로라는 듯, 그러나 중위의 말엔 별로 깊이 수긍하는 것 같지도 않은 표정으로 고개를 몇 차례 가볍게 끄덕여 보였다. 중위는 아무래도 양주호가 무슨 딴전을 피우고 있는 것 같은 기분이 들었다.

"그런데 불행한 사고가 한 가지 발생했습니다. 국장님께서도 이미 보고받고 계실 줄 압니다만."

그는 양주호 국장이 다시 화제를 흘리기 전에 용건을 말해야겠다는 생각으로 재빨리 입을 열었다. 하지만 양주호의 반응은 아직도 마찬가지였다.

"사고라니요? 무슨…… 무슨 사고가 있었습니까?"

"귀사에서 파견하신 천남석 기자의 실종사고 말씀입니다. 아직 보고를 못 받고 계셨습니까?"

"아, 그 천 기자의 일이라면 나도 벌써 얘길 들었소. 그저껜가요? 통신실로 연락이 들어왔더군요."

그는 역시 사고를 미리 알고 있었다. 한데도 그는 도대체 감정이 없는 사람 같았다. 그만한 사고 이야기라면 일부러 여기까지 어려운 걸음을 할 필요도 없었다는 듯 멀거니 맥이 빠진 눈초리로 중위를 바라보고 있었다. 중위는 차츰 당황하기 시작했다.

"저흰 최선을 다해서 다시 천남석 기자의 수색 작전을 전개했습니다."

그는 조바심이 치미는 어조로 민첩하게 설명했다.

"하지만 천 기자의 구조는 끝내 실패하고 말았습니다. 저흰 천 기자의 시체 인양마저 불가능했습니다. 제가 여길 찾아온 용건은 귀사 측에 사고의 경위를 말씀드리고, 저희 작전 부대를 대신해서 이 불상사에 대한 유감의 뜻을……"

그때였다. 양주호가 갑자기 중위의 말을 가로막고 나섰다.

"아, 알겠습니다. 그런 말씀이시라면 난 자리가 아닌 것 같군요. 난 이 회살 대표할 만한 사람이 아니니까요. 우리 사장님을 한번 만나보시겠습니까?"

일부러 이야기를 피하고 있는 게 분명했다.

중위는 그만 자기도 모르게 담뱃불을 비벼 껐다. 양주호는 자기가 신문사를 대표해 중위의 전갈을 접수할 위치가 아니라는 것이었다. 국장이 회사를 대표할 수 없다는 건 물론 당연한 말이었다. 하지만 이번 일은 굳이 그런 일반의 질서만 따져 가릴 수가 없는 경우였다. 신문사라는 곳의 체제나 업무 성격도 그러하거니와 처음부터 중위가 편집국장을 찾은 데는 또 그 나름의 이유가 있었기 때문이다. 양주호의 태도가 좀 지나친 것 같았다. 그것은 이미 겸손이 아니었다. 중위는 기분이 언짢았다. 느닷없이 엉뚱한 고집이 치솟아 올랐다. 그러나 그는 자신의 감정을 함부로 표현해버리지 않을 만큼 충분한 참을성이 훈련되어 있었다. 그는 조금도 언짢은 기색을 얼굴에 나타내지 않은 채 아까보다는 좀더 정중하고 상냥스런 어조로 말했다.

"아닙니다. 사장님까지 뵐 필요는 없습니다. 공식적인 사고 확인은 저희 작전 사령부로부터 다시 서면 통보가 있을 테니까요. 전 다만 국장님께 구두로나마 일차 사고의 전말을 확인해드리고 저희 작전 부대의 유감의 뜻을 전하면 그것으로 임무가 끝납니다."

"사고 경위야 전번에도 대략 설명이 된 거 아닙니까. 그 때문이라면 일부러 이런 번거로운 걸음걸일 하실 필요가 없었는데 그랬습니다."

"하지만 저희에게도 사고에 대한 일단의 책임은 있으니까요. 경위를 분명하게 설명드려야 할 책임 말씀입니다."

"사고 책임 문제 때문에 무슨 말썽이라도 생길까 봐 걱정이신가 보군요. 하지만 그건 우리가 따지고 싶지 않다면 그걸로 그만 아니겠습니까?"

양주호는 이제 노골적으로 짜증스런 어조가 되고 있었다.

중위는 도대체 영문을 알 수 없었다. 영문을 알 수 없었지만 한편으로 이 몸집 큰 중년 사내의 힐난조에 오히려 어떤 수수께끼 같은 호기심이 동해 올랐다. 중위는 천천히 다시 담배를 한 대 집어 물었다. 불이 꺼져 있는 양주호의 담배에다 먼저 라이터를 켜 붙여주고 나서 자기 담배에도 불을 붙였다.

"국장님은 이를테면 이 신문사에서 천남석 기자의 직속 상사가 아니십니까? 그리고 전 실상 사고가 나기 전에 천 기자로부터 국장님의 말씀을 자주 들은 적이 있었거든요. 국장님을 찾아뵌 걸 후회하진 않겠습니다."

"선생은 그럼 배에서 천 기자하고도 함께 지내신 일이 있으십니까?"

마지못해 응대해오는 양주호의 대꾸.

"물론입니다. 사고가 나기까지 천 기자와 전 줄곧 같은 배에서 지내다시피 했으니까요. 전 정훈장교 아니겠습니까. 이번 일도 실은 그래서 저한테 임무가 맡겨진 것입니다."

"천 기자가 날 뭐라고 하던가요?"

역시 관심이라고는 없어 보이는 말투. 중위는 그만 맥이 빠진 얼굴이었다. 그러나 그는 이내 용기를 내어 정중하게 대답하기 시작했다.

"커다란 항아리라고 하더군요."

"항아리라니. 무슨 항아리 말요?"

"그야 물론 술을 담는 항아리라는 뜻이었습니다. 술을 다섯 말쯤 부어 넣어도 속이 차오를 줄 모르는 초대형 항아리라구요. 죄송합니다."

"아니 천남석이 그 녀석이!"

짐짓 생각이 떠오르지 않는다는 듯 눈을 껌벅이고 있던 양주호가 드디어는 그 커다란 배를 들먹이며 털털털 웃고 있었다. 그리고 그 술항아리 이야기가 나오자 그는 이미 그 천남석 기자의 사고 같은 건 머리에서 까맣게 사라지고 만 듯 더없이 유쾌한 얼굴로 중위에게 물었다.

"그래 선생은 그 말을 곧이들었소? 날 보니까 그 말이 진짜 정말이었던 것 같소?"

"글쎄올습니다. 술을 부어 담아도 좋은 항아린지 어떤지는 모르겠습니다만 항아리라면 어쨌든 큰 항아리일 거라는 느낌입니다. 그래서 전 아까 이 방을 들어서고 나서 아무한테도 국장님을 물을 필요 없이 곧장 이리로 걸어올 수가 있었습니다."

중위도 좀 안심이라는 듯 미소 어린 눈길로 양주호 국장을 바라보았다. 그는 이제 이 터무니없이 몸집이 큰 사내의 성미에 대해 어느 정도 자신을 얻고 있는 표정이었다.

　"그런데 이건 순전히 제 개인적인 관심에서 여쭙는 것입니다만……"

　중위가 이번에는 허물이 훨씬 덜한 말투로 양주호에게 다시 궁금한 대목을 묻기 시작했다.

　"국장님께선 아까 천남석 기자의 실종사고에 대해선 전혀 경위나 책임을 따질 필요가 없는 것처럼 말씀하고 계셨는데 그건 무슨 까닭입니까? 천 기자 그토록 회사에서 외톨박이 꼴이었다는 겁니까, 아니면…… 아, 그야 물론 저희 입장에선 그럴수록 일이 간단해지긴 합니다만……"

　"선생들의 입장이 좋아지셨다면 그걸로 그만 아닙니까. 경원 따져 뭐 합니까? 천 기잔 아마 자살을 한 걸 텐데 말이오."

　어느새 또다시 무관심해지는 듯한 양주호의 대꾸. 그러나 중위는 이제 이 양주호 국장의 무관심을 더 이상 용납하지 않을 기세였다.

　"천 기자가 자살을 했을 거라구요?"

　중위가 갑자기 진지한 얼굴로 양주호에게 덤벼들었다.

　이상한 일이었다. 양주호는 정말 엉뚱한 말을 하고 있었다. 천 기자의 사고 경위를 따지지 않는 이유를 그는 천 기자가 아마 자살을 했을 것이기 때문이라고, 선우 중위의 입장만 점점 더 편하게 해주고 있었다. 하지만 중위는 물론 그 양주호의 말을 그대로 무심히 들어넘길 수가 없었다. 중위 역시 그 천남석의 죽음에는 처음부터 늘 어딘지 석연찮은 구석이 느껴져온 터였다. 배에서도 그랬고, 전령선을 내려 이 신문사를 찾아올 때도 그랬다. 그리고 이 속을 짚어낼 수 없는 사내 앞에서 공식적인 용무를 치러가면서도 그의 머릿속에는 실상 그 천남석 기자의 죽음에 대한 끝없는 의구가 맴돌고 있던 참이었다. 자살일지도 모른다는 생각이었다. 하지만 중위는 양주호 국장 앞에 그런 말은 할 처지가 못 되었다. 섣부른 상상이나 추리만으로 사고를 설명할 수는 없었다.

그런데 뜻밖에 양주호 국장이 먼저 천 기자의 죽음을 자살로 추단하고 있었다. 아무것도 새삼스러울 게 없다는 듯 방심스런 그의 목소리가 오히려 더 단정적이었다. 수수께끼가 숨어 있는 것 같았다. 중위는 사실을 알아야 했다.

양주호는 잠시 대꾸가 없었다.

중위가 연거푸 물었다.

"다시 한 가지 여쭙겠습니다만, 그럼 천남석 기자는 이번 수색 작전 결과에 대해 무슨 특별한 확신 같은 거라도 가지고 있지 않았었나요?"

"특별한 확신이라니 무슨……"

"이 신문사에서 천남석 기자를 선발해 보낸 것은 물론 국장님이셨을 줄 압니다. 그렇다면 국장님께선 가령 그 천 기자가 누구보다도 이번 작전에서 섬을 찾게 되리라는 확신을 가지고 있는 것 같았다든가, 적어도 섬을 찾는 일에 특별한 관심을 가진 사람으로는 여겨지셨던 것이 아니겠습니까?"

"관심을 가지고 있었는지 모르겠어요."

양주호가 마지못해 입을 열었다. 하지만 그의 말은 갈수록 아리
숭해지고 있었다.

"이번 취재는 내가 그를 선발해 보내고 말고 할 여지도 없이 천
기자 자신이 자청을 하고 나선 일이었으니까요. 하지만 아마 그
천 기자에게서 섬에 대한 무슨 확신 같은 게 엿보였지 않았을까 하
는 선생의 생각은 쓸데없는 추측일 겝니다. 천 기잔 실상 평소부
터 섬을 잘 믿으려 하지 않았으니까요. 확신이 있었다면 섬에 대
한 기대에서가 아니라 오히려 그런 섬 이야기 따윈 절대로 곧이듣
고 싶지 않았던 쪽이었을 겝니다. 천 기자가 이번 취재 여행을 청
하고 나섰던 것도 오히려 그런 자기 확신을 위해서였지 않았나 싶
구요."

"그렇다면 천 기자는 이번에 저희가 섬을 찾아내지 못한 데 대해
서도 특별히 실망 같은 건 할 필요가 없었을 거라는 말씀입니까?"

"실망이 아니라 쾌재를 불렀을지도 모르지요. 헌데 선생은 도대
체 내게 무얼 알고 싶으신 겝니까?"

"글쎄요. 똑바로 말씀드리자면 저 역시…… 아, 이건 물론 저
개인적인 추측에 불과한 일입니다만, 저 역시 천 기잔 어쩌면 불
의의 사고를 당했다기보다, 그 스스로 바다에 몸을 던졌을지도 모
른다는 생각이 가끔 들고 있었거든요. 천 기자가 그때 실망을 할
필요가 없었다면 국장님께선 어떻게 그의 자살을 단정하고 계신지
저로선 이해가 가지 않는군요."

"그럼 선생도 정말 천남석이 자살을 했을지 모른다는 생각을 가
지고 있었다는 말씀이오? 천남석이 섬을 찾지 못한 실망 때문에?"

양주호는 비로소 표정이 바뀌었다. 천남석이 정말 자살을 했을지도 모른다는 중위의 말에 그는 마치 죽었던 천 기자가 다시 돌아왔노라는 소리라도 들은 듯 불시에 어떤 생기 같은 것이 되살아나고 있었다. 그리고는 중위의 질문은 제쳐두고 자기 쪽에서 먼저 그를 다짐하고 나섰다.

"무엇 때문에 그런 의심이 떠올랐지요? 천 기자한테서 무슨 그럴듯한 기색이라도 엿보인 데가 있었다는 말씀이오?"

양주호 역시 천 기자의 자살을 추측하고 있으면서도 아직 어떤 확신을 가질 수가 없었던 것일까. 천남석의 죽음이 중위에게서마저 그런 의심을 받고 있는 이상 그는 이제 그 중위에게서 어떤 새로운 확신이라도 얻어내고 말겠다는 듯한 태도였다. 그는 이제 중위에겐 절대로 다른 대답을 용납하지 않겠다는 듯 위협기 어린 눈초리로 중위를 뚫어지게 노려보고 있었다.

하지만 중위는 물론 아직 그 양주호 국장을 만족시킬 만한 분명한 대답을 가지고 있지 못했다. 그는 잠시 말이 궁해진 듯 입을 다물고 있었다. 그러다간 마침내 이 뜻하지 않은 곳에서 뜻하지 않은 사내 앞에 전에 없이 자신 없는 소리들을 늘어놓기 시작했다.

"전 물론 아직 천 기자의 죽음을 자살로 단정할 만한 근거는 아무것도 가지고 있지 못합니다. 하지만 사고가 있기 전날 밤 천 기자의 태도는 아무래도 평상시와는 좀 다른 데가 많았던 것 같습니다. 무엇보다도 전 그날 밤 그의 이야기를 잊을 수가 없습니다."

"그날 밤 천 기자가 무슨 이야기를 했습니까?"

"그야 물론 섬 이야기였습니다. 그날은 마침 수색 작전이 모두 끝나고 난 밤이었는데 저녁 무렵부터 느닷없이 심한 폭풍우가 몰아닥쳐왔어요. 천 기자는 그날 밤 제 방으로 와서 저와 함께 술을 마시고 있었습니다. 폭풍우의 소동 속에 둘이 함께 술을 마시면서 그가 새삼스럽게 섬 이야기를 꺼냈거든요. 이야기가 자정을 넘도록 길게 계속되었어요. 무척도 절망적인 이야기였습니다. 하지만 그는 마치 무슨 이상한 예감에라도 사로잡힌 사람처럼 무척도 열심히 이야기를 계속하고 있었습니다. 1시가 넘어서야 간신히 이야기가 끝나고 그는 제 방을 나갔습니다. 한데 그리고는 그만이었어요. 그게 제가 천 기자를 본 마지막 모습이었습니다."

"그날 밤 천 기자가 섬 이야기를 한 건 이어도가 아니었습니까? 이번에 당신들이 찾으려고 했던 파랑도가 아니라 이어도라는 섬 말이오."

양주호가 조급한 목소리로 물었다. 그러자 중위는 미처 그 자신도 아직 제 말을 잘 이해하지 못하고 있는 듯한 얼굴로 자신 없는 소리를 이어갔다.

"그렇습니다. 천 기자는 처음부터 우리가 찾고 있던 파랑도와 이어도를 늘 같은 섬으로 말했지만 섬을 부를 때는 항상 이어도 쪽을 택했으니까요. 이어도 이야기였습니다. 그리고 아마 국장님께선 곧이들으려 하지 않으시겠지만, 천 기자의 불상사가 정말 그의 고의에 의한 사고였을 가능성이 있다면, 그날 밤 천 기자의 이야기에서 느낄 수 있었던 어떤 치명적인 절망감은 바로 그가 그 이어도를 만날 수 없었던 데서 비롯한 것이 아니었나, 전 그런 식으로 추측해오고 있었습니다. 천 기자의 실종이 확인되고 난 다음에 제게 떠오른 생각이라곤 이상하게도 늘 그날 밤 그 천 기자의 이어도 이야기뿐이었으니까요. 하지만 천 기잔 정말로 자살을 한 것일까요?"

2

천 기자의 실종 사고가 그날 밤 그의 이어도 이야기와 어떤 관련이 있을지도 모른다는 선우 중위의 추측은 터무니없는 상상이 아니었다.

이어도—그 이어도에 관해서는 선우 중위로서도 물론 이번 작전과 관련해서 어차피 상당한 이해를 가지고 있었다. 이어도에 관한 이야기는 파랑도 수색 작전이 시작되기 전서부터 충분한 조사가 행해져 있었다. 그리고 그 이어도는 실상 작전의 한 간접적인 동기가 된 섬의 이름이기도 했다. 그것은 이를테면 오랜 세월 동안 이 제주도 사람들의 입에서 입으로 이야기가 전해 내려온 전설의 섬이었다. 천 리 남쪽 바다 밖에 파도를 뚫고 꿈처럼 하얗게 솟아 있다는 제주도 사람들의 피안의 섬이었다. 아무도 본 사람은 없었지만, 제주도 사람들의 상상의 눈에선 언제나 선명한 모습을 드러내고 있는 수수께끼의 섬이었다. 그리고 누구나 이승의 고된 생이 끝나고 나면 그곳으로 가서 새로운 저승의 복락을 누리게 된다는 제주도 사람들의 구원의 섬이었다. 더러는 그 섬을 보았다는 사람도 있었지만, 이상하게도 한번 그 섬을 본 사람은 이내 그 섬으로 가서 영영 다시 이승으로는 돌아오지 않았기 때문에 그 모습을 분명하게 말할 수 있는 사람이 아무도 없는 섬이었다.

언제부턴가 이곳 제주도 어부들에게선 이어도가 아니라 그 이어도와 비슷한 또 하나의 섬 이야기가 전해지고 있었다. 파랑도에 대한 소문이었다. 파랑도의 소문은 이어도하고는 달리 좀더 구체적이고 널리 퍼져나갔다. 망망대해 어느 물길 한 굽이에 잿빛 파도를 깨고 솟아오른 파랑도의 모습을 보았다는 어부들이 곳곳에서 나타났다. 섬을 보았다는 사람들은 한결같이 하늘과 바다를 걸어 자기의 말이 거짓이 아님을 단언했다. 이윽고 파랑도 소문의 주변에는 서서히 현실적인 이해관계가 얽히기 시작했고, 보다 더 구체적인 관심 속에서 소문의 근원이 따져지기 시작했다. 사람들은 그것이 혹시 썰물 때만 잠깐 모습을 드러냈다 밀물 때가 되면 다시 수면 아래로 가라앉는 거대한 산호초 더미가 아닌가 의심했다. 그게 정말로 섬의 모양을 갖춘 것이라면 남해 지도가 다시 고쳐 만들어져야 할 판이었다. 사람들은 마침내 이어도의 전설을 생각해냈다. 옛날부터 이 바다의 어디엔가는 이어도라는 섬이 숨어 있다는 구전이 전해 내려오는 터이었다. 이어도에 관해서는 언젠가 그것을 보았노라는 사람의 전설도 남아 있고 아직도 제주도 일대에는 그 이어도에 관한 분명한 민요까지 남아 있지 않느냐. 이어도의 전설은 아마 파랑도의 실재에서 비롯된 제주도 사람들의 구전에 의한 또 다른 전설의 하나일 것이다. 파랑도의 실재 가능성은 이어도의 전설로 하여 좀더 분명해질 수 있을 것이다. 파랑도를 찾아보자. 그리하여 당국은 마침내 파랑도의 수색 작전을 계획했고, 결국엔 파랑도고 이어도고 이 세상엔 그런 섬이 실재하지 않는다는 사실이 확인되기에 이른 것이었다. 하지만 문제는 그 파랑도가 실재하느냐 없느냐보다도 그에 대한 천남석 기자의 태도였다. 양주호 국장이 이미 점을 치고 있었던 대로 그는 과연 수색 작전 취재를 위해 배로 올라오고 나서도 파랑도의 실재 가능성에 대해서는 별로 큰 기대를 가지고 있지 않은 사람처럼 보였다.

—정말로 섬을 찾아낼 수 있다고 보세요? 작전이 끝나고 나면 사실이 다 밝혀지겠지만 이건 아무래도 무슨 동화 같은 기분이 드는군요.

—나, 나 말요? 그야말로 섬을 찾아내지 못한다면 당신네들의 우스꽝스런 뱃놀이를 구경 온 셈이 되겠지요. 하하……

작전 결과에 대해서는 도대체 관심이 없는 사람처럼 싱거운 소리를 곧잘 했다. 어떤 때는 아예 그 수색 작전 동기에 대해서마저 심히 회의적인 언동을 서슴지 않을 때가 있었다.

—이어도의 전설을 파랑도의 실재 가능성에 대한 근거로 삼고 있는 당신들의 생각이야말로 전혀 순서가 뒤바뀐 것 같아요. 아직은 가상의 존재에 불과한 그 파랑도가 이어도의 전설을 만들어냈을지 모른다는 가정이 가능하다면, 그 역으로 이어도의 허구가 파랑도라는 또 하나의 허구를 만들어냈을지도 모른다는 가정은 보다 설득력이 더하지 않을까요. 파랑도고 이어도고 아직은 우리 눈에 들어온 일이 없는 지금 형편에선 말입니다. 그리고 그 두 개의 가정이 동시에 가능하다면 당신들은 파랑도보다 처음부터 이어도 쪽을 찾아 나선 편이 더 동화적이지 않겠어요. 허구가 낳은 또 하나의 허구를 찾아 나서느니보단 차라리 첫번째 허구에 해당하는 이

어도 쪽을 찾는 편이 더 그럴듯하지 않았겠느냔 말입니다.

그리고는 도대체 다음부터는 파랑도 수색 작전 명령 자체를 그 혼자는 이어도 수색 작전이라 부르며, 이어도, 이어도, 언제나 그 이어도라는 이름으로 파랑도의 이름을 대신해 부르곤 하였다.

작전 결과에 대해선 누구보다 여유가 만만해 보였다고나 할까. 하지만 그 천남석 역시도 알고 보면 그의 말처럼 실상 그렇게 여유가 만만해 있었던 것은 아니었다. 그는 다만 늘 그렇게 여유가 만만해 보이고 싶었던 것뿐이었다. 그는 내심 누구보다도 섬을 기다리고 있었다. 선우 중위는 그렇게 생각했다. 작전 중 천 기자가 갑판 난간 같은 데에 기대서서 청동색 파도가 끝없이 밀려 올라오는 남쪽 수평선을 바라보고 서 있을 때―그는 늘 표정이 가지런하고 빈틈이 없어 보이는 편이긴 했지만, 그가 그 수평선을 하염없이 바라보고 서 있을 때 그 꿈을 꾸는 듯한 눈길 속엔 늘 어떤 간절한 소망 같은 것이 어려 있곤 했었다. 그리고 그 가지런한 두 어깻죽지에선 문득문득 어떤 무기력한 낭패감 같은 것을 느낄 때가 한두 번이 아니었다. 그는 섬을 기다리고 있었다. 하지만 그는 그 섬에 대한 집착 때문에 오히려 어떤 여유 같은 것을 가지려고 애써 노력하고 있었다. 그러고 있는 게 분명했다. 파랑도와 이어도의 혼동도 천 기자에겐 아예 그 파랑도고 이어도고 이 세상에선 그림자조차 찾아볼 수 없을지 모른다는 강렬한 자기 회의의 표현일 수 있었다.

한데 마침내 그 2주일 간의 수색 작전이 끝나고 이제는 정말 파랑도고 이어도고 모두가 허황스런 소문의 섬에 불과했다는 사실이 확인되고 나자 천남석은 그만 갑자기 여유를 잃고 말았다.

작전이 끝나던 날 밤이었다. 선우 중위가 양주호에게 말한 대로 그날 밤은 느닷없이 몰아닥친 폭풍우로 해서 바다와 하늘이 온통 어둠 속에 한데 뒤엉키고 있었다. 작전을 끝내고 기지 귀환 길에 오른 함정들마저 미쳐 날뛰는 바다의 행패를 견디다 못해 최저한의 항진 속도를 유지하고 있었다. 그러는 중에서도 선우 중위는 이날 밤 천남석 기자와 함께 사령선 자기 침실에서 모처럼 기분 좋은 취기를 즐기고 있었다. 초저녁부터 불어닥치기 시작한 폭풍이 밤 10시쯤부터는 배를 아주 들어엎을 듯 기세가 더욱 사나워져갔는데, 그러자 천남석 기자가 자기 방에서는 혼자선 그 소동을 견디기 어려웠던지 모처럼 선우 중위의 침실로 술병을 숨겨들고 왔다.

"굉장하군요. 전 이런 잠자리 대접은 처음입니다. 술이나 마십시다."

천남석이 선우 중위의 방을 들어서면서 한 말이었다. 선우 중위는 대뜸 천남석의 그 농기 어린 목소리에 그가 좀 겁을 먹고 있는 것 같은 생각이 들었다. 하지만 그는 별로 상관하지 않았다. 천남석 기자로선 아닌 게 아니라 그런 잠자리는 처음일 터였다. 배를 자주 타지 않은 사람이라면 이런 밤 얼마간 겁을 먹게 되는 것도 당연했다. 그는 무심히 술을 마시기 시작했다. 그리고 적당히 기분 좋은 속도로 알알한 취기에 젖어들기 시작했다.

그렇게 한참 술을 마시다 보니 선우 중위는 이날 밤 천남석의 거동이 여느 때하곤 좀 이상하게 달라지고 있다는 것을 알아차리기 시작했다.

"아, 이거 너무한걸. 이래도 배가 괜찮을까요?"

배가 한차례 크게 내려앉고 술병이 흔들릴 때마다 그는 그답지 않게 자주 바깥쪽 소동에 신경을 곤두세우곤 했다. 불안스런 기색을 감추려는 듯 술잔을 비워내는 속도도 선우 중위보다 곱절이나 빨랐다. 그는 완전히 여유를 잃고 있었다. 그리고 이젠 더 이상 견디기 어려운 듯 느닷없이 그 이어도를 저주하기 시작했다.

"이런 때 우리 조상들은 이어도라는 섬을 생각했던 모양이지요. 아마 폭풍에 배가 깨지고 나면 그 이어도로 헤엄을 쳐 나갈 수 있을 거라고 말입니다."

선우 중위는 이해할 수가 없었다. 무엇을 근심한다거나 불안해하는 빛을 함부로 엿보인 적이 없던 천남석이었다. 이어도의 존재에 대해서도 그토록 적대적인 회의는 드러내 보인 적이 없었다. 그러던 천남석이 이날 밤엔 너무 쉽사리 겁을 먹고 있었다. 그리고 너무도 진지하게, 정색을 한 어조로 섬을 저주하고 있었다.

"이어도라는 그 터무니없는 허구가 사람들을 무참하게 속인 거지요. 사람들은 이어도에 속아 죽음이 기다리는 바다를 두려워할 줄 몰랐습니다. 그리고 폭풍을 만나고도 속수무책으로 이어도만 찾다가 가엾은 물귀신이 되어가곤 했습니다. 선우 중위도 아시겠지만……"

그는 부재가 확인되고 난 이어도의 위험스런 허구에 대해서 좀더 신랄한 비난을 계속했다. 그는 한사코 이어도의 모든 것을 부인하고 싶어 했다.

"선우 중위도 아시겠지만 이어도란 원래 이 제주도에선 사람이 죽어 저승으로 가서 그 저승의 삶을 누린다는 죽음의 섬 아닙니까? 불행한 일이지만 이어도가 정말 죽음의 섬이 분명할 거라는 덴 제법 그럴듯한 소문까지 나도는 판이죠. 이곳 뱃사람들 가운덴 꿈에선지 환각에선지 가끔 그 섬을 본 사람이 있다는 말도 있는데, 그렇게 한번 섬을 보게 된 사람은 예외 없이 며칠 후엔 곧 세상살이를 그만두고 만다는 겁니다. 섬을 한번 보기만 하면 누구나 곧 그 섬으로 가고 만다는 거지요. 그게 죽음의 섬이 아니고 무엇입니까? 그런데 말입니다. 그런데 언제부턴가 이 제주도 사람들 사이에선 또 그 죽음의 섬을 이승의 생활 속에서 설명하려는 망측스런 버릇들이 생기고 있었던 것 같아요. 유식한 말로 이어도의 꿈이 있기 때문에 현세의 고된 질곡들을 참아낼 수 있었다는 것이지요. 언젠가는 그 섬으로 가서 저승의 복락을 누리게 된다는 희망 때문에 이승에선 어떤 괴로움도 달게 견딜 수가 있노라고 말입니다. 죽음의 섬이 마침내 구원의 섬이 된 것이지요. 그리고 그런 식으로 이 섬은 이승에 살고 있는 사람들의 현세의 생활까지 염치없게 간섭을 해오고 있는 꼴이지 뭡니까."

살아 있는 사람들 누구에게나 마찬가지로 그 섬사람들에게도 죽음이나 저승의 꿈은 결국 그들의 현세적 삶의 한 방식으로서 존재하고 있노라는 소리였다. 하지만 천남석은 바로 이어도의 그런 현세적 기여를 무엇보다도 못마땅해하고 있는 것 같았다.

"하지만 섬사람들이 어차피 배를 타지 않으면 안 될 운명이었다면, 이어도의 존재야말로 그 사람들에겐 커다란 위안이 아니었겠소. 배를 타지 않으면 안 될 운명이 분명하면 분명해질수록 이어도는 그 사람들의 구원이 아니었겠느냔 말입니다."

선우 중위가 모처럼 한마디 끼어드는 소리에 천남석은 느닷없이 발칵 화를 내기까지 했다.

"배를 타지 않으면 안 될 운명이라뇨? 처음부터 세상을 그렇게 타고난 운명이 어디 있단 말요. 운명은 타고나진 게 아니라 바로 그 섬이 만들고 있었던 겁니다. 이어도의 환상이 그 허망한 마술로 사람들을 섬에서 떠나지 못하게 묶어놓고 끝끝내 배만 타게 만들어버린 거란 말입니다. 그러면서 사람들로 하여금 길고 짧은 생애들을 고스란히 이 섬 위에서 견디게 했다가 종내는 그 죽음의 섬으로 가엾은 생령들을 홀려가곤 한 거란 말이에요."

이어도에 대한 천남석의 저주는 끝이 없을 것 같았다. 시간은 이미 자정을 넘고 있었다. 폭풍은 여전히 기세가 꺾이지 않고 있었다.

밤이 깊어갈수록 선체가 오히려 점점 더 크게 흔들렸다. 이어도에 대한 저주 때문인지, 아니면 그 지독한 폭풍의 행패 때문인지 천남석의 불안감은 극도에 달해가는 느낌이었다. 그는 거의 자기 혼자서 양주병 하나를 바닥까지 비워가고 있었다. 선우 중위로선 형용키조차 어려운 어떤 근심기나 초조감 같은 것이 그의 얼굴 위를 쉴 새 없이 교차하고 있었다. 그리고 그 근심기나 초조감이 심하면 심해갈수록 그의 이어도에 대한 저주는 점점 더 열기를 더해갔다. 그는 자기 열기를 식히려는 듯 잠시 말을 끊었다 다시 입을 열기 시작했다.

"어렸을 때부터도 전 그 이어도 이야기를 좋아한 편이 아니었어요."

이날 밤 배 안에서 그의 모습이 사라지기 전에 마지막으로 남기고 간 자신의 유년 시절에 대한 회고였다.

"어머니 때문이었을지도 모르겠어요. 어머니 곁에만 가면 전 항상 어머니에게서 그 이어도의 노래를 들을 수 있었으니까요. 전 유년 시절을 온통 그 어머니의 이어도 노래 곁에서 그 소리만 들으며 보낸 것 같아요."

선우 중위야 듣고 있든 말든 천남석은 그 절망적인 목소리로 자신의 기이한 유년 시절을 차근차근 들춰내기 시작했다. 이번에도 또 이어도가 이야기의 실마리였다. 실마리뿐만 아니라 그의 어린 시절의 이야기는 온통 이어도와 그 이어도와 상관해서 기억될 수 있는 주변 사람들의 회상뿐이었다. 모든 이야기의 핵심이 이어도였다. 무척도 긴 이야기였다. 그리고 듣고 있던 선우 중위까지도 나중엔 어떤 기묘한 감동 같은 것으로 몸을 떨었을 만큼 절망적인 이야기였다.

이야기가 끝났을 때는 새벽 1시가 훨씬 지난 시각이었다. 천남석은 이야기를 모두 끝내고 나서 잠시 술기라도 식히고 싶은 듯 말없이 혼자 선우 중위의 침실을 나갔다. 그리고 그는 그것으로 마지막이었다.

이어도가 문제였다. 천남석의 죽음에 선우 중위의 추측처럼 아직 어떤 밝혀지지 않은 비밀이 숨겨져 있다면, 그 비밀은 아무래도 그날 밤 천남석의 그 이어도에 대한 절망적인 이야기 속에 열쇠가 감추어져 있을 가능성이 농후했다.

3

선우현 중위는 이날 저녁 전혀 계획표에 들어 있지 않았던 장소에서 역시 처음 계획표엔 예정이 없었던 술을 마시고 있었다.

술집 〈이어도〉. 술집 간판이 그 섬 이름을 딴 것이었다. 중위로부터 천남석 기자의 자살 추측을 전해 들은 양주호가 다짜고짜 이 방석집 규모조차 못 되어 보이는 허름한 주막집 안방으로 그를 납치해온 것이었다. 이날 저녁 중위는 실상 천남석의 집을 찾아가 유족에게도 따로 조의를 전한 다음, 적당한 여관에서 하룻밤을 지내고 이튿날은 아침 일찍 배를 탈 예정이었다. 그런데 양주호가 그를 놓아주지 않았다. 천남석에겐 따로 가족다운 가족이 있는 것도 아니니 이날 저녁엔 우선 자기하고 술이나 한잔 나누자고 했다. 천남석의 집은 그런 다음에 자기와 같이 찾아가보자는 것이었다. 그러면서 한사코 중위를 차에 태워 끌고 온 것이 교외 해변가의 〈이어도〉 안방이었다.

그가 하필 이런 이름의 술집으로 안내해온 데는 물론 그럴 만한 이유가 있었던 것 같았다. 양주호는 이날 저녁 처음부터 태도가 예상 외로 거칠었다. 편집국 문을 나서면서부턴 갑자기 한 신문사의 국장다운 구석이라곤 하나도 찾아볼 수가 없었다. 그는 마치 상습 알코올 중독자의 그것처럼 아무렇게나 행동하고 아무렇게나 말을 했다. 커다란 몸집이 오히려 체신머리가 없어 보일 만큼 언동이 무질서해지고 있었다. 뭔가 실종 경위 같은 걸 듣고 싶어 술자리를 청한 것 같았는데, 그는 이내 그 중위를 붙잡게 된 동기 같은 건 까맣게 잊어버린 듯했다. 천남석의 죽음에 관한 말은 한마디도 입에 올리지 않았다. 어쩌면 그는 천남석이 그날 밤 이어도 이야기를 하고 있었다는 중위의 말 한가지로 그의 자살을 이미 굳게 믿어버린 사람 같았다. 그리고 그런 자기 확신을 지키기 위해 사정을 다시 뒤엎어버릴지 모르는 그날 밤의 다른 이야기들은 한사코 듣기를 회피하고 있는 것 같았다. 처음부터 자꾸 그 이어도와 이어도 술집에 관한 이야기만 횡설수설 떠들어대고 있었다.

—우린 날마다 이 이어도를 찾아옵니다. 하루라도 이어도를 찾아오지 않으면 못 사니까요. 이어도를 찾아와서 술을 마시고, 이 이어도 여자와 노래도 부르고 사랑도 하면서 하루하루씩을 더 살아갑니다.

—선우 선생, 오늘 저녁엔 선생도 나와 함께 이어도를 오신 겁니다. 멋지게 취하셔야 해요. 아시겠습니까. 이어도, 아까 보니 선생도 벌써 이어도 이야기를 꽤 자세히 알고 있는 모양인데 말이오.

술집 문을 들어서면서는 그 이어도와 〈이어도〉 술집조차 잘 구별을 하지 않은 채 벌써부터 취기 어린 주정 투가 되고 있었다. 천남석의 죽음에 대해 정확한 사실을 알고 싶은 것은 오히려 중위 쪽이었다. 중위가 양주호를 따라 그럭저럭 술집까지 온 것은 실상 그 천남석의 죽음에 관한 어떤 새로운 사실을 양주호로부터 얻어낼 수 있을까 해서였다. 양주호가 처음부터 천남석의 죽음을 자살로 단정하고 나서는 덴 필경 이유가 있을 것이었다. 그는 그게 궁금했다. 그걸 알아야 했다. 천남석의 자살이 사실로 확인될 수 있다면 그의 실종 사고를 처리함에 있어서 그의 부대에 바칠 수 있는 공헌은 오히려 둘째 문제였다. 보다 중요한 것은 그 사실 자체였다. 무슨 일에 대해서나 명확한 사실을 근거로 해야 하는 선우 중위의 사고방식은 그것이 곧 그의 주장이자 공인다운 미덕이었다. 사실에의 봉사는 언제나 중위를 즐겁게 했다. 사실을 밝혀야 했다. 그는 적지 않이 사명감마저 느끼고 있었다. 사실을 알지 못하면 천 기자의 자살은 믿을 수 없었다. 그날 밤 이야기를 들려주는 대신 그는 양주호로부터 그 죽음의 수수께끼를 풀어내고 싶었다. 그것은 작전 부대를 위해서도 필요한 일이었다. 하지만 양주호는 도대체 그날 밤 일에 대해선 더 이상 궁금해하질 않았다. 중위로선 그런 양주호의 기분에 함부로 말려들어버릴 수가 없었다.

중위는 아직 갈피를 잡을 수 없었다. 양주호라는 위인의 속셈을 알 수 없었다. 한데다 술집 이름까지 하필 그런 식이었기 때문일까. 양주호를 따라 〈이어도〉 문을 들어서면서 선우 중위는 자신이 마치 진짜 그 저승의 섬에라도 들어서는 것 같은 이상스런 요기마저 느끼고 있었다.

하지만 선우 중위의 기분이 더욱 갈피를 잡을 수 없게 된 것은 정작 그 양주호와 본격적인 술자리가 시작되고부터였다.

〈이어도〉는 뱃사람들만이 단골로 다니는 술집 같았다. 소위 홀이라는 것은 없고 술손들은 모두가 방이 아니면 마루로 올라앉아 끼리끼리 낭자한 취기들을 즐기고 있었다. 양주호와 선우 중위는 그중 손님이 하나도 들어 있지 않은 안방 비슷한 곳에 자리를 잡아 들었다. 그리고 한 여자가 곁에 함께했다. 두 사람이 자리를 잡아 앉기 무섭게 부르지도 않은 술상부터 미리 받쳐 들고 들어온 여자였다. 좁고 둥글둥글한 얼굴에다 살이 밴 참빗질로 긴 머리채를 보기 좋게 빗어 묶은 여인의 몸맵시는 마치 무슨 암무당의 외동딸이라고나 해야 알맞을 만큼 야릇한 분위기를 담고 있었다.

"이어도의 미인입니다. 허허…… 이어도에선 누구든지 이 여자와 사랑을 할 수 있답니다. 허허허."

술잔을 들다 말고 양주호가 뜻을 알 수 없는 웃음을 허허 웃어 댔다.

"어때요. 오늘 밤 선생도 한번 멋진 연앨 해보실 생각 없소? 아, 그야 이 이어도에서만은 한 여잘 여러 사내가 함께 사랑하더라도 허물이 되지 않아요. 선우 선생은 선생 몫만 사랑하면 되는 거니까 말이오."

양주호 자신도 자기의 몫을 사랑하겠다는 듯 여자의 한쪽 팔을 끌어대도 여인은 병어처럼 조그맣게 입을 오므린 채 전혀 아무 대꾸가 없었다. 그런데 술자리가 시작되고 난 다음부터 선우 중위가 더욱 갈피를 잡을 수 없게 되었다고 한 것은 다름이 아니었다. 술기가 웬만큼 알알해지기 시작했을 때였다. 양주호가 문득 생각난 듯 여자에게 지껄였다.

"아 참, 오늘은 내 자네한테 한 가지 반가운 소식을 가지고 왔다네. 뭔 줄 아나. 자네 이제 이 섬을 떠나지 않아도 좋게 되었단 말야. 자넬 쫓아내지 못해 한을 품고 있던 작자가 먼저 여길 떠나 버렸거든."

천남석 기자의 실종에 관한 이야기인 듯했다. 양주호는 마치 천 기자의 실종이 그녀에게 매우 반가운 소식이라도 되는 것처럼 의기양양한 말투였다.

"자네 무슨 소린 줄 알겠지. 천남석이란 작자, 그자가 이젠 아주 여길 떠나가고 말았단 말일세. 자넨 이제 안심하고 여기 있어도 되네. 작잔 이제 절대로 여긴 다시 안 오니까."

나중에야 양주호가 중위에게 일러준 말이지만, 알고 보니 〈이어도〉는 양주호보다 천남석 기자가 먼저 길을 트고 지내던 그의 단골 술집이었다. '이어도의 여인' 역시 천남석과는 특별히 은밀스런 정분을 나누고 지내던 여자였다는 것이다. 그런데 천남석이 어느 때부턴가 (아마도 그것은 양주호가 그녀를 '이어도의 미인'이라는 별명으로 부르기 시작하고부터였던 것 같은데) 느닷없이 이 여자를 질투하기 시작했다는 것이다. 여자에게 섬을 떠나라고 매일같이 〈이어도〉를 찾아와서 그녀를 못 견디게 했다고 했다. 여자가 섬을 떠나주지 않으면 자기까지 괜히 섬을 견딜 수 없는 것처럼 그는 배를 타기 바로 전날까지도 두고두고 그런 식으로 협박과 설득을 계속해오고 있었다고.

"작자의 성화를 견디다 못해 막판에는 이 친구도 정말 섬을 떠나버릴까 했다지 않소. 헌데 이건 작자가 먼저 선수를 치고 나선 셈이지 뭐요. 이 친군 이제 여길 달아날 일이 없게 되어버린 거란 말요. 하하."

양주호는 무엇보다 그게 다행스럽게 된 일이라는 듯 털털털 다시 싱거운 웃음보를 터뜨렸다.

하지만 선우 중위는 그 양주호의 호인스런 웃음이 아무래도 무심스러워 보이질 않았다. 양주호가 다리까지 절뚝거리며 할 일 없이 이 술집으로 자기를 끌어들이지 않았으리라는 점은 더 의심할 여지가 없었다. 그는 다시 한 번 천남석의 죽음이 정말로 자살일지 모른다는 생각이 들었다. 천남석이 여자에게 자꾸만 섬을 떠나라고 한 데도 그럴 만한 사연이 있었을 게 틀림없었다. 그리고 그가 그토록 여인을 섬에서 내쫓고 싶어 했던 일과 양주호의 말마따나 마지막엔 그 자신이 먼저 섬을 떠나가버린 일을 상관 지어 생각할 수 있는 것이라면, 거기엔 필시 그의 죽음과도 상관된 어떤 수수께끼가 숨어 있을 수 있었다. 양주호는 무엇인가 알고 있는 게 있었다. 천남석의 죽음에 대해 처음부터 자기 나름의 분명한 해답을 가지고 있음이 분명했다. 그리고 그래서 우선 선우 중위를 일부러 이 〈이어도〉 술집까지 데리고 온 게 분명했다. 하지만 양주호는 이번에도 그뿐이었다. 선우 중위로부터 무슨 다른 얘기를 듣고 싶어하기는커녕 천남석에 관한 일은 그쯤에서 아예 뚜껑을 덮어버리려는 눈치였다. 무엇 때문에 천남석이 그토록 여자를 섬으로부터 내쫓고 싶어 했는지를 물으려 하자, 양주호는 갑자기 술맛이 달아나는 듯한 얼굴로 퉁명스럽게 중위의 말을 잘라버렸다.

"그야 녀석이 이치를 너무 좋아했기 때문이겠지요. 원래가 엄살이 좀 심한 편이긴 했지만 천남석 제 녀석이 이 섬을 죽어도 못 견뎌 했거든요. 자기가 견딜 수 없는 곳엔 좋아하는 계집을 놔두기도 싫었을 거 아뇨. 하지만 뭐 이제 그런 것 따지지 맙시다. 술이나 들어요. 그리고 참 너두 이젠 소리나 좀 해라."

웃음 한 방울 흘리지 않고 적막하게 앉아 있는 여자에게 느닷없이 노래를 청하고 들었다. 그리고 여자는 마치 태엽을 감아놓았던 소리통처럼 양주호의 주문이 떨어지자 이내 노래를 시작해버리는 것이었다. 중위는 그만 입을 다물 수밖에 없었다. 그렇게 잠시 여자의 노랫가락을 듣고 있노라니 이번에는 그 여인의 노래마저 또 이어도 타령이었다.

이어도하라 이어도하라
이어 이어 이어도하라
이어 하멘 나 눈물 난다
이어 말은 말낭근 가라

선우 중위도 이미 배 위에서 천남석에게 들은 적이 있는 소리였다. 폭풍이 몰아치던 마지막 날 밤 천남석은 그가 기억하고 있는 「이어도」의 가사를 용케도 잘 선우 중위에게 외워주었다. 하지만 곡조를 붙인 여자의 소리는 실상 노래라곤 말할 수 없는 괴상한 것이었다. 가사도 분명치 않았고 곡조도 특별히 귀에 띌 만큼 구성진 대목이 없었다. 옛날 시골 마을의 물레방 같은 데서 흘러나오는 노인네들의 노랫가락처럼 애매한 입속 웅얼거림뿐이었다. 물레 소리에 묻혀들었다간 되살아나고, 그러다간 또 문득 그 물레 소리 속으로 다시 묻혀들어가버리곤 하는 노인네들의 그 노래도 한탄도 아닌 흥얼거림처럼, 혹은 그 느릿느릿 젖어드는 필생의 슬픔처럼, 취흥을 돋울 만한 소리는 아니었다.

그러나 여인은 별스레 그 노래에만은 열심이었다. 눈먼 여자 점

쟁이처럼 창연하고 요기스럽게 소리를 거푸 두 번씩이나 읊어나
갔다.

"이어도여, 이어도여, 이어 이어 이어도여, 이어 소리만 들어도
나 눈물 난다. 이어 소리는 말고서 가라, 이어 소리는 말고서 가
라…… 아, 이 노래 어떻습니까?"

여자의 소리가 끝나자 그 역시 눈을 감고 열심히 귀를 기울이고
있던 양주호가 번역이라도 해주듯 이번에는 자기 쪽에서 가사를
한 번 더 풀어 외고 나서 중위를 찬찬히 건너다보았다. 여인의 소
리에 그는 몹시도 감동을 받은 듯한 얼굴이었다.

"어떻소, 물론 선생은 아마 잘 이해 못할 거요. 하지만 들어봐
요. 이어 이어 이어도여, 이어도를 꿈꾸면서, 그 이어도 갈 날만
기다리면서 살아온 이곳 섬사람들이란 말요. 그리고 나 같은 놈들
은 아직도 이렇게 폐인처럼 술이나 마시고 그 이어도 노래나 부르
면서……"

천남석 기자도 결국은 그랬다는 뜻인가. 그는 바로 그 천남석의
말을 되풀이하고 있었다. 하지만 그는 아직도 그렇게 천남석처럼
은 절망을 하지 않고 있었다. 천남석처럼 절망지도 않았고 천남
석처럼 섬을 저주하거나 부정하려고 하지도 않았다. 그는 이상스
럽게 갑자기 충혈된 눈초리로 한참 선우 중위를 쏘아보고 있더니,
이윽고는 정말로 무슨 폐인이나 되어버린 것처럼 벌컥벌컥 황량하
게 술잔을 들이켜기 시작했다. 그리고는 다시 또 폐인처럼 횡설수
설 떠들어대기 시작했다.

"이어도는 그러나 아무도 본 사람이 없었습니다. 어디에 있나,

어디에 있나, 물결 청동 골짜기, 어느 날 서북 바람이 자고, 눈썹 불태우는 수평선의 섬, 제주 어부들의 핏속에 있는 다음 딸의 울음의 섬, 어디에 있나 어디에 있나…… 아 이건 요즘에 읽은 고 누구라는 시인의 글 한 구절이오. 「이어도」라는 시예요. 선생은 아마 군인이니까 시 같은 거 별로 좋아하지 않으실지 모르지만 이건 정말 굉장한 십니다. 어디에 있나, 어디에 있나, 나 이 작자한테 완전히 반했어요. 고 아무개 이 작자 아마 이 섬에서 나간 친구가 틀림없어요. 이어도를 알고 있는 친구란 말입니다. 어디에 있나, 어디에 있나…… 난 이 보잘것없는 연에도 눈물이 날 지경입니다. 이어도를 모르는 자가 이렇게 가슴을 울릴 수가 없어요. 아무도 정말 이어도를 본 사람은 없습니다."

완전히 주정이었다. 양주호는 술이 취할수록 점점 더 그 이어도에 미쳐가고 있었다. 그는 다시 한 번 여인에게 이어도를 노래시켰다. 그리고 한 번 더 그 음산하고 수심기 어린 여인의 노랫소리가 끝나고 나자 양주호는 발작이라도 일으키듯,

"그런데…… 그런데 천남석이 제깐 놈이 저 혼자 이어도를 찾아냈다는 거야? 흐음 건방진 녀석 같으니라구."

느닷없이 다시 천남석 기자를 저주하더니, 그 저주가 이내 선우현 중위에게까지 서슬이 뻗쳐왔다.

"하기야 녀석은 그래도 제법이었지, 당신네 작전을 완전히 망쳐놓았거든. 중위님도 아마 그 점을 다시 알아야 할 거요. 녀석이 용케 당신네 작전에서 섬을 구해냈단 말요."

영문을 알 수 없었다. 선우 중위에 대한 저주야 어떤 식이었든,

양주호는 제풀에 문득 천남석의 이야기를 다시 꺼내고 있었다. 하지만 그의 말은 더욱더 갈피를 잡을 수 없었다. 천남석이 혼자서 섬을 찾아냈다고 한 것이나 그가 이번의 수색 작전에서 섬을 구해 냈노라는 양주호의 말들은 선우 중위로선 도대체 이해할 수가 없는 소리들이었다. 선우 중위는 다시 어리둥절해질 수밖에 없었다. 그는 이제 입을 다물고 있을 수가 없었다.

"천남석의 실종 사고는 분명히 이번 작전 과정상의 일대 불상사였습니다. 하지만 그 사고가 작전 자체의 성패를 좌우한 것은 아닙니다."

그는 양주호의 말을 납득할 수 없다는 투로 말했다. 그는 사실을 따라 말하고 있었다. 사실을 따라 말하는 수밖에 없었다. 그리고 그 양주호에게서 보다 분명한 말을 얻어내자면 그는 오히려 양주호와는 정반대편에 서서 천남석의 자살을 거꾸로 부인하고 나서는 수밖에 없었다. 하지만 양주호는 다시 고개를 가로저었다. 이번에는 빙글빙글 입가에 미소까지 짓고 있었다.

"이 세상엔 이어도라는 섬이 존재하지 않는다는 사실을 확인했다는 그 성과 때문에 말요?"

듣고 보니 그 역시도 파랑도와 이어도를 완전히 혼동하고 있었다. 하지만 선우 중위는 미처 양주호의 그런 혼동까지 교정해주고 싶은 생각은 없었다. 그는 전에 천남석 기자에게서도 자주 그런 혼동이 일어나고 있는 것을 경험한 적이 있기 때문이었다.

"작전의 목적이 섬을 찾아내는 것으로 한정된 것은 아니었습니다. 섬의 실재 여부를 확인하는 것이 작전의 목적이었습니다."

"그야 섬이 없을 때라면 그런 결과로 족할 수도 있겠지요."

"섬은 실재하지 않는다는 게 확인되었습니다. 그리고 그것은 천남석 기자도 함께 확인한 사실입니다. 그의 실종 사고가 일어난 것은 작전이 모두 완료되고 난 시각 이후였으니까요."

양주호가 다시 고개를 천천히 가로저었다. 조금 전까지와는 딴판으로 갑자기 술기가 훨씬 가신 얼굴이었다. 목소리도 몰라보게 차분해지고 있었다.

"그야 그렇겠지요. 천 기자도 작전 중엔 물론 섬을 볼 수 없었을 테니까."

"그렇다면……"

"그러나 그는 결국 섬을 찾아냈습니다. 당신들이 실패한 섬을 그 혼자서 말이오."

"국장님께선 뭔가 착각을 하고 계신 것 같군요. 천 기잔 그날 밤 섬을 찾아낼 수 없었던 절망감으로 오히려 미친 사람처럼 섬을 저주하고 있었습니다."

중위가 자신 있게 단언했다. 하지만 양주호는 다시 술잔을 집어 들며 타이르듯 하나하나 중위의 추리를 뒤엎기 시작했다.

"물론이지요. 당신들은 아닌 게 아니라 이 세상엔 이어도라는 섬이 실재하지 않는다는 걸 훌륭하게 확인해주었소. 그리고 그날 밤 천 기자는 아마 절망을 했던 것도 사실일 겝니다. 하지만 천 기자가 그날 밤 절망을 한 것은 섬을 찾아내지 못한 실망에서가 아니라 오히려 그 섬을 만날 수 있었기 때문이었을 겝니다."

"……"

"선생이 말한 것처럼 천 기자는 취재를 떠날 때도 실상 섬이 실재하리라는 기대는 가지고 있지 않았다는 쪽이 옳을 겝니다. 작자도 그것을 바라지도 않았구요. 그의 취재 목적도 오히려 그와는 정반대였습니다. 위인은 누구보다도 섬을 믿고 싶어 하지 않았던 사람이니까요. 하지만 천 기자는 막상 그가 바랐던 대로 이 세상엔 정말 이어도라는 섬이 실재하고 있지 않다는 사실이 확인되고 난 순간에 오히려 그 섬을 보게 된 것입니다. 그건 참으로 무서운 절망이었을 겝니다. 그는 섬을 찾지 못해서가 아니라 거꾸로 그 섬을 만났기 때문에 절망을 했을 거란 말입니다."

"……"

"아 그야 물론 그가 본 이어도 역시 실재의 섬은 아니었겠지요. 오랫동안 이 섬에 살아온 이어도란 원래가 그 가상의 섬이 아니겠습니까. 천 기자가 본 이어도 역시 그런 가상의 섬이었습니다. 하지만 어쨌든 천 기자는 그때 문득 그 이상스런 방법으로 자기의 섬을 보게 되었고, 그래서 그는 오히려 절망을 하고 만 것입니다. ……하지만 그건 참으로 황홀한 절망이었을 겝니다."

"……"

"이제 아셨겠지만 당신들이 찾아 나선 이어도 역시 물론 그런 섬이었습니다. 당신들은 당연히 섬을 찾아낼 수 없었지요. 따라서 작전은 처음부터 실패할 수밖에 없었던 것 아닙니까. 더구나 그런 식의 실패로 해서 당신들은 이 섬사람들에게서마저 영영 우리 이어도를 빼앗아가버릴 뻔했단 말입니다. 그것을 천 기자가 다시 살려낸 것이지요. 천 기자의 죽음이 우리 이어도를 지켜낸 것입니다."

"결국 이어도의 부재가 천 기자의 사고를 낳게 되고 천 기자의 사고는 또 다른 이어도의 존재를 증명해낼 수 있었다는 말씀이 되겠군요."

선우 중위가 참을성 좋게 양주호의 이야기를 정리했다. 하지만 양주호의 결론은 좀더 단호하고 엄중한 항의조였다.

"그렇습니다. 그렇게 된 셈이지요. 하지만 천 기자의 사고에 한해서만 말한다면 보다 근본적인 원인은 그와 이어도의 해후보다는 당신들의 작전 자체였다고 하는 편이 옳겠지요. 몇 번 되풀이하는 말입니다만 이어도란 원래가 실재하는 섬은 아니었습니다."

"하지만 그때 천 기자가 정말로 자기의 섬을 만나고 있었다는 국장님 말씀은 아무래도 이해가 가지 않는군요. 국장님 말씀대로라면 천 기자는 그런 식으로 섬을 만나야 했을 만큼 그것을 원하고 있지 않았을 텐데 말입니다. 그는 왜 섬을 만나 절망을 해야 했습니까?"

중위가 아직도 납득이 가지 않는 얼굴로 양주호에게 물었다. 양주호의 말은 모두가 그 천남석의 섬을 전제로 하고 있는 것이었다. 하지만 선우 중위로선 역시 그때 천남석이 자기의 섬을 만나고 있었을 거라는 양주호의 말은 쉽사리 믿어버릴 수가 없었다. 천남석의 죽음에 대한 양주호의 추리에는 무엇보다 우선 그 점이 중요했다.

하지만 양주호는 이제 추호도 생각을 머뭇거리는 빛이 없었다.

"원하진 않았겠지요. 뿐만 아니라 천남석은 한사코 자기 섬의 존재를 부인하고 싶어 했지요. 그는 늘 이어도가 살아 숨쉬는 이 섬마저 떠나버리고 싶어 했을 정도였으니까요. 하지만 그는 누가 뭐래도 역시 이 제주도 사람이었습니다."

4

두 사람이 술집 〈이어도〉를 나섰을 때는 자정이 거의 가까워질 무렵이었다. 양주호는 아직도 몇 차례나 더 여자의 이어도에 취하고 나서야 뱃길을 떠나가는 서방님처럼 아쉬운 표정으로 그녀와 헤어져 나왔다. 물론 천남석의 사고를 자살로 단정할 만한 증거는 아무것도 나타나지 않은 채였다. 양주호는 다만 천남석이 섬의 부재를 확인한 순간에 오히려 자기의 섬을 발견하게 되었고, 그것이 곧 사고의 직접 동기인 것처럼 말했다. 그리고 자신이야 뭐라고 말했든 천남석이 그때 그 자기의 섬을 보고 절망하게 된 이유를 그가 바로 이 음습한 바람의 섬 제주도 사람이기 때문이라고, 가장 중요한 대목을 그 제주도 사람이라는 한마디로 간단히 설명을 대신해버렸다. 엄청난 비약이었다. 그 비약의 폭만큼이나 제주도 사람에 대한 선우 중위의 이해는 막연하기 그지없는 것이었다. 그리고 그런 천남석의 절망이 어째서 그의 자살을 단정할 수 있는 근거가 되고 있는지도 중위에겐 여전히 아리숭한 수수께끼일 뿐이었다. 하지만 양주호는 도대체 더 이상은 말을 하지 않으려고 했다. 천남석의 죽음에 대해선 더 이상 무엇을 알고 싶어 하지도, 자기 속엣것을 털어놓으려 하지도 않았다.

선우 중위는 그만 스스로 지치고 말았다. 그 역시 이젠 좀 머리를 쉬어두고 싶었다. 천남석의 직장 상사라는 사람이 그쯤 자살을 믿고 있는 터라면 더 이상 일을 복잡하게 만들 필요도 없을 것 같았다.

〈이어도〉 문을 나서자 바깥은 폭풍우가 지나간 섬 날씨답지 않게 아직도 검은 구름장들이 드문드문 밤하늘을 북쪽으로 흐르고 있었다. 간단없이 밀려드는 파도 소리가 자정으로 가라앉아들어가는 이 외로운 섬의 잠에 취한 숨길처럼 고즈넉했다.

선우 중위는 그러나 이제 기분이 한결 가뿐했다. 습습한 바람결에 어디선가 은은한 귤꽃 향기가 묻어오는 것 같았다. 그는 그만 오늘은 양주호와 헤어져야겠다고 생각했다. 그러나 그것은 아직도 선우 중위 혼자의 생각일 뿐이었다. 술집을 나오자 양주호는 이상하게 갑자기 풀이 죽어 있었다. 커다란 몸집에 어깨를 추릿하니 늘어뜨린 모습에 느닷없이 황량스런 외로움의 빛 같은 것이 얹히고 있었다. 그 양주호가 중위보다 먼저 행선지를 정하고 나섰다.

"선우 중위, 그럼 이제부턴 나하고 그자의 집을 가봅시다."

"집엘 가다니요. 이젠 밤이 너무 늦었는데요."

선우 중위는 노골적으로 사양하고 싶은 어조였다. 하지만 양주호는 벌써부터 때를 기다리고 있었다는 듯 중위를 단념하지 않았다.

"왜, 이젠 그만 잠자리라도 찾아가고 싶어지신 게로군요. 하지만 아직은 서두를 필요 없어요. 이 섬엔 통행금지가 없으니까."

"통행금지보다도 이젠…… 저 혼자라도 상관없으니 천 기자의 집은 내일 아침 다시 찾아보는 게 어떻겠습니까."

"12시 전엔 잠자리를 찾아들어가는 것도 통행금지 시간 같은 걸 정해놓고 사는 사람들의 습관이지요. 여기선 그럴 필요가 없어요. 자, 갑시다. 나선 김에 마저 일을 끝내야지요."

거진 강제나 다름없는 말투였다. 할 일을 끝내지 않으면 절대로 중위를 가게 하지 않겠다는 사람 같았다.

"천 기자의 집엔 별로 만나볼 만한 가족도 없다고 하지 않으셨습니까?"

중위는 목소리가 다소 짜증스러워지고 있었다. 하지만 양주호는 여유가 만만했다.

"아 참 그랬던가요. 그래요. 그때는 물론 그랬었지요. 하지만 지금은 좀 달라졌어요. 한 사람한테 그의 마지막 소식을 전해줘야 할 데가 있을 것 같군요. 아간 선우 중위가 말한 유족이란 말에 그 사람이 합당한지 어떤질 모르겠어서 우선 그렇게 말해버렸지만 말요."

"그 사람이 누굽니까? 천 기자완 어떻게 되는 사람입니까?"

"가보시면 아마 곧 만나볼 수 있을 겝니다. 여기선 거리도 그리 멀지 않으니까 슬슬 함께 걸어서 가도록 하지요."

양주호는 벌써 지팡이를 휘두르며 중위를 앞장서 걷고 있었다. 선우 중위는 다시 한 번 도깨비장난 같은 짓에 자신이 홀려들기 시작한 기분이었다. 하지만 이젠 기왕 내친걸음이었다. 갈 데까지 가보리라 금방 마음을 고쳐먹었다. 어쩌면 거기서 뜻밖에 양주호가 그처럼 천남석의 자살을 쉽게 믿어버린 이유를 만나게 될지도 모른다.

그는 희끄무레한 어둠 속을 절뚝절뚝 앞장서 가고 있는 양주호의 그림자를 천천히 뒤따르기 시작했다.

그런데 그때 중위를 두어 발짝 앞장서 걷고 있던 양주호가 이번에는 아무래도 미리 귀띔을 해놓아야 좋을 듯싶었던지 모처럼 만에 한 가지 새로운 사실을 알려왔다.

"헌데 참 내 이것만은 선우 중위에게 미리 일러두겠는데, 당신이 이따 거기서 만날 사람은 천 기자가 꽤 걱정을 많이 하던 여자라는 걸 알아두시오. 당신이 만날 사람은 바로 천 기자의 여자란 말입니다."

"여자라니요?"

중위가 약간 의외라는 듯 되물었다. 천남석에게 아내가 있노라는 말은 한 번도 들은 적이 없는 일이었다. 그렇다고 그것으로 천남석을 아직 결혼도 하지 않은 애송이 총각으로 여기고 있었다는 말은 물론 아니다. 천남석은 원래 자신의 주변 일을 입에 담기 좋아하는 성미가 아닌 것 같았다. 그리고 양주호가 아까 천남석의 소식을 전해줄 데가 한 사람 있노라 했을 때도 선우 중위는 어렴풋이나마 그 천남석의 여자를 상상했던 게 사실이다. 하지만 그가 지금 만나러 가고 있는 사람이 바로 그 천남석의 여자라는 사실이 확인되자 선우 중위는 막상 기분이 이상해지기 시작했다. 양주호가 하필 이런 오밤중에사 여자를 만나러 나서자 한 것부터가 이미 상식에서 벗어난 일이었다. 한데다 양주호는 웬일인지 여인에 대해 아무개의 부인이나 아내라는 호칭조차 인색하게 아끼고 있었다. 몇 마디 말속에서였지만 그는 다만 천 기자의 '여자'라는 한마

디로 그 여인에 대한 호칭을 비하시키고 있었다. 하지만 양주호는
이제 조금도 거리낌이 없었다.

"그 뭐 부인이라는 말을 하긴 좀 뭣한 여자지요."

"부인이라고 할 수가 없다면……?"

"그저 그렇게 만나서 잠자리나 같이하고 지내는 식의 여자를 뭐
라고 부릅니까?"

역시 그럴 만한 데가 있어서 부러 그렇게 말했다는 식이었다.
중위는 그만 입을 다물고 말았다. 이런 밤중에 굳이 여자를 찾아
가야 할 이유가 있을까 싶었다. 도대체 양주호라는 사람의 거동
은 매사에 늘 엉뚱한 동기가 숨겨져 있는 것 같았다. 그는 이미 모
든 것을 알고 있으면서, 그러나 그것을 중위에게 말해주는 대신
그 스스로 그것을 경험하고 깨닫게 해주기 위해 이리저리 그를 끌
고 다니며 일을 꾸며가고 있는 것 같았다. 중위는 이러기도 저러기
도 난처했다. 하지만 그는 여기까지 와서 다시 물러설 생각은 없
다. 그는 말없이 양주호의 커다란 그림자만 열심히 뒤따라갔다.

양주호는 밀감 밭이 제법 무성하게 우거진 들길을 가로질러 이
번에는 다시 그 밀감 밭이 잇대어 선 작은 언덕길을 돌아 나가기
시작했다. 선우 중위는 이제 천남석의 집이 별로 멀지 않았음을
알 수 있었다. 천남석의 집은 원래 바다가 내려다보이는 조그만
언덕 아래 어딘가에 있었다고 했다. 그리고 그날 밤 천남석은 그
언덕 부근의 어디에선가 보낸 자신의 어린 시절에 관해 긴 이야기
를 털어놓았다. 그는 그날 밤 자신의 절망을 이기기 위해 그 섬과
피나는 싸움이라도 벌이고 있는 것처럼 이어도와 이어도를 꿈꾸는

섬사람들의 삶, 이를테면 그의 섬의 모든 것을 한결같이 부인하고 싶어 했다. 그리고 알고 보면 그것은 양주호의 말대로 바로 이 제주도와 제주도 사람들의 어쩔 수 없는 숙명에 대한 천남석의 마지막 항거처럼 생각되는 그런 내용의 이야기였다.

바다가 내려다보이는 언덕배기에 조그만 밭뙈기가 하나 있었다고 했다.

……소년의 어머니는 무슨 까닭인지 조그만 밭뙈기에서 사시사철 쉬지 않고 돌을 추려내고 있었다. 언제나 축축한 습기가 묻어오는 바닷바람이 언덕 쪽으로 불어왔고, 소년의 어머니는 날만 새면 그 축축한 습기에 온몸을 적시며 여름이나 겨울이나 그 밭뙈기의 돌멩이를 추려내다 시름시름 한쪽으로 긴 돌더미를 쌓아갔다. 그런데 그런 때 소년의 어머니한테선 언제나 또 빠짐없이 이어도의 노랫가락이 흘러 번졌다.

가사도 분명치 않고 곡조도 그저 그렇고 그런 소리로 소년의 어머니는 언제나 그렇게 돌을 추리면서 이어도 노랫가락을 웅얼거리고 있었다. 소년의 어머니는 그런 때 입을 움직이는지 어떤지조차 별로 분명치가 않았다. 소년이 곁으로 다가가 보면 어머니는 오히려 입을 꼭 다물고 있는 것처럼 보일 때가 많았다. 어머니가 직접 입으로 소리를 웅얼거리는 것이 아니라 몸 어느 한곳에다 소리를 매달고 다니는 것 같은 착각이 들 때가 많았다. 돌을 추리고 있는 어머니 근처에선 언제나 그렇게 바닷소리처럼 웅웅거리는 듯한 이어도의 노랫가락이 쉴 새 없이 번져 나오고 있었다. 바람이 불면 바람 소리 속에서, 바다가 울면 바다 울음소리 속에서, 웅웅웅 한

숨을 짓는 것도 같고 울음을 울고 있는 것도 같은 소리가 문득문득 소년의 귀까지 스쳐오곤 했다. 바다에 안개가 짙어지거나 구름이 몹시 빠르게 움직이는 날이면 어머니는 돌을 추리다 말고 구름장이 사납게 얽혀드는 하늘을 쳐다보거나 짙은 회색 안개 속으로 바다가 하얗게 뒤집히는 모양을 하염없이 내려다보고 있을 때가 많았는데, 그런 때는 그 어머니의 소리가 더욱 극성스러워지는 것 같았다.

소년은 언제나 어머니가 추려 내다 놓은 돌 더미 근처에서 그 어머니의 소리를 들었다. 소리를 듣고 있으면 공연히 사지에서 힘이 다 빠져나가버리는 것 같았고, 마음까지도 그 축축한 바닷바람의 습기에 젖어든 것처럼 기분이 암울스러워지곤 했다. 무엇인가 몹시 슬픈 일이 생길 것 같은 예감 때문에 가위눌린 사람처럼 가슴이 답답해져올 때도 있었고, 그러다간 또 자신도 모르게 터무니없이 긴 한숨이 터져 나올 때도 있었다.

소년은 소리만 들으면 짜증이 났다. 그리고 늘 그 어머니의 소리를 떠나버리고 싶었다. 어머니의 소리를 참을 수가 없었다. 하지만 소년은 어머니의 소리를 맘대로 떠나버릴 수가 없었다. 어머니의 소리를 떠나려면 그는 아버지를 찾아낼 수 있어야 했다. 소년의 아버지는 한 달이면 보름도 더 넘는 날들을 항상 바다로 나가 지냈다. 한번 수평선을 넘어가면 이틀이고 사흘이고 좀처럼 다시 그 수평선을 넘어오지 않았다. 아버지가 수평선을 넘어오기만 하면 소년은 아버지 곁에서 어머니의 그 지긋지긋한 소리를 듣지 않아도 좋을 때가 하루 이틀쯤 마련되었다. 아버지가 수평선을 넘어오고 나면 어머니는 비로소 돌을 추리는 일을 그만두고 집 안에서 집안일을 하고 지냈다. 그리고 그런 날은 소년의 어머니도 이상하게 그 이어도의 노래를 씻은 듯이 잊어버렸다. 아버지가 돌아오고 나서도 소년이 이어도의 노래를 들을 수 있는 것은 깜깜한 밤중뿐이었다. 아버지가 돌아오는 날 밤이면 소년은 다른 날보다 대개 깊은 잠을 잘 수 있었다. 잠 속에서 소년은 때때로 웅웅거리는 바다 울음소리나 지붕을 넘어가는 밤바람 소리 같은 것을 들을 때가 있었다. 하지만 언제부턴지 소년은 그것이 바다 울음소리나 밤바람 소리가 아니라는 것을 알고 있었다. 깜깜한 어둠 속에서 어머니가 다시 그 간절한 이어도의 곡조를 참지 못하는 소리였다. 그리고 그런 때의 어머니의 소리는 생시보다도 더욱 간절하고 안타까운 느낌이 드는 것이어서, 어머니가 꿈결 속에서 정말로 그 이어도를 만나고 있는 것 같은 느낌이 들곤 했다. 하지만 그 홀려드는 듯한 이어도의 곡조도 한고비가 지나고 나면 어머니는 거짓말처럼 이내 아득한 잠 속으로 가라앉아 들어버렸고, 방 안은 이윽고 다시 먼 바닷소리만 가득해지곤 했다. 아침이 되면 어머니는 간밤의 일 같은 건 아예 기억에도 없는 듯이 말짱한 얼굴이 되어 있곤 했다.

아버지가 곁에 있는 동안엔 어쨌든 어머니의 입에서 그 이어도 노래를 자주 들을 수 없었다. 아버지는 처음부터 이어도 노래를 좋아하는 편이 아니었다. 아버지가 바다로 나가지 않는 날은 대개 하루 종일 바닷가 자갈밭에서 상한 그물을 손질했다. 아버지는 그렇게 하루 종일 상한 그물을 손질하면서도 어머니처럼 입에서 이어도 노래 같은 걸 웅얼거리는 것을 한 번도 들은 일이 없었다. 입을 다문 채 묵묵히 얼크러진 그물을 풀어내거나 상한 곳을 꿰어 이으면서, 바람이 심한 날은 가끔가끔 그 흐트러진 수평선 쪽을 향해 근심스런 눈길을 던지면서 좀처럼 이어도의 노래 같은 건 알은척을 하지 않았다. 소년은 그런 아버지 곁에서 그가 찢어지고 흐트러진 그물을 새것처럼 말끔하게 손질해내는 것을 구경하면서 기분 좋은 하루해를 보낼 수 있었다.

하지만 소년의 아버지의 그 그물 손질은 기껏해야 하루나 이틀뿐 그물이 다시 깔끔히 손질되고 나면 아버지는 이내 다시 수평선을 훌쩍 넘어가버리곤 했다.

천 가여 천 가여……

마음이 격해지면 어머니는 소년의 아버지를 천 가여 천 가여 하고 아이 이름이라도 부르듯 해댔는데, 어머니의 그런 안타까운 부름도 소년의 아버지는 들은 체 만 체였다. 그리고 나면 소년의 어머니는 다시 언덕배기 밭뙈기로 나가 돌자갈을 추리면서 웅웅웅 그 축축한 바닷바람 속에서 이어도의 노랫가락을 시작하는 것이었다. 지겹게도 많은 돌이었고, 지겹게도 극성스런 노랫가락이었다. 돌자갈은 다하는 날이 없을 것처럼 많았다. 돌자갈이 다하지 않는 한 어머니의 노래도 언제까지나 끝이 나지 않을 것 같았고, 아버지는 또 그 돌자갈이 다하지 않는 한 언제까지나 바다를 나가지 않을 수 없는 것처럼 부지런히 수평선을 넘어갔다. 그리고 또 아버지가 수평선을 넘어가기만 하면 소년의 어머니는 언제까지나 그 언덕배기로 나가 돌자갈을 추리며 이어도 노래를 불렀다.

그러던 어느 해 가을, 마침내 소년의 아버지에겐 이상한 일이 일어났다. 수평선을 넘어간 아버지의 배가 한번은 전에 없이 여러 날 동안 다시 그 수평선 위로 모습을 나타내지 않았다. 아버지는 대개 바다로 나가고 나서 사흘이나 나흘, 늦어도 닷새 정도가 되면 까맣게 다시 그 수평선을 넘어오곤 했다. 그런데 이번에는 닷새가 지나고 열흘이 지나도 아버지의 배는 영 소식이 없었다. 어머니는 차츰차츰 말이 적어져갔다. 끼니도 상관 않고 언덕배기 밭뙈기로 나가 돌자갈만 추렸다. 암울스런 이어도의 노랫소리가 끝도 없이 극성스러워져가고 있었다.

천 가여 천 가여…… 어둠 녘이 다 된 다음 소년의 어머니는 무슨 저주나 원망처럼, 또는 아직도 체념이 서러운 한숨처럼 길게 한 번 그 천 가여를 토해내고 나서야 비로소 하루의 노랫가락이 간신히 끝나곤 했다. 그런데 혹여 그 어머니의 극성스런 노랫소리에 무슨 효험이라도 본 것일까. 수평선을 넘어간 지 꼭 열하루째가 되던 날 아침 요술에라도 이끌려 온 듯 홀연히 소년의 아버지가 돌아왔다. 하지만 이번에는 그 아버지가 배를 타고 수평선을 넘어온 것이 아니었다. 소년의 아버지는 그때 배를 타고 수평선을 넘어갈 때하곤 전혀 다른 옷을 입고 다른 신발을 신고 있었다. 양복 같은 건 한 번도 걸쳐본 일이 없는 아버지가 새것처럼 보이긴 했지만 바다로 나갈 때의 그 두툼하고 낯익은 누더기 대신 느닷없이 싸구려 양복 비슷한 것을 헐렁하게 걸쳐 입고 있었다. 신발도 코 끝이 닳아터진 흰 고무신 대신 검고 투박한 새 운동화 같은 것을 끼고 있었다. 곰팡이처럼 허연 소금기 속에 언제나 까칠까칠 지저분하던 턱수염은 흔적도 없이 말끔하게 깎여 있었다. 수염을 깎았는데도 훨씬 더 초췌하고 기력이 없어 보이는 얼굴이었다. 소년의 아버지는 그런 차림, 그런 모습을 하고 배를 타고 수평선을 넘어오는 대신 배를 버린 채 혼자 뭍길을 걸어 집으로 돌아왔다. 그리고 그렇게 집으로 돌아오고 나서도 아버지는 마치 꿈을 꾸는 사람처럼 멍청스럽게 눈알을 디룩디룩 굴려댈 뿐 며칠 동안은 도대체 아무 말이 없었다. 소년의 아버지가 그 알 수 없는 침묵에서 깨어난 것은 그가 집으로 돌아온 지 열흘쯤 지난 다음이었다. 소년의 아버지는 돌아오자마자 곧 자리로 눕고 말았는데, 자리에 누워서도 그는 한동안 통 그렇게 말을 하려 하지 않았다. 언제나 꿈을 꾸는 사람처럼 우두커니 천장만 쳐다보고 누워 있었다. 그러다가 열흘쯤 시간이 흐르고 나자 그가 돌연 말을 시작한 것이었다. 그런데 모처럼 어머니에게 들려준 아버지의 이야기가 또한 이상했다.

— 나 이어도를 보았네.

소년의 아버지는 정말로 이어도를 보고 돌아왔노랬다.

몹쓸 바람을 만나 배가 부서졌는데, 소년의 아버지는 물로 뛰어들어 무작정 어디론가 헤엄을 쳐 나가고 있었다 했다. 한참 그렇게 헤엄을 쳐 나가다 기진맥진 힘이 다 풀릴 때쯤 해서 다시 정신을 차리고 보니 바다 저쪽 파도 끝에 문득 하얗게 부서지고 있는 섬이 떠올라 있더라고 했다. 그는 새로운 힘이 솟아 정신없이 그 하얀 섬 해변을 향해 헤엄을 쳐 나갈 수 있었는데, 그러다가 또 어느 틈에 정신을 잃었던지 눈을 떠보니 그는 어떤 크고 낯선 고깃배의 선실에 눕혀져 있었고, 그사이 시간은 꼬박 하루하고도 한나절이 더 흘러버렸더라는 것이다.

　―파도 위로 하얗게 떠올라 있는 섬, 그건 이어도가 틀림없었다네.

　섬을 한번 본 사람은 다시 이승으로 돌아올 수 없다는 말도 잊어버린 듯 소년의 아버지는 차분한 목소리로 단언했다. 그리고 그는 그 이어도 때문에 다시 기력을 회복한 듯 자리를 박차고 일어나 한 번 더 그 바다에의 모험을 꿈꾸기 시작했다. 그는 마치 어떤 은밀한 음모라도 꾸미고 있는 사람처럼 어머니의 만류도 못 들은 체 그의 새로운 모험을 위한 준비 작업에 착수했다. 어디선가 헌 배를 구해다가 그럭저럭 쓸 만한 물건을 만들어냈다. 일이 시작된 지 한 달쯤 뒤엔 그런 식으로 벌써 모든 준비가 끝나 있었다. 준비를 끝내놓고도 소년의 아버지는 하루 이틀 아직도 무엇인가를 더 기다리고 있는 듯하더니, 어느 바람이 잔잔한 늦가을 오후 마침내 그 숙명처럼 언제나 눈앞에 아득히 떠올라 있는 수평선을 훌쩍 넘어가버리고 말았다.

　천 가여 천 가여…… 천 가여를 외워대는 어머니의 음성은 어느 때보다도 안타깝고 간절했지만 소년의 아버지는 소용이 없었다. 그리고 그는 그것을 마지막으로 다시는 영영 수평선을 넘어오지 못했다. 이번에는 수평선 대신 이상한 차림으로 뭍길을 걸어 돌아오는 일도 없었다. 소년의 어머니가 그 짜증스런 「이어도」의 곡조를 애태워 불러대기 시작한 것은 말할 것도 없었다. 소년의 어머니는 아버지가 다시 수평선을 넘어간 그날부터 이미 언덕배기 돌밭에서 다시 자갈을 추리기 시작했고, 웅웅웅 바닷바람 소리 같은 그 단조롭고도 구슬픈 「이어도」의 곡조를 읊조리기 시작하고 있었다. 그리고 그 어머니의 노랫가락은 이제 수평선을 넘어오는 배 소식이 까마득하면 할수록 점점 더 극성스러워져가고만 있었다. 수평선을 넘어오는 배 소식이 없는 한 그것은 열흘이 지나고 한달이 지나도, 돌밭의 자갈이 다하지 않은 것처럼, 그 습기 많은 바닷바람이 언제까지나 섬을 적셔오고 있는 것처럼 도대체 끝이 나는 날이 없었다. 그런데 마침내는 소년의 어머니마저 그 「이어도」 노랫가락 속에서 아버지의 섬을 보았던 것일까. 남쪽 절후라 곤 하지만 이 섬 바닷가 언덕에도 바야흐로 제법 쌀쌀한 강풍이 마른 낙엽을 몰고 다니기 시작한 어느 초겨울날이었다. 이날은 아침부터 하루 종일 구름장이 낮게 달리고 있었다. 오후가 되자 무너질 듯 바다 복판까지 처져 내려 있던 검은 하늘에선 때 이른 진눈깨비까지 함부로 흩뿌리기 시작했다. 바람 소리와 파도 소리가 전에 없이 소란스런 날이었다.

소년의 어머니는 이날도 물론 언덕배기 자갈밭에서 아침부터 계속 돌을 추리고 있었다. 그리고 소년의 어머니는 점심때가 되어도 끼니마저 잊은 채 쉴 새 없이 그 「이어도」 노랫가락만 웅얼웅얼 읊조려대고 있었다. 소년은 날씨도 수상하고 배도 고프고 해서 이날사 말고 그 어머니를 밭에 둔 채 혼자서만 먼저 집으로 내려와 있었다. 어머니는 점심때가 훨씬 지나서 진눈깨비가 날리기 시작해도 언덕을 아직 내려오지 않고 있었다. 저녁때가 거의 되어갈 때까지도 소년의 어머니는 언덕을 내려오는 기척이 없었다. 어둠이 바다 쪽에서부터 서서히 섬을 덮어오기 시작했을 때에야 비로소 소년은 어머니를 찾으러 언덕으로 올라갔다. 하지만 소년이 그 언덕께로 어머니를 찾아갔을 때는 이미 때가 너무 늦고 있었다. 소년의 어머니는 치마폭에 돌을 싸안은 채 언제부턴가 밭이랑 사이에 축축하게 몸이 젖어 누워 있었다. 소년은 넋을 잃고 말았다. 어머니를 질질 끌다시피 하면서 정신없이 언덕을 굴러 내려왔다. 그리고 불기도 별로 없는 아랫목에 어머니를 눕혀놓고 무작정 무엇인가를 기다렸다. 비가 그치기를 기다렸고, 바람이 그치기를 기다렸고, 소식이 까마득한 아버지가 불시에 문을 박차고 들어서주기를 기다렸다. 그리고 가엾은 어머니가 정신이 돌아오기를 애타게 기다렸다. 하지만 끝내는 모두가 허사였다.

진눈깨비는 다시 빗줄기로 변해 무섭게 문창살을 두드려댔고, 바람 소리는 무시무시한 기세로 밤새도록 지붕을 넘어갔다. 아버지는 돌아오지 않았고, 어머니는 잠깐 눈을 떠서 소년의 손목을 꼭 쥐어주었을 뿐, 그리고 그 힘없는 음성으로 천 가여 천 가여를 두어 번 중얼댔을 뿐, 그대로 영영 정신을 잃어버리고 말았다. 언덕배기 자갈밭에 아직도 못다 추린 돌멩이를 남겨둔 채, 소년의 어머니는 그날로 그만 그 이어도의 노래를 끝내고 만 것이었다.

5

선우 중위가 양주호와 함께 천남석의 집을 찾아갔을 때 그는 이제 자신도 이어도의 어떤 비밀스런 힘에 홀려들고 만 것 같은 야릇한 기분이 되고 있었다.

　—여자가 오기 전에는 천 기자가 혼자서 식은 밥 위에다 양념도 하지 않은 통조림 꽁치를 얹어 먹고 있는 걸 볼 때가 가끔 있었지요.

　양주호의 말이 아니더라도 천남석의 거처는 생활을 사는 사람의 그것이라기보다는 그냥 그 생활을 견디고 있었다는 편이 어울려 보일 만큼 비좁고 궁색스런 꼴이었다. 밀감 밭이 한창 무성하게 어우러져가고 있는 언덕배기 아래 몇 년째 사람의 손길 한번 스쳐 본 일이 없는 듯한 방 한 칸 부엌 한 칸의 돌지붕 오두막이 그 역시 무슨 생활이 깃들기를 기다리고 있다기보다는 그저 그렇게 힘겨운 세월을 고집스럽게 견뎌내고 있었다. 부엌이나 방 안 꼴은 더 말할 나위가 없었다. 여자가 생겼다고는 하나 방이나 부엌 어느 한구석에도 사람의 체온이 스민 흔적을 찾아볼 수 없었다. 케이스가 다 닳은 트랜지스터라디오 하나와, 거울 한쪽이 부옇게 흐려들어오고 있는 손 경대 하나, 그리고 밥솥이나 국 냄비를 올려놓았던 자국이 낭자하게 얼룩진 몇 권의 묵은 잡지 나부랭이를 제외하고 나면 방 안에는 별로 눈에 띄는 가재도구가 널려 있는 것도 아닌데 이상하게 느낌부터 어수선하고 창연스런 풍경뿐이었다. 선우 중위가 무엇엔가 홀려들고 있는 듯한 기분이 들기 시작한 것은 물론 그런 황량스런 집 안 몰골 때문만은 아니었다. 천남석의 집에서는 또 한 가지 예기치 못했던 일이 선우 중위를 기다리고 있었다. 아니 그것은 선우 중위가 먼저 이 집으로 와서 그 도깨비 장난 같은 일을 기다리고 있었다는 편이 옳을는지도 모르겠다.

　양주호와 선우 중위가 천남석의 오두막엘 도착했을 때, 집 안에선 아무도 두 사람을 맞아주는 사람이 없었다. 한데도 양주호는 제집처럼 한사코 그 빈집 방 안으로 선우 중위의 등을 떠밀어 넣으려고 했다.

"이것저것 너무 언짢게 따질 것 없어요. 이제 곧 모든 걸 알게 될 테니까."

그는 중위를 방 안으로 밀어넣은 다음 자신도 곧 그를 뒤따라와서는 방구석에 걸려 있는 작은 호롱에다 익숙하게 성냥불을 켜 붙여놓았다. 그리고는 다리를 상한 사람들에게서 흔히 볼 수 있는 완력으로 선우 중위의 어깨를 풀썩 눌러 주저앉혀버렸다. 하지만 그는 그것으로 그만이었다. 그는 선우 중위에게 무엇을 바라고 있는 것인지, 또는 무슨 일을 꾸미고 있는지 도대체 시원스런 말이 없었다.

"잠깐만 기다려요. 이제 곧 여자가 나타날 테니까."

다분히 위압적인 한마디를 남겨놓고는 이제 그 자신은 할 일을 다한 사람처럼 방을 나가더니 터벅터벅 혼자 언덕길을 되돌아가버리는 것이었다. 선우 중위는 지팡이에 몸을 의지한 채 어둠 속으로 한동안 부침을 계속하며 사라져가는 그 양주호의 모습을 바라보고 앉아서 이젠 그를 쫓아갈 생각도 하지 못하고 있었다. 이제 곧 모든 걸 알게 될 테니까. 이것저것 너무 언짢게 따질 건 없다 ― 양주호의 말이 아직도 그를 꼼짝 못하게 압도하고 있었다. 위인의 거센 완력이 아직도 그의 어깨를 무겁게 짓누르고 있는 것 같았다. 선우 중위는 아직 그 양주호가 다시 돌아오기를 기다렸다. 한동안 그렇게 혼자 주인 없는 방을 멍청하게 지키고 앉아 있었다.

가물가물 희미한 호롱불에 알 수 없는 요기가 어리고 있었다.

하지만 선우 중위는 오래 기다릴 필요가 없었다. 양주호는 한 번 언덕을 내려간 다음 다시 소식이 없었다. 양주호 대신 그가 말한 대로 여인이 먼저 나타난 것이다. 언덕 아래서 조심스런 인기척이 올라오는가 싶더니 이내 침침한 호롱불빛이 내비치는 방문 앞으로 여인의 모습이 나타났다. 그런데 그 방문 앞 호롱불빛 속으로 얼굴을 드러낸 여자는 다른 사람이 아니었다. 그녀는 방금 전에 양주호와 함께 선우 중위가 술집 〈이어도〉에서 헤어지고 나온 그 암무당의 외동딸 같은 이어도의 여자였다. 이제 곧 모든 것을 알게 되리라던 양주호의 말이 거짓말은 아니었던 셈이었다. 하지만 선우 중위는 물론 그 양주호의 귀띔처럼은 될 수가 없었다. 여자를 보자 그는 점점 더 머릿속이 어리둥절해질 뿐이었다. 영락없이 무엇에 홀려들고 있는 기분이었다. 게다가 여자는 다시 선우 중위를 보고도 놀라거나 당황해하는 빛이 전혀 없었다. 처음부터 그가 집을 찾아와 있을 줄 알고 있었기라도 하듯 그를 보고도 표정 하나 까딱하지 않았다. 그녀는 오히려 술집에서보다도 표정이나 거동이 더한층 침착하고 정연했다. 그녀는 마치 첫날밤을 맞은 신부처럼 가지런한 몸짓으로 말없이 방문을 들어섰다. 그리고는 아직도 표정이 어리벙벙해 있는 선우 중위 앞으로 조용히 몸을 접어 앉았다.

"그분은 정말로 못 돌아오시는 건가요?"

여자의 첫마디였다. 천남석에게 정말로 그런 사고가 있었는지 어쨌는지를 새삼스럽게 물어오고 있는 것이었다. 설명이 충분했던 건 아니지만, 〈이어도〉에선 아직 곧이를 듣지 않았던 듯, 그러나 자기 사내의 죽음을 묻고 있는 사람 같지 않게 여자는 목소리가 조용했다. 선우 중위는 대꾸가 난처했다. 이런저런 사정을 술집에서부터 미리 알고 있었더라면 사정은 달라질 수도 있었을 것이다. 아무것도 모르고 있다가 이런 자리에서 이런 식으로 다시 여자에게 그 사내의 죽음을 확인시켜준다는 것은 아무래도 기분 좋은 일이 못 되었다. 하지만 선우 중위는 이제 이 무더운 여름날의 가로수처럼 무겁고 적막스런 여자 앞에 언제까지나 입을 다물고 있을 수만은 없었다.

"유감입니다만 그것만은 분명하게 말씀드리지 않을 수 없습니다."

중위가 마침내 어려운 대답을 했다. 여자는 말이 없었다. 잔잔한 눈동자 위로 희미한 수심기 같은 것이 잠깐 스쳐갔을 뿐이었다. 하지만 그것은 정말로 한순간의 짧은 시간 동안뿐이었다. 여자는 이내 다시 표정이 가지런해지고 있었다. 방 안은 한동안 먼 바닷소리만 가득했다. 중위는 침침한 호롱불 아래서나마 여자를 차마 바로 바라보고 있을 수가 없었다.

"하지만 저로서는 이번 불상사의 경위를 자세히 설명드릴 수 없는 것이 보다 더 유감입니다. 천 기자의 사고는 확실한 경위를 아는 사람이 아무도 없었으니까요. 다만, 그날 밤 저는……"

사고가 일어나던 날 밤 천남석과 마지막 술자리를 가진 사람이 선우 중위 자신이었다는 것과, 그날 밤 천남석의 분위기나 거동으로 보아서는 그의 죽음을 자살로 추측해볼 수도 있었다는 말을 하려고 했다. 그런데 말을 하다 보니 여자가 문득 고개를 천천히 가로젓고 있었다. 천남석의 죽음이 자살이었을지도 모른다는 추측을 부인하고 있다기보다 자살이든 사고사든, 그리고 그 경위가 어떤 것이었든 이제는 어떻게 다시 돌이킬 수가 없게 된 일을 부질없이 되새기고 싶지 않다는 표정이었다.

"그분은 이제 다시 돌아오시진 못합니다."

조용히 한마디를 내뱉고 나선 비로소 어떤 슬픔 같은 것을 견디려는 듯 지그시 아랫입술을 깨물었다. 도대체 여자에겐 천남석의 죽음이 확인된 이상 거기서 더 자세한 내력 따윈 아무것도 알고 싶지 않은 것 같았다. 중위는 다시 말을 잃고 말았다. 바닷소리가 다시 한동안 방 안을 가득 채워오고 있었다. 중위는 그만 자리를 일어서야겠다고 생각했다.

"그럼 이제 몸도 피곤하실 텐데 그만……"

그는 여자의 그 가지런한 분위기를 다치지 않으려는 듯 조심스럽게 몸을 부스럭거리기 시작했다. 양주호는 끝내 소식이 없었다. 그 양주호를 만났을 때보다, 그리고 그가 중위를 혼자 빈집에 남겨두고 가면서 이제 곧 모든 것을 알게 될 거라는 귀띔을 남기고 혼자서 언덕길을 내려가버렸을 때보다 더 알게 된 거라곤 아무것도 없었다. 하지만 그는 이제 더 이상 말할 것도 없었고 물을 것도 없었다. 그곳에 여자와 함께 밤을 지키고 앉아 있어야 할 일이 없었다. 여자는 아직도 아무 반응이 없었다. 아랫입술을 지그시 깨문 채 중위의 말은 귓가에도 스치지 않은 듯 조용히 자리를 지키고 앉아 있었다.

"전 그럼 이제 그만 가보겠습니다."

중위가 이번에는 좀더 큰 소리로 말하면서 자리를 반쯤 일어섰다. 여자는 역시 마찬가지였다. 중위에겐 끝끝내 눈길 한 번 바로 건네오지 않았다. 선우 중위는 자리를 일어서다 말고 터무니없이 낭패스런 눈길로 여자를 곰곰 내려다보았다. 중위는 그제서야 여자에게서 어떤 새삼스런 요기 비슷한 것을 느끼기 시작했다. 그는 문득 여자가 무엇인가를 기다리고 있다고 생각했다. 여자는 슬픔을 참고 있는 것이 아니었다. 입술을 지그시 깨물고 앉아서 무엇인가를 끈질기게 기다리고 있는 그런 모습이었다. 중위는 반쯤 일으켜 세웠던 몸을 다시 여자 곁으로 주저앉혔다. 그리고 이번에는 그 자신에게도 뜻이 분명치 않은 말을 꿈꾸듯 그녀에게 속삭이고 있었다.

"피곤할 텐데 이제 그만 잡시다."

—이어도는 사람을 홀리게 합니다.

실상 이어도가 사람들을 홀린다는 말은 한때나마 그 여자의 사내였던 천남석 바로 그가 선우 중위에게 한 말이었다.

—제 어머니도 마찬가지였지요. 제 어머니도 숨을 거둬간 그날까지 쉴 새 없이 그 이어도 노래를 부르다가 마침내는 넋을 잃고 이어도에 홀려가버린 것입니다.

자신의 유년 시절에 관한 이야기를 모두 끝내고 나서 천남석은 이어도야말로 가엾은 섬사람들을 터무니없이 절망적인 종말로 홀려가버리는 저주의 섬일 뿐이라고 몇 번씩 단언을 했다. 사실이었는지 모른다. 그리고 그것이 사실이라면 아마 그토록 섬을 저주하던 천남석 자신마저 종내는 그 이어도의 마술에 홀려 그를 앞서간

많은 사람들의 숙명을 뒤쫓아가버렸는지도 모를 일이었다. 천남석의 추억은 그가 애초 무슨 생각으로 그런 이야기를 시작했든 선우 중위로선 참으로 이상스럽게 몸이 저려오는 감동 같은 걸 느꼈었다. 하지만 천남석은 이야기를 꺼낼 때의 태도도 그랬지만, 사연이 한참 계속되는 동안도 이어도에 관해서 내내 부정적인 어조로만 말을 하고 싶어 했다. 이야기를 모두 끝내고 났을 때도 그는 그 이어도에 관해서는 추억을 되새기는 것조차 허황하고 짜증스런 일이라는 듯 냉담스런 결론을 내렸었다. 하지만 그것은 모두가 그의 말에 한정된 노력일 뿐이었다. 냉담스러워지고 싶은 것은 그의 말뿐이었다. 우정 말은 그렇게 하고 싶어 하면서도 그는 너무도 이야기에 열심이었다. 이야기를 좇고 있던 그의 표정 역시 너무도 열심이었다. 그는 때때로 자신의 이야기에 너무도 자세한 데까지 깊이 빠져들어가고 있었다. 그리고 때로는 견딜 수 없는 고통 때문에 얼굴 표정이 갑자기 사납게 일그러지기도 했다. 그는 자신을 견디기 위한 치열한 싸움을 끈질기게 계속하고 있는 것 같았다. 하지만 그 끈질긴 싸움 끝에도, 그리고 입으로는 제법 냉담스럽게 이어도의 존재와 의미를 부인하고 싶어 하면서도 그 싸움에는 끝끝내 이길 수가 없는 것 같았다. 이야기를 끝내고 난 천남석의 표정은 두려움과 초조감이 극도에 달해 있었다. 그는 이야기를 끝내고 나서 무엇인가를 몹시 애타게 기다리는 사람처럼 초조하게 선우 중위를 쏘아보고 있었다. 선우 중위는 물론 할 말이 없었다. 밤을 새우고 말 듯싶은 폭풍의 소란만이 귓전에 가득했다. 천남석이 이윽고 더 견딜 수가 없어진 듯 자리를 벌떡 일어섰다. 그리고는 말없이 중위의 방을 나갔다. 선우 중위는 그 천남석을 말리려 해보지도 않았다. 제자리에 굳어져 앉은 채로 이제 아마 천남석이 자기 방으로 돌아가서 술기라도 식히려니 생각했다.

다음 날 아침 천남석은 배 위에서 모습을 볼 수 없었다. 간밤의 술 때문에 늦잠이라도 들었나 싶어 선우 중위가 그의 방으로 가서 문을 두드려보니 대답이 없었다. 간밤에 침구를 사용한 흔적이 보이지 않았다. 밤사이에 천남석의 모습을 스친 갑판 근무병으로부터 잠시 후에 그의 동정이 보고되어왔다. 천남석은 새벽 1시쯤 해서 갑판까지 올라와 술기를 식히고 있었다고 했다. 비바람이 몰아치는 난간에 기대서서 위태롭게 몸을 굽히고 서 있는 그를 보고 갑판 근무병이 주의를 주고 지나갔다고 했다. 천남석이 선우 중위의 침실을 나간 지 5분 뒤쯤 일이었다.

─조심하십시오. 폭풍 때문에 아직 상어들이 잠을 못 들고 있을 겁니다.

갑판 근무병은 천남석이 주의를 받고 나서도 태연히 고개를 끄덕여 보이는 바람에 무심히 혼자 농담을 건네고 나서 그를 비켜버렸노라고 했다. 다음번에 그를 본 것은 그로부터 다시 20분쯤 시간이 지난 뒤였는데 이번에도 또 같은 갑판 근무병이었다. 아직도 파도 끝에 스치는 난간가에 몸을 깊이 굽히고 서 있는 천남석을 보고 녀석은 다시 한 번 주의를 주지 않을 수 없었다고 했다.

─감기약깨나 준비를 해오신 모양인데, 이제 그만 들어가보십시오.

하지만 이번에는 그 천남석에게서 아무 대꾸도 들을 수 없었다

고 했다. 가까이 다가가보니 그는 웬일인지 그 칠흑 같은 어둠을
향해 무섭도록 눈을 커다랗게 부라리고 있었는데, 곁에 선 사람이
나 말소리가 귀에도 들어오지 않는 듯 표정이 전혀 움직이지 않더
랬다. 칠흑 같은 어둠 속에서 무엇을 열심히 찾고 있는 것 같기도
했고, 또는 어디론가 넋이 훌쩍 홀려나가버린 사람처럼 몰아치는
비바람에도 부릅뜬 눈이 한번도 깜박이고 있는 것 같지가 않더랬
다. 녀석은 갑자기 그가 이상스럽게 두려운 생각이 들어 자리를
일단 비켜났다가 아무래도 마음에 걸려 5분쯤 후에 다시 가보니
이번에는 그의 모습이 보이지 않았다고 했다.

이어도가 사람을 홀리는 마술을 지닌 섬이라면, 그리고 그 이어
도의 부재가 확인된 순간에 천남석이 비로소 그의 섬을 볼 수 있었
을 거라는 양주호의 말을 신용할 수 있는 것이라면, 천남석은 아
닌 게 아니라 그날 밤 그 이어도에 홀려 스스로 그렇게 섬을 찾아
가버린 것인지도 모를 일이었다. 그런데 바로 그 이어도가 이번에
는 우연히나마 그 천남석 기자의 죽음을 좇게 된 선우현 중위에게
까지 엉뚱스런 마력을 뻗치기 시작한 것일까.

잠시 후 선우 중위는 여자의 침묵에 홀려 끝내는 그 여인의 기괴
한 비밀의 섬을 보고 있었다.

"어째서 넌 나를 가게 하지 않았지?"

"……"

"처음부터 넌 내가 이렇게 널 찾아와 있을 줄 알았겠지?"

방 안은 칠흑 속이었다. 칠흑 같은 어둠 속 어딘가에 사고가 있었
던 날 밤의 그 천남석의 눈초리가 무섭게 중위를 노려보고 있었다.

양주호의 커다란 웃음소리가 그 어둠 뒤쪽 어딘가에서 기분 나쁘게 껄껄대고 있었다. 바닷바람이 치올라오는 언덕배기 자갈밭에선 한 아낙의 가난하고 암울스런 노랫가락이 아직도 바닷소리에 묻어오고 있었다. 바닷가 자갈밭에 펼쳐 세운 그물코 사이로는 아직도 그 옛날의 바람 소리가 쏴쏴 소리를 내며 지나가고 있었다. 선우 중위는 어둠 속에서 그 모든 것을 너무도 역력하게 보고 있었다. 그리고 그것들을 쫓기 위해 땀을 흘리며 안간힘을 써댔다. 쉴 새 없이 여자에게 허튼소리를 지걸여댔다. 여자는 어둠 속에서도 역시 말이 없었다. 그녀는 말없이 그저 모든 것을 견디면서 기다리고, 기다리면서 견디는 것뿐이었다. 중위가 돌아가기를 단념할 때를 기다렸고, 그가 돌아가지 않겠노라는 말을 침묵으로 견디고 있었다. 중위의 말이 떨어지자 그녀는 비로소 습기를 쐰 씨앗처럼 천천히 그 답답한 침묵의 껍질을 벗기 시작했는데, 그러나 그녀는 아직도 입을 열어 말을 하는 일이 없었다. 그녀는 침묵으로 말을 하고 몸으로 말을 했다. 그녀는 남자가 정말 섬으로 돌아올 수 없게 된 것을 알자 스스로 옷을 벗은 것이었다. 스스로 자리를 펴고 스스로 불을 끄고 스스로 옷을 벗었다. 중위가 다가가자 그녀는 별로 긴장하는 빛도 없이 고스란히 그를 받아들였다. 그리고는 중위의 체중을 지그시 견디면서 무엇인가를 또 말없이 기다리고 있었다. 모든 것은 그 끈질긴 침묵의 수렁 속에서였다. 그녀 자신이 온통 어두운 침묵의 수렁이었다. 선우 중위는 정신을 가다듬을 수가 없었다. 그리고 견딜 수가 없었다.

"넌 이 제주도 자갈밭에서 죽을 때까지 돌을 추리던 여자였을 게다."

"……"

"바닷바람에 몸을 벗어 말린 여자다!"

뜻 같은 건 아무래도 상관이 없었다. 무슨 소리든지 짚이는 대
로 부지런히 입을 놀려대지 않고는 질식을 하고 말 것 같았다. 그
는 그 깜깜한 침묵을 타고 몰려드는 가지가지 환각을 쫓기 위해
잠시도 말을 쉬지 않았다. 여자로 하여금 무슨 소리든 입을 벌리
게 해놓지 않고는 도대체 그 자신의 환각들을 끌 수가 없었다. 난
폭스럽게 여자를 학대했다. 여자는 끝끝내 아무 대꾸가 없었다.
아니 끝끝내 대꾸가 없을 것만 같았다. 하지만 여자의 그 수렁 같
은 침묵에도 결국은 바닥이 기다리고 있었던 것일까. 중위가 한참
더 정신없이 지껄여대며 그녀를 학대하고 난 다음이었다. 여자에
게서 마침내 반응이 나타나기 시작했다. 선우 중위로선 참으로 상
상도 할 수 없었던 기괴한 반응이었다. 여자의 입술에서 문득 희
미한 웅얼거림 소리 같은 것이 흘러나오고 있었다. 신음 같기도
하고 한숨 소리 같기도 하고, 어떻게 들으면 마치 제주도의 바닷
가 어디에서나 들을 수 있는 바다 울음소리나 파도 소리 같은 그
웅얼거림은, 그러나 자세히 들어보니 「이어도」, 그 오랜 제주도 여
인들의 슬픈 민요 가락이었다.

중위는 그만 번쩍 정신이 되돌아왔다. 불시에 등골에서 식은땀
이 솟고 있었다. 천남석의 어머니도 남편이 수평선을 넘어오는 날
이면 비로소 그 격정스런 밤의 어둠 속에서 이어도를 만나곤 했다
던가. 선우 중위는 잠시 멀어져가는 듯싶던 환각들이 일시에 다시

방 안 가득 밀려들어오는 듯한 착각 속에 모질게 다시 힘을 모두어 여자를 학대하기 시작했다. 기분 나쁜 환각들을 쫓기 위해서는, 여자의 그 끝없는 침묵을 끝내주기 위해서는 그 여자의 소리를 다시 놓치고 싶지 않았다. 그는 점점 더 많은 땀을 흘리기 시작했고, 여자의 노랫가락도 점점 더 분명하고 안타까운 가사로 여물어져가고 있었다.

이어도하라 이어도하라
이어 이어……

6

이튿날 아침 선우현 중위는 여자와 헤어져 나오면서 비로소 천남석의 죽음에 대한 수수께끼의 실마리가 풀려가는 느낌이었다. 여자는 새벽녘에 다시 한 번 선우 중위의 학대를 견디고 (견딘다는 말처럼 그녀에게 적합한 말이 있을까) 나서 비로소 띄엄띄엄 입을 열기 시작했다.

여자는 처음부터 자기 내력조차 분명히 알지 못하고 있었다. 여자의 부모는 그녀가 기억조차 할 수 없을 만큼 어렸을 때 이미 수평선을 넘어가버렸고(천남석이 그랬듯이 여자도 번번이 그렇게 말했다), 여자가 아직도 희미한 기억을 간직하고 있는 그녀의 어린 오라비는, 좀더 나중에 그가 혼자서 배질을 할 수 있을 만큼 팔 힘이 올랐을 때 다시 그 수평선을 넘어가버렸다. 여자의 머릿속엔 간간이 그런 희미한 기억들이 남아 있을 뿐이었다.

처음부터 그녀는 세상을 혼자서 살아온 거나 다름없었다. 어렸을 때부터 그녀는 그 바닷가 마을들을 이곳저곳 떠돌아다니며 저절로 철이 들고 저절로 여자가 된 것이었다. 여자가 되어가면서는 점점 더 큰 마을을 찾아다니며 바닷사람들에게 술을 팔기 시작했고, 그러다가 마침내는 천남석을 만나서 술집 여자 겸 한 사내의 괴상한 계집 노릇이 시작된 것이었다. 여자가 천남석을 만난 것은 바로 그 술집 〈이어도〉에서의 1년 전쯤 일이었다. 천남석은 한두 번 〈이어도〉를 드나들다가는 재빨리 그녀의 남자가 되어버렸다고 했다. 그리고 여자를 그 돌지붕집 골방으로 끌어들여다 놓고 이상하게 그녀를 괴롭히기 시작했다는 것이다. 그는 여자더러 한사코 섬을 떠나라고 다그쳐대댔다. 여자로 하여금 섬을 떠나게 하기 위해 그는 참으로 무참스런 모욕도 서슴지 않았던 것 같았다. 천남석은 여자에게 두 가지 해괴한 버릇을 숙명처럼 길들여놓고 있었다. 여자가 섬을 떠나지 않는 한 잠자리에서 언제나 그 「이어도」의 노랫가락을 읊조리도록 한 것이 그 첫번째였다. 그리고 천남석이 여인에게 길들인 두번째 작업은 그녀의 미래의 운명에 관한 것이었다. 여자가 언젠가 자기 사내인 천남석이 다시 섬으로 돌아오지 못하게 되는 일이 생길 땐 반드시 그 소식을 가지고 오는 남자에게 옷을 벗도록 해놓고 있었다. 천남석이 다시 섬으로 돌아오지 못하게 된다는 것이 그가 영영 섬을 떠나 뭍으로 나가게 되는 경우를 뜻했는지, 아니면 그 자신 자기 종말에 대해 미리부터 어떤 예감을 가지고 여자에게 그런 말을 남겼는진 확실치 않았다. 하지만 천남석은 어쨌든 그런 식으로 여자를 이상하게 괴롭혀대면서 자신의 종말과 관계되는 숙명 비슷한 것을 여자에게 미리 길들여주고 나서 그 자신 정말로 다시 섬을 돌아오지 못할 길을 가고 만 것이었다.

떠듬떠듬 여자의 그런 이야기가 모두 끝났을 때 창밖은 이미 날이 훤히 밝고 있었다. 선우 중위는 그때 이 여자야말로 어쩌면 천남석이라는 사내의 운명의 한 부분이었는지 모른다는 생각을 하고 있었다. 그리고 그 천남석 역시 여인에겐 그녀의 한 필연적인 운명일 수가 있었던 것처럼도 생각되었다. 하지만 이제 여자는 천남석이 자신에게 지워준 운명을 끝까지 감내해내고 난 사람처럼 얼굴 표정이나 거동이 훨씬 부드럽게 누그러져 있었다. 천남석에게 기대오던 여인의 운명도 이젠 간밤까지의 일로 해서 모두 마감되어버린 것처럼 묘하게 홀가분한 얼굴이 되어 있었다. 선우 중위는 그러자 마치 여자의 다음번 운명을 천남석이 바로 선우 중위 자신에게 떠맡겨버리고 가기나 한 것처럼 그녀가 두려워지기 시작했다.

선우 중위는 곧 옷들을 꿰어 입고 그녀의 방을 나왔다. 어디 가서 해장이나 한 그릇 하고 곧바로 배를 탈 작정이었다.

하지만 그는 부둣가까지 나가 아침 해장을 끝내고 나서도 그길로 곧 배를 타버리지 못했다. 그는 배를 타기 전에 먼저 남양일보사 쪽으로 발길을 돌렸다. 아무래도 배를 타기 전에 양주호를 한 번 더 만나보고 싶었다. 중위에겐 아직도 그 양주호에게 확인해보고 싶은 일들이 한두 가지 더 남아 있는 것 같았다. 무엇을 확인해

보고 싶은지는 선우 중위 자신도 분명하게 떠오른 생각이 없었다. 천남석의 죽음에 대해서 (양주호의 추측대로 자살일 가능성은 훨씬 커지고 있었지만 그것도 장담을 할 계제는 아니었다) 양주호의 그 부랑배처럼 짓궂은 처사들에 대해서, 그리고 그 여자의 새로운 운명의 비밀에 대해서, 그 모든 것들에 대해서, 마지막으로 한 번 더 양주호를 만나 그 이야기를 들어두고 싶었다. 하지만 중위에겐 그런 것보다도 양주호를 만나서 여자에 관해 일러두고 싶은 더욱 중요한 사실이 한 가지 있었다.

"저 오늘 섬을 떠날 거예요."

중위가 그 돌지붕집 사립을 나서려고 했을 때, 이상스럽게 낭패스러워진 표정으로 주뼛주뼛 발길을 망설이고 있는 그를 보고 여자가 안심이라도 시키듯 불쑥 던져온 말이었다. 천남석의 존재는 아닌 게 아니라 여인의 불가항력의 운명 같은 것이었다고 할까. 천남석은 여자를 섬에서 떠나게 하기 위해 한사코 그녀를 괴롭혀왔다고 했다. 하지만 여자는 여자대로 천남석이 섬에 있는 한 끝끝내 그곳을 떠나지 않고 있었다. 그런데 천남석이 정말로 섬을 돌아올 수 없게 된 지금 여자는 비로소 섬을 떠나겠노라는 것이었다. 중위는 일순 기묘한 배반을 느꼈다. 하지만 다음 순간 그 천남석의 존재가 이 섬에 관련해서 얼마나 완벽하게 여자의 운명을 지배하고 있었는가를 다시 한 번 분명하게 실감하지 않을 수 없었다.

"어떻게 뭐 좀 알아진 게 있습니까? 허허허."

시간이 이른데도 양주호는 그 커다란 국장석 테이블을 덩그러니 혼자 지키고 앉아 있다가 선우 중위를 반갑게 맞아주었다. 아침 일찍 사무실을 나와 중위를 기다리고 있었기라도 한 것 같았다.

하지만 그 양주호의 표정은 이제 어젯밤 〈이어도〉와 천남석의 집을 찾았을 때의 그것과는 전혀 딴판이 되어 있었다. 폐인처럼 황량스럽기만 하던 표정이나 거동이 방금 바다에서 올라온 뱃사람처럼 건강하고 상쾌했다. 불편한 한쪽 다리 때문에 더욱더 거동이 불편해 보이던 커다란 몸집도 테이블 한쪽에 기대어놓은 그의 굵고 튼튼한 지팡이처럼 우람스러웠다. 선우 중위를 보자 배를 들썩거리며 너털대는 그 호인풍의 웃음소리를 제외하면 그는 마치 사람까지 온통 달라져버린 것 같았다. 어딘지 늘 짓궂은 음모를 숨기고 있는 듯한 웃음소리만이 전날의 그것 그대로였다. 그는 이미 이쪽의 속내를 환히 꿰뚫어보고 있는 사람처럼 그 짓궂은 웃음기가 사라지지 않은 얼굴로 중위를 소파 쪽으로 안내했다. 그리고는 다짜고짜 중위에게 물어대기 시작했다.

선우 중위는 이자가 모든 걸 알 대로 다 알고 있는 게 분명하다고 생각했다. 천남석의 죽음뿐 아니라 간밤 동안 여자가 띄엄띄엄 털어놓은 이야기들, 그녀의 내력이라든가, 천남석이 어떻게 그녀의 운명을 길들이고 있었으며, 어떻게 그것으로 그토록 여자를 완벽하게 지배할 수 있었는가 하는 사실들에 대해서도 그는 알 만큼은 다 알고 있는 게 분명했다. 양주호 자신도 그처럼 여자를 가까이할 수가 있었다면, 그리고 어딘지 늘 천남석의 죽음을 미리 예감하고 있었던 것처럼 보이는 양주호 그 사람이고 보면, 여자나 천남석의 언동을 통해 그런 데 대해서는 이미 충분한 정보를 가지고 있을 수 있을 터이었다. 밤사이 여자와의 일에 대해선 말할 것도 없었다. 중위와 여자가 어떻게 되었는가는 양주호 자신도 질문을 말끔 생략해버리고 있었다. 그가 묻고 있는 것은 천남석의 죽음이었다. 천남석의 죽음에 관해 자기 말을 좀 곧이들을 만하게 되었느냐는 물음이었다.

"글쎄요, 별로 분명히 알아진 건 없지만, 한 가지 분명한 건 쓸데없이 제가 실수를 한 것 같더군요."

중위는 일부러 좀 씁쓸한 표정을 지으며 면구스러운 듯 양주호를 힐끗 스쳐보았다. 그런데 그 양주호에 관한 선우 중위의 추측은 별로 크게 빗나간 편이 아니었던 모양이다.

"실수라니, 무슨 일이 있었소?"

양주호는 일단 무심하게 반문해왔다.

"천 기자의 소식, 제가 전하지 않을걸 그랬어요."

"선우 중위가 전하지 않으면 그럼……"

"국장님께서도 전해줄 수가 있으셨을 텐데……"

"그야 난 소식을 전해줄 사람을 일부러 기다리고 있던 참이었던걸요. 허허허……"

양주호가 비로소 무슨 소린지 알겠다는 듯 새삼 빈 웃음을 너털거렸다. 그리고 이제 별로 말을 숨길 필요가 없다는 듯 선우 중위의 추궁 앞에 시원시원 속을 다 털어놓기 시작했다.

"하지만 어젯밤 여자는 제가 아니라 국장님께서 집까지 소식을 다시 가져오리라 기대하고 있었던 것 같던걸요. 당연히 그랬을 것 아니겠습니까? 아마 천 기자가 그런 심부름꾼을 미리부터 여자에게 귀띔해둔 것도 국장님을 염두에 두고 그랬었던 것 같구 말씀입니다."

"아니 천남석이 그런 심부름꾼을 미리 일러놓은 것은 어떤 특정한 인물을 염두에 두고 한 짓은 아니었을 게요. 작자는 다만 자기 혼자서 여자를 끝내 책임지기 싫었던 것뿐이었을 테니까요. 죽어서까지 한 여자의 운명을 자신에게 붙들어매두기가 싫었다고 할까. 하여튼 녀석은 누구에 의해서든지 자기 계집의 운명을 바꿔줄 사람만을 원하고 있었을 겝니다. 누구든지 상관이 없었을 거예요. 표현이 좀 거꾸로 되고 있었는지 모르지만 이를테면 녀석이 늘 철부지같이 제 계집더러 섬을 떠나라고 한 것처럼 말입니다."

"국장님은 마치 그 천 기자로부터 여자의 다음 운명을 떠맡은 기분이었겠군요. 그래서 직접 소식을 전하지 않으려고 하신 겁니까?"

"허허 이 양반 사람을 너무 겁쟁이로 만드는군. 하지만 아직 그렇게 겁을 먹을 정도는 아니었소. 사실은 겁을 먹을 필요도 없구요. 녀석이 설령 그러길 바랐다 하더라도 그걸로 한 여자의 운명이 바뀐다는 건 애당초 불가능한 일이니까요."

"천남석의 존재가 여자에겐 그토록 절대적이었다는 말씀입니까?"

"아니 오히려 그 반대지요. 반대이기 때문에 여인의 운명은 바뀔 수가 없는 것입니다. 여자의 운명은 천남석이라는 한 사내가 아니라 그 사내의 섬에 보다 단단하게 붙들려 매여 있기 때문이지요. 여자가 아무리 사내를 바꾼다 해도 그녀는 어느 사내에게서나 똑같은 섬의 운명을 만나고 맙니다. 나 같은 섬 사내라면 천남석도 바랄 만한 인물이 아니었을 겝니다."

듣고 보니 양주호의 이야기는 어느새 중위를 표적 위에 올려놓
고 있었다. 여자가 이 섬에서 다시 섬 사내를 만났을 땐 운명이고
뭐고 바뀔 여지가 없는 것이다. 여자는 섬을 나가 섬과는 상관이
없는 남자를 만나야 한다, 그때서야 여자는 비로소 자기 운명을
바꿔 가질 수 있는 것이다. 말을 뒤집으면 바로 그런 뜻이 되었다.
선우 중위는 자신도 모르게 문득 주의가 곤두섰다.

"그렇다면 어젯밤 국장님이 일부러 제게 소식을 전하게 한 것은
제가 역시 이 섬 남자가 아니기 때문에?"

목소리마저 조금씩 두렵게 떨려 나왔다. 하지만 양주호는 여전
히 태연스런 어조였다.

"그랬기가 쉽겠지요. 무엇보다도 아마 천남석이 그편을 원했을
테니까……"

"그럼 국장님께서도 뭔가 여자의 운명이 바뀌기를 기대하셨겠군
요."

"아니 그렇지는 않습니다. 아까도 말씀드렸듯이 그 여자의 운명
은 그걸로 쉽게 바뀌어지지는 않았을 테니까요."

"전 이 섬의 남자가 아닌데두요?"

중위는 계속 물어댔다. 하지만 양주호는 거기서 한동안 대답을
참고 있었다. 중위의 기분을 환히 다 꿰뚫어보고 있는 눈길로 멀
긋멀긋 그의 얼굴만 들여다보고 있었다. 하더니 중위를 달래기라
도 하듯 그가 천천히 다시 입을 열기 시작했다.

"어젯밤 여자한테 꽤 겁을 먹고 있는 게로군요. 하지만 염려하

실 거 없어요. 여자가 운명을 바꿔 갖자면 또 하나 전제가 있어요. 운명이 바뀌자면 무엇보다도 여자는 먼저 섬을 떠날 수 있어야 합니다. 그래서 천남석은 여자에게 먼저 그걸 바랐었지요. 하지만 여자는 섬을 떠나지 못합니다. 여자가 섬을 떠나지 못하는 한 중위도 겁을 먹을 필요까진 없습니다."

"여자는 섬을 떠날 수도 있습니다. 섬을 떠나고 싶어 할 수도 있습니다."

중위는 머릿속이 다시 혼란스러웠다. 양주호가 중위를 너무 이리저리 휘둘러대고 있었다. 그는 혼란 속에서도 아침에 여자가 섬을 떠나겠노라 하던 말만은 아직껏 똑똑히 기억하고 있었다. 그는 양주호의 말이 아직도 불안했다. 양주호는 여자가 섬을 떠나려고 한다는 사실을 알고 있을 리 없었다. 그의 허점이라면 허점일 수 있었다. 그리고 그 양주호의 허점은 바로 선우 중위 자신의 약점과도 같은 것이었다. 선우 중위는 마치 그 양주호 스스로 자기 허점을 메워주기를 바라듯 초조한 목소리로 묻고 있었다. 하지만 양주호는 선우 중위의 그런 의구 따윈 아랑곳을 않는 어조였다.

"그야 물론 여자가 섬을 떠나고 싶어 할 수도 있겠지요. 하지만 섬을 떠나고 싶어 한 것으로만 말한다면 여자보다도 천남석 그 녀석 쪽이 훨씬 더 정도가 심했지요. 천남석이 여자에게 그토록 섬을 떠나라고 한 것은 그 여자에 대해서보다 차라리 자기 자신이 섬을 떠나고 싶은 욕망 때문이었으니까. 섬을 떠나고 싶어 하면 할수록 그는 더 섬을 떠날 수가 없었을 겁니다. 그게 바로 이 섬에서 태어나고 이 바닷바람에 씻기며 살아온 제주도 사람들입니다. 자신은 섬을 떠나지 못하면서 여자더러만 그러라고 한 것은 이미 그 자신은 자신의 운명을 알고 있었기 때문입니다. 여자도 결국 섬을 떠나진 못합니다."

여자의 말을 부러 귀띔해줄 필요도 없었다. 여자의 말을 알고 나면 양주호는 그것을 오히려 여자가 섬을 떠나지 못할 가장 좋은 증거로 둔갑시켜버릴 게 틀림없었다. 바로 그런 양주호의 분위기에 선우 중위는 마침내 자신을 압도당하고 만 것이었을까. 그는 이제 마치 그 양주호에게서 무슨 일이 있더라도 절대 여자를 섬에서 떠나보내지 않는다는 약속이라도 받아낸 듯한 기분 속에 목소리가 훨씬 침착해지고 있었다.

"그렇다면 이미 일이 다 그럴 줄 아시면서도 어젯밤 국장님은 무엇 때문에 절 굳이 여자에게로 보내셨던 겁니까."

"글쎄, 아까도 말씀드렸듯이 천남석 그자가 그걸 원했기 때문이었겠죠."

"결과를 미리 알고 계셨다면 그게 무슨 의미가 있었을까요."

"글쎄요. 거기 꼭 무슨 의미가 있어야 한다면 그가 여인에게 씨를 뿌리고 길을 들여놓은 것들은 그가 정해놓은 방법으로 거두게 해주고 싶었다고 할까요. 하지만 그런 게 무슨 상관이 있습니까. 한 남자와 여자가 하룻밤을 함께 지내게 됐다면 그걸로 다 그만인 게지요."

"천남석 기자도 그걸 바랐을까요?"

"적어도 자기 계집이 옛날 그의 어머니처럼 되지 않게 된 것만은 다행스러워하겠지요."

166

"국장님은 앞으로 〈이어도〉엘 다시 가시게 될까요?"

"글쎄요…… 아마 그렇게 되겠지요."

이번에는 양주호 쪽이 오히려 글쎄요를 자주 연발하며 자신 없는 대답을 되풀이하고 있었다. 말을 자꾸 계속해나갈수록 그의 얼굴에선 비로소 그 헤프디헤프던 웃음기가 사라지고 커다란 체구에는 거의 쓸쓸한 수심기마저 어려들고 있었다. 하지만 선우 중위는 이제 그 양주호가 오히려 점점 두려워졌다.

그에게는 도대체 이 섬과 섬의 운명, 그리고 천남석의 죽음과 그의 여자에 관한 비밀, 그 모든 것이 한결같이 정연하게 정리되어 있었던 것 같았다. 그의 이야기 가운데는 심지어 한 사내에게 모든 운명을 걸어버린 여인이 마지막엔 자신의 임종마저 먼저 간 사내에게 바치고 간, 그 고집스런 섬 여인의 사연까지도 이미 다 염두에 두고 있었다. "우린 날마다 이 이어도를 찾아옵니다. 이어도를 찾아와서 술을 마시고 이 이어도 여자와 노래도 부르고 사랑도 하면서 하루하루씩을 더 살아갑니다." 그 이어도의 술집 덕분이었을까. 양주호는 술집에서 체념조로 지껄인 것과는 반대로, 〈이어도〉를 돌아서기만 하면 그의 삶이 천남석의 그것에 비해 너무도 태연하고 정색스러운 편이었다. 선우 중위는 그 양주호가 마치 어떤 커다랗고 불가사의한 괴물처럼 느껴졌다.

편집국 안은 이제 출근 시간을 대어 나온 기자들로 주위가 꽤 어수선해지고 있었다. 한데도 양주호는 그런 주위의 기척 같은 건 귀에도 들려오지 않는 듯 조금은 의례적인 것일 수도 있는 엷은 수심기 같은 것이 어린 얼굴로 중위를 빤히 건너다보고 있었다. 이젠 할 말도 거의 다 끝이 난 것 같은 얼굴이었다. 선우 중위로서도 이제 들을 만한 이야기는 거의 다 들은 셈이었다. 여자가 섬을 떠나겠노라던 소리도 이제 와선 군이 그 양주호에겐 건네둬야 할 필요가 없을 것 같았다. 그는 그만 자리를 일어서야겠다고 생각했다. 그런데 그때였다. 양주호가 그런 선우 중위의 낌새를 눈치챘는지, 그리고 아직도 무슨 끝나지 않은 이야기가 남았던지 새삼스럽게 불쑥 말머리를 끄집어냈다.

"어떻게 이쯤 되면 선우 중위도 좀 신용이 가는 것 같소? 천 기자가 자살을 했을지 모른다는 거 말이오?"

"그야 국장님께서 이미 그렇게 생각하고 계신 거 아닙니까?"

중위는 양주호의 의도를 얼핏 알아볼 수가 없어 엉거주춤 대답하고 나서 그의 다음 말을 기다렸다. 하지만 웬일인지 양주호는 거기서 그만 또 말이 없었다. 고개만 끄덕끄덕 다시 입을 다물어버렸다.

"이미 짐작은 하고 있었던 일입니다만 국장님께선 역시 처음부터 이번 일을 그렇게 생각하고 계셨던 게 틀림없었어요. 아니 그렇게 믿으려고 애를 쓰고 계셨지요."

중위가 다시 양주호의 내심을 대신 말하고 나서 자리를 고쳐 앉았다. 말을 하다 보니 그는 실상 가장 궁금했던 말을 빠뜨리고 있었다는 생각이 들었다. 그리고 그 가장 궁금스런 말을 자기 쪽에서 먼저 꺼내는 것을 보고 양주호도 비로소 그 천남석의 죽음에 대해 뭔가 새로 입을 열 것 같은 기미가 느껴졌다. 그는 좀더 자리에 앉아 있어야겠다고 생각했다.

"그런데 국장님께서는 무엇으로 그토록 천 기자의 자살을 확신하고 계신지 그걸 알 수가 없군요."

중위가 다시 물음을 계속했다.

"그야 이 섬을 알면 그쯤은 저절로 알게 됩니다. 이 섬에 살고 있는 사람들의 운명은 이 섬의 내력이나 현실이 스스로 말을 하니까요."

양주호 역시 이젠 목소리가 다시 담담해지고 있었다.

"이 섬이 어떻게 그 천 기자의 자살을 설명할 수 있는지 전 아직 이해할 수가 없군요."

"그건 선우 중위가 아직도 이 섬을 잘 이해하지 못하기 때문입니다. 천 기자는 무엇보다 우선 이 섬에 운명이 걸린 사람이었습니다."

"국장님께선 어제도 같은 말씀을 하셨습니다만, 그가 이 섬사람이었다는 건 무엇을 뜻합니까?"

"싫든 좋든, 그리고 알고 있든 모르고 있든 이 섬사람들은 언제 어디서나 이어도와 함께 살아가고 있습니다. 처음에는 물론 그 섬을 그지없이 두려워들 하는 게 사실이지요. 하지만 사람들은 이내 그 이어도를 사랑하고 이어도를 노래하기 시작합니다. 이어도가 없이는 이 섬에선 삶을 계속할 수가 없다는 걸 배우게 되기 때문입니다. 그러다 마침내 어느 날은 그 이어도를 만나 이어도로 떠나갑니다. 그것이 이 섬사람들의 숙명이자 구원인 것입니다."

"하지만 천 기자는 이어도를 사랑하려고 한 일이 없지 않았습니까?"

"내가 어젠 아마 그렇게 말했을 겝니다. 그가 별로 이어도를 사랑하려고 한 일이 없는 것처럼 보였던 건 사실입니다. 작자는 늘 이어도가 실제로 살아 숨쉬고 있는 이 섬마저 떠나고 싶어 했으니까. 하지만 사실은 그렇지 않았습니다. 그는 아무리 섬을 부인하려고 해도 소용이 없었습니다. 그는 마침내 섬을 보지 않을 수 없었습니다. 되풀이되는 말이지만 그는 자신이야 뭐라고 말하고 싶어 했든 어쩔 수 없는 이 제주도 섬사람이었으니까요. 아니 천남석 그자야말로 자신이 그토록 이어도를 부인하고 섬을 떠나고 싶어 했던 만큼 오히려 누구보다 더 이어도를 사랑했던 사람이라 할 수 있을 겁니다."

"역설 같군요."

"역설이 아닙니다. 유감스럽게도 그는 다만 그 이어도를 사랑하는 방법이 다른 사람과 달랐을 뿐입니다. 그는 자신의 섬을 너무 깊이 사랑하고 있었기 때문에 오히려 섬을 사랑하지 않는 것처럼 보인 것뿐입니다."

양주호는 무슨 영감이라도 내린 사람처럼 또는 바로 그 자신의 이야기를 말하고 있는 것처럼 느닷없이 열이 오르고 있었다. 그의 설명 역시 순전히 그 자신의 영감을 좇고 있는 것처럼 심한 비약을 감행하고 있었다. 하지만 선우 중위는 이제 그 양주호의 기세에 눌려 더 이상 입을 열 수가 없었다. 입을 다문 채 잠잠히 그의 말에 귀를 기울이고 있었다.

양주호가 아직도 한참 더 말을 계속했다.

"천남석의 영혼 속에도 다른 누구나와 마찬가지로 어렸을 때부터 이어도가 은밀히 다가들고 있었습니다. 그리고 그것을 알고 있었기 때문에 그 역시 어렸을 때부터 섬에 대한 두려움이 자라고 있었습니다. 하지만 그는 끝내 자기 섬을 다른 사람들처럼 쉽게 사랑할 수 없었습니다. 두려워만 하고 있었습니다. 두려웠기 때문에 섬을 떠나고 싶어 했고, 일부러 그것을 외면하려고 애를 썼습니다. 얼핏 보면 일찍부터 그 두려움을 견디면서 자기 섬을 사랑해버린 사람들보다도 훨씬 깬 것처럼 보이기도 했었지요. 하지만 작자가 아무리 아닌 척해도 끝끝내 그가 이 섬을 떠나지 못했던 것은 무엇을 뜻합니까. 그는 결국 자신의 섬을 부인할 수가 없었습니다. 끝내는 이 섬을 떠나지 못하고 섬의 운명을 좇을 수밖에 없으리라는 걸 누구보다 잘 알고 있었습니다. 그래서 그는 자기 계집에게까지 예감 어린 당부를 남겨두지 않았습니까. 위인은 처음부터 자기 속에 숨어 있는 그 섬의 운명을 부인할 수 없었단 말입니다. 두려워하고만 있었지요. 하지만 그 두려움이야말로 그가 그 자신의 섬을 사랑하는 또 하나의 방법이 아니었겠습니까. 그는 이어도가 없는 곳으로 섬을 떠나고 싶어 하면 할수록 더욱더 자기의 섬을 떠날 수 없었고, 그리고 그 자기의 이어도를 두려워하면 할수록 그만큼 그 이어도를 사랑하게 되고 만 것이었습니다. 그래서 그는 끝끝내 그 밀감 나무 무성한 언덕바지 한구석에서 누구보다도 융통성 없는 방법으로 그 이어도의 꿈을 고집하고 있었던 것입니다. 밀감 밭처럼 무성해져가는 섬사람들의 각성 속에서도 이젠 하루하루 숨결이 멀어져가는 그 이어도의 허무한 꿈을 위해서 말입니다.”

양주호는 이제 완전히 신이 들려버린 것 같았다. 이야기를 하다 말고 목이 마른 듯 사환 아이에게 커피까지 시켜왔으나, 막상 그 커피가 날라져 왔을 때는 목이 마른 것도 잊어버린 듯 그쪽은 거들 떠보려고도 않은 채 애꿎은 담배만 연거푸 바꿔 물고 있었다.

"그렇다면 천 기자는 자기 이어도를 만나고 나서 왜 절망을 했습니까? 절망할 필요가 있었을까요?"

선우 중위가 마치 자신도 이젠 그 이어도를 눈앞에 보고 있는 듯 조심스럽게 끼어들었다. 하지만 양주호는 중위의 그 궁금증에 대해서도 이미 비슷한 대답을 마련해놓고 있었다.

"그는 섬을 보고 나서 그 섬으로 가야 했기 때문입니다. 그래서 난 그걸 어제도 아마 무척은 황홀한 절망이었으리라 말했을 겝니다. 하지만 그보다 더욱 그의 자살이 불가피했던 이유는 천남석 자신도 그가 그 이어도를 얼마나 사랑하고 있었던가를 몰랐기 때문이었습니다. 그는 일찍부터 다른 사람처럼 섬을 사랑하는 방법을 배우지 못했습니다. 이번 일에선 그 점이 무엇보다 섭섭한 대목입니다만, 만약에 그가 그런 걸 알고 있었다면 그는 자신이 섬으로 가지 않고도 좀더 그 이어도를 사랑할 수 있었겠지요. 하지만 그는 오래도록 섬을 두려워할 줄밖에 몰랐습니다. 그리고 한사코 자기 섬에 외면만 해오고 있었습니다. 그는 갑자기 그 섬을 만나고 나서 그 섬을 오래오래 사랑해온 사람들처럼 자신의 섬을 정직하게 사랑할 수가 없었습니다. 그는 그 섬의 운명이 원래 그런 것처럼 그렇게밖에 자신의 섬을 사랑할 수가 없었던 겝니다."

편집국의 유리창을 넘어 들어온 아침 햇살이 어느새 두 사람의 무릎까지 훌쩍 기어올라와 있었다.

172

"놀랐습니다. 예감치곤 앞뒤의 연결이 너무도 정교하게 연결된 예감이군요."

선우 중위가 마침내 항복이라도 하듯 머리를 절절 내흔드는 시늉을 했다. 그리고는 오히려 양주호의 비약과 영감투성이의 열변을 겪다 보니 자신도 이젠 제법 천남석의 자살에 어떤 분명한 확신이 얻어진 듯 홀가분한 표정으로 양주호를 가볍게 추궁했다.

"그런데 국장님은 자신의 예감이라는 걸 그토록 철저하게 신용하고 계신가요? 국장님께서 사고 경위는 한번도 제게 묻지 않으셨던 게 아무래도 믿을 수가 없는 일 같군요."

말을 하고 나선 제풀에 짓궂은 미소까지 지어 보였다. 하니까 양주호는 그제야 좀 안심이 되는 듯 천천히 덧붙였다.

"예감을 신용했다기보다 그만큼 난 천남석이 스스로 그의 섬을 찾아갔기를 바라고 있기 때문입니다. 하지만 당신은 아무래도 녀석을 그의 섬으로 보내고 싶어 하질 않는 것 같았어요. 끝끝내 그의 자살을 믿으려 하지 않는 것 같았단 말입니다."

"전 사실을 볼 수가 없었으니까요. 사실의 확인 없이 그의 자살을 믿어버릴 수는 없는 일 아닙니까?"

"하지만 이번 경우는 그 사실이라는 걸 단념하십시오. 사람들은 때로 사실에서보다 허구 쪽에서 진실을 만나게 될 때가 있지요. 그런 때 사람들은 그 허구의 진실을 사기 위해 쉽사리 사실을 포기하는 수가 있습니다. 꿈이라고 해도 아마 상관없겠지요. 천남석이 이어도를 만난 것도 아마 그 사실이라는 것을 포기했을 때 비로소 가능했을 것입니다. 그가 주변의 가시적 현실을 모두 포기해버렸을 때 그에게 섬이 보이기 시작했단 말입니다. 당신도 아마 그것을 포기하고 나면 보다 쉽게 천남석의 자살을 믿을 수가 있게 될 겁니다. 그리고 아마 어젯밤부터 내가 당신한테 뭔가 해드리고 싶은 일이 있었다면 당신에게서 바로 그 사실에 대한 집착이나 욕망을 포기시키는 일이었을 겁니다."

턱수염이 부수수한 양주호의 얼굴에 비로소 은근한 웃음기가 번지고 있었다.

"어슴푸레 짐작이 가는 것 같군요. 하지만 국장님께선 천 기자의 죽음이 그토록 자살이었기를 바라고 계셨다는 말씀이겠군요."

"자살이 아니었다면 작자는 끝끝내 자기 섬을 만날 수 없었다는 말이 되지 않습니까?"

"결국 국장님께서도 처음부터 별로 자신은 못 가지고 계셨군요."

"아닙니다. 난 처음부터 믿고 있었습니다. 난 처음부터 당신의 그 사실이라는 걸 포기하고 있었으니까."

"저에게서도 그게 포기될 수 있을까요?"

"……"

양주호는 웃고만 있었다.

선우 중위는 이제 자리를 일어섰다. 양주호도 그 선우 중위를 말리려 하지 않았다. 두 사람의 무릎에 얼룩져 있던 아침 햇살이 동시에 마루로 흘러 떨어졌다. 탁자 위엔 손도 대보지 않은 커피잔 두 개가 그대로 고스란히 식어 있었다.

"그럼 우리 이제 그 천남석이란 잔 그렇게 자신의 섬을 찾아간 걸로 해줍시다."

양주호가 솥뚜껑처럼 커다란 손을 내밀며 마지막으로 선우 중위
에게 말했다. 그리고는 선우 중위의 희고 깔끔한 오른손을 잔뜩
움켜잡은 채 한동안 정신없이 마구 배를 들썩거리며 껄껄대고 있
었다.

7

선우 중위가 작전 선단으로부터 전령선을 타고 섬을 떠나간 지
열흘쯤 지난 어느 날이었다. 파랑도 수색 작전을 끝내고 돌아온
해군 함정들이 항구를 떠나 기지로 돌아간 다음 바다는 며칠째 텅
텅 비어 있었다.

〈이어도〉의 여자는 아직도 섬을 떠나지 않고 있었다. 남양일보
사 양주호 편집국장은 아직도 시간만 끝나면 〈이어도〉의 술집으로
가서 폐인처럼 술을 마셔대며 여자의 노랫가락에 취해들곤 했다.
하지만 양주호는 이제 그 천남석의 체온이 묻은 여자의 소리를 들
으면서도 그의 이야기는 다시 입에 올리는 일이 없었다. 여자나
양주호에겐, 아니 어쩌면 이미 이 섬을 떠나간 선우현 중위에게서
마저도 천남석은 이제 영영 자신의 섬 이어도로 간 사람이 되고 만
듯싶었다. 천남석은 이어도의 사람이 되어 있었다.

그러던 어느 날 아침이었다. 밤사이 바닷가에 불가사의한 일이
한 가지 일어나 있었다. 천남석이 마침내는 자기 섬을 떠나 이어
도로 갔을 거라던 양주호의 말이 사실이 아니었을까. 아니 그 양

주호의 말이 사실이라 해도 천남석 자신은 그 사나운 폭풍우 속에서 끝끝내 이어도엔 도달할 수가 없었거나, 그것도 아니면 그가 그토록 떠나고 싶어 했던 이 섬을 거꾸로 이어도로나 착각한 것이었을까. 이어도로 갔다던 천남석이 동중국해에서 그 밤 파도에 밀려 홀연히 다시 섬으로 돌아와 있었던 것이다. 기이한 일이었다.

그런데 더욱더 신기하고 불가사의한 조화는 그 여러 날 동안의 표류에도 불구하고 천남석의 육신은 그 먼 바닷길을 눈에 띄는 상처 하나 없이 고스란히 다시 섬을 찾아온 것이었다. 그리고 아직도 무엇을 기다리고 있는 사람처럼 아침 해가 돋아 오를 때까지도 그 심술궂은 썰물 물끝에 얹혀 용케도 다시 섬을 떠나가지 않고 있는 것이었다.

(『문학과지성』 1974년 가을호)

뺑소니 사고

S일보사 배영섭 기자가 뜻하지 않은 뺑소니 교통사고로 목숨을 잃은 것은, 우리 모두가 그 유덕(遺德)을 함께 기려오고 있는바 일파(一波) 안승윤(安承允) 선생의 14주기 추념의 모임이 치러진 지 꼭 엿새째 되던 날 밤이었다.

배 기자의 사고를 하필 우리의 일파 선생 주기 추념일 기준으로 말한 것은 그의 불행한 사고가 바로 그날의 그 일파 선생의 유덕을 기리기 위한 모임에서부터 이미 어떤 상서롭지 않은 인과의 씨앗을 마련하고 있었기 때문이다.

차고를 찾아가는 밤차들이 날개를 달고 윙윙 길거리를 날아다닐 시각이었다. 사고가 있었던 날 밤 배 기자는 그의 주량에 비해 좀 과하다 싶게 술이 취해 있었다. 그야 사고의 허물이 온통 그의 과도한 술기에만 있었던 것은 물론 아니었다. 그는 이미 한길을 벗어져 나와 차도와 인도가 구분되어 있지 않는 서교동 그의 집 골목길 입구로 들어서 있었다. 술기가 좀 심했다 하더라도 특별히 주의를 곤두세워야 할 곳은 아니었다. 하지만 배 기자는 재수 없게도 바로 그곳에서 불쑥 골목을 튀어나와 그의 앞으로 돌진해 오는 승용차에 머리를 떠받히고 말았다. 사고를 낸 승용차는 쓰러진 배 기자를 길가에 버려둔 채 순식간에 한길 쪽으로 사라져가버렸다.

사고의 원인은 역시 그의 술기와 밤늦은 귀가 시각이라 할 수 있었다.

배 기자에게 분별없는 음주가 시작된 것이 바로 그 일파 선생의 추념 모임이 있었던 날 밤부터였다. 선생 서거 후 이 열네 해 동안 한 해도 거르지 않고 선생의 주기 추념회엘 참석해온 배 기자였다. 그리고 그 추념 모임에선 매번 한결같이 그 '부정한 빵'에 대한 논의가 계속되어오고 있었다. '부정한 빵'이란 일파 선생이 눈을 감으실 때 남기신 마지막 유훈에서 연유한 선생의 고고한 양심의 상징어였다. 열네번째 추념의 모임에서도 모든 논의와 토론의 주제는 역시 그 선생의 부정한 빵이었다. 그것은 참으로 뜻깊은 선생의 유훈이었다.

―선생께서는 우리를 위해 당신 한 몸으로 이 세상 모든 부정한 빵을 대신 잡숫고 가셨도다. 선생으로 하여 우리는 이제 다시 부정한 빵을 먹지 않을 것이다. 우리들의 빵 속엔 언제나 선생이 살아 계시도다. 선생은 우리들의 밝은 양심이시니 우리로 하여금 즐거이 선생의 양심의 종이 되게 하여지이다……

올해도 선생의 추념 모임에서는 선생 생전의 고매하신 인격이 간절하게 추모되었고, 선생의 유덕을 값지게 누리기 위한 무성한 논의와 토론이 전개되었다. 선생은 이제 우리들의 신앙이었다. 선생을 기리는 모든 사람들의 목소리에는 거의 어떤 순교자적 결의가 엿보이고 있었다.

한데 배영섭 기자는 그 일파 선생의 열네번째 추념의 모임이 있었던 바로 그날 밤부터 술을 마시기 시작했다.

세 개의 빈 유리잔 때문이었다. 그 숙연스런 추모 행사의 한가운데서 그는 느닷없이 그 수수께끼 같은 세 개의 유리잔이 떠올랐기 때문이었다. 그리고 모임을 주최한 양진욱 회장(일파사상연구회 회장)에게 이제는 그 빈 유리잔의 수수께끼를 만천하에 밝혀 알려야 한다고 그를 설득하고 싶은 충동을 억제할 수 없었기 때문이었다.

이상한 일이었다. 선생의 추념 모임에만 가면 그 수수께끼 같은 빈 유리잔이 떠올랐다. 지난 14년 동안을 줄곧 그랬다. 그 14년 동안 배 기자가 빠지지 않고 꼭꼭 선생의 추념 모임엘 참석해온 것도 알고 보면 그 수수께끼의 빈 유리잔들 때문이었다.

이젠 더 이상 견딜 수가 없었다.

그날 밤 배영섭은 마침내 아현동 그의 집으로 양진욱을 찾아갔다. 양진욱은 그와 함께 14년 전 그 빈 유리잔들의 비밀을 본 사람이었다.

14년 전. 그러니까 자유당 정권이 막패를 던지듯 3·15 부정선거를 저지르고 나서 세상이 온통 수런수런 심상찮은 조짐을 드러내고 있을 무렵이었다. 세상은 그때까지도 아직 어떤 구체적인 움직임의 방향이나 행동 목표가 눈에 보이지 않고 있었다. 결과에 대한 확신이 없었으므로 사람들은 다만 찌푸린 날씨에서 비를 느끼듯 여기저기서 음산하게 술렁이고만 있었다. 말을 하는 사람은 없으되 소리를 듣지 않는 사람이 없었으며, 사람이 모일 장소는 없으되 어디서나 군중의 함성이 엉키고 있는 어떤 우화의 세상 속에서 사람들은 저마다 무엇인가를 기다리고 있었다. 잠시 서류철을 덮어둔 채 사무실 유리창 밖으로 어렴풋이 봄을 내다보고 앉아 있는 하급 관리의 멍한 눈길 속에도 그 알 수 없는 기다림이 있었고, 소중스런 도장집을 저고리 안주머니에 쑤셔 넣고 나서 점심시간 전에 잠깐 트랜지스터라디오의 정오 뉴스에 귀를 기울여보는 은행원의 뜻 없이 긴장한 얼굴 표정 위에도, 혹은 동네 블록 담벼락 밑을 지나가다 찌뿌듯한 도회의 하늘이 못마땅한 듯 느닷없이 가래를 탁 뱉어내는 어느 애국 반장 영감님의 기침 소리에도 그 기다림은 묻어 있었다. 그리고 그 기다림은 나무 책상을 한쪽으로 밀쳐놓고 교실 바닥에 주저앉아 며칠씩 밥을 굶고 있는 어느 고등학교 학생들의 강한 허기 속에서 좀더 안타까운 염원을 이루고 있었다. 하지만 아직은 모두들 그렇게 기다리고만 있었다. 기다림 다음에 자신을 견딜 방법이 그들에겐 아직 나타나지 않고 있었다.

그 무렵부터 배영섭은 S일보 사회부의 병아리 기자였다. 그리고 문제의 양진욱은 동업사들 가운데서도 사회 정의의 실현에 가장 투철한 신념과 용기를 견지해온 T일보의 정치부를 이끌어가던 베테랑 급 신문기자였다.

어느 날 배영섭이 세검정 산골 오두막으로 일파 선생을 찾아갔다. 소위 민족지로 일컬어지고 있는 T일보의 창간 발기위원의 한

분으로 그 집요한 일제의 강압과 회유 앞에서도 꿋꿋한 필봉을 꺾지 않으셨던 한국 언론의 거목 일파 선생, 8·15 해방 후에는 사학자로 저술가로 민족의 운명과 양심을 낱낱이 증언해오신 우리 시대의 예지 일파 선생, 그 일파 선생도 그때는 이미 당신의 그 눈발처럼 허옇던 머리를 깎고 참괴스런 금식 기도를 시작하신 지 열흘 가까운 시일이 지나고 있었다.

하지만 배영섭은 그 선생의 금식 기도가 불만이었다. 선생에겐 오히려 그것이 무의미했다. 선생이 아니더라도 밥을 굶으며 기다리는 사람은 많았다. 이젠 누군가가 말을 해야 했다. 기다림 다음에 올 일을 보여줄 사람이 있어야 했다. 선생께서는 보다 분명한 깨달음이 있을 거라고 사람들은 믿고 있었다. 선생이 당신의 기도 속에 얻은 것, 당신의 기구 속에서 얻은 그 신념과 용기를 사람들은 보고 싶었다. 선생은 밥을 굶고 앉아 기도만 드리고 계실 것이 아니라 말씀을 하셔야 했다. 선생이 말씀을 하셔야 했다.

배영섭은 그 선생의 말씀을 얻기 위해 선생의 집을 찾아갔다. 한데 공교롭게도 선생은 이날 집에 머물러 계시질 않았다. 집에서는 행방을 아는 사람이 없었다. 한동안 여기저기 수소문을 한 끝에 배영섭은 마침내 T일보 사장실에 선생이 머무르고 계시다는 사실을 알아냈다. 배영섭은 염치불고하고 남의 신문사 사장실까지 선생을 쫓아갔다. T일보의 사장실 안에서는 선생 이외에 다른 두 사람, T일보의 현 사장과 정치부장 양진욱, 단 두 사람이 선생을 은밀히 모시고 있었다. 배영섭은 T일보사의 엄중한 보호벽을 뚫고 사장실 안의 일파 선생을 만나뵐 수가 없었다. 더구나 일파 선생은 배영섭이 그 T일보사에 도착하여 어떻게 하면 선생을 한번 만나뵐 수 있을까를 궁리하고 있는 사이에 이미 현 사장과 양진욱 정치부장의 부축을 받으며 사장실 문을 나서고 계셨다. 시내 영생고등학교 학생 5백여 명이 금식 기도를 시작한 지 닷새째가 되고 있는데, 선생께서 학생들의 뜻을 갸륵히 여기시고 학생들을 격려하시기 위해 이날의 거동이 있게 된 것이라 했다.

배영섭은 과연 선생다운 생각이요, 선생다운 거동이라 생각했다. 드디어 올 것이 오나 보다 생각했다. 학생들이 선생을 원했을 수도 있었고, 선생께서 먼저 학생들을 만나고 싶어 하셨을 수도 있었다. 혹은 양자의 바람이 당연하다고 추측한 T일보 쪽에서, 선생의 직계 후배이자 사제 관계가 얽혀 있는 T일보의 현 사장이, 아니면 세상일엔 매사 빠른 판단력과 투철한 사명감으로 일관해온 양진욱 정치부장이 먼저 일을 주선했을 수도 있었다. 어느 쪽이든 상관없는 일이었다. 배영섭은 선생의 모습이 나타나자 그만 너무도 기분이 벅차 복도 한 곁으로 숙연스레 몸을 비키고 서 있었을 뿐이었다. 단식 일자가 길어져서 그런지 평소의 선생과는 너무도 딴판으로 일파 선생의 모습은 흐느적흐느적 기력이 하나도 없어 보였다. 그렇게 유독 기력이 쇠진해 보이는 선생의 모습이 현 사장과 양진욱 정치부장의 부축을 받으며 건물 계단을 천천히 내려가고 있을 때였다. 단순한 호기심에서였다고 할까, 혹은 그새 벌써 몸에 배기 시작한 기자로서의 어떤 예감 때문이었다고 할까. 배영섭은 그때 문득 일파 선생 일행이 앉아 계시다 나간 사장실 안을 잠깐 둘러보고 싶은 생각이 들었다. 그는 곧 발길을 되돌려 사장실로 들어갔다. 방 안에는 역시 아무도 없었다. 비서실 사람들마저 사장실 근처에는 얼씬도 못 하게 해두었던 것 같았다. 아무도 없는 방 안, 그 빈방의 응접 소파 앞 탁자 위에 지금까지 선생과 그 방 안에 함께 있었던 사람 수를 말해주듯 빈 유리잔 세 개가 덩그러니 놓여 있을 뿐이었다.

— 역시 선생을 모시고 있었던 사람은 두 사람뿐이었군. 배영섭은 곧 문을 닫고 일파 선생의 일행을 뒤쫓아 계단을 뛰어 내려갔다. 기분이 이상하게 꺼림칙했다. 그는 꼭 뭔가 안 볼 것을 본 것 같은 기분이었다. 하지만 그는 아직 그 텅 빈 사장실 안에서 자기가 무엇을 보았는지조차 분명하지 않았다. 무엇 때문에 그의 기분이 그토록 엇물려 돌아가고 있는지 이유를 집어낼 수 없었다. 머릿속에 남아 있는 것은 다만 그 세 개의 빈 유리잔뿐이었다.

과연 유리잔이 문제였다.

배영섭은 그날 마침내 그 빈 유리잔들의 수수께끼를 다시 새겨보아야 할 보다 분명한 사건을 만나게 되었다.

그 사건은 그날 오후 일파 선생이 찾아가신 영생고등학교의 한 교실 안에서 일어났다.

일파 선생은 이날 그 닷새째 교실 바닥을 지키고 앉아 있는 단식 학생들 앞에서 어린 학생들을 자극하게 될 말씀은 되도록 삼가고 계셨다. 학생들을 자극하거나 흥분하게 할 말씀 대신 선생은 차분하고 낮은 목소리로 할아버지처럼 인자하게 학생들을 위로하고 격려하셨다.

— 여러 학생들, 금식은 왜 합니까. 왜 밥 굶으며 여기 앉아 있

는 것입니까. 밥 굶는 것 무엇하는 것입니까. 밥 굶는 것 우리 자신과 싸우는 것입니다. 남과 싸우는 것 아니라 우리 자신과 싸움하는 것입니다. 밥 굶어본 사람 모두 그것 알고 있습니다.

선생은 바로 그 금식의 목적과 뜻부터 차근차근 새겨줌으로써 오히려 웅변보다 깊은 감동과 용기를 학생들에게 심어주고 계셨다.

— 밥 굶는 것, 우리 속에 들어와 있는 모든 부정한 것 사악한 것 몰아내고 깨끗한 우리 영혼 되찾으려는 싸움입니다. 그래서 우선 우리 바깥에서 들어오는 것에서부터 우리를 지키려는 싸움이 이 밥 굶는 싸움인 것입니다. 기름진 고기도, 달고 시원한 청량수도, 심지어 은은한 꽃향기도 우리는 우선 그것들부터 우리 안으로 들어오려는 것을 거절하는 싸움하고 있는 것입니다. 우리가 그것을 거절하면 우리는 물론 우리 안에 도사리고 있는 무서운 욕망의 복수를 받아야 합니다. 우리가 그 무서운 욕망의 사슬에서 벗어나기 위해 당하는 고통은 말로 다 형언할 수 없습니다. 여러분은 이미 그것을 경험했거나 아직도 그것을 견디고 있습니다. 우리는 스스로 그 고통을 이겨내려는 싸움을 시작했습니다. 다른 사람이 우리 시킨 것 아닙니다. 그럼 우리는 무엇 때문에 스스로 이 고통스런 싸움을 시작했습니까. 영혼의 자유 위해섭니다. 싸움 이기고 난 사람 그것 알고 있습니다.

선생은 당신 자신도 아직 그 싸움의 고통에 시달리고 계신 듯 한동안씩 말을 끊은 채 두 눈을 지그시 감고 계셨다. 머리를 말끔히 깎아버린 선생의 파리한 이마 근처에선 땀방울이 쉴 새 없이 솟아 맺히고 있었다. 신음하듯 가쁜 숨을 견디며 깊이 두 눈을 감고 서 계신 일파 선생, 길고 흰 수염이 가는 경련을 일으키고 있는 선생의 모습은 참으로 처연하고 외로워 보이기까지 했다. 하지만 선생은 당신 자신의 절망적인 고통을 이겨내기 위해 스스로 용기를 구하듯 이윽고 눈을 다시 번쩍 뜨시곤 했다.

─혹독한 고통을 이기고 나서 육신과 본능의 욕망이 서서히 물러가고 나면 우리에겐 폭풍 뒤의 들판처럼 맑고 깨끗한 영혼의 신천지가 열리기 시작합니다. 눈이 다시 뜨이고 귀가 다시 열립니다. 정신이 맑아옵니다. 눈으로는 보다 맑은 세상을 보게 되고 귀로는 보다 가까운 곳에서 하느님 말씀 들을 수 있습니다. 하느님 섭리대로의 세상을 밝게 보게 됩니다. 그래서 우리는 크고 눈부신 우리 자신의 영혼의 자유를 얻게 됩니다.

밥 굶는 것 우리 영혼의 자유 위한 싸움입니다. 그럼 영혼의 자유 얻고 나면 우리는 또 어떻게 됩니까. 밥 굶고 영혼의 자유 얻은 사람 그것도 알고 있습니다. 그 자유 빼앗기기 싫어합니다. 그 자유 지키고 싶어 합니다. 그 자유 지킬 신념과 용기 생깁니다. 밥 굶는 것 남 위해 하는 일 아닙니다. 더구나 남 원망하기 위해 하는 일 아닙니다. 남 위해 하는 일 아닌데 왜 남 원망합니까. 밥 굶는 것 우리 영혼의 자유 얻고 그것 지키기 위한 싸움입니다. 우리 장하게 이 싸움 이깁시다. 자유 위한 이 자신의 싸움 이기지 못하면 우리 영원한 남의 노예 되고 맙니다……

선생은 거기서도 아마 뭔가 말씀을 더 계속하시려는 것 같았다.

그러나 선생의 말씀은 거기서 그만이었다. 선생은 말씀을 채 다 끝맺지 못하고 거기서 그만 몸이 허물어지고 마신 것이었다. 그리고 그길로 서둘러 병원으로 옮겨 가신 선생은, 이날 저녁 잠시 동안 의식이 희미하게 되돌아왔을 뿐 끝내는 그 모진 육신의 시련을 이겨내지 못한 채 영영 눈을 감고 마신 것이었다.

—부정한 빵은 내가…… 내가 먹었소…… 내가 부정한 빵을 먹었소……

배영섭으로선 아직도 그 뜻이 애매하나마 선생께서 눈을 감으시기 전 희미한 의식 속에서 마지막으로 남기고 가신 말씀이었다.

빈 유리잔들이 본격적으로 배영섭을 괴롭히기 시작한 것은 바로 그날 그 일파 선생의 갑작스런 서거와 뜻이 별로 분명치 않은 마지막 몇 마디 말씀 때문이었다.

14년이란 세월이 짧았다고 할 수는 없지만 양진욱은 뜻밖에도 그날의 그 빈 유리잔들에 관한 일을 전혀 기억하지 못하고 있었다.

"유리잔이라뇨? 어디에 무슨 유리잔이 있었더란 말요?"

배영섭의 갑작스런 방문에 양진욱은 다소 표정이 굳어지고 있는 것 같았다. 하지만 그는 별로 배영섭을 경계하는 눈치는 보이지 않았다. 그는 도대체 그 무렵의 일에 대해선 아무것도 기억나는 일이 없는 것 같은 얼굴이었다. 배영섭은 그 양진욱이 제법 다정한 선배처럼 권해오는 술잔을 부지런히 비워냈다. 그리고 초조하게 물어댔다.

"그날…… 양 선생과 현 사장님이 일파 선생을 모시고 나간 다음 전 잠깐 사장실을 엿본 일이 있었습니다. 그런데 거기 소파 앞 탁자 위에 뭔가 음료수를 마시고 나간 잔들이 놓여 있었어요. 빈

유리잔 세 개였습니다. 기억하십니까. 이건 언젠가 일이 있은 후
에도 양 선생께 제가 한번 여쭌 적이 있는 일입니다만⋯⋯"

"글쎄요. 그랬던가요? 한데 그게 무슨 상관입니까?"

양진욱이 대수롭지 않은 표정으로 되물었다.

"일파 선생께선 그때 금식 중이 아니었습니까?"

"그럼 일파 선생께서 그때 뭘 혼자 몰래 잡숫고 계시기라도 하
셨다는 말인가요?"

"빈 잔이 세 개였습니다. 그때 그 방 안에는 일파 선생과 현 사
장님 그리고 양 선생까지 세 분밖에 계시지 않았거든요."

"아 그야 이야기 중에 누군가가 먼저 방을 나갔겠지요. 혹은 중
간에 잠깐 선생을 뵙고 나간 사람이 있었을 수도 있겠고⋯⋯"

"아니 그런 사람은 없었습니다. 전 일이 생긴 뒤에 생각이 미쳐
그걸 확인해보았습니다. 비서실 아가씨들 말에 의하면 현 사장께
선 그날 그 세 분 외에 누구도 그 방을 출입시킨 일이 없었답니다."

"그럼 그 음료수는 누가 마련해왔을까요?"

"글쎄, 그것도 이상합니다. 아가씨들도 차 심부름을 한 일이 없
다니까 말씀입니다."

"⋯⋯"

"선생의 금식이 그때 세상을 속이고 있었을 수도 있었겠지요."

양진욱의 눈길이 일순 배영섭을 무섭게 노려보았다. 그러나 그
는 이내 자신을 달래야겠다 싶어진 듯 표정이 다시 몽롱하게 누그
러지고 있었다.

"배 형은 이상한 상상을 하고 있군요. 그 도깨비 같은 빈 유리잔

들 때문에 일파 선생께서 그때 당신의 금식을 속이고 계셨다고 어떻게 감히 그런 단정을 할 수가 있습니까?"

"그건 사실이기 때문입니다."

"이해할 수가 없군요. 도대체 난 빈 유리잔이고 뭐고 생각나는 일이 없어요."

"정말로 기억이 안 난다는 말씀입니까?"

"배 형 말처럼 정말 그런 일이 있었는지도 알 수 없지요. 하지만 이젠 14년이란 세월이 흘렀습니다."

양진욱은 정말 아무것도 기억이 없는 사람처럼 눈을 껌벅이고 있었다. 하지만 배영섭은 그럴 리가 없다고 생각했다. 양진욱의 태도는 너무도 여유가 만만했다. 이제는 뭔가 이루어져버린 것에 대한 확신―그래 봐라, 이제 와서 그게 무슨 상관이란 말이냐, 아무리 네가 그 일을 새삼스레 들춰내고 싶다 해도 이젠 모든 게 너무 완벽하게 이루어져버린 다음인걸― 도대체 양진욱이 그 너무도 분명한 사실들을 정말 잊어버리고 있을 수는 없었다. 그는 잊어버리고 있는 게 아니었다. 빈 유리잔을 부인하고 싶다면 배영섭은 그 양진욱에게 보다 더 분명한 기억들을 되살려줄 수 있었다. 그는 양진욱과 자신의 빈 잔에 다시 술을 가득 채워놓고 나서 이 정력적이고 사명감에 넘쳐 있는 중년 사내를 기어코 굴복시켜놓고 말겠다는 듯 한동안 그의 얼굴을 묵묵히 건너다보고 있었다.

일파 선생의 서거는 물론 선생을 잃은 슬픔만을 남긴 것은 아니었다. 선생의 서거는 바로 그때까지 무엇인가를 초조하게 기다리고 있던 많은 사람들에게 크나큰 충격이었다. 선생의 서거는 오히려 그들의 기다림에 대한 보답이었다.

일파 선생이 쓰러지셨다! 선생은 돌아가신 게 아니라 마침내 우리들에게로 오신 것이다!

사람들은 거리로 나오기 시작했다. 일파 선생 당신은 당신의 그 육신의 복수를 이기지 못하고 쓰러져 가셨지만, 그 고통은 모든 다른 사람들의 영혼의 문을 열어주기 위한 것이었다. 선생의 서거 소식을 따라 그 장엄하고 찬란한 영혼과 자유의 행렬이 시작된 것이다. 선생이 쓰러지신 것을 목도한 영생고등학교 단식 학생들이 그 행렬의 선두를 장식했다. 선생의 쓰러지심으로 하여 학생들은 교문을 박차고 나와 그 자랑스런 행렬의 향도가 될 수 있었다. 사람들이 학생들의 뒤를 따랐다.

선생이 우리를 대신하셨다! 선생께서 우리의 부정한 빵을 대신 잡수시고 가신 것이다!

선생의 마지막 말씀이 언제나 그 행렬 위에 있었다. 선생의 '부정한 빵'은 십자가였다. 그것은 물론 선생께서 정말로 그 '부정한 빵'을 잡수시고 가셨다는 뜻이 아니었다. 아무도 선생이 정말 '부정한 빵'을 잡수셨다고 믿는 사람은 없었다. 그것은 선생께서 남은 사람들에게 그 '부정한 빵'을 경계하기 위한 비유의 말씀임을 누구도 의심치 않았다. 오히려 그 '부정한 빵'을 물리치시기 위해 끝끝내 그 육신의 복수를 피하지 않으신 선생의 성자적 양심의 상징이었다. 누구나 선생의 말씀에 감사했다.

배영섭이 그 빈 유리잔을 다시 보기 시작한 것은 그 무렵부터였다. 배영섭도 물론 행렬에 끼어 떨리는 가슴으로 눈부신 대지를 함께 걸었다. 걸으면서 선생께 감사했다. 하지만 언제부턴가 그에겐 자꾸만 빈 유리잔들의 영상이 끊임없이 떠올랐다. 아니 그것은 어쩌면 선생께서 그 마지막 말씀을 남기고 눈을 감으신 바로 그 순간부터 이미 그의 뇌세포를 불편하게 간섭하고 들었던 것 같기도 했다.

부정한 빵은 내가 먹었소. 내가 부정한 빵을 먹었소…… 이 세상의 부정한 빵은 당신들을 대신하여 내가 그것을 먹고 그 고통을 대신하였으니…… 당신들은 이제 깨끗한 빵만을 먹게 될 터이오…… 풀어 말하면 그런 말씀이었다. 사람들은 그렇게 듣고 있었다. 그것은 진정 십자가였다. 하지만 웬일이었을까. 사람들 가운데 단한 사람 배영섭에게만은 그때 그 선생의 말씀이 기묘하게 다른 소리로 들리고 있었다. 다른 사람들은 먹지 않은 부정한 빵을 내가 먹고 말았소. 부정한 빵은 실상 당신들이 아닌 내가 먹고 있었던 것을. 그 빵을 나 혼자 몰래 숨어 먹고 있었으니 이런 책벌을 받아 마땅하지 않으리요……

그렇게도 들을 수도 있는 말씀이었다. 선생은 다만 그 빵을 경계하는 비유 말씀으로가 아니라 정말로 당신이 그런 빵을 잡수신데 대한 솔직한 고백과 회한의 말씀을 남기셨을지도 모르는 일이었다.

하지만 배영섭에겐 그게 모두 악마의 말이었다. 악마의 속삭임이었다. 악마의 속삭임을 듣지 않기 위해 그는 귀를 막고 행렬을 따라나섰다. 배영섭이 그렇게 들을 수 있는 말씀이었다면 그보다도 더 가까이 선생 곁에 있었던 사람들, 이를테면 T일보의 현 사장이라든가 양진욱 부장 같은 사람들은 더욱더 일이 분명해져 있었을 터이었다. 그들의 귀에는 배영섭에게보다도 더욱 분명한 소리가 있었을 터였다. 하지만 그들은 아무도 그렇게는 듣지 않았다. 아무도 선생을 의심하는 눈치가 없었다. 선생께서 우리의 부정한 빵을 대신 잡숫고 가셨으니…… 선생의 말씀을 그렇게 전하기 시작한 것은 오히려 그 두 사람 근처에서부터였다. 배영섭에게 들려오는 소리들은 터무니없는 악마의 거짓말이었다. 그러나 그 악마의 소리에 귀를 막으면 막을수록, 그리고 선생의 말씀이 널리 번지면 번질수록 배영섭은 점점 더 빈 유리잔들이 분명하게 떠오르고 소리도 점점 더 크게만 들려왔다.

그는 마침내 견딜 수가 없었다. 그는 T일보사로 가서 그날의 사장실 사정을 점검하고, 선생의 금식에 관한 수수께끼를 뒤쫓기 시작했다.

어느 날 배영섭은 서강 강변 마을 어느 곳에 아직도 일파 선생의 옛 스승님이 한 분 은거하고 계시다는 소식을 듣고, 그 강변 마을 집으로 선생의 스승을 찾아간 일이 있었다. 일파 선생의 금식은 원래 그 스승의 권유에서부터 비롯된 것이었고, 선생의 사상이나 학문의 기조도 애초에는 그 스승의 영향을 입은 바 크다는 귀띔이 있었기 때문이었다. 선생의 스승을 찾아뵙고 선생의 금식이나 사상, 인격 전반에 걸쳐 어떤 새로운 이해의 단서가 얻어질 수 있을까 해서였다. 무엇보다도 그 선생의 스승은 평소부터 늘 선생에 대해 뭔가 마땅치 않은 데가 있으신 듯 근 10년 가까운 세월을 그 강변 고옥에 혼자 은거해오시면서 선생과의 대면을 한사코 피하고 계시다는 이야기가 있었다. 배영섭은 그 선생의 스승이 선생에 대해 그토록 못마땅해하고 계신 부분이 무엇인지를 캐어보고 싶었다.

하지만 배영섭은 그 스승 댁의 방문에서 애초의 방문 목적을 쉽게 달성할 수 없었다. 바깥에서 들은 대로 선생의 스승은 늙은 제자에 대해 도대체 아무것도 입을 열려고 하지 않으셨다. 아니 그보다도 배영섭은 처음 선생을 뵙기조차도 무척이나 힘이 들었다. 외부 사람과는 일체 인연을 끊고 지내신다는 문간 전갈뿐이었다. 어렵사리 선생을 뵙게 되었을 때도 선생은 그 배영섭을 위해선 거의 한마디도 입을 여신 일이 없었다.

하지만 배영섭의 방문은 어쨌든 성공이었다. 그의 성공은 정말 생각지도 않았던 뜻밖의 인연으로 해서였다.

배영섭이 간신히 선생의 스승을 뵙게 된 얼마 후에 다른 방문객 한 사람이 또 선생을 찾아왔다. 그게 바로 양진욱 부장이었다. 나중에 그가 T일보와는 각별한 유대 관계가 맺어지고 있는 것으로 알려진 '일파사상연구회'를 맡고 나선 후에야 알게 된 일이었지만, 그는 이때부터 이미 T일보의 현 사장으로부터 그 일을 권고받고 하나하나 준비를 쌓아가고 있었던 모양이었다. 양진욱이 이날 선생의 스승을 찾은 것도 일파 선생의 사상의 기초와 그 전개 과정을 당신의 스승으로부터 직접 채록해두려는 목적에서였던 것 같았다.

—전에도 몇 번씩 말했지만 내게는 할 말이 없어.

양진욱에게도 역시 선생은 입을 열지 않으시려는 눈치였다. 양진욱은 이전에도 벌써 몇 차례 선생을 찾아가 말씀을 졸라대고 있었던 게 분명했다. 하지만 선생은 아랑곳이 없으셨다.

─안됐지만 돌아들 가오. 내 기도 시간이 가까워오고 있으니……

일파 선생에 관해서는 일면식도 없어오던 사람처럼 말씀이 인색했다. 두 사람은 마치 농성이라도 벌이듯 덮어놓고 선생을 기다리고 있었다. 거의 억지나 다름없는 침묵으로 두 사람은 조용히 선생과 맞버티고 앉아 있기만 했다.

선생도 다음부터는 한동안 말씀이 없으셨다. 앞에 앉아 있는 두 젊은이는 안중에도 없으신 듯 두 눈을 깊이 감아버리고 계셨다.

그러나 한숨이라도 내쉬듯 이윽고 그 선생의 입술에서 흘러나온 한마디.

─세상에 부정한 빵이 어디 있고 부정하지 않은 빵이 어디 있나.

그게 그날의 수확이었다. 순간 배영섭의 눈빛이 갑자기 생기를 되찾고 있었다. 그는 조심스럽게 입이 열리기 시작한 선생에게 다가들기 시작했다.

─하지만 일파 선생께선 그 부정한 빵을 말씀하셨습니다.

─부정한 빵은 없어. 사람들이 부정하게 먹을 뿐이지.

선생은 눈을 감으신 채 조용히 말씀하셨다.

─그렇다면 일파 선생의 빵은……

─그 역시 빵이 부정한 것은 아니지. 빵이 더러워졌다면 그 사람이 그 빵을 부정하게 먹었기 때문일 테지……

놀랍게도 선생까지 일파 선생의 금식을 의심하고 계신 것이었다.

─정직하게 금식을 한 사람이라면 졸도 따윈 하지 않아. 게다가 한번 금식을 깨뜨린 사람은 절대로 그 더러운 육신의 욕망을 이겨낼 수가 없는 법이거든.

금식 중에 졸도가 오는 것은 도중 취식 때 자주 있는 일이라 하셨다. 배영섭의 의구는 이제 뜻밖의 사실에서 해답의 실마리를 얻고 있었다. 그는 또다시 그 사장실의 빈 유리잔들이 떠올랐다. 이젠 더 이상 의심할 여지가 없었다. 일파 선생은 당신의 금식으로 인한 육신의 복수를 받으신 게 아니었다. 유리잔에 빵이 채워져 있었던 것은 물론 아닐 터였다. 하지만 선생의 금식은 그 유리잔 이전에 이미 깨뜨려지고 있었을 수 있었다. 선생의 '부정한 빵'은 그 유리잔 이전부터 있어온 것이었다.

배영섭은 마침내 자리를 일어섰다. 무겁게 입을 다물고 앉아 있던 양진욱도 그제서야 황급히 배영섭을 따라 자리에서 일어섰다.

—당신, 여긴 뭐하러 왔었소……?

골목길을 나오면서 양진욱은 느닷없이 배영섭을 향해 힐난조가 되고 있었다. 뭔가 못 들을 소리를 듣게 한 것처럼 양진욱은 얼굴에 이상스런 노기까지 띠고 있었다. 배영섭은 그 양진욱을 이해할 수 있었다. 겁을 먹고 있었다. 배영섭 역시 겁을 먹고 있었다. 너무도 놀라운 사실이었다. 그야말로 배영섭은 못 볼 것을 보고 만 기분이었다. 그 엄청난 사실 앞에 배영섭은 자신을 어떻게 감당해 나가야 할지 갈피가 잡히지 않았다.

—글쎄요. 왜 제가 거길 가 있었는지…… 자신이 원망스러울 지경입니다.

배영섭은 마치 애원이라도 하듯 풀기 없는 목소리로 중얼거리고 있었다.

—영감님이 노망기가 드신 모양인데…… 배 형은 아마 그 소릴

194

모두 사실처럼 곧이듣고 있는 모양이군그래.

양진욱이 갑자기 실없는 웃음을 흘리며 배영섭을 나무랐다.

─하지만 양 부장께선 사실을 알고 계실 게 아닙니까?

─사실을 알다니요?

─일파 선생께서 금식을 속이고 계셨다는 사실 말씀입니다.

─사람이 순진하긴…… 방금도 말했지만 배 형은 그 영감님의
노망기를 너무 쉽게 곧이들어버리고 있단 말이오……

─사실로 단정할 수도 없겠지만 그렇지 않다는 단정도 어려운
일 아닙니까?

배영섭은 다시 그 사장실의 유리잔을 떠올리며 자꾸만 자신 없
는 목소리가 되고 있었다. 하지만 양진욱은 이미 아무것도 문제가
될 게 없다는 표정이었다.

─그것이 사실이든 아니든 무슨 상관입니까?

─하지만 그게 만약 사실이라면……

─세상에 대고 나팔을 불어대야겠다는 겐가?

─전 기자가 아닙니까?

─아서요……

양진욱의 얼굴에서 비로소 웃음기가 사라졌다. 그는 마치 이 철
부지 후배 기자에게 한바탕 선배로서의 아픈 충고를 아낄 수가 없
다는 듯 일사불란하고 엄격한 목소리로 차근차근 말하기 시작했다.

─신문기자가 되려면 배 형은 우선 좀더 넓고 긴 시선으로 세상
을 바라보는 방법부터 배워야겠어요. 그게 사실이든 아니든 무에
그리 문제가 된다는 거요. 배 형의 추측처럼 가령 선생께서 당신

의 금식 중에 정말로 부정한 취식을 하신 게 사실이라고 가정합시다. 하지만 그게 무슨 상관입니까. 선생의 금식과 서거로 해서 학생들은 마침내 교문을 나서게 되었습니다. 그리고 사람들은 학생들을 뒤따르기 시작했고, 아직도 그 선생의 '부정한 빵'에 대해 무한한 감사를 드리고 있습니다. 선생께서 부정하게 빵을 잡수셨다는 게 사실이든 아니든 역사의 수레바퀴는 이미 분명한 방향으로 굴러 나가기 시작하고 있단 말입니다.

양진욱은 일도양단식의 단호한 논리로 배영섭을 압도해왔다.

—배 형은 먼저 이걸 알아두셔야 합니다. 역사란 사실이 아닙니다. 하느님은 우리에게 완성한 역사를 주시지는 않습니다. 처음부터 하느님이 모두 만들어주신 신성 불가침한 것이 역사가 아니란 말입니다. 역사는 해석입니다. 우리들의 해석 위에 역사는 만들어져가는 것입니다. 여기에 우리들의 역사에 대한 책임이 있는 것입니다. 그 역사에 대한 책임 앞에 사실을 너무 신봉하고 그것을 두려워하고만 있을 필요는 없습니다……

하나부터 열까지 배영섭에겐 너무도 분명한 기억들이었다.

하지만 배영섭은 이번에도 실패였다. 양진욱은 이번에도 별로 배영섭의 기대처럼 기억력이 좋질 못했다.

"글쎄요…… 그런 일이 있었던가요?"

배영섭이 아무리 기억을 되살려주려고 해도 양진욱은 끝내 맥풀린 소리뿐이었다. 거기까지 자세한 이야기는 도대체 아무것도 기억에 남아 있는 것이 없다는 반응이었다.

"하기야 그 무렵 일이라면 내가 일파 선생의 스승 댁을 몇 차례 드나들고 있었던 건 사실일 거요. 그리고 참 언젠가 거기서 배 형을 만나 함께 그 댁을 나왔던 적도 있었던 것 같긴 하군요. 하지만 그때 선생과 우리가 무슨 이야기를 주고받았는지, 더구나 배 형과 내가 무슨 이야기를 했었는지는 통 기억이 없어요. 14년 전 일 아닙니까."

'일파사상연구회'의 양진욱 회장이 그때의 일을 아무것도 기억하지 못하고 있다는 사실은 배영섭에게 또 하나의 뜻하지 않은 충격이었다. 양진욱은 아직 사실을 기억하고 있을 수도 있었다. 그때와 마찬가지로 지금도 그는 '역사를 만들기 위해' 혹은 이미 '분명한 방향'을 잡아 구르고 있는 그 '이루어져가는 역사'를 훼손하지 않기 위해 그런 태도를 보이고 있을 수도 있었다. 어쨌든 양진욱이 사실을 시인하지 않는 것은 마찬가지였다.

양진욱의 집을 물러나온 배영섭은 14년 전의 그 감당할 수 없는 당혹감, 그 두려움과 어떤 지독한 무력감이 또다시 그를 괴롭혀오기 시작했다. 14년 전에 비해 그것들은 배영섭을 더한층 무겁고 아득하고 그리고 초조하게 만들고 있었다.

일파 선생의 스승을 찾아보고 나오던 길에 양진욱이 배영섭에게 베풀어준 충고들은 그때의 배영섭에겐 분명히 어떤 용기를 줄 수 있었다. 그는 양진욱의 충고에 차츰 자신을 설득당해가고 있었다. 그는 며칠 동안 사실을 밝히느냐 마느냐로 그 나름대로의 심각한 고민을 겪고 있었다. 그러나 그는 마침내 마음을 작정했다. 우선은 입을 다물고 말자는 것이었다. 사실을 알려야 하는 기자로서의

사명감보다 양진욱의 그 '역사에 대한 책임'이 그를 압도해버리고
만 것이었다. 곧이곧대로 사실을 알리는 것은 일개 신문기자로서
의 책임을 다할 수 있을지언정 그로 인해 야기될 수 있는 어떤 가
상의 사태들은 배영섭으로 하여금 그 역사에 대한 '올바른 책임'을
장담할 수 없게 했다. 일파 선생은 이미 확고한 우상이었다. 많은
사람들이 선생의 유덕을 뒤따르고 있었다. 그리고 선생을 따르는
사람들의 행렬은, 그 행렬의 힘의 결집은 오랫동안 진흙 구덩이에
처박혀 있던 역사의 수레바퀴를 끌어내어 모처럼 눈부신 전진을
시작하고 있었다. 선생을 욕되게 할 수 없었다. 우상을 깨뜨리면
행렬도 정지한다. 역사가 정지한다. 그 우상을 대신하여 행렬을
끌어가게 할 새 선도자가 나서지 않는 한 선생을 매도하는 것은
역사에 대한 무책임하고 몰염치한 배반 행위였다. 그것은 사실에
대한 봉사는 될 수 있을망정 진실에의 봉사는 아니었다. 그는 입
을 다물기로 했다. 양진욱의 충고 덕분이었다. 그리고 그 양진욱
바로 그 사람의 존재 때문이었다. 혼자서 사실을 숨기고 침묵을
견디기란 아마도 불가능한 일이었을지 모른다. 현 사장과 양진욱,
적어도 그 두 사람만은 자신과 함께 같은 비밀을 견디고 있다는 사
실이 배영섭에겐 무엇보다도 큰 위로와 용기를 주고 있었다.

  하지만 양진욱은 보다 더 용기가 많은 사람이었다. 역사에 대해
보다 더 투철한 의지와 사명감을 가진 인물이 양진욱이었다. 오래
지 않아 그는 곧 신문사 일을 그만두고 '일파사상연구회'를 만들고
나섰다. 그는 본격적으로 선생의 생애와 사상을 확고한 논리 위에
정리해나가기 시작했다. 일파 선생은 날이 갈수록 그 유덕이 빛나

고 인격과 사상이 심화되어갔다. 대학과 일반 교양 강좌들에서는 선생의 학문과 사상의 체계가 끊임없이 논구, 토론되었다. 해가 바뀌어 선생 가신 날이 돌아올 때마다 '일파사상연구회'에선 선생의 업적을 기리는 추념의 모임이 마련되었고, 겸하여 선생에 관한 대규모 강좌와 토론회가 개최되었다. 그리고 그 강좌나 토론에서는 번번이 선생의 모습이 다시 발견되고 거기에 또 깊은 성찰과 값진 해석들이 덧붙여졌다. 선생은 자랑스런 선각자, 민족의 예지, 경애받는 위인이 되어가고 있었다.

그에 따라 배영섭에겐 자꾸 어떤 충동이 되살아나고 있었다. 선생의 '부정한 빵'에 관해 새삼 자꾸만 입을 열고 싶어졌다. 선생의 유덕이 빛나면 빛날수록 그는 더 사실을 밝히고 싶은 충동에 쫓겼다. 배영섭에게 자주 그런 충동이 이는 것은 물론 어떤 분명한 목적이 있어서가 아니었다. 양진욱으로부터 충고받던 바 그 '역사에 대한 책임'에 관해 어떤 새로운 각성이 생겨나서도 아니었다. 그는 그저 말을 하고 싶을 뿐이었다. 아무도 알고 있지 못한 일을 자기 혼자 알고서 입을 다물고 있을 때의 그 기묘한 승리감 같은 것이 한사코 그를 참지 못하게 했다. 때로는 그를 즐겁게도 했고 때로는 견딜 수 없도록 괴롭혀대기도 했다.

그는 이 14년 동안 빠짐없이 그 선생의 추념 모임을 찾아다니며 한 해 한 해 그 충동을 절감해오고 있었다. 추념의 모임에만 가고 보면 그는 그 수수께끼 같은 빈 유리잔들을 보게 되었고, 그 유리잔 이전의 '부정한 빵'을 다시 생각하게 되곤 했다. 그가 한 해도 빠짐없이 그 추념의 모임을 찾아다닌 것은 오히려 그 빈 유리잔을 다시 보고 그 유리잔의 비밀을 털어놓고 싶은 충동을 되풀이 확인하기 위해서였을 수도 있었다.

열네번째 추념 모임에서 선생이 바야흐로 이세 새로운 신앙으로 숭앙받고 있는 사실을 보고 배영섭은 마침내 진실을 말할 결심을 했다. 그 '역사에 대한 책임'에 대해서도 겨우 어떤 자기 몫의 한계가 보이기 시작했다. 그가 양진욱을 찾아간 것은 그런 결심 뒤의 일이었다. 사정을 좀더 분명히 하기 위해서는 그의 증언이 필요했기 때문이었다. 뿐만 아니라 이 일에 관한 한 양진욱과 배영섭은 어느 의미에서 일종의 공범자나 다름이 없는 처지였다. 양해를 구하는 의미에서도 양진욱에게 먼저 결심을 말하고 그의 의견을 보태는 것이 일의 순서일 듯싶었다. 하지만 양진욱은 증언이나 의견을 보태기는커녕 도대체 사실 자체도 기억을 하지 못하고 있었다. 아니, 아마도 그는 사실 자체를 한사코 기억하지 않으려 한 편이었을 것이다. 사실을 기억하지 않으려는 그 열네 해 동안의 오랜 자기 암시 속에 그는 정말로 사실 자체를 망각해버리고 있을 수도 있었다.

하지만 어떤 식으로든 양진욱이 그때의 일을 증언할 수 없다는 사실은 배영섭에게 크나큰 충격이었다. 이제 세상에서 진실을 알고 있는 사람은 다만 그 혼자뿐이었다. 양진욱이 그 지경이고 보면 현 사장은 더 말할 것도 없었다. 일파 선생의 스승이란 분도 이젠 이미 세상을 뜨시고 안 계셨다. 이제부터는 나 혼자 견뎌야 한다. 혼자서는 견디어낼 자신이 없었다. 그는 두렵고 외로웠다. 그는 이번에야말로 사실을 말하지 않을 수 없게 되어버리고 있었다.

양진욱을 만나고 돌아온 다음부터 배영섭은 며칠 동안 신문사 일도 거의 손에서 놓아버린 채 까닭 없이 자신을 허둥대고 있었다. 그는 마치 얼굴조차 본 일이 없는 어떤 암살 조직의 우두머리로부터 선생의 저격 지령이라도 받고 있는 것 같은 기분이었다. 그는 암살 음모의 하수인처럼 불안하고 초조했다. 막상 결심을 하고 나니 그는 마치 거대한 철벽을 향해 몸을 내던져가고 있는 것처럼 자신이 몹시 무모해 보이기도 했다. 그는 불안감을 씻기 위해 못난 하수인처럼 술을 마셔댔다. 밤만 되면 술집 구석에 들어박혀 모든 사고를 마비시켜가고 있었다.

어느 날 밤 그는 그렇게 술을 마시다 말고 느닷없이 다시 양진욱을 찾아갔다. 이날 밤만은 아무리 술을 마셔도 머릿속이 잘 취해오질 않았다. 마지막으로 다시 양진욱을 찾아가서 그의 기억력을 유인해보리라 생각했다. 그가 사실을 기억해내든 그렇지 못하든, 그리고 배영섭의 의도를 용납하든 안 하든 이제는 그 양진욱에게 그의 결심을 분명히 해둘 작정이었다.

그런데 이날 밤 양진욱의 태도는 예상과는 딴판으로 이상하게 돌변해 있었다.

"또 오셨군그래."

일파 선생과 상관된 저작물과 참고 자료 등속으로 모든 공간이 가득 차 있는 듯한 서재에서 배영섭을 맞은 양진욱은 첫마디부터 또 무슨 실없는 소리를 늘어놓으려 나타났느냐는 식이었다. 얼핏 보아 양진욱의 그런 태도는 전날의 그것과 아무런 차이도 없는 것 같았다. 하지만 그는 이제 배영섭이 다시 나타난 것을 보고 모든 것을 지레 체념해버리고 만 것이었을까.

"그래, 오늘도 또 내 앞에 그 괴상한 추리극을 꾸며 보이려고 이렇게 술까지 취해가지고 찾아오신 거요?"

배영섭이 소파로 자리를 잡아 앉자 양진욱은 그에게 담뱃불을 건네 붙여주고 나서 재촉이라도 하듯 이번에는 자기 쪽에서 먼저 이야기의 뚜껑을 열어젖히고 있었다.

"알고 계시군요. 그렇지 않아도 전 오늘 밤 제 추리극이 얼마나 훌륭하고 완벽하게 짜여 있는가를 양 선생께 다시 보여드릴 참이었습니다."

배영섭이 그렇게 말해도 양진욱은 당황해하거나 낭패스런 기색이 전혀 없었다.

"그렇겠지요. 술을 마시면 누구나 상상력이 훨씬 풍부해지는 법이니까."

그는 여유 있는 웃음 속에서 배영섭의 말에 맞장구까지 치고 나섰다.

"정말 아무것도 생각나는 일이 없으십니까?"

확인이라도 하듯 배영섭이 다시 물었다.

"글쎄, 나야 뭐 배 형처럼 상상력이 좋습니까. 게다가 배 형은 지금 그 추리극이란 걸 가지고 나하고 합작을 하자는 것도 아닐 테고 말이오. 그러지 말고 어디 그 배 형의 멋진 작품 얘기나 해봐요. 오늘 밤엔 나도 마침 배 형의 그 풍부한 상상력에 반해볼 용의가 있으니까."

끝끝내 시치밀 떼고 들었다. 하지만 적어도 그는 이제 배영섭의 의도만은 분명히 알고 있었다. 그리고 그것을 인정하고 있었다. 이유를 알 순 없지만 어떻게 보면 그쪽에서 먼저 이야기를 원하고 있는 것 같기도 했다. 할 수 없었다. 배영섭은 처음부터 이야기를 다시 시작했다. 그가 맨 처음 세검정으로 일파 선생의 금식 기도를 찾아간 데서부터 다시 T일보사로 가서 일파 선생과 양진욱 일행이 사장실을 나가고 난 뒤 그 탁자 위에 놓여 있던 빈 유리잔들을 보게 된 경위 하며, 그날 오후 영생고등학교에서 있었던 일파 선생의 감동적인 연설과 선생께서 마지막으로 남기고 가신 그 '부정한 빵'에 관한 이야기들을 기억이 미치는 한 자세히 설명했다. 그리고 얼마 뒤엔가 그가 다시 서강 강변 마을로 일파 선생의 스승을 찾아뵈었던 일 하며, 그 스승께서 굳이 '부정한 빵'과 '부정하게 먹은 빵'(그것은 누구도 대신 먹어줄 수가 없음을 뜻하리라)을 구분해 말씀하시면서 일파 선생의 혼절 사실로 당신의 속임수 금식을 암시하려 하셨던 일들을 되풀이 상기시켜주었다. 그리고 마지막으로 배영섭은 그 스승의 집을 나와 양진욱이 그를 설득시키기 위해 들려주던 그 '역사에 대한 책임'에 관한 이야기를 가감 없이 되돌려주었다.

양진욱은 시종 침착하고 주의 깊게 배영섭에게 귀를 기울이고 있었다. 그리고 마침내 그 배영섭의 이야기가 끝나고 나자 그는 짐짓 감탄을 금치 못하겠다는 표정이었다.

"훌륭하군요. 참으로 훌륭해요. 배 형은 정말 견줄 바 없이 풍부한 상상력에다 이야기를 꾸미는 재간까지 겸비하고 있는 것 같구려."

말을 한껏 비꼬아대고 있었지만, 어쨌든 이제 그 양진욱이 우회적으로나마 배영섭을 시인하고 나선 것만은 분명했다. 하지만 배영섭은 그런 양진욱의 변화가 오히려 불안했다. 양진욱이 그렇게 순순히 자기의 의도를 용납해올 리는 없었기 때문이다.

"한데 아무래도 이해할 수가 없는 건 배 형의 취미로군요."

아닌 게 아니라 양진욱이 그 배영섭을 서서히 추궁해왔다.

"도대체 배 형은 그 풍부한 상상력과 재간을 동원해서 무엇 때문에 하필 그런 고약한 추리극을 꾸미려 하고 있는지 이해할 수가 없단 말입니다. 취미가 좀 지저분하지 않소?."

물론 배영섭의 의도를 모르고 한 말이 아니었다. 그는 바야흐로 배영섭의 의도에 대해 노골적인 힐난을 가해오고 있었다. 그것은 일종의 협박이었다.

배영섭은 마지막 말을 해야 할 때가 온 것 같았다. 양진욱이 먼저 그것을 재촉한 셈이었다.

"취미 삼아 이런 이야기를 꾸미고 있지 않다는 것은 양 선생께서 더 잘 알고 계실 줄 믿습니다."

양진욱이 웃고 있건 말건 그는 정색한 목소리로 말하기 시작했다.

"취미가 아니라면?"

"이젠 진실을 말할 때가 온 것뿐입니다. 전 제가 알고 있는 사실을 말하겠습니다."

"무엇 때문에? 누구를 위해서 말이오?"

"무엇 때문에 누구를 위해선지는 설명할 필요가 없습니다. 그건 제가 알 바도 아닌 일이구요. 다만 전 그것을 말하는 것이 제 일이기 때문입니다. 제 직업이기 때문입니다."

"당신 무언가 또 오해를 하고 있는 것 같구먼. 그래 이제 와서 당신이 그걸 말한다고 해서 무엇이 곧 어떻게 될 것 같소? 무엇이 달라질 수 있을 것 같으냔 말이오? 도대체 당신의 그 맹랑한 추리극 따윌 어떤 바보가 냉큼 곧이듣고 나설 성이나 싶어 그러오?"

양진욱은 여전히 여유가 만만했다. 그는 계속 웃음기가 사라지지 않은 얼굴로 배영섭을 무시하고 있었다. 하지만 그는 이제 자기도 모르게 배영섭에게 끌려들고 있었다.

"배영섭 선생, 가령 당신의 각본대로 일파 선생께서 정말로 속임수 금식을 하시다가 그 때문에 변을 당하고 돌아가셨다고 합시다. 하더라도 이제 와서 그것이 무엇 때문에 새삼 얘깃거리가 되어야 합니까. 그런 얘긴 이제 곧이들을 사람도 없으려니와 행여 또 그런 사람들이 있어서 세상에 무슨 변화라도 생긴다면 그게 어떤 식의 변화가 되어야겠소? 배 형은 아까 덮어놓고 사실을 말하는 것만이 자기 일이라고 말했는데, 좋아요. 그럼 배 형은 그렇게 사실을 알리고 난 다음의 일에 대해서는 아무런 책임을 지지 않아도 좋다는 말이오? 신문기자라는 배 형의 직업은 역사까지 초월할 수 있는 절대 지선의 것인 줄 아시오? 당신 영 겁이 없는 사람 같아요."

웃음 속에서도 양진욱의 추궁은 신랄하기 그지없었다. 하지만 배영섭은 이제 그 양진욱의 추궁에 대해서도 분명한 대답을 가지고 있었다. 그는 여전히 정색한 목소리로 양진욱과 맞서고 있었다.

"역사는 이미 분명한 방향을 얻어 바퀴가 구르기 시작했다는 말씀이군요. 그 역사에 대한 책임을 어떻게 하겠느냐는 말씀이지요. 그때도 양 선생께선 제게 그런 말씀을 하셨지요. 그리고 전 그땐 그럭저럭 설득을 당했습니다. 하지만 전 이 열네 해 동안 내내 그 것을 다시 생각해왔습니다."

"그래서 뭐가 달라진 게 있어요?"

"물론입니다. 전 마침내 확신이 생겼습니다."

"무엇이 어떻게 달라졌지요?"

"전 역시 사실을 말해야 한다는 것이었습니다."

배영섭의 어조는 갈수록 결연스러웠다. 양진욱은 그런 배영섭의 태도에 잠시 말문이 막힌 표정이었다. 그는 한동안 말을 끊고 배영섭을 유심히 건너다보고 있더니, 이번에는 목소리를 훨씬 부드럽게 하여 타이르듯 다시 물어오기 시작했다.

"당신 혹시 일파 선생께서 우리에게 가르치고 가신 자유를 생각해본 일이 있소? 선생께서 마지막 날 우리에게 말씀하신 그 자유, 선생께서 우리들 대신 부정한 빵을 잡숫고 가심으로써 우리가 누릴 수 있게 된 자유에 대해서 생각해본 일이 있느냔 말이오."

"물론입니다. 많이 생각을 했습니다."

"역사에 대해서도?"

"그것도 물론입니다. 하지만 그 자유나 역사라는 것이 진실을 말해서는 안 될 구실이 되어서는 안 되겠지요. 진실은 그 자유나 역사를 위해서 더욱 분명하게 말해져야 하니까요."

"어떤 식인진 모르지만 배 형은 역시 자신의 신념을 지나치게 과장하고 있는 것 같구만."

206

"과장이 아닙니다. 오히려 신념을 과장하고 계신 것은 일파사상 연구회의 회장님 쪽인 것 같습니다. 아니 그건 과장이 아니라 과신이겠지요. 때에 따라서는 역사란 허울 좋은 명분에 불과할 때가 있습니다. 하지만 제 무식한 소견으로는 역사란 애초에 그렇게 몇몇 사람만이 독차지할 수 있는 것이 아닌 것 같습니다. 역사란 몇몇 사람들만이 도맡아 만들어가는 것도 아닐 테구요. 한데도 양 선생께서는 그 독점될 수 없는 역사를 혼자서만 독점하고 계신 듯한 착각 속에서 내내 진실을 숨기고 싶어 해오셨습니다. 그럴 경우 사실을 알고 있는 몇몇 사람들을 제외한 대다수의 다른 사람들은 바로 그 자신들의 역사에 하찮은 소도구 노릇밖에 못하게 되겠지요."

양진욱은 숫제 이제 입을 다물어버리고 있었다. 그는 이제 더이상 배영섭에게 묻지 않아도 알고 싶은 것을 이미 다 알아버리고 난 표정이었다. 그러나 한번 말문이 터진 배영섭은 좀처럼 입을 다물려고 하지 않았다.

"그 누구도 자기 역사에서 한낱 하찮은 소도구로 강요될 수는 없습니다. 그럴 경우 역사는 몇몇 사람의 허울 좋은 명분으로 떨어지고 맙니다. 역사의 목적은 명분일 수 없습니다. 역사는 명분이 아닙니다. 양 선생께서도 말씀하셨듯이 그것은 만들어져가고 있는 것이 사실일지도 모릅니다. 하지만 그것은 모두가 함께 만들어가는 것입니다. 누구나 각기 자기 능력과 분수에 따라 자기 몫의 정당한 역사를 만들어가게 해야 합니다. 역사를 혼자 독점하려고 하지 마십시오. 유리한 명분은 항상 선생 쪽에서만 혼자 움켜

쥐고 있으려 하지 마십시오."

배영섭은 목이 말라오는 듯 거기서 잠시 말을 끊고 탁자 위에 놓인 술잔을 집어 들었다.

목을 축이고 난 배영섭이 다시 말을 계속했다.

"하지만 전 일파 선생의 유덕에 무슨 누를 끼쳐드리고 싶어서 이런 결심을 하고 나선 건 물론 아닙니다. 감상인지 모르겠습니다만 전 오히려 그것과는 정반대의 생각을 하고 있습니다."

"……"

"누가 뭐라고 해도 선생께서 우리 현대사의 한 거인이신 것은 부인할 수 없는 사실입니다. 선생께선 지금 민족의 은인으로 끝없는 추앙과 예배를 받고 계십니다. 하지만 선생께선 너무도 사랑을 받지 못하고 계십니다. 선생을 경배하는 사람은 많은데도 선생을 사랑하는 사람은 없습니다. 사랑을 받을 수 없는 위인, 그런 위인은 진짜 우상이 되기 쉽습니다. 사실상 선생께선 많은 사람들에게 거의 맹목적인 우상이 되어 계십니다. 선생께선 사랑을 받으실 수 있어야 합니다. 사랑을 받으실 수 있어야 선생께선 보다 가까이 우리들에게로 오십니다. 그리고 언제까지나 생명력을 지니고 우리에게 살아 계실 영원한 위인이 되실 것입니다. 하지만 선생께선 지금 우리들과는 너무도 먼 다른 곳에 계십니다."

"……"

"한 인간에 대한 사랑은 그 업적의 찬양에서가 아니라 거꾸로 그 인간적인 실패나 고뇌에서 가능하다고 봅니다. 선생을 사랑할 수 있으려면 그분의 실패를 만나야 합니다. 사실로 선생께선 마지막 순간에 당신의 실패를 말씀하시려 했었는지 모릅니다. 우리를 위해서 우리들 대신 그 부정한 빵을 잡수신 게 아니라, 선생께선 당신의 금식과 실패를 정직하게 고백하시려 하셨는지 모른단 말입니다. 우리는 그런 선생의 실패를 사랑할 수 있습니다. 선생께서 무엇 때문에 그런 속임수 금식을 하셔야 했느냐는 비난이 따를 수 있겠지요. 하지만 그것은 우리가 금식하시는 선생을 바라고 있었기 때문이었습니다. 선생께선 당신께 대한 우리들의 기대를 저버릴 수가 없으셨던 거란 말입니다. 때문에 우리는 아마 선생의 그 참담스런 자기 배반의 고백을 만나고 나면 보다 더 선생을 사랑할 수 있게 될 것입니다."

"……"

"사실이 알려지고 나면 선생의 유덕에는 다소 흠집이 생길 염려가 없는 것은 아닙니다. 하지만 선생의 상처는 더 많은 사람들의 따뜻한 사랑으로 아물려진 보다 귀중한 유덕의 흔적으로 남을 수 있을 것입니다. 전 그러리라고 믿습니다. 아니 그렇게 믿지 않으면 안 됩니다. 진실을 말하는 것이 제 직업에 대한 과신에서가 아니라는 이유가 바로 여기 있습니다. 이것만이 저로서는 그 선생의 '역사' 앞에 제 몫의 책임을 감당하는 길이기 때문입니다. 전 이 열네 해를 기다린 끝에 비로소 그것을 깨달을 수 있었습니다."

배영섭은 거기까지 일사천리로 쏟아놓고 나서야 직성이 좀 풀린 듯 입을 다물었다. 입을 다물고 나선 상대방의 반응을 살피려는 듯 아직도 열기가 가시지 않은 눈길로 이윽히 양진욱 쪽을 건너다 보았다.

하지만 배영섭이 그토록 열에 들떠 정신없이 지껄이는 동안 참을성 좋게 시종 입을 다물고 앉아 있던 양진욱의 반응은 기대처럼 진지한 편이 아니었다.

"당신, 상상력만 풍부한 줄 알았더니 이제 보니 연설 솜씨도 보통이 아니군그래."

양진욱이 비로소 천천히 입을 열기 시작했다.

"게다가 당신의 논리는 존경하고 싶을 만큼 정연해서 설득력을 발휘하는 데 조금도 유감이 없었어요."

그는 다시 한 번 배영섭에게 감탄을 금치 못하겠다는 표정이었다. 하지만 양진욱의 그런 말은 배영섭에 대한 내심으로부터의 승복이나 수긍의 표시는 물론 아니었다. 더구나 배영섭을 상찬하기 위한 말은 아니었다. 배영섭은 그것을 알고 있었다. 양진욱의 얼굴에선 어느 사이엔가 웃음기가 말끔히 가시고 없었다. 그러면서도 그에게는 알 수 없는 여유 같은 것이 엿보이고 있었다. 그의 내심이 다른 곳에 있었다. 그 때문에 그에게는 오히려 어떤 불길스럽도록 차분한 여유가 생기고 있는 게 분명했다.

"조금만 얘기가 길어졌으면 나도 그만 배 형에게 깜박 설득을 당하고 말 뻔했지 뭡니까. 그런데 배 형께선 그럼 정말로 그 추리극의 각본을 세상에 내놓을 참인가요?"

양진욱은 도대체 그 뜻을 해득할 수 없는 아리송한 미소 속에 그 역시 마지막으로 다시 한 번 다짐을 주고 싶은 듯 배영섭의 의중을 물어왔다.

"물론입니다. 그것도 될수록 빨리 그 짐에서 벗어날 작정입니다."

배영섭의 대구는 단호했다.

"대단하시군요. 어쨌든 나로선 고마운 일이랄 수밖에 없겠군요. 일파 선생에 대해 배 형께서 그토록 깊은 유념을 하고 계시니 말입니다. 하지만 그 14년을 기다려온 것은 배 형 당신 혼자만이 아니라는 것도 알아주셔야 합니다. 나 역시 당신 못지않게 그 14년 동안을 끈질기게 기다려왔으니까요."

양진욱은 여전히 여유 만만한 어조로, 그러나 이번에는 다소 실망기가 어린 어조로 말하기 시작했다.

"하지만 난 완전히 낭패였습니다. 당신은 그 14년을 기다린 보람으로 깨달음을 얻었지만 난 당신과는 반대로 그 14년의 기다림이 완전히 허사였다는 말입니다."

"양 선생께서도 기다리고 계셨다면, 선생님께선 무엇을 기다리고 계셨다는 말씀입니까?"

배영섭이 영문을 알 수 없다는 듯 불안한 표정으로 물었다. 양진욱이 그 배영섭을 위협하듯 낮게 대답했다.

"그건 바로 배 형 당신이었습니다."

"저를요? 무엇 때문에 저를?"

"난 당신이 언젠가는 그 모든 사실을 깨끗이 잊어줄 수 있기를, 이미 잊어버리고 있는지 어떤지조차 알아볼 수 없는 채 덮어놓고 세월만 기다려왔습니다. 하지만 난 오늘 비로소 그런 내 기다림이 크게 어리석은 짓이었다는 것을 알았습니다. 당신은 너무도 정확하게 모든 걸 기억하고 있습니다. 그리고 그사이 너무도 엄청난 고집을 쌓아오고 있었습니다"

"……"

"하지만 내가 실패를 했다고 해서 날 위로하려고 하진 마시오. 배 형이 아까 이야기 중에 우리는 누구나 하는 일이 다를 수 있고 그 다른 일 속에서 각각 자기 명분을 만날 수 있다고 하신 말에서 난 이미 충분한 위로를 받고 있는 참이니까요."

"무슨 뜻입니까?"

"아무 별 뜻은 없습니다. 배 형이 신념을 가지고 자기 일을 하듯이 나 역시 나대로의 신념에 따라 나의 일을 할 수밖에 없다는 것뿐입니다. 배 형도 아까 그만 권리쯤은 내게 인정을 하고 계셨으니까요. 아무쪼록 좋은 기사나 읽게 되길 기대합니다."

자욱한 담배 연기 뒤에서 양진욱은 다시 한 번 그 이상스럽게 여유가 만만해 보이는 미소로 배영섭을 어리둥절하게 하고 있었다.

이날 밤 사고가 일어났다.

자정을 한 시간쯤 남겨놓은 시각이었다. 배영섭은 어딘가 기분이 자꾸 아리송했다.

하지만 그는 오랜만에 어깨가 좀 홀가분해진 기분으로 양진욱의 집을 나섰다. 그리고 밤이 썩 늦었는데도 어느 뒷골목 주점으로 들어가 통금 시각이 거의 임박해올 때까지 마지막 술을 청해 마셨다.

그 배영섭이 술집을 나와 서교동 그의 집 앞 건널목 근처에서 합승을 내린 것은 겨우 자정 1, 2분 전이었다.

그의 교통사고 소식이 알려진 것은 이튿날 아침이었다.

이튿날 오후.

'일파사상연구회' 사무실 소파에 앉아 양진욱이 방금 배달되어 온 S일보 사회면 한구석에서 그 배 기자의 사고 기사를 읽고 있었다. S일보는 요즈음 범인이 통 붙잡히지 않는 뺑소니 사고의 빈발 현상을 용서할 수 없는 사회 윤리의 타락이라고 깊이 통탄하고 있었다.

　하지만 일파 선생의 허위 금식에 관한 폭로 기사 대신 배영섭 당자의 사고 기사를 읽고 있는 양진욱 회장의 중년티가 완연한 얼굴 표정에는 흔히 상상할 수 있는 그 뺑소니 사고에 대한 일상적인 분노의 빛이 전혀 엿보이지 않았다. 그렇다고 뭔가 일이 차라리 다행스럽게 되었다는 듯한 안도의 빛 같은 걸 찾아볼 수 있는 것도 물론 아니었다. 어느 편이냐 하면 그는 그저 당연한 일을 보고 난 사람처럼 덤덤한 눈길로 기사를 읽고, 그리고 무표정하게 신문을 천천히 접어버리고 있었다.

(『한국문학』 1974년 9월호)

낮은 목소리로

아버지는 한사코 텔레비전 수상기 등록을 기피하고 계셨다. 뿐더러 수상기 등록을 하지 않은 우리 집 텔레비전 이야기만 나오면 아버지는 어딘지 늘 킬킬거리는 듯한 표정이 되시곤 했다.

—하지만 조심들 하라구. 요즘은 방송국 녀석들 전파 탐지기까지 가지고 다니면서 숨은 수상기를 찾아낸다니까 말이다.

용용—

월정 시청료 3백 원씩을 아낄 수 있는 것이 아버지에겐 그토록 기분 좋은 일이었는지 모른다. 혹은 남의 돈을 몇십억씩 사기해 먹고도 얼굴색 하나 달라지지 않는 사람이 나타난 세상에 아버지는 하필 그 중고품 텔레비전 수상기를 몰래 숨어 보는 재미 따위가 그토록 고소하고 알뜰한 것이었는지 모른다.

어떻게 말씀을 하시든지 간에 아버지는 그 일에 대해서만은 늘 자신이 만만하셨다. 그리고 그 괭이처럼 날쌘 조사원 녀석들에게 아직도 수상기를 들키지 않고 계속 공짜 프로를 즐길 수 있는 데 대해 아버지는 무엇보다 크게 만족하고 계신 것 같았다.

—전파 탐지기 아니라 탐지기 할애빌 모시고 다녀봐라. 그 알량한 기곌 신용할 양이면 우리 집 텔레빈 열 번도 더 들키고 남았겠다.

어머니나 내게 수상기를 들키지 않도록 주의를 주고 계실 때까지도 아버지는 늘 뭔가 혼자 그렇게 킬킬거리는 듯한 얼굴이었다.

한번은 그 텔레비전 수상기를 정말로 방송 공사 조사원에게 들킬 뻔한 일이 있었다.

어느 토요일 오후, 회사에서 일찍 귀가해 오신 아버지가 전 주일에 놓치고 지나간 매일 연속극 재방송분을 구경하고 계실 때였다. 현관 쪽에서 느닷없이 벨 소리가 울려왔다. 벨 소리가 울리면 만사 제쳐놓고 우선 텔레비전 스위치부터 끄는 것이 우리 집 습관이었다. 그런데 이날은 마침 어머니가 이웃 가게를 나가신 참이었기 때문에 우리는 으레 그 어머니가 돌아오신 것이려니 싶어 텔레비전 스위치에는 신경을 쓰지 않은 게 화근이었다. 아버지는 그냥 연속극 재방송에 주의가 매달려 계셨고 내가 무심결에 현관을 나가 대문 고리를 땄다.

"방송공사에서 나왔습니다. 이 댁 텔레비전 아직 수상기 등록을 안 끝내셨지요?"

문고리를 따기가 무섭게 한 사내가 다짜고짜 몸을 대문 안으로 디밀고 들어서버렸다. 그리곤 마치 사람을 놀리기라도 하듯 재빠른 솜씨로 신분증 조각 같은 것을 내비치고는 불문곡직 안방 쪽을

덮치려는 기세였다. 어물어물하다간 영락없이 들통이 나고 말 형
세였다. 안방 쪽에서 소리가 새어 나오지 않는 거라도 우선 다행
이었다.

"여보세요! 왜 그러세요! 무얼 하시는 분인데 그러시는 거예요!"

나는 허겁지겁 사내의 앞을 막아서며 조금이라도 더 시간을 벌
어보려고 했다. 시간을 끌며 소란을 피움으로써 멋모르고 텔레비
전 앞에 앉아 계실 아버지에게 위험 신호를 보내자는 것이었다.

"방송공사 사람이라니까. 너네 집 텔레비 좀 보자구!"

사내는 이미 수상기가 있는 걸 알고 온 사람처럼 당당했다.

하지만 나 역시 그 정도로 호락호락 사내를 집 안으로 들여보낼
수는 물론 없었다.

"우리 집엔 그딴 텔레비 같은 거 없어요! 다른 집에나 가보세요,
괜히……"

"왜 텔레비가 없어!"

사내는 숫제 텔레비전 수상기가 없다는 말에까지 시비조가 되고
있었다.

"정말 텔레비전이 없으면 방 안을 한번 조사해봐도 좋지?"

"없으면 그만이지 방 안은 들여다봐 뭐하세요. 그만 좀 나가주
시라구요."

"텔레비가 없으면 그만이지 방 안 좀 구경하자는데 꼬마 녀석이
웬 걱정이 그리 많아!"

사내가 부득부득 나를 떼밀치며 안방 쪽으로 다가가려 하고 있었
다. 하지만 사내는 결국 단념을 하지 않으면 안 되었다. 그때쯤엔

216

이미 나의 그 속 계략도 예정한 효험을 나타내고 있었기 때문이다.

"뭐요, 당신?"

짧은 팬츠에다 겨드랑이가 파인 러닝셔츠 한 장을 걸치고 계신 아버지가 어느 사이엔가 벌써 현관을 나와 계셨다.

"어린것이 없다고 하면 없는 줄 알고 돌아갈 것이지 웬 실랑이는 실랑이요? 당신은 그래, 그 어린 학생의 말조차 통 곧이들을 수가 없단 말요, 지금?"

아버지는 기세등등 사내에게 호통부터 쳐대셨다. 짧은 팬츠와 러닝셔츠만 걸치고 계신 아버지의 그 무덥고 쌍스러운 모습이 이상하게 사내를 압도해버리고 있었다.

"아, 전 방송공사에서 나온 사람입니다. 텔레비를 가지고 계시면 등록해주십사구……"

사내는 갑자기 기가 꺾여 어물댔다. 변명하듯 나에게 한 말들을 다시 되풀이하고 나서는 비굴해 보일 정도로 공손한 미소를 입가에 흘리고 서 있었다.

이미 위태로운 고비는 넘어간 듯했다. 하지만 아버지는 아직도 안심이 덜 되신 모양이었다.

"알고 있어. 하지만 방송공사 사람은 아무 집이나 그렇게 남의 안방을 기웃거릴 권리가 있다는 겐가? 텔레비가 없다는데도 부득부득 그렇게 시비를 걸고 덤비게 된 사람들이냐 말야."

사내가 공손해지면 공손해질수록 아버지는 더욱 기세가 당당해져서 나중에는 숫제 반말지거리로 사내를 몰아세우셨다.

"텔레비를 안 가지고 계시면 방 안을 보여주시는 것쯤 문제가 안 될 줄 알고서 그만……"

"소용없어! 텔레비 못 들여놓고 사는 것도 화가 나는 판인데, 젊은 친구가 글쎄 왜 괜한 사람 약을 올려, 약을 올리길, 멀쩡하게……"

아버지는 마구 삿대질이라도 들이대듯 한 어조였다.

"알겠습니다. 실례했습니다."

사내는 결국 항복을 하고 돌아섰다. 그는 아직도 자꾸 안방 쪽이 미심쩍은 표정이었지만, 아버지의 노기등등한 기세 앞에선 더 이상 어찌할 수가 없다는 듯 어물어물 대문을 빠져나가고 말았다. 아버지가 뭔가 혼자 은밀한 쾌감을 즐기고 있는 것 같은 표정이 떠오른 것은 사내가 대문을 나가고 난 바로 다음 순간이었다.

— 고거 참 깨소금이다.

언제나처럼 당신 혼잣소리가 나지 않게 킬킬거리는 듯한 아버지의 그 경멸기 어린 표정에서 나는 그런 아버지의 기분을 분명하게 읽을 수 있었다.

"멍청한 녀석 같으니라구. 우리 집에 텔레비가 없긴 왜 없어……"

아버지는 마침내 참을 수가 없어진 듯, 당신의 비겁하고도 눈치 없는 패자를 마음껏 멸시하고 계셨다.

하지만 그날의 일은 결국 아버지에게 또 하나 좋은 경험이었다.

그런 일이 있은 다음부터 아버지는 더욱더 빈틈없는 수상기 단속책을 마련해내셨다. 벨이 울리면 우리는 무슨 일이 있더라도 먼저 텔레비전 스위치부터 끄고 문을 살피러 나가야 했다. 볼륨만 낮춰도 되지 않느냐는 의견에 아버지는 전파 탐지기 때문에 그 정도로는 절대 안심이 안 된다 하셨다. 볼륨 얘기가 나왔으니 말이지만, 평소에도 아버지는 절대 텔레비전 소리가 현관 밖을 새어나가지 않도록 세심한 단속을 하고 계셨다. 소리뿐만이 아니었다. 뜰 앞쪽으로 사람이 돌아오고 보면 유리창을 통해서 곧바로 수상기가 눈에 띄어버릴 수 있었다. 아버지는 그런 경우에 대비하여 수상기를 벽 아래로 바짝 붙여놓고, 특히 토끼 귀 형국의 실내 안테나에 대해서는 더더욱 세심한 주의를 기울이셨다. 사세부득하여 조사원이 이미 대문을 들어서버린 경우라 하더라도 더 이상 현관이나 안방 문지방까진 넘어서는 일이 없도록, 무슨 수를 쓰더라도 수상기를 먼저 눈에 띄지 않게 조처한 다음에 조사원을 내쫓도록 당부하셨다.

─들켰다 하면 망신이야, 망신. 하니까 사정이 급해지더라도 당황하지 말구 소리를 지르라구, 소릴…… 벌컥 화를 내면서 소릴 질러대면 제깐 녀석들이 무슨 용뼈는 재주 있겠어?

─소릴 지를 땐 뭐라고 하는고 하니…… 왜 그 며칠 전에도 와보고 또 왔느냐구 귀찮아 죽겠다고 한다든지, 전번처럼, 이거 누굴 약 올리는 거야, 텔레비 못 놓고 사는 것도 약 올라 죽겠는데, 왜 당신이 텔레비 샀다고 날마다 쫓아와서 성화야, 성화가? ……이런 식으로 먼저 녀석들을 몰아세워 기를 꺾어놓는 거야. 이쪽에서 그런 식으로 나가면 제깐 녀석들이 무슨 통뼈라구 더 버틸 수 있겠어?

그럴수록 아버지가 텔레비전 구경을 더욱 고소해하시는 건 물론이었다. 토요일 오후나 일요일 같은 때, 소리를 조그맣게 줄여놓고 수상기 앞에 앉아 계시다가도 벨 소리만 나면 재빨리 스위치를 끄고 바깥 동정을 살피시는 아버지, 그러다가 밤 시간만 되면 이제야 누가 남의 집 안방을 엿보랴는 듯 비로소 소리를 조금씩 높여가시는 아버지, 그 아버지에겐 아마 텔레비전 화면보다도 그것을 공짜로 보고 계신다는 즐거움이, 또는 방송공사 조사원 작자들을 용케 잘 속여내고 있다는 즐거움이 훨씬 더 크신 것 같은 느낌이 들 지경이었다.

아버지가 텔레비전 수상기 등록을 기피하시려는 것은 차라리 어떤 집념에 가까운 것이었다. 그것은 무엇보다 소중하고 유쾌한 아버지의 비밀이었다. 우리는 그 아버지의 뜻에 무조건 순종을 하는 수밖에 없었다. 순종할 뿐만 아니라 누구보다 아버지를 이해하고 아버지를 돕고 싶어 했다. 아버지의 소망이 너무도 간절해 보였기 때문에 우리도 함께 수상기를 들키지 않으려고 갖은 주의를 기울였다. 그리고 오래오래 수상기를 들키지 않고 지내게 되기를 바랐다.
하지만 우리는 실상 아버지가 무엇 때문에 그토록 수상기 등록을 기피하려 하시는지 아버지의 사연을 들은 적은 한번도 없었다. 그것은 우리들에게 일종의 불가사의에 속하는 일이었다. 앞에서 잠깐 말한 일이 있지만, 수상기 등록을 하지 않고 월정 시청료 3백 원씩을 아껴가실 수 있는 것이 아버지를 그토록 즐겁게 하고 있는지 모른다는 말은 아마도 사실이 아닐 것이다. 한 달에 3백 원, 1년 가봐야 총계 3천 6백 원 정도의 시청료 부담이 힘겹게 여겨지실 만큼 이재 능력이 부실한 아버지가 아니시다. 회사 이름을 대면 누구나 금세 고개를 끄덕일 모 수출품 제조업체의 경리부 차장 자리가 그런대로 우리집 가계 규모를 보증한다. 아버지의 월급 액수가 구체적으로 어느 정도인지는 굳이 밝힐 필요가 없겠지만, 여하튼 아버지도 어머니도 그 차장 자리의 월급봉투 두께엔 늘 만족하고 계신 편이다. 한 달에 한 번꼴로는 온 집안 식구가(그래 봐야 '방울이 아가씨'라는 별명을 무척도 듣기 좋아하는 우리 집 심부름꾼 계집아이를 제외하고 나면 단 세 사람에 불과하지만) 시내로 나가 주머니 사정 생각하지 않고 불고기를 배불리 구워 먹고 돌아올 수 있을 정도라면 우선 그 시청료 3백 원 정도를 겁낼 살림 형편이 아니라는 것쯤 쉽게 곧이들을 수 있을 것이다.

말이 나온 김에 아버지의 주머니 사정을 보다 정확하게 이해할 만한 사실 한 가지를 더 소개하면 그것은 아버지의 출퇴근 교통비 규모를 들 수 있을 것이다. 출퇴근용 차량 배당이 나와 있지 않은 아버지는(전용차는 부장급부터라고 하지만 아버지는 그 전용차가 나오는 부장 자리를 아득바득 탐내신 일도 물론 없으셨다) 언제나 출퇴근길에 합승 택시를 이용하셨다. 분수를 잘 아시는 아버지였다. 회사가 있는 광화문 근처에서부터 역촌동 우리집까지 매번 아버지 혼자 택시를 타시기는 당신의 신분에 맞지 않는 일이라 하셨다. 그렇다고 하루 두 차례씩 어린 학생들 틈바구니에서 함부로 구두를 밟히며 시달리고 다니기에는 아버지로서도 미상불 참을 만한 나이가 아니셨다. 아버지는 언제나 다섯 사람이 한 조가 되는 2백 원짜리 합승 택시를 이용하셨다.

— 이 동넨 합승 손님이 많아서 좋더군그래.

2백 원짜리 합승이 참으로 안성맞춤이라는 아버지였다. 그리고 그 1일 왕복 4백 원정의 교통비에 대해선 어머니도 별로 신경을 쓰시는 편이 아니었다. 아버지의 월급이 대단한 편이 아니더라도 한 달 시청료 3백 원이라면 아버지의 그 하루 교통비에도 못 미치는 금액인 것이다. 시청료 3백 원 때문에 아버지가 수상기 등록을 기피하고 계실지 모른다는 추측은 천부당만부당한 소리다.

그렇다면 무엇인가. 아버지가 그토록 수상기 등록을 꺼려 하고 계시는 건 그럼 텔레비전 방송국의 프로그램에 대한 불만 때문인가. 프로그램에 대한 불만 때문에 아버지는 시청료 3백 원도 오히려 아깝다고 생각하고 계신 것인가. 하지만 그것도 물론 아버지에겐 사리가 닿지 않는 이야기다. 방송 프로그램에 대한 불만은커녕 아버지는 저녁 7시 20분부터 시작되는 매일 연속극들을 놓치지 않기 위해 어느 하루 쓸데없이 귀가 시각이 늦어진 일이 없는 분이었다. 아버지의 회사 퇴근 시각은 저녁 6시 정각. 아버지가 중앙청 앞에서 합승 택시를 이용하여 역촌동 집 대문 앞까지 도착하시는 시각이 대개 6시 40분경이니까, 중간에 빈 시간이란 없는 셈이다. 친구 분들과 밖에서 약주를 하시는 일도 거의 전무했다. 약주는 대개 텔레비전 연속극을 보시면서 저녁 전에 몇 잔 반주를 즐기실 정도였다. 아버지의 귀가 시각이 그렇게 늘 일정한 것은 원래부터 꼼꼼스런 당신의 성격 탓도 있겠지만, 자세히 따져보면 그건 역시 텔레비전 연속극 때문임이 거의 분명해 보였다.

대문을 들어서면 아버지는 곧 옷을 갈아입고 손발을 씻으신다. 그런 다음 잠시 동안 소파에 기대앉아 저녁 신문을 훑어보며 7시

20분을 기다리신다. 7시 20분이 되면 아버지 앞에는 정확하게 저녁상이 놓이고, 아버지는 비로소 소파에서 내려와 저녁 반주와 텔레비전 연속극을 함께 즐기시기 시작하는 것이다. 아버지의 귀가 시각이 텔레비전 연속극에 기준되어 있다는 것은, 어쩌다가 그 귀가 시각이 어긋나기라도 하는 날은 아버지의 다른 순서들이 온통 뒤죽박죽이 되어버리는 것을 보아도 금방 눈치를 챌 수 있는 일이었다. 회사 안에선 이제 부림을 당하는 쪽보다도 남을 부리는 일이 더 많아지셨다는 아버지였다. 아랫사람 하는 일이 시원찮다 보면 아버지에게도 가끔 귀가 시각이 늦는 때가 생기는 건 어쩔 수 없는 일이었다. 어떤 때는 대문을 들어서기가 무섭게 연속극이 시작되어 있는지 어떤지부터 살피려 드셨고, 아슬아슬 시간이 대어진 것을 확인하고 나면 아버지는 우선 텔레비전 스위치부터 맞춰놓고, 손발을 씻는 것은 수상기의 화면이 밝아오는 사이에 건성건성 시늉만 끝내고 나오시기 일쑤였다. 신문 따윈 거들떠볼 틈도 없었다.

그런 아버지를 비방하고 싶어 이런 말을 하는 건 물론 아니다. 아버지는 매일 연속극 이외에도 운동 시합 중계라든가 가수들의 노래가 낀 쇼 프로 같은 것도 연속극 못지않게 즐겨 시청하시니까 말이다. 요컨대 아버지는 요즘 흔히 말하듯이 그 텔레비전 프로가 저속하니 어쩌니 하는 그런 유식한 불평을 가지고 계시리라고는 상상할 수가 없다는 말이다.

그야 텔레비전 프로그램에 대해 불만이 많으시다거나 속으론 실제로 그 시청료 3백 원을 누구보다 아까워하고 계신다 가정하더라도 사정은 어차피 마찬가지다. 백 보를 양보하여 설사 그런 가정이 가능하다 하더라도 그 정도 이유 때문에 한사코 미등록 수상기의 불법 시청을 고집하실 아버지는 더욱더 아니실 터이기 때문이다. 한 달에 한 번씩 불고기를 사러 나가실 때마다 어딘지 늘 쑥스러워 못 견뎌 하시는 듯하면서도 결국은 지극히도 행복스러워지고 마시는 아버지, 다른 사람들처럼 친구분들과 이곳저곳 술집을 순회하시는 대신 어머니의 시중을 받으며 집 안에서 조용히 반주를 즐기시는 알뜰한 아버지, 약간은 소심한 듯하면서도 그래서 매사에 더욱 성실해지실 수밖에 없는 우리 아버지는 이날 입때까지 남들 살아가는 세상 법도를 어겨본 일이 거의 없으셨단다. 월말께가 되면 신문 대금 지불이 하루만 늦어져도 어머니를 몹시 힐난하시는 아버지였다. 거리에서 택시 운전사들끼리 하찮은 시비를 벌이고 있는 것만 보고 오셔도 말세가 가까워진 것처럼 푹푹 한숨을 지으시는 아버지였다. 집을 사 옮길 때마다 이삿일 걱정에 앞서 14일 이내의 주민등록 전출입 신고 기간에만 신경을 쓰다가 어머니의 호된 핀잔을 맞곤 하실 만큼 소심하고 주변머리가 없으신 우리 아버지였다. 그런 아버지에게 감히 등록되지 않은 텔레비전 수상기를 숨어 보는 따위의 엉뚱스런 불량기가 새로 생겨났을 리는 만무였다. 불량기라곤 흉내조차 서투르실 아버지였다.

그것은 불량기 때문에도 아니었다.

아무래도 납득할 수가 없는 일이었다.

하지만 아버지는 당신의 그 수상기 등록 기피 이유에 관해서는 도대체 말씀이 없으셨다.

―서두를 거 없어. 그 친구도 그냥 보아왔다지 않아.

아버지는 우리가 처음 텔레비전을 구입해 왔을 때부터 수상기 등록은 기피하고 마실 작정이신 것 같았다. 나 또래 10대 학생 아이들의 정서를 해치는 경우가 많다는 소문 때문에 한동안 수상기 구입을 망설이고 계시던 아버지, 그 아버지가 뒤늦게 미국 이민을 떠나간 한 친구분으로부터 제니스 18인치짜리 중고품 수상기 한 대를 염가로 구입해 오셨을 때부터 그 수상기에는 등록증이란 게 없었다. 이제라도 수상기 등록을 해야지 않느냐는 어머니 말씀에 아버지는 지극히 천연스러웠다. 우리는 아버지의 말씀이 뜻밖이었다. 하지만 우리는 다만 아버지의 주의가 아직 거기까지 미치질 못한 줄로만 여기고 말았다.

"그야 안테나를 세우고 나면 조사원들이 어련히 알아서 찾아오려구."

하지만 아버지가 일부러 수상기 등록을 기피할 작정이신 걸 알게 된 것은 바로 다음 날 저녁이었다. 이튿날 저녁 아버지가 실내 안테나를 사 오셨다. 퇴근길에 동네 전파사 사람을 데리고 와서 간단히 안테나 일을 끝내놓으셨다.

"수상기 등록은 안 하실 작정이세요?"

어머니는 어이가 없어진 듯하였으나, 아버지는 조금도 거리낌이 없으셨다.

"등록은 뭐…… 어느 바보 멍텅구리가 요즘 텔레비 시청료까지 물고 살겠어!"

당연한 노릇이 아니냐는 듯 말씀하시고 나선 엄중한 주의 말씀까지 덧붙이시는 것이었다.

"조심들 해. 방송국 녀석들 언제 냄새 맡구 닥쳐들지 모르니까, 나 없을 때라도 단속들 잘하구."

하지만 아버지는 그뿐이었다. 표면상 이유는 다만 텔레비전 시청료까지 내며 사는 바보는 세상에 없으니까, 아버지 역시 그런 바보가 되시기 싫어서라는 식이었다. 그리고 그 아버지는 어느 날 방송공사 직원이 우리 집까지 수상기 조사를 나왔다 허탕을 치고 쫓겨난 일이 있은 후부턴 정작 당신 자신이 좀 바보스러워 보일 수도 있는 그 괴상한 웃음기를 혼자 킬킬거리기 시작하신 것이다.

하필이면 그 시청료 3백 원 때문이라니……!

우리는 아버지를 이해할 수가 없었다. 시청료 때문이라곤 아무래도 곧이들을 수 없었다. 6월로 들어서부턴가 월정 시청료가 3백 원에서 5백 원으로 갑절 가까이 인상이 되었는데도 불구하고 거기서는 별로 아버지의 기쁨이 더하지 않는 것만 보아도 아버지의 진짜 이유는 시청료 때문이 아닌 게 분명했다.

하지만 어쨌거나 우리는 아버지를 위해 수상기를 들키지 않으려 애썼다. 시청료 때문이든 뭐든 수상기 등록을 안 하고 지내는 것이 아버지를 그토록 유쾌하게 해드릴 수 있는 일이라면 우리는 무조건 아버지의 편이 되어 아버지를 도와드려야 했다. 우리는 오래오래 수상기를 들키지 않게 되기를 바랐다. 아버지 못지않게 세심한 주의로 수상기를 단속하고 소리를 단속하고 그리고 대문간의 벨 소리를 경계했다. 특히나 시청료 징수기가 가까워오면 우리는 아버지의 연속극이 시작되는 저녁 7시 20분까진 수상기를 아예 장

롱 속에다 싸 들여놓고서야 마음이 놓일 정도였다.

하지만 아버지를 위한 우리들의 소망은 별로 오래가질 못한 편이었다. 아버지가 마침내 낭패를 당하고 마신 것이다. 그리고 아버지가 낭패를 보시고 나자 우리는 비로소 그 아버지로부터 당신이 그토록 수상기 등록을 기피해오신 이유를 조금씩 납득하기 시작했다.

하지만 그것은 아버지를 위해서는 더욱더 불행한 일이었다.

토요일은 언제나 위험한 날이었다. 그리고 그 위험한 날들 중의 하나가 아버지에겐 결국 불운의 날이 되고 말았다.

7월 중순께의 어느 토요일 오후.

이날도 나는 회사에서 일찍 퇴근해 오신 아버지와 텔레비전 볼륨을 조심스럽게 낮춰놓고 앉아 지난 주중에 놓치고 만 매일 연속극의 재방송분을 함께 시청하고 있었다.

한데 이날사말고 어머니가 마침 외출 중이셨기 때문에 목이 마른 아버지가 음료수라도 몇 병 가져오라고 방울이 년을 이웃 가게로 내보내고 났을 때였다. 방울이 년이 대문을 나가고 난 지 1분도 채 못 되어 현관 쪽에서 수상한 인기척이 들려왔다. 그새 방울이 년이 가게를 다녀왔을 리가 없을 텐데 싶어 잠시 동정을 기다리고 있으려니, 이번에는 정식으로 문을 똑똑 두드리는 소리가 났다. 그것도 대문이 아닌 현관이었다. 누군가가 벌써 대문을 들어와 있는 게 분명했다. 아버지는 졸지에 긴장기를 띠시면서 텔레비전 스위치부터 돌려 끄셨다. 그리고는 불안을 못 이기신 듯 아버지 스스로 방문을 열고 황망스레 현관 쪽으로 나가셨다. 짐작대로 대문이 열려 있었다. 현관문까지 활짝 열려 있었다. 그 열려진 현관문을 한 사내가 짐짓 정중하게 두드리고 서 있었다. 언젠가 아버지로부터 심히 무안을 당하고 쫓겨간 일이 있는 바로 그 방송공사 사내였다. 사내는 이미 볼 것을 다 보아버린 사람처럼 능청맞도록 점잖고 여유 만만한 웃음을 흘리고 있었다. 아버지의 얼굴색이 서서히 핏기를 잃어갔다. 하지만 그 정도로 벌써 단념을 하고 마실 아버지는 물론 아니었다. 아버지는 이내 얼굴의 핏기를 되찾고 나시더니, 느닷없이 먼저 기세를 올리기 시작했다.

"당신 뭐요? 뭐 하는 사람이 함부로 현관 앞까지 들어와 남의 집안을 기웃거리는 거요?"

홀딱 시치밀 떼고 계신 어조였다. 아버지는 이때도 윗도리를 모두 벗어버리고 짧은 팬츠 하나밖에 걸치고 계신 것이 없었다. 아버지는 이를테면 그런 모습으로 사내에게 선수를 치고 나서신 셈이었다. 하지만 이날만은 사내도 전혀 기가 꺾이는 기색이 없었다.

"선생님, 절 기억하지 못하시겠습니까?"

얼굴엔 여전히 그 기분 나쁘도록 여유 만만한 웃음기를 머금은 채 목소리까지 점점 능글능글해지고 있었다.

"당신을 기억하다니? 언제 당신을 보았다구 내가 기억을 해!"

"아, 아직 기억이 잘 안 나시는 모양이군요. 하지만 그렇게 자꾸 화를 내실 필욘 없습니다. 그야 선생님께서 절 기억하지 못하시더라도 상관은 없는 일이니까요. 전 방송공사에서 나왔습니다."

"방송공사라? 방송공사에선 왜?"

"텔레비전 수상길 등록해주십사구요."

말을 하면서 사내가 숫제 안방 쪽을 아버지에게 눈짓해 보였다.

아버지는 다시 한 번 기가 질리는 기색이었다. 팬츠 차림의 아버지의 모습이 이날은 영 당당해 보이지가 못했다. 당당하긴커녕 묘하게 막되고 초라해 보이기만 했다. 하지만 아버지는 아직도 필사적이었다.

"그, 그러구 보니 언젠가도 찾아와서 텔레빌 내놓으라고 생트집을 부리던 친구로구만그래. 한데 왜 또 왔어. 그때도 알아들을 만큼은 다 말을 해줬을 텐데…… 그래 자넨 텔레비 못 들여놓은 사람 찾아다니며 약이나 올리는 게 주요 업문가. 그게 방송국 안에서 자네가 맡은 책문가 말여. 없다면 없는 줄 알 일이지 젊은 친구가 웬 의심은 그리 많아가지구 그 지경인가 말여. 글쎄 잊을 만하면 쫓아와서 멀쩡한 사람 약 오르게시리 시빌 걸어오는군그래."

아버지는 정말 화가 나신 것처럼 얼굴이 벌겋게 상기되셨다.

하지만 방송공사 사내는 조금도 동요의 빛이 없었다. 그는 아버지에게 떠들고 싶은 말이 있으면 얼마든지 실컷 떠들게 해주겠다는 듯 한가한 표정을 하고 있었다. 아버지가 아무리 언성을 높여도 그의 얼굴에선 마치 무슨 재미있는 구경거리라도 바라보듯 비죽비죽 장난기 어린 웃음기가 사라지지 않았다. 아버지의 말이 끝나고 나서도 사내는 한동안 할 일을 잊어버린 사람처럼 맥없는 얼굴을 하고 있었다.

"어떻습니까, 선생님. 이젠 그쯤 해두시고 등록을 끝내시는 게 낫지 않겠습니까. 괜한 곤욕을 치르시느라고 번번이 애를 쓰실 게 아니라 말씀입니다."

한가하게 서성거리고만 있던 사내가 이윽고 할 일이 생각났다는 듯 느닷없이 정색스런 어조로 나섰다.

"머라? 등록을 끝내라구? 등록할 텔레비가 어디 있어? 이 친구 갈수록 맹랑하구만그래. 자네 어디서 생사람 잡으려고 이러는 거야, 정말?"

아버지의 태도는 이제 막판에 이르고 있는 느낌이었다. 하지만 사내는 아버지의 그런 모욕 따윈 숫제 들은 척도 하지 않았다.

"선생님께서 전번에 말씀하셨지요. 저 학생 말씀입니다. 저더러 왜 저런 순진한 학생들 말까지 믿지 않느냐고 꾸중을 하셨지요. 선생님께서 자꾸 이렇게 나오시면 아닌 게 아니라 순진한 아드님 교육에도 별로 좋지 않으실 겁니다. 등록을 하십시오. 등록을 하시고 맘 편히 텔레빌 보시도록 하십시오."

"썩 나가! 한마디만 더 지껄였다간 영영 말을 못하게 벙어릴 만들어놓을 테다."

아버지는 마침내 얼굴이 험상궂게 일그러지시며 사내를 협박했다. 하지만 거기까지도 사내는 이미 예상하고 있었다는 듯 여전히 태도가 의연했다.

"할 수 없군요. 정 그러시다면 제가 선생님께 한 가지 보여드리고 싶은 게 있습니다."

사내는 침착하게 아버지를 손짓했다. 그리고는 천천히 먼저 앞 뜰 쪽으로 돌아 나갔다. 아버지는 숨소리를 마구 씨근거리며, 그러나 사내의 거동이 무엇을 뜻하는지 얼핏 짐작이 가지 않으신 듯 기웃기웃 사내를 뒤쫓고 계셨다.

사내가 마침내 안방 유리창 앞쯤에서 발길을 멈춰 섰다. 그리고는 유리창 안쪽을 턱 끝으로 가리키며 아버지에게 낮게 물었다.

"선생님, 저게 뭐지요? 저게 뭔지만 제게 확인시켜주십시오."

사내가 가리키고 있는 것은 텔레비전 수상기의 실내 안테나 끝이었다. 벽 아래로 바싹 붙여놓은 수상기의 안테나 끝 부분이 풀숲 뒤로 머리를 처박고 숨어 있는 산토끼의 귓바퀴처럼 쫑긋 솟아올라와 있었다.

아버지는 갑자기 말을 잃고 계셨다. 아버지의 그 벌거벗은 몸뚱이가 유별스레 더 쌍스럽고 조그마해 보이기만 했다.

"아저씨, 제가 잘못했어요. 문을 열어달래기가 뭣해서 금방 가게까지 뛰어갔다 온다는 게 그만……."

뒤늦게 음료수 꾸러미를 들고 달려온 방울이 년이 안타까워 어쩔 줄을 몰라 했으나 이젠 이미 볼품없게 움츠러들고 만 아버지의 몸뚱이는 어찌할 도리가 없게 돼 있었다.

아버지는 결국 그렇게 돼서 그토록 등록을 기피해오시던 수상기를 들키고 마신 것이다.

정말 운이 나쁜 토요일이었다.

그런데 이해하기 곤란한 것은 그렇게 수상기를 들키고 난 뒤의 아버지의 변화였다.

일을 당하고 난 아버지의 모습은 말이 아니었다. 우리는 아버지가 그날의 망신스런 기억을 잊고 나면 전날처럼 차분하고 선량한 가장으로 다시 되돌아와주시리라고만 생각했다. 하지만 그날의 실망이 아버지에겐 상상 이상으로 컸던 모양이었다. 아버지는 며칠이 지나도록 기가 잔뜩 꺾여 지내고 계셨다. 청승맞게 한숨을 내쉬면서 자모감(自侮感) 비슷한 것에 빠져드실 때도 있었고, 어떤 때는 지금까지 당신이 살아오신 세월이 온통 허무하게만 느껴지신 듯 무력한 회한을 짓씹고 계실 적도 있었다.

"치사하구 더러운 새끼덜…… 회사구 뭐구 나도 남들처럼 일찍 한탕 해치우고 그만두는 건데 그만……"

누군가를 심히 원망하시기도 했고, 회사 일에 대해선 전에 없이 공격적인 불평을 털어놓으시기도 했다. 만년 차장 소리를 듣고 계시다는 당신의 회사 직책을 심히 못 견뎌 하신 것도 이 무렵부터였다.

우리는 놀라지 않을 수 없었다. 전날의 아버지에게선 전혀 상상도 할 수 없었던 일들이었다. 한탕 해치우고 회사를 그만두시다니, 텔레비전 수상기 등록을 기피해온 사실 한 가지를 제외하고 나면 아버지는 천성적으로 부정한 일에는 인연이 없으신 분이었다. 그 아버지가 수상기를 들키고 난 후부터는 모처럼 쌍욕을 배워온 어린애처럼 함부로 그런 말을 입에 담기 시작하신 것이었다. 끔찍스런 일이었다.

어머니와 나는 그 아버지를 연구하기 시작했다. 그리고 우리 두 사람은 마침내 지극히 신중하고도 의미심장한 한 가지 중요한 결론에 도달했다. 우리의 결론은 한마디로 아버지의 내면 심리와 텔레비전 수상기와의 관계에 대한 것이었다.

소문에 의하면, 아버지 말씀마따나 사람들은 세상살이를 해가면서 때때로 '한탕'씩을 치르지 않는 사람이 없는 형편이라 했다. 아버지는 '한탕'을 치를 수가 없었기 때문에 판에도 끼일 수가 없으셨던 게 분명했다. 아버지는 자신의 무능을 보지 않을 수가 없으셨을 터였다. 하지만 아버지는 용케도 자신을 잘 견디어오고 계셨다. 등록되지 않은 텔레비전 수상기 때문이었다. 수상기가 아니었더라면 아버지는 아마 어디서도 당신의 불안을 잠재워둘 수가 없었을 것이다. 남과 한 판에 끼어들어 있다는 최소한의 공범 의식, 수상기가 아니었다면 아버지는 아마 그 마지막 한 가닥의 소망마저 거부당하신 채 질식을 하고 말았거나, 혹은 무서운 복수심이 폭발하고 말았을지 모를 일이었다. 풍속의 옷이 화려하면 화려할수록(이를테면 우리들의 공범 의식이 한 시대의 풍속의 옷이 될 수밖에 없는 때처럼) 그것을 마련하지 못한 사람들의 소망은 간절해지게 마련이고, 그것이 간절하면 할수록 사람들은 보다 너그러이 그것을 서로 용납하지 않으면 안 된다. 그것이 그 공범 의식의 한 비극적인, 그러나 최대한의 미덕이 아닐는지 모른다.

아버지는 아마도 텔레비전 수상기 등록을 기피하신 것으로 그 귀중한 공범 의식을 최소한으로 만족시키고 계셨던 것 같았다. 그리고 그것으로 당신 나름으론 제법 이 시대의 풍속을 실감하시면서 떳떳하고 당당한 시민 시대의 상식인임을 자부하고 계셨던 것 같았다. 텔레비전 수상기 이전에는 무엇이 그것을 가능하게 했는지 거기까지는 우리도 미처 분명한 것을 알 수 없었다. 하지만 그 몇 해 동안 그것은 그런 식으로 아버지를 안심시키고 감정의 균형

을 유지시켜온 고마운 공로자였음이 분명했다. 등록되지 않은 수
상기 때문에 아버지는 오히려 그 이외의 일에는 얼마든지 선량하
고 정직해지실 수가 있으셨을 거란 말이다.

수상기를 들키고 만 것은 뜻밖에 심각한 사건이었다. 우리는 아
버지를 마치 화약통처럼 조심스럽게 다루지 않으면 안 되었다. 아
버지는 이미 심지에 불이 당겨진 화약통이었다. 날이 갈수록 아버
지는 언동이 점점 거칠고 위태로워져가기만 했다.

—옘병을 할! 세상은 이렇게 사는 게 아닌데, 바보였어. 그야
한칼에 세상을 빠개려 덤벼든 녀석들에겐 그 나름대로 용기와 배
짱이 있었으니까. 하지만 아직도 늦은 건 아니야. 늦었다곤 할 수
없지, 절대로! 멍청하고 게으른 녀석들은 아직도 가난한 도덕 선
생처럼 알량들만 까고 있는 판이니까.

언제라도 당장 무슨 일을 저지르고 나설 것 같은 아버지였다.

하지만 우리는 어쨌거나 아직 아버지를 믿는 수밖에 없었다. 우
리는 아버지를 알고 있었다. 그 정도로 간단히 자포자기를 하고
마실 아버지가 아니었다. 그리고 아버지에겐 무엇보다도 아직 그
럴 만한 용기가 없었다. 언동이 거칠어지고 계신 것도 실인즉 아
버지에게는 자기 해소의 한 훌륭한 방편이 되고 있을 수 있었다.
진짜로 일을 벌이려는 사람치고 낌새를 미리 드러내는 사람은 없
는 법이니까. 누구에게 군이 그런 엄포를 놓아야 할 필요가 없는
아버지의 처지고 보면 그것은 다만 잃어버린 감정의 조화를 되찾
고 불안감을 씻으려는 아버지의 한 무의식적인 몸짓 같은 것일 수
있었다.

불안한 가운데서도 우리는 아버지에게 희망을 걸고 지내고 있었다. 아버지에게 보다 적절한 방법이 발견될 날이 오기를 우리는 빌고 있었다. 폭발해버리지 말고, 아버지의 그 불안감을 씻어줄 수 있을 만큼은 부끄러운 어떤 적절한 부정의 길이 발견되어 그 부정을 감행하심으로써 아버지는 다시 당신의 균형을 회복하고 전날처럼 선량해지실 수 있기를 바랐다. 그것이 어떤 식의 부정이 되어야 하는지는 우리가 알 수 없었다. 그것은 아버지가 찾아내고 아버지가 선택을 하셔야 했다.

아버지는 과연 우리를 실망시키지 않기 위해 무던히도 애를 쓰고 계신 것 같았다. 아버지는 쉬지 않고 불평을 하면서 자신을 위협하고 계셨다.

하지만 아버지는 번번이 낭패의 연속이었다.

어느 날 밤, 아버지는 그즈음 텔레비전 매일 연속극마저 취미를 잃고 밤이 늦은 다음에야 흠뻑 술기에 젖어 돌아오시는 일이 많아졌는데, 하룻밤은 자정이 넘도록까지 소식이 영 감감이었다. 이튿날 아침, 평상시 같으면 아버지의 출근 시각이 훨씬 지났을 무렵에야 웬 알지도 못하는 사람으로부터 전화가 한 통 걸려왔다.

"돈 5천 원 준비해가지고 빨리 서대문 즉결 재판소로 가보십시오. 그 양반 몹시 기다리고 계실 겝니다."

알고 보니 아버지는 간밤에 통행금지 시간을 위반하신 것이었다. 아버지는 관내 파출소를 경유하여 경찰서 보호실에서 하룻밤을 지내신 다음, 이날 아침 즉결 재판소로 넘겨져서 5천 원 과료 처분을 받고 계시던 참이었다. 전화를 걸어준 사람은 아버지와 함께 보호실 신세를 지고서 이날 아침 아버지보다 먼저 과료를 납부하고 몸이 풀려나온 사람이었다.

어머니가 서둘러 집으로 모셔온 아버지의 몰골은 말이 아니었다. 와이셔츠 소매 끝이 새까맣게 더럽혀져 있는 것은 물론 콧구멍 밑엔 무슨 검댕이가 주렁주렁 매달린 것처럼 피곤하고 불결스런 모습을 하고 계셨다. 어깨를 축 늘어뜨린 채 대문을 들어서신 아버지는 온몸에 낭패의 기색이 역력했다.

"멍텅구리 같은 자식!"

아버지는 간밤의 사고가 전혀 당신의 잘못 때문이 아니었다는 듯 투덜대셨다.

"글쎄, 요 앞이 내 집이라구. 관내서 찾아보면 다 얼굴을 알 만한 처지에 1, 2분쯤 시간이 늦은 걸 가지고 뭘 그러느냐구. 그러지 말구 새벽 라면 값이나 보태라구 5백 원짜리 한 장을 슬쩍 건네줬지 뭐야."

했더니 방범 대원은 일단 돈을 받았다가 갑자기 겁이라도 났던지 뒤늦게 화를 벌컥 내며 그 5백 원짜릴 다시 아버지에게 돌려주더라는 것이었다.

―당신 안 되겠어. 진짜 하룻밤 톡톡히 고생 좀 하고 과료깨나 물고 나와야겠어.

"글쎄 내가 밤새 고생을 하고 과료를 물고 나온다구 저한테 무슨 이득이 있겠나 말야. 한데도 녀석, 내가 돈을 건네준 게 외려 무슨 큰 잘못이라도 되는 것처럼 지랄 역정이지 뭐야."

돈만 건네지 않았어도 아버지는 아마 무사히 집으로 돌아올 수 있었을 게라 하셨다. 맹꽁이 같은 작자에게 돈을 건넸기 때문에 아버지는 오히려 곱빼기로 고생을 하게 된 게라 하셨다.

파출소엘 가서도 마찬가지였다고 했다. 파출소엘 가서도 아버지는 계속 그 5백 원짜리로 보다 인간적인 해결책을 모색해 보았다고 하셨다. 방범대원보단 역시 정복 순경쯤 되어야 세상 물정도 밝고 이해가 빠르려니 생각하셨단다. 아버지가 5백 원짜리를 슬쩍 건네려 하자, 순경은 처음 웃음을 가득 지으며 아버지를 금방이라도 돌려보내 줄 것처럼 상냥하게 대해오더랬다.

—걱정이 꽤 되시나 보군요. 하지만 별로 염려하실 거 없습니다. 그리고 그건 다시 넣어두십시오. 왜 쓸데없이 소중한 돈을 쓰려 하십니까.

하지만 나중에 알고 보니 그건 아버지를 돌려보내주겠다는 말이 아니었다고 했다.

—넣어두셨다가 내일 아침 아이들 과자 봉지라도 사가지고 가십시오. 판결대로 과료만 납부하시면 저희한텐 따로 이런 돈 쓰지 않으셔도 내일 중엔 곧장 댁으로 돌아가실 수 있을 테니까요.”

두 차례 다 차라리 돈을 건네지 않았다면 일이 더 쉬웠을지 모를 사안이었다.

“하필이면 둘 다 그렇게 꽁꽁 맥힌 녀석들만 만났으니 일이 적당히 끝날 수가 있었어야지. 재수가 없었던 거야.”

아버지는 요령 없는 순경과 방범대원을 크게 경멸하고 계셨다.

아버지는 결국 일부러 시간을 1, 2분쯤 늦고 계셨던 것 같았다. 시간을 늦기로 작정하신 아버지의 계산속에는 그 가욋돈 5백 원의 지출에 관한 부분도 미리 예정이 서 있었을 가능성이 짙었다. 하지만 아버지는 실패를 하고 마신 것이었다. 텔레비전 시청료 생각을 하셨다면 몰라도, 5백 원 한 장으로 아버지 자신의 감정적 평정을 위해선 너무 헐한 흥정이었던 게 틀림없었다.

또 한번은 이런 일도 있었다.

이날도 아버지는 밤이 늦도록 귀가가 늦고 계셨는데, 자정이 가까울 무렵 대문 밖이 왁자지껄해서 내다보니, 어이없게도 아버지가 거기서 동네 여자 한 사람과 지저분한 시비를 벌이고 계셨다.

"급하다 보니 골목길에서 잠깐 실례를 했기로서니 여인네가 밤중에 그토록 소란을 피워대야겠소? 아주머닌 원 술주정뱅이가 담벼락에 오줌 갈기는 거 오늘사 첨 보신다는 겝니까그래!"

아버지가 이웃집 담벼락에 소변을 보시다가 하필 그 주인 여자에게 들키고 마신 것이었다. 하지만 아버지는 일이 너무 창피 막급하게 되어서인지 여자에겐 별로 미안해하시는 기색이 없었다. 아버지는 스스로 술주정뱅이를 자처하면서 마구 쌍스런 소리를 지껄여대고 계셨다. 그런 식으로 우선 여자의 기세를 눌러버리자는 속셈이신 것 같았다. 아니면 그쯤 실수를 들키고 만 원망에서 아버지는 당신 자신에게 그토록 화가 나 계셨는지도 모를 일이었다. 하지만 상대편 여자 역시 아버지의 기세엔 금방 눌리고 말 처지가 아니었다. 이웃에 살다 보니 서로 얼굴을 스친 적도 있으련만 여자는 안면 몰수하고 아버지를 사정없이 몰아세우고 들었다.

"점잖으신 양반이 그래 술을 마셨으면 곱게나 취하실 일이지, 길 가다 말고 글쎄 남의 담벼락을 꼭 이 지경으로 만들어놨어야

옳겠어요? 날이 밝으면 그래 누가 그 지린낼 다 맡으라고. 담벼락
에 피어오른 흰 얼룩은 또 어떡하구…… 글쎄 난 별안간에 웬 소
나기라도 쏟아지는 소린가 싶어 뛰어나와 보니 아 이건…… 아무
리 한델 좋아하는 사람이라도 분수가 있어야지……"

주뼛주뼛 이웃집 창문들이 열리는 것을 보자 여자는 아버지를
실컷 욕보이기 위해 일부러 창피스런 말만 골라내고 있었다.

"아 글쎄, 일이 워낙 급하다 보니 그렇게 되었다지 않소. 나 원
재수가 없다 보니 이건……"

아버지는 그제서야 차츰 기가 꺾이시기 시작했다. 공격에서 수
세로 어조가 떨어지고 있었다. 여자는 그 아버지에게 뒷걸음질조
차 칠 여유를 주지 않았다.

"흥! 그야 일이 급하긴 어지간히 급했겠구랴. 몇 걸음만 더 가
면 자기네 담벼락도 있을 텐데 하필이면 왜 우리 집이에요. 부끄
러운 행실을 했으면 부끄러운 줄이나 알아야지, 이건 외려 적반하
장 격으루다가……"

여자의 말은 골백번 옳고 남았다. 몇 걸음만 더 걸어와서 일을
보셨더라면 아버지는 물론 그런 곤욕을 당하실 필요가 없으셨다.
아버지는 물론 우리 집 담벼락까지도 걸어올 수가 없었을 만큼 일
이 다급하셨던 것은 아니었을 터였다. 아버지는 킬킬거리고 계셨
을 게 틀림없었다. 텔레비전 수상기 조사원을 속여 넘겼을 때처럼
아버지는 일을 보시면서 혼자 킬킬거리고 계셨음에 틀림없었다.
실제로 소리가 목구멍을 넘어오지는 않았더라도(그 수상기 조사원
을 속여냈을 때도 아버지는 실제로 소리를 내어 킬킬거리신 적은 없

었다), 그리고 그 모든 일이 아버지가 일부러 꾸며내신 유희는 아니라 하더라도 당신은 그때 아마 그 킬킬거림 비슷한 괴상한 쾌감을 즐기고 계셨음이 틀림없었다.

여자는 아버지의 그런 점을 모르고 있었다. 그리고 그 아버지의 얼굴에서도 이제 그 킬킬거림 비슷한 웃음기는 흔적을 찾아볼 수 없었다. 킬킬거리는 소리는 아버지에게서가 아니라 주뼛주뼛 창문들에 머리가 매달려 있던 이웃 아주머니들로부터 시작되고 있었다. 그것은 아버지에 대한 일종의 돌팔매질과도 같은 것이었다.

마침내 아버지는 여자의 발밑이라도 기고 계시듯 모습이 조그맣게 작아져서 슬금슬금 대문을 쫓겨 들어오고 있었다.

아버지는 또 한번 무참스런 낭패를 당하고 마신 것이었다. 하지만 그 두 가지 사건뿐 아니라 아버지가 당신의 균형을 되찾기 위해 방법을 모색하고 되풀이해서 자신을 시범하고 계신 증거는 여러 곳에서 찾아볼 수 있었다. 아버지는 고심참담 노력을 하고 계셨다. 하지만 아버지는 번번이 실패뿐이었다.

—빌어먹을. 정말로 한탕 잘 해치워야 할 텐데.

그때마다 아버지는 막연히 그 '한탕'을 해치우지 못하고 있기 때문에 모든 게 늘 실패로만 끝나고 있다는 투였다. 그 '한탕'만 해치우고 나면 아버지는 지금까지 당신이 잃은 것을 벌충하고도 남을 것처럼 같은 말을 되풀이 뇌까리셨다.

우리는 차츰 그 아버지가 견딜 수 없는 존재가 되어갔다. 아버지에 대한 설명할 수 없는 혐오감이 싹트기 시작하고 있었다. 그리고 그런 우리들에게서 당신은 자꾸만 더 초라해져갔다. 당신의 시도가 한 차례씩 실패로 끝날 때마다 아버지의 모습은 눈에 띄게 불안하고 무력해 보이기만 했다. 아버지가 아무리 그 '한탕'에 대한 꿈으로 자신을 위로하고 우리를 속이려 하셔도 어머니와 나는 여전히 그 아버지를 견딜 수가 없었다.

"늬 아버지 저러다간 아마 정말로 큰 변을 내시고 말지. 엉뚱하게 회사 돈이라도 축내고 마시면 어떡하지."

어머니는 새삼 아버지를 걱정하기 시작했다. 하지만 어머니야말로 나보다도 더욱 아버지를 못 견뎌 하시는 판이었다. 걱정을 하시는 척하면서도 내심으론 아버지 쪽에서 그런 일통이라도 저지르고 나신다면 속이 좀 후련하시겠다는 표정이었다.

몇 번째 되풀이되는 말이지만, 그것은 물론 아버지의 파국을 바라서가 아니었다. 아버지가 끝끝내 그런 식으로 안정을 못 얻으신다면 그러지 않아도 당신의 신상에는 어차피 파국을 피할 수가 없는 형편이었다. 그렇게 파국은 하루하루 가까워지고 있었다. 아버지가 뭔가 일통이라도 저질러버리기를 바라는 것은 이를테면 백약이 무효인 고질병 환자에게 위험을 무릅쓰고라도 한번 극약 처방을 써보는 것과도 유사한 방책이었다. 일통을 저지르고 나면 아버지는 체증이 말끔 가실 수도 있었고, 적어도 당분간은 그 극심한 열패감이나 불안감에서 자신을 해방시키게 될 수도 있으실 터였다. 일이 잘못 되다 보면 아버지는 영영 돌이킬 수 없는 파국을 자초하고 만 격이 되실 수도 있었다. 하지만 이젠 어차피 두판잡이 막다른 골목이었다.

어머니는 계속 몹시 상심하고 계셨다. 집안 분위기가 찜찜스러운 건 말할 나위도 없었다. 아버지는 실상 그러는 우리보다도 더욱더 바람이 간절하실 게 분명했다. 담벼락 방뇨 사건이 있은 다음부터는 집 안엘 들어서시고 나서도 아예 입을 다물고 지내셨다. 아버지는 가끔 투덜대듯 낮은 목소리로 입속말을 웅얼거리고 계실 때가 있었지만, 우리는 한번도 그 아버지의 말씀을 알아들을 수가 없었다. 시청료를 내게 된 텔레비전 연속극은 영영 취미가 가시고만 듯 소파에 무연히 기대앉아 이따금 끙끙 앓는 소리만 하고 계신 아버지의 모습은 갈수록 우리를 초조하고 짜증나게 만들었다. 하지만 그건 아직도 아버지가 궁리를 계속하고 계시다는 증거였다. 그리고 아직도 묘안을 얻어내지 못하고 계시다는 증거였다.

우리는 하루빨리 아버지에게 뜻이 세워지기를 기다렸다. 그리하여 아버지로 하여금 정상적인 시민으로서의 긍지를 되찾고 가정의 평화를 지켜주실 수 있게 될 날을 고대했다.

하지만 불행히도 아버지는 끝끝내 우리들의 소망대로는 되어주실 수가 없었던 것 같았다. 마침내 아버지에게선 보다 악질적인 증상이 나타나기 시작했다. 그것은 어느 날 밤 어머니에 의해서 우연히 확인된 사실이었는데, 아버지의 새로운 증상은 우리들이 이미 상상할 수 있었던 그 어느 경우보다도 훨씬 심각한 것이었다. 아버지는 어쩌면 평소 당신의 소망으로 되어 있던 '한탕'도 치러보시기 전에 이미 파국이 시작되어버린 느낌이었다.

다름 아니라 그날 밤 아버지는 잠자리에서 오줌을 싸고 마신 것이었다.

한밤중 아버지가 갑자기 잠을 자다 말고 일어나 혼자 부스럭부스럭 자리를 고쳐 깔고 계시더랬다. 어머니가 뒤늦게 눈을 떴을 땐 이미 아버지가 젖은 팬츠를 갈아입고 나서 그렇게 젖은 잠자리를 고쳐 단속하시던 참이셨댔다.

하지만 가엾은 아버지를 위해 난 이제 이 이상 긴말은 그만 삼가는 것이 좋을 것 같다. 은밀히 일을 끝내려다 어머니에게 들켜버린 아버지의 난감한 심사는 여기서 굳이 설명을 해 무엇하랴. 어머니 역시도 거기까지는 내게 자세한 말씀을 들려주시지 않으셨다.

이튿날 아침, 안색이 더욱 나빠지신 아버지가 조반상도 본체만체 대문을 나가시는 걸 보고 내가 수상쩍어하며 물었을 때만 해도 어머니는 전혀 그런 사실을 숨겨버리려 하였다.

하지만 아버지는 역시 재수가 없는 분이었다.

정체불명의 팬츠 뭉치가 발견된 것이 불운이었다. 방학 여행을 떠나기 위해 그날 오후 나는 아버지의 등산용 배낭을 뒤지다가 우연히도 그 배낭 속에서 심한 악취와 오줌 얼룩으로 찌들어 있는 영문 모를 팬츠 뭉치를 하나 발견하게 되었던 것이다. 그 불결한 팬츠 뭉치를 찾아내게 된 것은 그러니까 물론(맹세코!) 나의 본의에서가 아니라, 뜻하지 않은 우연의 소치였음은 다시 말할 필요가 없는 일이다.

어머니는 팬츠 뭉치가 발견되자 이젠 더 이상 말씀을 숨기실 수가 없었던지 비로소 땅이 꺼질 듯한 한숨과 함께 그날 밤 그 아버지의 슬픈 비밀을 귀띔해주신 것이었다. 하지만 어머니는 이때도 물론 그 정도의 간단한 귀띔뿐이었다. 간밤의 일에 대해서도 거기까지만 간단히 이야기를 끝내고 나신 어머니는,

"하지만 넌 아예 이 이야기는 못 들은 걸로 해둬라. 아버지가 정말 걱정이다."

눈시울이 붉어지며 침통스런 어조로 내게 그런 당부까지 남기고 계셨다. 하지만 사실을 말하자면 나는 그때 불경스럽게도 아버지의 그 킬킬거리는 듯한 웃음기가 불시에 내게로 전염이 되어오기라도 한 듯, 서물서물 목구멍을 기어오르는 웃음소릴 참는 척하다가 다시 한 번 어머니의 슬픈 핀잔 말씀을 들어야 했다.

"그래 넌 뭐가 그리 우스우냐. 그게 어디 웃음이 나올 법한 일이냐!"

(『현대문학』 1974년 10월호)

장 화백의 새

　서양화가 장익순(張益淳) 선생의 유명한 웃음을 이해할 수 있는 사람은 그의 가까운 친지들 가운데에서도 몇 사람 되지 않았다.

　장 화백의 나날은 취기의 연속이었다.

　그는 명륜동 일식 2층집에 개인 화실을 가지고 있었고, 월요일과 목요일 이틀 동안은 근처 국립대학교의 미술과 강의도 몇 시간 맡아 나갔다.

　장 화백이 수업을 시작할 때 학생들은 그가 강의 노트를 펼쳐 보는 것을 본 적이 없었다. 장 화백에겐 아예 강의 노트라는 것이 없었다. 그는 언제나 맨손으로 어정어정 교실로 들어섰다. 그의 화실을 드나드는 학생들도 장 화백이 캔버스 앞에서 작품 제작에 몰두해 있는 모습을 구경한 일이 거의 없었다.

　그는 이를테면 태양이 없는 세상의 인간 같았다. 언제 어디서나 술에 취한 얼굴을 하고 살았다. 팔소매가 지저분해졌거나 칼라가

쭈글쭈글해진 와이셔츠를 아무렇게나 걸쳐 입은 장익순 화백, 찌들고 여윈 얼굴, 술기로 거슴츠레해진 눈에는 이따금 지저분한 눈곱까지 밀려 있는 장 화백…… 명륜동과 그 대학 근처의 다방들에 드나드는 사람이면 누구나 그 장 화백이 어두운 다방 한쪽 구석에 혼자서나 또는 몇몇 학생들에게 둘러싸여 어린애처럼 철없는 잡담들을 주고받는 모습을 볼 수 있었다. 그리고 그가 그의 얼굴처럼 붉은색의 위스키 잔을 곱빼기로 들이켜고 있거나 담배를 갑째로 뜯어놓은 채 제사 공장 굴뚝처럼 심한 연기를 뿜어대고 있는 모습을 자주 볼 수 있었다. 그러는 장 화백의 얼굴이나 몸 전체에선 언제나 구적구적하고 음습한 장마철의 분위기 같은 것이 느껴졌다.

그러나 학생들은 그런 장 화백을 싫어하지 않았다. 싫어하기보다 오히려 그를 따르고 그의 파행적인 생활 태도를 따뜻하게 이해하고 그것을 스스럼없이 받아들였다.

이해할 수 없는 것은 다만 그의 웃음뿐이었다.

장 화백은 술을 마시거나 잡담을 하다가도 혼자서 곧잘 알 수 없는 웃음을 짓고 있을 때가 많았다. 곁엣사람이 보기엔 조금도 대수롭지 않은 일을 가지고도 그는 웃음보를 잘못 타고난 사람처럼 싱글싱글 순진스런 웃음을 참지 못하곤 했다. 칫솔을 대어본 일이 없는 듯싶어 보이는 누런 이빨을 드러내면서, 부챗살처럼 빳빳하게 일어선, 그 초라한 갈색 수염을 더욱 앙상하게 펴 보이면서. 장 화백이 웃는 것은 바로 그 누런 이빨과 부챗살 같은 턱수염이 웃고 있는 형국이었다. 다른 사람이 그렇게 웃는다면 아마 적잖이 음흉하고 징그러워 보일 그런 웃음.

246

하지만 장 화백에게서만은 그런 웃음이 이상스럽게 맑은 여운을 남겼다. 장 화백이 그렇게 웃고 있을 때만은 그의 주변을 맴돌던 그 끈적끈적하고 음습한 장마철 같은 분위기마저 활짝 걷혀나가는 듯했다. 웃고 있는 장 화백이 그처럼 천진스럽고 화창해 보일 수가 없었다. 장 화백이 웃고 있을 때, 그것은 장마철의 구름 사이를 뚫고 흘러나오는 한 줄기 맑은 햇빛이었다. 장 화백의 어느 구석에서 그런 쾌청한 웃음이 흘러나오고 있는지 참으로 불가사의였다.

하지만 몇몇 사람은 알고 있었다. 장 화백의 그 소심하고 부끄럼을 타는 듯한 그림들을 주의해 본 사람들은 이미 그것을 알고 있었다. 호수가 작은 그의 그림마다 화면 한쪽에서 수줍게 빛나고 있는 햇덩이와 그 햇빛 속을 행복하게 날고 있는 수수께끼의 새를 주의해 본 사람은 그의 웃음의 샘을 알고 있었다.

그의 화숙 학생들도 어떤 우연한 일이 인연이 되어 마침내는 그것을 이해하기 시작했다.

어느 날, 그의 화숙 학생 하나가 캐리커처로 그 장 화백의 웃음을 그리려고 했다. 구름장 사이를 뚫고 나오는 햇살 같은 웃음으로 그를 구하고 싶었기 때문이다.

그러나 그때 그 학생 곁에서 벌겋게 술에 취해 담배를 피우고 앉아 있던 장 화백은 그 학생의 그림이 별로 맘에 들지 않았던지 녀석이 내보이는 그림을 말없이 구겨버렸다.

"이건 장익순이가 아니야."

학생은 외람되게도 두번째 장 화백의 웃음을 그리려 하였다.

장 화백의 주변에서 그 장마철처럼 구질구질한 분위기를 뚫고 솟아나는 햇살 같은 웃음을 그리려 하였다.

장 화백의 반응은 이번에도 마찬가지였다.

"이것도 틀렸어. 아직도 장익순이 아닌걸."

세번째, 네번째도 마찬가지였다.

다섯번째까지 그림을 구겨버리고 나서야 장 화백은 비로소 그 학생이 여섯번째로 그린 그림을 빼앗아 들고 한동안 종이 위에 옮겨진 자신의 웃음기를 유심히 들여다보다간,

"연필 이리 내."

학생의 연필을 빼앗아 쥐곤 그 그림 속 자기 머리 위에 조그만 새 한 마리를 그려 넣었다.

"새가 있어야지, 새가. 장익순이한텐 새가 있어야……"

그리고 한동안 자기 그림 속의 새를 들여다보다간 다시 그 새 위에 수줍은 듯 낮게 빛나는 해를 그려놓고 나서 의기양양한 표정으로 웃고 있었다.

"장익순이한테 새가 있으면 새 위에는 해가 있어야지!"

(『샘터』1975년 9월호)

마지막 선물

"여기 다 됐습니다."

한 시간 이상이나 기다린 끝에 화장터 사내가 어정어정 걸어와 무신경하게 말을 건넨다. 그리고는 곧 유골 가루를 싸 담은 보자기를 내밀며 마지막 처분의 절차를 일러준다.

"어느 분이 이 뒷산으로 가지고 가서 솔밭에다 뿌리고 가시면 됩니다."

하지만 나는 사내의 말보다 그 허망스런 아내의 모습 앞에 잠시 말문이 막힌다. 그새 한 줌 유골 가루로 보자기에 담겨버린 아내 의 마지막 모습—그 보자기의 체적이 너무 작고 덧없어 보인다.

"제랑(弟郎)은 그냥 여기 있어요."

나를 앞질러 사내로부터 재빨리 보자기를 빼앗아 든 처형이 짐 짓 일을 서두르고 나서며 나를 그 자리에 단속해두고 싶어 한다.

"비도 오고 하니까 내 금방 끝내고 올게요."

말을 끝내고 처형은 이내 뒷산 쪽으로 발길을 옮겨 가기 시작한다.

아내의 마지막 길—나는 그 마지막 길을 내게 맡기려 하지 않는 처형의 심중을 헤아리고 남는다. 하지만 나는 이내 그 처형을 가로막고 나선다. 아내를 화장시킨 것은 바로 아내 자신의 말에 따라서였다. 자기 무덤을 지어 남기지 말라는 것이 아내의 마지막 간곡한 당부였다. 나는 그 아내의 속뜻을 알 수 있었다. 서른이 안 된 젊은 남편의 앞일을 위해서 그러했음을. 그 아내를 이런 식으로 보낼 순 없는 일이다.

"제가 가게 해주세요. 이 사람도 아마 마지막 길을 저한테 맡기길 바랄 겁니다. 제 손으로 재가 뿌려지는 것을 이 사람이 가장 기뻐할 겁니다."

나는 완강하고 간절한 어조로 처형의 발길을 붙들어 묶는다. 하니까 처형도 이내 나의 심중을 헤아린 듯 유골 보자기를 내게 건네준다.

"제랑이 참 못 견딜 시련이요."

"그런 시련도 이젠 이 일로 마지막인걸요."

"그럼, 빗방울이 더 굵어지기 전에 얼른 서둘러서 다녀오도록 해요."

우리 둘만의 마지막 시간에 끼어들기가 어려웠기 때문일까, 처형은 이제 아예 산길을 따라나서려고 하지도 않는다. 나는 비로소 이슬기가 맺히기 시작한 그 처형의 눈길을 비켜 비에 젖은 산길을 오르기 시작한다.

빗방울이 점점 더 굵어져가고 있는 것 같다. 검은 옷자락이 축축해오고 목덜미에도 선뜻선뜻 냉기가 감돈다.

차가운 사람의 마지막 빗길이라니—

나는 문득 발길을 서두른다. 하지만 이내 그 발길은 다시 마음속으로부터 천천히 더디어지기 시작한다.

—빗방울이 더 굵어지기 전에 얼른 서둘러서 다녀오도록 해요.

좀 전에 말한 처형의 당부가 다시 귓전을 울려온다.

—그런 시련도 이젠 이 일로 마지막인걸요.

처형에게 말한 자신의 넋두리도 아내 앞에 새삼 미안하고 민망하다.

—하지만 아아, 이젠 정말로 이 시련이 끝나는 것인가.

민망스럽고 미안한 일이지만, 아내와 내게서 이 어려운 시련이 끝나주기를 바라온 것은 어쨌거나 숨길 수 없는 나의 오랜 소망이었다. 결혼을 하고 한 달도 못 되어 아내에게 몹쓸 병이 있음을 알았을 때, 아내 자신도 자신의 병을 모르고 신혼의 단꿈에만 젖어 있을 때, 당사자인 그 아내에게마저 병명을 숨기며 혼자서 대신 그것을 앓아야 했을 때, —그 일이 내겐 너무 엄청나고 뜻밖이었기 때문일까—그때부터 나는 그것을 차라리 나에 대한 하늘의 우연치 않은 시련으로 받아들이고 있었다. 그 길밖엔 달리 어떻게 그 엄청난 일을 감당해낼 수가 없었다. 그리하여 좋은 말로 아내를 속이다 속이다 끝내는 수술마저 불가피해져서 아내 자신이 자신의 병을 눈치채게 됐을 때, 그리고 그 수술에서마저 이미 큰 희망을 걸 수가 없음을 알게 된 아내가 뜻밖에 담담하게 절망을 감수하고 나서주었을 때, 나는 그것이 더욱 나에 대한 어떤 어려운 시련의 몫이라 짐작되어 마침내는 그 아내를 나의 하나님 앞으로 인도하여, 그 주님의 나라와 사랑 안에서 아내를 더욱 사랑하고 함께 시련을 이겨가려 하였다. 그리고 하루빨리 우리들에게서 그 시련이 끝나기를 빌고 빌었다.

— 하나님 아버지, 이제 저로 하여 한 여인을 사랑으로 지키게 하신 당신의 뜻을 알겠나이다. 하지만 이 시련이 대체 언제까지이나이까. 감히 원하옵건대 이제 저희에게서 이 시련을 거두어주옵소서.

하지만 시련은 끝내 걷히질 않았다. 그리고 아내는 죽고 만 것이다. 어떻게 보면 아내는 이제 그것으로 자신의 시련이 끝난 것도 같았다. 하지만 내게선 아직도 그렇지를 못했다.

아내의 죽음은 내게 또 하나의 시련의 물결로 다가온 셈이었다. 나는 아직도 기도를 계속해야 했다. 아내의 그 가엾은 죽음 곁에서, 아내의 침착한 유언 곁에서, 그리고 그 아내를 뜨거운 화장터 불구덩 속으로 밀어넣어놓고 나서까지도.

— 아버지, 어찌 여기까지 옵니까. 이제 이것으로 그만 끝이 나게 하오시면 아니 되겠나이까.

하지만 참 이상한 일이었다. 사람의 오관이란 그처럼 단순하고 이기적인 것일까. 잠시 전 그 사내의 손에 들려온 작고 간결스런 아내의 유골 보자기를 보았을 때였다. 나는 이상하게도 거기서 아내뿐 아니라 내게도 이젠 시련이 끝나가고 있음을 본 것이다. 그리고 지금까지 늘 그래 왔듯이 이제 마지막 한 고비만 참아 넘기면 모든 것이 끝날 듯한 느낌이 든 것이다.

아내에겐 미안하고 민망스런 일이다. 하지만 나로서도 이젠 더 이상 오래 견뎌낼 자신이 없다. 시련이 끝나감을 굳이 스스로 부인하고 싶지가 않아진다. 그게 무덤조차 짓지 못하게 한 아내의 뜻에도 합당할 것이다.

— 아내의 마지막 길을 홀가분하게 보내주자. 영혼이라도 마음 편히 떠나가게 해주자.

나는 다시 서서히 산길을 오른다. 빗물이 목줄기 속까지 차갑게 스며든다. 하지만 나는 이제 그 빗물에조차도 여유가 생긴다.

차가운 여자의 마지막 빗속 길—

아내는 증세가 드러난 이후로 몸과 마음이 늘 빗속처럼 차가운 여자로 변해갔다. 나는 그 아내의 차가움을 이해했다. 아내에게 있어 그것은 그 슬픔과 시련을 곱게 견디려는 극기요 침착성임을. 나에 대한 역설적인 사랑의 언어임을. 자신의 무덤마저 못 짓게 한 아내였다. 나는 그 아내를 이해해야 마땅하다. 그녀의 차가움을. 그녀의 마지막 빗길. 나는 그 아내에게 마지막 잠자리나마 깨끗한 곳을 찾아주고 싶다.

나는 유골분이 지저분한 숲을 지나서 산꼭대기까지 길을 오른다. 그리고 거기 산길 끝 숲 속에 비로소 아내의 자리를 정한다. 빗속에 씻긴 소나무들이 짙푸른 곳. 바위들이 여기저기 주저앉아 쉬는 곳.

— 부디 잘 가오. 그리고 영생을 얻어 편히 쉬구려.

나는 잠시 눈을 감고 비를 가려 안아온 보자기 속의 아내에게 마

지막 작별의 기원을 외운다. 그리고 이내 마음을 가다듬고 아래서
부터 끼고 온 손장갑을 벗는다.

　—장갑 낀 손으로 어찌 차마 당신을 보내리.

　입속말과 함께 나는 마침내 보자기 속으로 아내를 더듬는다.

　그런데 바로 그 순간 나는 문득 어떤 예기치 않은 촉감에 손과
마음이 흠칫 놀란다. 손끝이 뜻밖에 따뜻하고 부드럽다. 화덕의
열기가 아직 식지 않고 남아 있었을까. 아내의 감촉이 이불 속처
럼, 또는 그 이불 속의 속살처럼 깊고 살갑다. 생시에는 전혀 느껴
보지도 못한 듯싶은 그윽하고 따스한 아내의 감촉이다. 나는 금방
그 손끝을 움직이지 못한다. 그리고 차마 애틋한 그리움 속에 아
내가 그만 식기를 기다린다.

　하지만 아내는 이내 식으려 하질 않는다. 손끝의 온기가 점점
더해간다. 아내의 손이, 아내의 가슴이, 그리고 그 아내의 추억까
지도 모든 것이 일시에 더워져버린다. 그리고 그 열기는 마침내
내게로 번져와 나의 가슴속까지 함께 더워진다.

　아내는 더 이상 차가운 여자가 아니다. 내게 그처럼 따뜻하고
부드러운 여자일 수가 없어진다.

　빗줄기가 점점 더 굵어지면서 이마며 눈 속을 마구 타 흘러내린
다. 나는 이제 그 빗줄기의 차가움도 잊은 채 아내 앞에 회한스런
응답을 보낸다.

　—알겠소, 여보. 무덤조차 짓지 못하게 한 당신이 아니었소⋯⋯
이 마지막 체온을 내게 주고 가려는 당신, 이것이 어찌 당신의 고
마운 사랑임을 모르겠소. 이 따뜻한 사랑의 선물로 당신을 영원히

가슴속에 지니겠소…… 그러니 여보, 이제 나는 안심하고 떠나오.

위로와 다짐이 새삼 더 간절하다.

아내는 마침내 그런 나의 진심을 알아차린 것일까. 그리고 비로소 안심을 한 것일까. 아니면 아내의 가엾은 영혼은 이제 그것으로 그만 떠날 길이 바빠져서 더 이상 머무를 시간이 없었을까.

이윽고 정신을 차리고 보니 아내가 그새 손끝에서 차갑게 식어가기 시작한다. 손에서 가슴으로, 가슴에서 심장으로, 모든 육신이 차갑게 식어간다. 불기가 사위듯 서서히, 차례차례. 이젠 정말로 마지막 인사를 고하고 떠나가듯.

하여 마침내 아내는 떠나가고 나는 그 아내를 위한 기구조차 잊은 채 그 자리에 문득 혼자가 되어 남는다. 영혼이 떠나가버린 차디찬 육신의 껍질을 안은 채.

하지만 나의 가슴속 어디에선간 아직도 식지 않은 그 아내의 마지막 체온이 따스하게 숨 쉬고 있음을 느끼면서. 불꽃은 이미 사위어졌지만, 가슴속엔 아직도 모닥불 자리처럼 아내가 남기고 간 그 사무치게 따스한 온기의 씨앗이 오래오래 간직되어갈 것을 믿으면서. 그러나 당장은 어쩔 수가 없는 아쉽고 허망스런 적막감 속에. 사위를 적셔오는 빗소리의 줄기차고 적막스런 장막 속에.

— 푸드득……

영혼의 비상처럼 어디선지 문득 빗속을 날아오르는 산새의 날갯짓 소리가 환청처럼 적막을 가르고 사라진다.

(1975)

구두 뒷굽

작자와의 그 싱거운 싸움이 시작된 것은 순전히 한쪽으로 닳아 기울어진 내 구두 뒷굽 때문이었다.

그 무렵 나는 거의 매일 아침 출근 때마다 작자를 만나고 있었다.

작자를 만나기 시작한 것은, 시청 앞 서소문통의 한 작은 골목 어귀에 자리 잡은 우리 2층 사무실로의 첫 출근이 시작되던 날 아침부터였다. 그날 아침부터 작자가 먼저 그 이상스런 싸움으로 나를 끌어들였다.

남대문 시장 앞에서 버스를 내려 지하도를 건너서 대한일보 빌딩을 향해 걷고 있을 때였다. 중앙산업 앞 버스 정류소 사람들 사이를 지나가고 있는데 누군가가 문득 등 뒤로 속삭이듯 건네오는 소리가 들려왔다.

"선생님, 선생님……"

처음엔 누가 설마 나를 부르랴 싶었지만, 소리가 계속 나를 쫓고 있는 듯싶어 얼핏 뒤를 돌아다보니, 아니나 다를까 한쪽 어깨에 나무통을 걸어 멘 허름한 사내 한 녀석이 허겁지겁 내 곁을 따라붙고 있었다.

"선생님, 신발 굽이 많이 닳았습니다."

사내는 잰걸음을 치면서 목소리를 짐짓 조그맣게 죽여 말했다.

나는 금세 목줄기가 화끈 달아오르는 듯한 수모감으로 걸음걸이까지 잠시 흐트러지고 있었다. 당황한 눈길로 주위를 얼른 살피고 나서 매섭게 사내 쪽을 노려보았다.

"30원만 내시면 금세 바꿔 박아드립니다."

내 눈길은 아랑곳도 없이 사내의 얼굴엔 기분 나쁘게 능청스런 웃음기마저 떠오르고 있었다. 나는 방금 작자로부터 당한 모욕감이 순식간에 다시 녀석을 향한 세찬 경멸기와 증오감으로 돌변해 갔다. 그러나 나는 당장 녀석을 상대로 치밀어 오르는 울화통을 터뜨릴 수는 없었다. 녀석을 잘못 건드렸다가 소리소리 지르며 사람들 사이를 계속 뒤따라붙어 오기라도 하면 더욱더 창피스런 낭패였다. 녀석의 은근한 목소리 속엔 처음부터 그런 위협이 담겨 있었다. 소리소리 떠지르면서 발뒤꿈치 쪽을 마구 손가락질해대는 꼴을 당할 수는 없었다. 녀석을 얼른 떼 보내자면 그저 아무렇지 않은 척 무관심하게 가던 길을 참고 지나쳐가는 수밖에 없었다.

"상관 마오."

나는 퉁명스럽게 한마디 내뱉어주고 나서 가던 길을 내처 걸어 올라갔다. 등줄기에서 식은땀이 솟아올랐다.

"30원입니다. 30원…… 30원도 없으십니까."

머리를 쿡 수그린 채 곁을 바싹 따라붙어 오던 사내가 마침내 싱거운 저주를 퍼부으면서 제풀에 발길을 멈춰 서버리고 있었다. 기분 나쁜 아침이었다.

당해본 사람은 짐작이 가겠지만, 그런 경우 녀석들은 묘하게도 남의 아픈 곳을 얄밉도록 잘도 집어냈다. 그렇지 않아도 나는 뒤꿈치 바깥쪽으로 삐딱하게 닳아 기운 구두 뒷굽이라도 좀 갈아 달고 첫 출근길을 나서고 싶었던 참이었다. 걸음걸이가 그래선지 이상스럽게 신발 뒷굽이 바깥쪽으로만 닳아 깎였다. 그때마다 새 구두를 사 신을 주제도 못 되고 때맞춰 굽이라도 자주 갈아 신는 수밖에 없었다. 새 굽을 사 갈아댈 수도 없을 때는 이쪽저쪽을 반대편으로 갈아 달고 다니게 마련이었다. 이번에도 나는 얼마 전서부터 벌써 길거리를 다니기가 몹시 거북살스러워지고 있었다. 구름다리라도 오르다 보면 뒤따라오는 사람들의 눈길이 하나같이 내 닳은 구두 뒷굽으로만 몰려오는 것 같았다. 답답하게 걸음을 아장거리는 아가씨들을 앞질러 나서려다가 그놈의 구두 뒷굽으로 쏠려들 눈길이 거북해져 걸음을 지레 어정거릴 때가 많았다. 그렇듯 내 신경은 거의 언제나 그 구두 뒷굽 쪽에만 집중되어 있었다. 공연히 걸음걸이가 긴장되고 기분이 섬뜩거려졌다. 아킬레스에게 미안한 소리지만, 나의 뒤꿈치 쪽은 참을 수 없는 나의 약점이 되어 있었다. 기회가 나면 양쪽 굽을 서로 바꿔 달기라도 하려던 참이었다. 그러나 어디 인적이라도 좀 드물고 여름 더위 피할 만한 건물 그늘은 그리 찾기가 쉬운 일이던가. 이 핑계 저 핑계 때를 미루다 보니 첫 출근 아침까지도 나는 그 삐딱한 구두 굽 그대로 집을 나서게 된 참이었다. 그런데 녀석이 당장 이날 아침으로 나의 그 닳은 발뒤꿈치를 용서 없이 찾아내버린 것이었다. 작자에게 내 구두 굽을 갈아달랠 수는 없었다. 작자가 불의의 기습처럼 대번 그곳을 찾아내버렸기 때문이었다. 그리고 나를 당황하고 화나게 만들었기 때문이었다.

내가 녀석에게 끝끝내 그 나의 닳은 뒷굽을 갈아 달게 하지 않을 결심을 하게 된 것은 알고 보면 그러나 그날 일 때문만이 아니었다.

하긴, 굽 닳은 신발을 신고 다니다 보면 그런 봉변이나 창피쯤 항용 당하는 일이겠고, 그런 낭패를 면하자면 언제 어디서나 눈 딱 감고 그냥 뒷굽을 갈아끼워 달아버리는 것이 상책이었다. 그게 그 첫날 녀석을 떼어 보내고 난 뒤의 내 체념기 어린 심사였다. 그런데 다음 날 나는 다시 그 생각이 싹 달라져버렸다. 다음 날 아침에도 하필 또 같은 녀석을 만났기 때문이었다. 이날 아침도 또 같은 시각 엇비슷한 장소에서였다.

남대문 지하도를 건너다 사무실 미스 김을 마주친 바람에 나는 전날 일이나 구두 뒷굽까지는 미처 신경을 쓰지 못하고 있었다. 중앙산업 앞 인파 사이를 막 벗어나고 있는 참이었는데, 앞에서 마주 걸어오던 사내 하나가 얼핏 길을 꼬부려 서는 것 같았다.

"선생님……"

돌아다보니 영락없이 또 전날의 사내 녀석이었다. 사내는 방금 어디선가 아침이라도 먹고 나오는 듯 아직 이쑤시개 같은 것을 입에 문 채였다. 버릇처럼 아래로 숙인 눈길이 내 발뒤꿈치 쪽을 따라붙고 있었다.

"선생님, 신발 뒷굽이 많이 닳았습니다."

나는 또다시 목줄기가 후끈 달아올랐다. 미스 김을 흘끗 한번 스쳐보고 나선 대꾸도 없이 그저 꼿꼿하게 앞만 보고 걸어갔다. 한참을 걸어가다 슬그머니 뒤를 돌아다보니 녀석이 저만치서 몸을 돌이켜 세우려다 말고 아쉬운 듯 멍청하니 내 발뒤꿈치 쪽을 바라보고 있었다.

"쳇! 아침부터 재수 없게."

미스 김은 아마도 나를 민망스럽게 하고 싶지 않은 듯 아무 말이 없었다. 나는 그 미스 김의 옆얼굴이 오히려 어떤 기분 나쁜 웃음기를 몰래 참고 있는 것 같았다.

"망할 자식! 그런다고 내가 제 놈한테 발을 내밀어놓을 줄 알구!"

그러자 나는 발길을 재촉하며 무슨 변명이라도 주워섬기듯 묻지도 않은 소리들을 미스 김 앞에 늘어놓기 시작했다.

"녀석들의 시선이 찰거머리처럼 남의 구두 뒷굽에만 붙어 다니니까 피할 수가 없어요. 아무리 사람이 많은 데서도 영락없거든요. 아마 미스 김도 한두 번쯤은 경험이 있으시겠죠. 하지만 이건 나한텐 제법 재미가 있는 게임이랍니다. 구두 굽을 갈아 달기 싫어서가 아니라 녀석 꼴 보기가 싫어 일부러 이러고 다니는 중이거든요. 제 놈이 이기나 내가 이기나. 이러구 다니면서 매일 아침 녀석을 골려주고 있어요. 녀석이 제풀에 지쳐 떨어질 때까진 내 절대로 구두 굽을 바꾸지 않을 테니 두고 보십시오. 하하."

쓸데없는 과장까지 하고 있었다. 그리고 그렇듯 과장을 하다 보니 나는 녀석과의 게임 때문에 정말로 내 구두 굽을 손질하지 않고 있는 것 같은 엉뚱한 착각이 들어왔다. 녀석이 물러설 때까진 절대로 구두 굽을 손질하지 않으리라는 똥고집마저 솟기 시작했다.

나는 어느새 기분이 훨씬 편해지고 있었다.

"게임이라뇨, 호호. 그럼 거기선 이전에도 벌써 그치를 자주 만나셨군요. 재미있어요."

미스 김이 상냥하게 물어주었다.

"그럼요. 벌써 며칠쨌걸요. 녀석 소굴이 아마 이 근처 어디쯤인 모양이에요. 아침마다 만나요. 이 근처만 오면 영락없이 작자를 마주칩니다. 그쪽도 용케 내 구두를 잘 찾아내는 편이구요. 아마 앞으로 당분간은 계속 작자를 만날 것 같습니다. 재미있는 게임이 될 거예요."

과연 다음 날도 나는 녀석을 만났다. 녀석도 어김없이 그 버스 정류소 근처의 인파 속에서 나의 구두를 찾아내고는 실없는 수작을 붙이고 지나갔다.

아니 다음 날뿐만이 아니었다. 다음 날도 그다음 날도 녀석은 계속해서 나타나서 번번이 같은 수작을 붙이고 지나갔다. 그리고 그것은 말뜻 그대로 실없는 수작 이상의 것이 아니었다.

시간이나 장소가 조금씩 어긋나는 때는 있었다. 하지만 작자를 만나지 않고 사무실까지 무사히 지나가게 될 적이 없었다. 남대문 지하도 입구에서부터 중앙산업 앞 버스 정류소를 지나 서소문 입구 커브 길 사이에서 나는 언제나 그와 맞부딪쳤다. 녀석은 언제나 금방 아침 식사를 끝내고 나오는 것처럼 입술 사이에 이쑤시개를 뱅뱅 씹어 돌리면서, 한쪽 어깻죽지엔 신발 수선통을 기웃하게 걸어 멘 채 느릿느릿 인파 사이를 걸어왔다. 그리고 언제나 남의 발치만 내려다보고 다니는 눈길이 마치 자석에라도 끌리듯 어김없이 내 발길을 따라붙곤 하였다. 일부러 시간을 좀 당겨 가보면 대한일보 앞 커브 길 근처에서, 걸음걸이를 늦추다 보면 지하도 입구를 나오자마자 그랬다. 어떤 날은 오늘이야 설마 하고 걸음을 빨리해서 커브 길을 막 아슬아슬하게 돌아서려다가 그 순간에 등 뒤에서 녀석의 소리를 듣고 마는 수도 있었다.

―선생님, 선생님…… 뒷굽이 많이 기울었습니다.

―30원만 내십시오. 30원이면 금방입니다.

두릿두릿 신발들 사이를 헤집고 오던 녀석의 눈길이 나의 뒷굽에 닿기만 하면 녀석은 발길을 슬그머니 꼬부려 따라붙으며 매번 그렇게 속삭여왔다. 어떤 때는 옆사람이 들리도록 목소리를 돋우며 내 뒷굽 쪽을 열심히 손가락질해댈 적도 있었다. 찰거머리 귀신같은 지겨운 녀석이었다.

나는 마침내 지하도만 건너고 나면 숫제 내 쪽에서 먼저 녀석을 찾는 꼴이 되어갔다. 녀석을 찾다가 먼발치로 녀석의 모습이 나타나면 피하려고 해도 내 쪽에서 지레 위인 앞으로 발길이 끌려가곤 하였다.

하지만 내가 녀석의 그런 수작을 실없는 장난처럼 여기게 된 데는 또 한 가지 그럴 만한 이유가 있었다.

녀석을 만날수록 나는 점점 더 작자에게 내 신발 수선을 맡기지 않을 결심이 굳어져갔다. 그런 식으로 사람을 골탕 먹여 어쩔 수 없이 구두 굽을 갈게 하려는 녀석의 얄미운 심보를 짐작한 이상 작자에게 그 일을 맡길 수는 절대로 없었다. 녀석에게뿐만 아니라 한동안은 누구에게도 굽을 갈지 않고 그대로 다니며 아침마다 녀석을 골려줄 결심이었다.

— 암만 수작을 부려봐라. 네놈 심통만 점점 더 불편해질 게다. 용용!

아침마다 녀석을 한차례씩 골려주는 재미에 사무실의 미스 김 앞에서도 늘상 신이 나곤 했다. 한데 이상스러운 것이 녀석의 태도였다. 한동안 그런 식으로 시일이 지나다 보니, 위인 쪽에서도 실상 내 구두 굽을 굳이 갈아 달고 싶어 하지만은 않는 것 같은 아리송한 생각이 들기 시작했다. 내가 작자에게 신발을 손볼 생각이 없으면서도 계속 그 앞에 닳은 구두 굽을 끌고 다니는 것처럼, 위인 역시 정말로 내 신발을 손대고 싶다기보다는 그저 그런 식으로 매일 아침 나를 골려주기 위해 나를 만나고 나를 찾고 있을 뿐인 듯한 도발기 같은 느낌이 들어온 거였다.

작자는 호시탐탐 내 신발을 찾아내고 나서도 이제는 그 신발에 그의 연연한 눈길을 보내고 서 있는 적이 없었다. 지나가는 길에 나를 한번 집적여보는 것으로 만족스러운 듯 아니꼬운 한마디를 던지고는 유유히 길을 지나가버리곤 했다. 작자를 지나치고 난 다음 녀석이 혹시 뒤를 돌아보고 서 있지나 않은지 싶어 슬그머니 곁눈질로 되돌아보면, 녀석은 이미 그 기웃한 자세로 열심히 다른 사람들의 발치께를 더듬으며 길을 재촉해가고 있었다. 오나가나 남의 신발만 내려다보고 지나다니는 녀석이 이쪽 얼굴을 기억하고 있는지 어떤지도 의심스러울 지경이었다. 한번은 이런저런 생각 끝에 이번에는 내 쪽에서 정작 신발을 벗어 맡길 것 같은 표정으로 녀석에게 불쑥 다가들었더니, 녀석이 오히려 나를 피해 달아나듯 당황스런 눈길로 황망히 길을 비켜버린 적도 있었다.

하지만 내 얼굴을 알아보거나 말거나, 녀석이 정말로 내 구두 뒷굽을 손대고 싶어 하거나 말거나, 녀석이 매일 아침 나를 찾고 내 닳은 구두 뒷굽을 찾아내어 그 기분 나쁜 수작을 건네고 지나가는 일만은 어김없이 계속되어나갔다. 그런 식으로 구두를 벗어 내밀 얼간이가 없을 줄 모를 위인이 아닌데도 그는 이상스럽도록 끈질기게 나를 단념하지 않는 것이었다.

—그래, 누가 이기나 두고 봐라. 어쨌든 네놈한테 내 구두 굽을 갈게 하진 않을 테니까.

나는 점점 더 고집이 확고하고 단호해져갔다. 그럴수록 나로서는 그게 도저히 양보할 수 없는 이판사판 식의 싸움이 되어가고 있었다. 그렇듯 계속 구두 굽을 갈아 달지 않고 사무실을 나다닌 것은 나중엔 순전히 녀석 때문인 셈이었다. 작자가 정말로 내 구두에 손을 대고 싶었든 아니었든 그것은 어차피 마찬가지였다.

하지만 나는 끝끝내 그런 꼴로 사무실을 나다닐 수는 없었다. 언제까지나 그 형편없이 굽이 기운 구두를 끌고 다닐 수가 없었다. 굽을 바꿔 달래도 이젠 때가 너무 늦어버리고 있었다. 굽이 너무 한쪽으로만 깊이 닳아 기울어서 짝을 바꿔 박아 단다 해도 모양이 흉하기는 매일반이었다. 기운 구두 굽 양 바깥쪽이 이젠 창 밑바닥까지 바싹 닳아들고 있었다. 작자가 아닌 다른 누구에게도 그걸 갈아 끼워달랠 수가 없었다. 아예 구두를 버리는 수밖에 없었다. 굽을 갈아 다니느니 새 구두를 사기로 작정했다. 녀석을 골려주다 주다 막판에 가선 새 구두를 사 신어버릴 작정이었다.

녀석은 그런 내 속도 모르고 여전히 수작이 변치 않았다. 구두 굽이 더 이상 바뀌 달 수 없게 되었거나 말았거나, 내가 이미 무슨 맘을 먹고 있는 줄도 모르고 여전히 같은 수작뿐이었다.

"선생님…… 선생님 구두 굽이 많이 닳았습니다."

나는 이제 그럴수록 의기가 양양했다. 그리고 녀석의 헛수작이 고소했다.

—흥 걱정 마라. 이 녀석아. 네놈의 취미가 별로 고상하지 못한 줄은 안다만 그런다고 내가 호락호락 넘어가주나. 차라리 새 신을 한 켤레 사 신고 말 테다!

어느 날 아침 녀석이 문득 나의 새 신발을 발견하고 놀라 실망할 몰골을 상상하면서 혼자 공연히 기분이 들뜨기까지 했다.

그러던 어느 날 아침, 마침내 내가 새 신발을 사야 할 때가 의외로 일찍 닥쳐들었다. 그것도 물론 녀석 때문이었다. 녀석 곁을 지나게 될 때면 알게 모르게 나는 걸음걸이가 늘 긴장하게 되는 게 숨길 수 없는 사실이었다. 그날 아침도 나는 그런 걸음걸이 때문에 어느 순간 발길이 잠시 허틀리게 된 모양이었다. 중앙산업 앞 정류소 인파 속을 지나다가 예의 녀석을 마주쳤을 때였다. 나는 녀석 쪽으로 신경을 쏟다가 그만 이가 맞지 않는 보도블록을 잘못 밟고 다리가 휘청 꺾어 넘어지는 불상사를 만나고 만 것이었다.

망신스런 김에도 무릎과 손바닥의 흙을 털고 일어서며 녀석부터 찾았으나, 위인은 내가 넘어지는 꼴을 보지 못한 듯 무심스런 뒷모습이 저만치 인파 속으로 섞여 들어가고 있었다.

"아니 그 사람하고 게임이 아직도 끝나지 않았어요. 구두 굽이 여태 그대로네요."

그 인파 속에 미스 김의 눈길이 숨어 있었던 것이 사실은 그날로 내가 새 신발을 사 신어버리게 된 진짜 동기였을 수도 있었다. 정류소 인파를 빠져나오자 등 뒤에서 문득 미스 김의 그런 장난기 어린 목소리가 들려왔다.

"구두 굽이 그러니까 그런 꼴로 발이 비끌리지요. 도대체 그 신발 몰골이 뭐예요. 아깐 무안해하실까 봐 암말 않고 있었지만 말이에요."

나는 더 이상 미룰 수가 없었다. 출혈을 무릅쓰고 그날 중으로 당장 미스 김과 녀석에 대한 화풀이를 하듯이 유난히 굽이 높은 새 구두를 한 켤레 사 신어버렸다.

한데 그렇게 새 구두를 사 신고 나선 다음부터였다. 과연 재미있는 일이 일어났다.

구두를 사 신은 다음 날 아침이었다. 이날만은 물론 내게 녀석을 꺼리거나 녀석 앞에서 걸음걸이를 긴장할 이유가 추호도 없었다. 나는 당당하게 지하도 입구를 빠져나와 바퀴라도 달린 듯 가벼운 걸음걸이로 중앙산업 앞을 지나가고 있었다. 벌써부터 녀석이 나의 새 구두에 놀라 상심해할 얼굴을 상상하면서 의기양양 녀석을 찾고 있었다. 과연 오래지 않아 녀석이 사람들 저쪽에서 개처럼 눈길을 질질 끌면서 나타났다. 나는 가슴을 진정시키면서 슬그머니 녀석 앞으로 발길을 휘어들었다. 그리고 곧 녀석의 곁을 지나갔다. 녀석의 표정을 놓치지 않기 위해 작자의 얼굴에서 계속 시선을 떼지 않았음은 물론이었다.

그러나 뜻밖이었다. 녀석의 얼굴은 내 곁을 지나쳐가면서도 아무런 표정의 변화가 없었다. 아무 눈치도 채지 못한 듯 무심스레 내 곁을 스쳐 지나갔을 뿐이었다. 행여나 나 모르게 뒤에서 구두를 훔쳐보는가 싶어 그를 돌아다보았지만, 녀석은 전혀 별다른 기미가 엿보이지 않는 무심스런 걸음걸이였다. 녀석이 나를 알아보지 못한 것이었다. 실망을 한 것은 녀석이 아니라 내 쪽이었다.

하지만 나는 이내 그편이 더욱 재미가 있었다. 다음 날부터는 나를 놓치고 만 녀석의 거동이 전보다도 훨씬 더 볼만했기 때문이었다.

녀석은 다음 날도 물론 엇비슷한 시각 엇비슷한 지점에서 나와 마주쳤다. 하지만 녀석은 어느 특정한 곳을 보고서야 비로소 단골 손님을 알아본다는 산부인과 의사처럼, 신발을 바꿔 신은 나를 쉽사리 알아보질 못했다. 위인 역시도 그사이 나를 두고 나와의 게임에 그토록 열을 내고 있었던 것일까. 두리번두리번 나를 찾고 있음에 분명한 눈길이면서도 녀석은 끝끝내 표적을 알아차리지 못하고 그냥 내 곁을 스쳐 지나쳐가고 말았다.

다음 날부터는 녀석의 눈길에 이상한 초조감마저 어리기 시작했다. 누구를 기다리기라도 하듯 길을 지나가다가 우두커니 사람들 사이에 박혀 서 있기도 했고, 어느 날은 아예 체념을 한 듯 두 어깨를 축 늘어뜨린 채 힘없는 발걸음을 흐느적흐느적 서울역 쪽으로 옮겨가고 있을 적도 있었다.

녀석의 꼴이 고소하기만 했다. 고소하기는 했시만, 한편으로는 더 섭섭한 점이 없지도 않았다. 녀석에 대한 내 당당한 승리를 상대편에 직접 확인해줄 수가 없었다. 게임의 사정상 이쪽에서 새 구두를 내보여 녀석이 실망하는 꼴을 보지 못한 채 계속 혼자 숨어서 고소해할 수밖에 없었기 때문이었다.

—용용······

나는 다시 녀석에게 마지막 일격을 가할 기회를 기다렸다. 언제고 한번은 녀석 앞을 가로막고 나서서, 이 작자야 내 구두를 봐라고 기를 죽여놓아야만 했다.

녀석의 눈길은 날이 갈수록 그 초조하고 당황스런 기색이 깊어져갔고, 걸음걸이도 쓸쓸해 보일 정도로 허청허청 힘이 빠져가고 있었다. 길을 지나가는 시각마저도 차츰 불규칙해져가는 듯싶더니, 어느 날 아침부턴가는 위인의 그런 모습조차도 만나볼 수가 없게 되고 말았다. 녀석에게 그 회심의 일격을 가하기도 전에 작자 스스로 마지막 굴복을 감수해버린 셈이었다.

하지만 진짜로 알 수 없는 일이 그때부터 일어났다.

출근길에서 녀석을 만날 수 없게 되자, 이번에는 내 쪽에서 먼저 녀석을 찾기 시작한 것이었다. 그것은 작자에게 그 마지막 일격을 가해주지 못한 채 우리들의 승부가 끝나버린 서운함에서만은 물론 아니었다.

출근길이 이상스럽게 허전했다. 그리고 내 뒷굽을 잃어버린 일로 해서 알 수 없는 상처를 입고 있을 녀석의 일이 괜히 언짢고 궁금스러워지기 시작했다.

그것은 차라리 내 편의 낭패였다.

하지만 살다 보면 그쯤은 또 흔히 겪을 수도 있는 일이었다. 녀석이 내 구두를 손보고 싶었든 말았든, 오기가 나서 순전히 골탕을 먹일 목적으로 나를 집적여댔든 말았든, 그리고 그가 이젠 어떤 이유로 다시 이 길을 지나다닐 수조차 없을 만큼 큰 낭패를 보았든 말았든, 나로서는 거기까지 깊이 상관을 할 일이 아니었다. 시일이 지나다 보면 그럭저럭 다 잊고 말 일이었다.

그런데 일이 그렇게 되지 못한 것이 또한 내 쪽의 낭패였다. 어느 날인가 문득 나는 녀석을 다시 만나게 되었다.

한동안 모습을 볼 수 없던 녀석을 다시 만난 것은 그러니까 여느 때처럼 그 아침 출근길에서가 아니었다. 시내 수금 출장을 끝내고 점심때쯤 다시 사무실 쪽으로 돌아오고 있던 길이었다. 서소문 입구의 그 커브 길 빌딩 아래로는 한낮에도 늘 손바닥만 한 그늘이 깔려 있었다. 그리고 그 그늘을 의지해 언제나 신기료 영감 한 사람이 건물을 드나드는 사람들의 신발을 도맡아 손질해주고 있었다. 그런데 이날은 뜻밖에도 그 그늘 속 영감 곁에 녀석이 앉아 있었다. 길 쪽을 우두커니 바라보고 있는 모습이 지나던 길에 잠깐 더위를 피해 쉬고 있는 것 같았다.

작자를 보자 나는 그동안 가슴속으로 잦아들었던 갖가지 의문들이 한꺼번에 다시 머리를 쳐들기 시작했다. 마지막 일격을 가해주고 말겠다는 오기보다 녀석에 대한 기묘한 의구심 때문에 나는 자신도 모르게 발길이 슬그머니 녀석 쪽으로 다가들어갔다. 그리고는 마치 배신을 하고 달아난 옛 동업자라도 찾아낸 듯 은근한 목소리로 묻고 있었다.

"오랜만이구려. 요즘은 어떻게 통 만나볼 수가 없는 것 같더니……"

사내는 물론 나를 알아보지 못했다. 어리둥절한 눈길로 한동안 가만히 허공을 더듬는 듯하더니, 이윽고는 위인의 그 허허한 눈길이 버릇처럼 천천히 내 발길 쪽으로 흘러 내려갔다. 녀석의 시선이 말쑥하게 닦아 신은 내 새 신발에 닿고 나서야 그는 비로소 뭔가 짐작이 가는 듯 표정이 약간 흔들리고 있었다.

"선생님이었군요."

이윽고 그가 내 신발로부터 천천히 다시 시선을 끌어올렸을 때는 콧수염이 듬성듬성한 그의 입가에 희미한 미소가 어려 있었다.

"나를 찾고 있었소?"

위인이 나를 알아보는 듯한 기미가 엿보이자 나는 신기료 영감님 앞에 놓인 낡은 걸상 위로 엉덩이를 붙여 앉으며 조심스럽게 그를 건너다보았다. 사내가 피식하니 한번 허튼 웃음을 흘렸다. 이미 체념을 하고 있었기 때문일까. 사내는 별로 대답을 회피하려는 기색이 없어 보였다.

"하지만 그 뭐 다 지나간 일이지요."

곰팡이처럼 지저분한 턱수염을 쓱쓱 문질러대며 사내가 덤덤한 목소리로 말했다. 이야기를 한 일은 없어도 서로의 마음속을 서로 빤히 알고 있지 않으냐는 듯 말을 몹시 생략해버리고 있었다.

나는 그 사내 앞에 차츰 마음이 편해져갔다. 하지만 아직도 사내에 대한 궁금증이 풀리지 않고 있었다.

　"그랬겠지요. 형씬 며칠 후에 그만 길을 달리하고 말았으니까. 그런데 왜 그랬지요? 왜 갑자기 이 길을 지나다니지 않게 되었느냐 말이외다."

　정색을 한 목소리로 내가 다시 물었다. 사내는 좀 어이가 없다는 듯 한동안 나를 멀거니 바라보고 있더니 싱겁게 내뱉었다.

　"글쎄요? 그야 아마 선생님을 찾을 수 없었기 때문이었겠지요."

　"난 계속 그 길을 지나다니고 있었는걸요."

　"그야 나도 짐작은 하고 있었지요. 하지만 신발을 바꿔 신어버린 선생님이라면 어차피 찾으나 마나였으니까요."

　"그토록 내 신발만 찾고 있었소……?"

　사내는 거기서 다시 뜻을 알 수 없는 애매한 웃음만 흘리고 있었다.

　"하지만 형씬 정작 내 신발을 손보려고 했던 건 아니었지 않소?"

　공연히 마음이 조급스러워진 내가 다시 물었다.

　"그야 그랬겠지요. 하지만 선생님의 구두를 찾을 수 없게 되면서부터는 저한테도 공연히 이 길목이 허전해지고 말더군요. 꼭 남의 동네 길거리처럼 말입니다."

　"신발을 손보고 싶지 않았다면 그럼 나를 찾은 건 순전히 오기 때문이었소? 나를 골탕 먹여 신발을 벗어내게 하고 말자는 오기 말이오."

　옳거니 싶었다. 위인 역시도 내게 대한 엉뚱한 승부욕이 숨어 있던 게 분명한 것 같았다. 그러나 거기서부터가 사내의 대답은 진짜 알쏭달쏭이었다.

"그건 잘 모르겠어요. 어쨌든진 모르지만 전 그저 선생님의 닳은 구두 굽을 보아야만 하루 종일 안심이 되곤 했을 뿐이니까요."

"말하자면 항상 일거리를 남겨두고 사는 것 같은 그런 기분요?"

"그랬을지도 모르지요. 하지만 그것도 뭐 분명하진 않은 것 같아요. 전 그저……"

"알고 보니 노형도 고약한 취미를 갖고 있었었구려. 짐작은 하고 있었지만 하필이면 그런 남의 아픈 곳을 보아야만 마음이 편해지고 안심이 되다니……"

나는 이제 어렴풋이나마 위인의 심중을 짐작할 수 있을 것 같았다. 나는 공연히 다시 의기양양해지면서 녀석을 제법 나무라는 투로 말했다.

하지만 나는 그때까지도 아직 그의 심중을 정확히 짚어내지 못한 모양이었다.

"고약한 취밀는지도 모르지요. 선생님의 구두 뒷굽은 아닌 게 아니라 선생님의 가장 아픈 곳일 수도 있었을 테니까요."

작자가 뭔가 미심쩍은 것이 남았던지 다시 말을 덧붙여왔다.

"그리고 전 선생님이 그 아픈 곳을 될수록 오래 지니고 다녀주기를 바랐는지도 모르구요. 글쎄 그런 재미라도 없으면 구두 통이나 메고 길거리를 굴러다니는 팔자에 다른 살 재미가 있어야지요."

"……"

"한동안은 참 안심이 되더군요. 그야 선생님을 첨 봤을 때부터 전 이번에야말로 한동안 그렇게 될 줄 알았지만 말입니다. 선생님이 호락호락 신발을 내놓지 않으실 것 같은 인상 말입니다. 그래서 전 줄기차게 선생님의 구두 뒷굽에만 매달렸지요. 이상하게 들리실지 모르지만, 전 주문대로 제격 구두를 벗어 내밀어주기만 하는 것도 어딘지 싱거웠거든요. 사람들이 가끔은 자기 아픈 곳도 좀 참고 견뎌가면서 살 줄을 알아야지요."

"……"

"그러고 보면 전 아마 남의 아픈 곳만 매달리고 든 놈인지도 모르겠네요. 뭐라고 할까요…… 외려 그 선생님의 아픈 곳을 당사자인 선생님보다 귀하게 아끼고 있었다고 할까요……"

사내는 말을 끝내고 나서 다시 한 번 피식하니 빈 웃음을 흘렸다.

나는 비로소 자리를 일어섰다. 이젠 더 이상 할 말이 없었다. 녀석을 이긴 것도 진 것도 아니었다. 녀석이 은근히 두려워지기 시작했다.

"댁을 위해서라면 언제까지나 구두 굽을 안 고치고 다닐 수도 있었겠지만, 난 또 나대로 내 아픈 곳을 내밀고 다닐 처지가 못 되어서 안됐구료."

나는 이상하게 사지가 허물어져 내리는 듯한 무력감을 견디면서, 마지막으로 한 번 더 녀석을 굽히게보려고 했다.

"선생님은 무슨 일을 하시는데요?"

그런 내 쪽은 쳐다보지도 않고 멀거니 길거리만 내다보고 앉아 있던 사내가 지나가는 소리처럼 방심스럽게 물었다. 나는 그 사내를 향해 무슨 빚이라도 갚아주는 듯한 기분으로 허겁지겁 지껄였다.

"일테면 나 역시 남의 아픈 곳이 전문이지요. 그래 그런지 내 쪽에선 거꾸로 그 아픈 곳을 붙들리는 것이 제일 싫어요. 그게 무슨 일이겠소. 외판 사원이오. 서적이나 가정 전기 용품 같은 거, 그런 거 꾀어 파는 외판 사원 말이오……"

면상을 쥐어박듯 내뱉고 돌아서다 보니 녀석의 그 체념기가 깃든 피곤한 모습에서 나도 모르게 문득 콧잔등이 시큰해오는 설움 같은 것이 찡하고 지나갔다.

글쎄, 닳은 구두 굽 따위가 무어라고. 녀석은 도대체 싱거운 위인이었다.

(『문학사상』 1975년 12월호)

필수 과외

1

김학규 선생의 책상 위에선 아까부터 그 싱그럽고 탐스러운 라일락꽃 무더기가 계속 주위의 눈길을 끌고 있었다.

우리는 직원 조회가 시작되기 전서부터 내내 그 김학규 선생 앞의 라일락을 바라볼 수가 있었지만, 오늘 아침 강 교장이 어인 일로 그 김학규 선생의 일을 조용히 눈감아 넘겼는지에 대해서는 아무도 그 변덕을 이해할 수 있는 사람이 없었다. 직원 조회가 끝날 때까지는 나 역시도 사정이 마찬가지였다.

사정을 알고 보면 그건 무리도 아니었다. 어제 오후만 해도 김학규 선생에 대한 교장의 감정은 너무 악화되어 있었고, 거기에 비해 김학규 선생의 태도는 너무 무신경하고 태평스러워 보이기만 했기 때문이었다. 하룻밤 사이에 사태가 달라질 기미는 상상도 할 수가 없었기 때문이었다.

어제 오후, 수업이 거진 끝나가고 있을 무렵이었다.

"교장 선생님께서 잠깐 들어오시래요."

교장실 사환 아이가 문득 교장실 전갈을 전하고 갔다. 나는 곧 사환 아이를 뒤따라 교장실로 들어갔다. 무심코 교장실 문을 들어서다 보니 방 안 분위기가 이상하게 썰렁했다. 언제나처럼 한복 검정 치마저고리를 단정하게 차려입은 강 교장은 내가 교장실을 들어서는 것도 알아보지 못한 채 넓은 책상 위에 펼쳐진 무슨 도화지 같은 종이 쪽에만 정신이 팔려 있었다. 그 교장석 앞엔 웬일로 인지 금세 울음이라도 터뜨릴 듯 어린 1학년 학생 아이 하나가 잔뜩 겁에 질린 얼굴로 울상을 짓고 서 있었다.

—이 꼬마 아가씨가 또 무슨 말썽을 피운 게로군.

강 교장의 가는 백금테 안경알이 여느 때보다도 더욱 신경질적으로 번뜩이고 있는 폼이 아무래도 심상치 않은 변고가 생긴 것 같았다. 아닌 게 아니라 나의 예감은 정통으로 적중해 들어갔다.

"교감 선생은 이게 무슨 그림으로 보입니까?"

처분만 기다리고 서 있는 내게 강 교장이 이윽고 책상 위의 도화지 같은 것을 밀어놓았다. 그리고는 이게 도대체 무슨 어이없는 어린애 장난 짓들이냐는 듯 나에게까지 그 날카로운 눈빛을 쏘아 대기 시작했다.

한데 그때—

"그게 무슨 그림입니까?"

교장의 눈길을 피할 겸 잠시 도화지를 들여다보던 나는, 이번에야말로 진짜 말문이 막혀버렸다. 도화지에 그려져 있는 것은 교실 책상 위에 몸을 세우고 앉은 채 점잖게 낮잠이 들어 있는 한 남자 선생의 스케치였다. 그림을 썩 잘 그린 것은 아니었지만 뒤통수까지 대머리가 훌떡 까져 올라간 두상 모습으로 보아 그림 속의 인물이 누구라는 것은 금세 짐작이 갔다. 미술과 담당 김학규 선생이 틀림없었다. 낮잠 전력도 전력이었지만, 김학규 선생이 아니고는 학생 아이들이나 교장한테까지 그런 말썽스런 꼴을 들킬 만한 사람이 없었다.

나는 그만 어이가 없어지고 말았다.

"교감 선생이 대답을 좀 해보시오. 이게 도대체 누구겠소?"

"……"

"아이들 수업시간에 공부는 가르치지 않고 외려 그 학생 아이들 책상이나 뺏아 앉아서 낮잠을 잘 만한 사람이면 교감 선생도 짐작이 갈 만하지 않소!"

"……"

김 선생 대신 애꿎은 추궁을 당하고 있는 기분이면서도 나는 도대체 대꾸할 말이 없었다. 난처했다. 학교장과 교사들 사이에서 이쪽 저쪽 눈치 살펴가며 일을 해나가자면 이런 여자 사립학교 교감이란 자리가 원래 좀 쉬운 곳은 아니었다. 교장이 여자인 데다 50여 교사들 가운데 말 많은 여교사가 절반을 넘는 우리 학교 형편에선 더더구나 그런 애꿎은 곤욕을 대신 치러야 할 경우가 많았다. 하지만 정직하게 말해 교장이나 여 선생들은 오히려 뒷전이었다. 말썽 잦기로 말하면 그 미술과 담당 김학규 선생을 앞설 사람이 없었다. 나이 벌써 쉰 줄에 들어선 김학규 씨는 그의 그 이순에 가까운 나이에도 불구하고 터무니없는 말썽이 너무 많았다. 대개는 그 천하태평의 낮잠이 화근이었다. 그리고 그 잦은 낮잠 버릇에도 불구하고 김학규 선생은 늘 천연덕스럽기만 했고 그것이 또 교장의 감정을 너무 상해왔기 때문이었다.

이번에도 문제가 되는 것은 물론 그런 그림을 그린 계집아이의 장난질이 아니라, 어느 교실에선가 또 낮잠을 자다가 아이들한테 그런 그림감이 되어준 김 선생 자신의 수업 태도였다.

"누가 이런 장난질을…… 이 그림 네가 그린 거냐?"

우선은 교장의 성미를 덜 건드리는 것이 나의 일이었다. 나는 교장의 추궁을 맞받는 대신 아까부터 줄곧 울상만 짓고 서 있는 학생 아이 쪽을 무섭게 노려보았다. 김학규 선생의 과실은 그런 식으로 우선 자리를 피해두려는 속셈에서였다. 하지만 이번만은 교장도 그런 식으로 어물어물 일을 눈감아버릴 기미가 아니었다. 이번에야말로 김 선생을 좀 호되게 다그쳐둘 결심이 서 있는 여자가 분명했다.

계집아이는 더욱더 겁이 나서 말을 하지 못했다. 교장이 외려 계집아이를 두둔하듯 말을 가로채고 나섰다.

"그 아일 혼내려 할 것은 없소. 그 아인 사실 잘못이 없으니까."

"잘못이 없다니요?"

"이 그림은 김 선생이 들어간 미술 시간에 미술 수업으로 그린 것이니까요. 아이들에게 무슨 자기 마음을 그리라고 했다나요. 그러고서 자기는 떡 학생 아이들 책상에 엎드려 낮잠을 자고 있었으

278

니, 그 아이들 마음에 비친 것이 그런 낮잠 자는 선생님 모습 아니었겠나 말요! 김 선생 말따나마 저 아인 제 맘속에 비친 선생님을 정직하게 그렸으니까 허물할 수 없는 거구, 책임을 져야 할 건 아마 아이들 눈에 낮잠 자는 선생님으로 비친 그 김 선생 쪽일 게요."

"……"

"교감 선생도 앞으로 좀더 수업 관리에 관심을 가져야겠어요. 아이들 눈에 선생이 이런 식으로 보이고 있다면 수업은 둘째치고 그 아이들 인간 교육이 어떻게 되겠소. 이건 김 선생 한 사람의 인격 문제가 아니라 나나 이 교감을 포함해서 이 학교 교사들 전체의 책임 문제입니다. 그런 의미에서도 오늘 김 선생의 과실은 그냥 눈감고 지나칠 수가 없군요."

"제가 우선 김 선생을 좀 만나보겠습니다."

"아니 그럴 필요도 없어요. 김 선생의 이번 일은 내가 나서서 매듭을 짓겠습니다. 차제에 다른 선생님들한테도 주의를 좀 환기시켜드릴 겸 내일 아침 조회 땐 어떤 형식으로든지 김 선생 스스로 자기의 과오를 책임지도록 할 방도를 강구할 겁니다."

서슬이 시퍼런 교장에게선 추호도 양보의 기색이 안 보였다.

교장의 태도가 그쯤 강경했고 보니 오늘 아침 강 교장의 돌연스런 태도 변화는 아무래도 수수께끼일 수밖에 없었다. 직원 조회가 열리고 있는 교무실엔 얼굴조차 내밀지 않은 채 슬그머니 김학규 선생 일을 넘겨버린 교장의 처사야말로 이해할 수 없는 불가사의였다. 교장의 태도가 그쯤 강경하고 보면 말썽의 장본인인 김 선생 쪽에서나 좀 융통성을 보일 수 있는 위인이라면 몰랐다. 김학규 선생은 그 위인의 됨됨이가 그와는 오히려 정반대 쪽이었다. 그는 원래 우리 교무실 50여 직원들 가운데서도 가장 성미가 추근추근하고 여유가 많은 사람으로 되어 있었다. 그는 아직 쉰이 채 안 된 강 교장까지를 포함해서 교무실 안에서는 나이가 가장 높고, 그 나이에 값할 만큼은 도량도 제법 넓은 노인이었다. 젊었을 땐 개인전도 몇 차례 가진 일이 있었으나, 화단이 그의 그림을 평가해주지 않았던지, 혹은 제풀에 뜻이 변해 그림 그리기를 그쳐버렸는지 요새 와선 근 10년 이상이나 통 화필을 손에 잡아본 일이 없는, 이를테면 늙고 게으르고 퇴락한 왕년의 화가였다. 그가 아직 그림을 그리고 있었을 때, 작품을 본 일이 있는 사람들은 그가 당치 않게도 아름다운 꿈의 화가였다고 허물없는 기억들을 더듬어낼 때가 있었다. 그의 그림들은 30대에 벌써 뒤통수까지 머리가 훌떡 까져 올라간 그 쌍스럽고 겉늙은 외모와는 딴판으로 지극히도 몽환적이고 동화적인 환상이 많았다는 것이었다. 오각형의 크레용 별들이 가득한 밤하늘을 잠든 아이가 둥둥 떠 날아가고 있다든가, 봄옷 입은 여인이 내뱉는 한숨 속에 구름 같은 꽃무리가 길게 내뿜어져 나오는 따위의 그림들은 그 무렵 김학규 씨 주위 사람들을 한동안씩이나 행복한 환상에 젖어들게 했다는 것이었다. 그야 김 선생의 그림을 본 일도 없고, 보았어야 이해할 수도 없었을 나로서는 상관할 바 없는 일이지만, 김 선생은 어쨌거나 그런 식의 그림을 좋아했던 탓인지, 언제부턴가는 그가 그 그림을 그리지 않게 되어버린 다음부터도, 사람만은 늘 그렇게 아늑하고 한적한 고요감 같은 것이 느껴져오는 온화한 인품의 소유자가 되어 있었다.

김 선생은 그래 그런지 담임반도 없는 처지에 학생 아이들의 인기가 또한 대단했다. 그야 물론 김 선생이 어린 계집아이들에게 인기가 높은 것은 그의 그 할아버지처럼 허물이 없는 온화한 인품 때문이랄 수도 있었고, 수업 시간을 별로 심하게 다루지 않는 그 방심스런 수업 태도 때문이랄 수도 있었다. 김 선생의 수업 시간이 그처럼 불성실한 대목이 많아 보인 게 사실이었다. 자기의 수업 시간에 아이들을 그렇게 늘 방치해버리기 일쑤였다. 수업엘 들어가선 석고상 하나를 교탁 위에 올려놓고 석고 데생을 하든지 무얼 하든지, 아이들 그리고 싶은 대로 도화지에 자기 그림을 그려보라는 것으로 그만이라는 것이었다. 그래 놓고 김 선생 자신은 그 학생 아이들이 무슨 그림을 그리든지 장난질을 치고 있든지 도대체 관심을 갖는 일이 드물댔다. 유리창가에 멍하니 기대서서 수업 시간이 끝나기를 기다리거나, 공연히 할 일도 없이 아이들 사이를 오가면서 오히려 그림을 못 그리게 아이들을 집적여댄다고 했다.

—요놈! 나쁜 놈! 어제 너 길에서 왜 날 보고도 인살 하지 않고 도망을 뺐느냐, 이 학교에서 내가 교장보다도 더 어른이라는 걸 모르느냐?

—계집아이가 나중에 좋은 남자한테 시집가려면 손길이 고와야 하는 법인데 넌 요놈 손이 틀렸다. 아침에 이빨은 잘 닦느냐, 요 꼬맹이 놈아!

아이들의 귀를 엿발처럼 늘여 잡아당기거나 언제나 그 요놈 조놈 소리가 입에 붙은 농담 짓거리로 거꾸로 아이들 그림 그리는 걸

방해하고 다닌다고 했다. 그렇지 않을 때는 결석한 아이의 빈 책상을 찾아가 점잖게 잠이 들어 앉았다가 수업 끝 종소리가 나면 아이들이 무슨 그림을 그려놓았는지도 보지 않고 의뭉자뭉 교실을 나가버리기 일쑤라는 것이었다.

김학규 선생님의, 그 때도 장소도 없는 낮잠 버릇은 교무실 안에서도 마찬가지였다. 언젠가 교무실 직원 조회 때는 이런 일까지 있었다. 기독교 재단의 사립학교에선 어디나 있는 노릇이지만, 우리 학교에는 언제나 직원 조회 행사의 시작과 끝에 기도 시간이 있었다. 교무실 선생들이 하루씩 맡아 돌아가면서 차례차례 기도를 인도하게 되어 있었다. 바로 이 기도 시간이 김 선생한테는 무엇보다 고역으로 보였다.

태평스러운 성품에 비해 말주변은 또 뜻밖에 어눌스런 김 선생으로선 그 기도 인도 차례가 되면 예사 고역이 아닐 수 없었다. 나이대접 겸해 김 선생한테는 차례를 건네줄 법도 했지만, 그런 일에는 또 강 교장이란 사람이 워낙 양보를 모르는 여자였다. 자기의 첫 번 기도 인도 차례를 맞았을 땐 결국 기도합시다, 커다랗게 소리를 질러서 교직원들의 눈을 모두 감겨놓고 나서 김학규 선생은 그제서야 안주머니에서 부스럭부스럭 미리 써둔 기도문을 꺼내들고는 줄줄 그것을 읽어내려갔을 형편이었다.

기도 행사를 좋아할 리가 없는 김 선생이었다. 김 선생은 기도 시간만 되면 미리부터 자는 듯 마는 듯 눈을 감고 몸을 천천히 옆으로 흔들어대고 있었다. 기도가 시작되어도 머리가 앞으로 숙여지지 않으면 김학규 선생은 전혀 기도를 하지 않고 있는 증거였다.

몸을 계속 흔들어대고 있을 때라도 머리가 숙여지지 않고 있으면 그는 몸을 흔들면서도 머릿속은 이미 졸음기가 썩 깊이까지 배어들고 있는 중이었다.

한데 그날은 하필 강 교장이 직접 직원 회의 기도를 인도하던 날이었다. 김 선생은 이날도 물론 미리부터 눈을 감고 자는 둥 마는 둥 몸을 흔들어대고 있었는데, 그렇게 그냥 몸을 흔들면서 기도 시간을 끝냈으면 그가 정말 잠을 자고 있었든 기도를 하고 있었든 강 교장으로서도 굳이 암상을 떨고 들 생각이 없었을 터이었다. 한데 교장의 기도 인도가 끝나고 교직원들 입에서 일제히 그 아멘 소리가 복창되고 난 다음이었다. 김 선생은 아마 그 아멘 소리의 합창 소리에 비로소 잠이 깨어났던지, 부지중에 그만 아함하는 하품 소리를 토해내고 말았다. 뒤늦게 흘러나온 김학규 씨의 그 물색없는 하품 소리를 교장이 끝내 모른 척해줄 리 없었다. 교장은 매섭게 김 선생 쪽을 노리고 있었고, 교직원들은 그 교장의 눈서슬에 그만 솟아오르는 웃음소리마저 입속에서 괴롭게 참고 있어야 했다. 그러나 일은 차라리 그래서 다행이었는지 모른다. 부지중 하품 소리를 흘려놓고 난 김 선생도 주위가 너무 조용해져버리자 그로서도 좀 면구스런 느낌이 들기 시작했던 모양이었다. 그는 묻지도 않은 소리를 혼자 떠듬거리면서 이상하다는 듯 주위를 두리번거리고 있었다.

"아니 예수님 그 양반 벌써 돌아가셨나…… 왜들 갑자기 이렇게 조용해지지?"

그쯤 되어선 교직원들도 참았던 웃음이 터져 나오지 않을 수 없었다. 강 교장의 눈초리도 아랑곳없이 교무실 안이 그만 웃음바다가 되고 말았다. 교장도 차마 거기서 다시 김 선생을 걱정할 형편도 못 되어 말없이 교무실을 나가버리고 말았다.

하지만 김학규 선생의 그 어딘지 좀 허허롭고 방심스런 분위기, 그 물 흐르듯 덧없어 보이기조차 한 그 성품을 이해할 수 있거나 좋아하는 것은 학생 아이들과 일부 교직원들뿐이었다. 교장에게는 그게 오히려 참을 수 없는 도전이었다. 교장의 말에는 그저 흥흥 마이동풍 격으로 자기 허물을 전혀 돌보려는 빛이 없는 김 선생의 성품이야말로 교장의 입장에선 이럴 수도 저럴 수도 없는 건방진 고집통이로밖엔 달리 보일 수가 없는 것이었다. 이자가 혹 나를 우습게 보고 이러는 건 아닌가? 강 교장은 그 김학규 씨에게 자주 어떤 모욕감마저 느끼고 있는 눈치였다. 그렇다고 김 선생이라는 위인이 교장의 그런 점을 고려하여 태도를 고쳐줄 수 있느냐 하면 그건 또 전혀 기대 밖이었다. 김학규 씨는 자신의 성품에 대해 별로 이렇다 할 관심을 갖는 일이 없는 것처럼 누가 자기를 어떻게 생각하든 남의 머릿속 생각까지는 더더구나 관심을 둘 위인이 아니었다. 그런 점에서 보면 그는 아닌 게 아니라 융통성이라곤 전혀 찾아볼 수가 없는 답답한 고집통이 영감태기랄 수도 있었다.

김학규 선생은 이날 일에 대해서도 물론 그런 식이었다. 교장의 기세가 워낙 심상칠 않고 보니 김학규 선생 쪽에서라도 혹시 무슨 융통성을 구해볼 수 있을까 싶어 교장실 문을 나왔을 때였다. 교장실을 나와보니 김 선생은 마침 아직 퇴근을 하지 않고 있었다.

하지만 얘기를 하다 보니 이건 일의 장본인이 외려 나보다 태평이었다. 김학규 씨는 오늘 자기에게 무슨 일이 있었는지, 지금 당장 교장실에서 무슨 일이 어떻게 돌아가고 있는지 조금도 짐작이 없는 사람 같았다.

"도대체 오늘 일이 어떻게 된 겁니까?"

조울조울 눈을 감고 있는 김 선생에게 내가 자초지종을 물으려 하자, 그는 처음 내가 자기에게 무엇을 묻고 있는지조차 알 수가 없다는 표정이었다.

"오늘 일이라니…… 무슨 일이 있었습니까?"

졸린 눈을 껌벅이며 나에게 외려 반문을 해왔다.

"오늘 김 선생님 수업 시간 말입니다. 교장에게 또 낮잠을 자다 들킨 거 아니오. 지금 교장실에 김 선생 낮잠 자는 그림 그린 아이가 붙잡혀 와 있던데……"

"아 그 일 말이오?"

김학규 선생은 그제서야 겨우 생각이 미쳐오는 모양이었지만 말투만은 여전히 시들한 얼굴 표정 그대로였다.

"그 일이라면 나도 아까 아이가 불려가는 걸 봤지요. 그 아이가 아직도 집엘 돌아가지 않고 있습디까?"

남의 이야기처럼 아이 말만 하고 있었다. 나는 물론 그 아이의 일이나 김학규 선생의 속셈보다도 우선은 자초지종부터 좀 자세히 듣고 싶었다.

"어떻게 된 일인지 말씀이나 좀 해주셔야지요?"

다그치는 소리에 김학규 선생도 이젠 마지못해하는 목소리로 몇

마디 변명 비슷한 소리를 늘어놓았다.

"글쎄…… 오늘 수업엘 들어갔다가 자기는 좀 잤지요. 그 반에 어떤 녀석 책상이 하나 비어 있길래 몸이 좀 나른해지고 해서……"

"김 선생이 자고 있는데 교장이 들어오셨단 말씀인가요?"

"그야 자고 있었으니까 난 누가 들어온 것도 몰랐지요. 주위가 갑자기 조용해지는 것 같아 눈을 떠보니 코앞에 교장이 서 있더구만."

"그래 교장이 뭐라고 합디까?"

"이게 무슨 시간이냐고 하더군요."

"김 선생은 뭐라고 했습니까?"

"그야 내 시간이라고 했지요. 그건 분명 내 시간이었으니까."

"그러니까 교장 선생님은요?"

"그냥 돌아서서 교실을 나가더군요."

여전히 무사태평이었다. 하지만 나는 아직 그것으로 사정을 다 알 수가 없었다.

"그럼 그 아이의 그림은 어떻게 된 겁니까. 어떻게 그런 그림이 교장 눈에까지 띄게 됐느냔 말입니다."

나는 계속해서 물었다.

"그건 참 교장이 교실을 나가시려는데 그 길목 가에 앉은 한 놈이 괜히 도화지를 감추고 있다가 그리 됐지요. 교실을 나가다 보니 교장한테 도화지를 숨기고 있는 녀석이 눈에 띄었던가 봅니다. 넌 뭘 하고 있었느냐고 서랍 밑을 뒤지더군요. 그래서 찾아낸 겁니다."

"그래, 그 그림을 보고 아무 말씀도 없이 그림하고 학생 아이만 데리고 나갑디까?"

"아니, 그림을 가지고 다시 내게로 와서 묻더군요. 그게 무슨 그림이냐고요."

"그래서요?"

"그 아이 마음을 그린 걸 거라고 했지요. 수업 시작할 때 내가 아이들더러 각자 자기 영혼의 눈에 비친 마음의 그림을 정직하게 그려내라고 말이오."

"교장이 맘에 들어 하시던가요?"

"아니 별로 맘에 들진 않았던가 봅니다. 그래 내가 그 아이가 맘에 들지 않으시면 다른 아이들 것을 더 보시겠냐고 했더니 이 양반 그냥 그림하고 아이만 데리고 교실을 나가버리더구만요. 한데 그게 왜 또 말썽인가요?"

"글쎄요. 김 선생님께선 그게 전혀 말썽이 안 될 일 같습니까. 선생님은 수업 중에 아이들 사이에서 낮잠이나 주무시고 아이놈은 그 낮잠 주무시는 선생님이나 그리고……"

나는 도대체 어이가 없어져서 차라리 웃음을 지어버리고 말았다. 자초지종을 다 듣고 보니 교장이 그처럼 화가 나 있는 것도 이해가 갈 만했다. 아까 그 교장이 마음의 그림이니, 아이들 마음에 비친 선생님 모습이니 하던 소리도 알고 보니 모두가 김학규 선생 자신의 입에서 나온 소리들이었다. 모든 것이 처음 짐작대로였다. 교장이 공식으로 말썽을 삼기 전에 김 선생에게 미리 전말서라도 한 장 받아내어 교장의 화를 가라앉혀볼까 싶던 나의 기대는 김학규 선생의 그 어이없도록 태연스런 태도 앞에 더 이상 무슨 요량을 구해볼 수가 없었다.

"글쎄 난 도대체 그게 어쨌다고 그 야단들인지 알다가도 모를 일이구만그래. 교장이나 교감 선생은 아마 그런 그림 교육은 경험을 해보지를 못해서 그런 거 아니오?"

김 선생은 이제 짐짓 나한테까지 공박을 주는 시늉이었다. 나는 이제 그 김 선생을 붙들고 더이상 쓸데없는 실랑이를 벌이고 있을 생각이 없었다. 교장이나 교감은 그런 그림 교육을 받은 일이 없어서라는 소리도 처음 듣는 게 아니었다. 언젠가 난 학교 뒷동산으로 아이들을 데리고 간 김학규 선생의 야외 수업을 살피러 가본 일이 있었다. 그때 동산을 올라가 보니 그림을 그리러 간 아이들이 도화지를 한 장씩 얼굴에 얹은 채 동산 잔디 위에 가지런히 하늘을 향해 누워 있었다. 그림 대신 아이들은 그렇게 도화지로 얼굴을 가리고 누워 잠을 자고 있었다. 더러는 정말로 잠이 든 아이도 있었고 더러는 그런 모양을 하고 누워 히득히득 장난을 치고 있는 아이도 있었다. 김학규 선생은 그 아이들과 약간 떨어진 둔덕 쪽에 자신도 아이들처럼 도화지로 얼굴을 가리고 누운 채 드렁드렁 코까지 골아대며 잠이 들어 있었다. 알조였다.

—애들아 다들 이리 와서 나처럼 여기 하늘을 향해 눕거라.

—말 안 듣는 놈 없이 다들 반듯이 누웠느냐. 그럼 각자 도화지를 얼굴에다 펴 얹고 눈을 감는다.

—눈을 감고 저 높은 하늘을 자세히 찾아보아라. 거기 하늘에 별이 보일 게다.

—별이 보이느냐? 옳지 그럼 됐다…… 그 별을 눈 위의 도화지

에다 그리는 거다. 너희들 마음으로 말이다. 알겠느냐?

한 아이를 조용히 깨워 말을 시켰더니, 김 선생이라는 양반, 그런 식으로 아이들 낮잠 자리를 잡아주고는 자기도 그 아이들과 함께 제일 먼저 잠이 들어버린 것이었다. 하지만 그때도 김 선생은 잠이 깨고 나선 별로 무안해하는 빛도 없이 퉁명스럽게 투덜대고 있었다.

"교감 선생은 이런 그림 교육 받아본 일이 없는 분이니까 아마 잘 이해가 안 될 게요."

"왜 퇴근은 안 하실 참입니까. 모두들 나갔는데……"

나는 이제 그만 학교를 나갈까 싶어 시들한 표정으로 물었다. 김학규 선생도 그제서야,

"글쎄, 아이가 하나 잡혀 있다니까 그 녀석 나오는 데나 좀 보고 나갈까 싶습니다만……"

교장실에 붙잡혀 있는 학생 아이에게나마 간신히 마음을 좀 쓰고 있는 기색을 보였다. 하지만 김학규 선생은 역시 그것으로 그만, 다시 또 자는 듯 마는 듯 눈을 감고 몸을 흔들어대기 시작했다. 나는 그쯤에서 김 선생이 듣거나 말거나 마지막으로 한 번 더 당부를 남기고 교무실을 물러나오는 수밖에 없었다.

"내가 싫으시면 그럼 김 선생은 그 학생 아이하고나 방책을 좀 의논해보시렵니까. 교장의 기분이 저런 식이라면 내일 아침이라도 김 선생께선 좀 일찍 나오셔서 교장을 만나뵙는 편이 좋을 듯 싶으니까 말씀입니다. 일을 너무 쉽게만 생각 마시고 오늘 저녁에라도

다시 생각을 좀……"

　교장의 서슬이 그런 정도에다 김 선생마저 그처럼 무사태평이고
보니, 다음 날 아침 교무실 조회 때는 어쩔 수 없이 일이 터지게
되어 있는 꼴이었다. 한데다 이튿날 아침에는 좀 일찍 나와달라는
부탁까지 남겼는데도, 김학규 선생은 이날따라 출근 시간까지 유
독 더 늦어지고 있었다. 직원 조회 시간이 거진 다 되어가도록 김
학규 선생은 교무실 문을 들어서는 기미가 없었다. 김 선생의 빈
책상 위에는 이날따라 또 누구의 짓인지 눈이 아프도록 싱그러운
라일락 꽃가지로 화병을 흐드러지게 장식해놓고 있었다. 꽃그늘로
주위를 훤히 밝히고 있는 그 라일락 화병 때문에 김 선생의 빈자리
는 오히려 더 남의 눈을 끌고 있었다. 나는 김 선생의 빈자리와 교
무실 출입구를 번갈아 살피면서 마음이 자꾸만 조급해지고 있었
다. 강 교장이 얼핏 한번 교무실 분위기를 살피고 들어간 일이 있
었을 뿐 교장실 쪽에서도 아직 별다른 전갈이 없는 걸 보면 이날
조회 행사는 예정대로 강 교장 자신이 직접 맡아 진행할 작정인 게
분명했다. 직원 조회가 시작되고 강 교장 입에서 일단 공식적으로
김 선생 일이 거론되고 보면 이번만은 김 선생으로서도 회복할 수
없는 타격을 입게 될 공산이 컸다. 나라도 한번 교장을 다시 만나
보는 게 어떨까 싶었으나 김 선생이 아직 출근도 하지 않고 있는
형편에선 오히려 강 교장의 감정만 더 악화시킬 염려가 있었다.
이러지도 저러지도 못한 채 시간만 자꾸 흘러갔다. 한데도 정작
일의 당사자 격인 김학규 선생은 얼굴조차 아직 내밀지 않고 있었
다. 라일락 화병의 그 불편스런 꽃그늘만 주변을 활짝 밝히고 있

을 뿐이었다.

그러니까 나는 그때 그 김 선생의 빈 책상 위의 라일락 꽃병을 보면서도 아직 그 교장의 생각이 바뀌리라고는 꿈에도 상상을 못하고 있었던 셈이었다. 뿐더러 그 같은 라일락 꽃무리가 이번 김학규 선생의 일에 어떤 조화를 낳게 될지 앞뒤를 재어볼 여유가 있었을 리도 없었다. 입으로 전해 듣고 오늘 아침 조회 분위기를 대강 예감하고 있는 교직원들도 물론 사정은 마찬가지였다.

한데 사실은 뜻하지 않은 일이 일어났다.

김학규 선생의 그 천역덕스러운 얼굴이 교무실 문을 열고 들어선 것은 직원 조회가 시작되기 바로 직전이었다. 그 김 선생이 오늘 아침 그가 당사자로 삼아 일어날 일들에 대해서는 아무것도 아는 바가 없는 사람처럼 무신경하게 그의 자리를 찾아 들어간 것과 거의 때를 같이하여 교장실 문이 열리고 있었다.

그러나 그때 교장실 문에서는 언제나처럼 그 번쩍번쩍 차가운 빛이 나는 백금테 안경의 강 교장 대신에 사환 아이의 조그만 얼굴이 나타났다. 참으로 예상치 않던 일이었다.

"교감 선생님께서 직원회를 진행하시랍니다."

사환 아이를 시켜 보낸 교장실 전갈이었다. 강 교장 자신은 교직원 조회를 불참하겠다는 뜻이었다. 조회에의 불참은 김학규 선생의 일에 대한 거론도 당분간 논의를 미루겠다는 뜻이었다. 적어도 오늘 아침 당장은 김 선생의 일을 논의하지 않겠다는 뜻이었다. 김 선생에게서와 같은 그런 일은 하루 이틀 논의를 미루다 보면 새삼스럽게 다시 거론을 하고 나서기가 쑥스러운 그런 성질의 것이었다.

"교장 선생님은 뭘 하고 계시대? 어째서 조회 참갈 안 하신다고 하더냐?"

"뭐 별로 하시는 일은 없으세요. 그냥 자리에 앉아 계시면서 교감 선생님한테 이 쪽지를 가져다주시라구요."

사환 아이 말로는 무엇 때문에 강 교장의 태도가 갑자기 돌변하게 되었는지 짐작을 할 수가 없었다. 하지만 이제 나는 그 교장의 뜻이 어느 쪽인가는 분명히 알 수 있었다.

—교직원 수업 관리 태도에 관해 주의를 좀 환기시켜주십시오— 교장.

강 교장의 메모 내용이었다. 나는 그만 저절로 안도의 한숨이 터져 나왔다. 김학규 선생보다는 우선 내 숨통이 트이는 것 같았다. 지시 메모가 내려진 날은 일부러 교장실을 찾아갈 필요가 없었다. 나는 곧 홀가분한 마음으로 교직원 조회를 시작했다. 하지만 그 조회가 다 끝날 때까지도 나는 아직 어떻게 되어 일이 그렇게 쉽게 풀리게 된 건지 사연을 알 수 없었다. 자기 책상의 라일락 꽃도 알아보지 못하고 있는 듯 조회 시간 내내 조을조을 눈을 반쯤 감고 앉아 있는 김학규 선생의 표정에서는 별다른 해답의 실마리를 찾아낼 수가 없었다. 어슴푸레 무슨 짐작이 좀 떠오르기 시작한 것은 그러니까 직원 조회가 모두 끝나고 뒤늦게 내가 교장실 문을 들어섰을 때였다.

직원 조회를 끝내고 나서 결과 보고차 교장실 문을 들어섰다가 나는 뜻밖의 사실을 한 가지 발견한 것이다. 다름 아니라 강 교장의 책상 한 모서리에 김 선생에게서와 같은 보기 좋은 꽃 화병이 놓여 있었다. 교장실의 그것도 김 선생의 그것과 같은 라일락이었다. 싱그럽고 밝고 고운 꽃이었다. 그렇게 보아 그런지 강 교장 얼굴색까지 그 꽃그늘에 비껴 생각보다 훨씬 온화하게 가라앉아 있는 것 같았다.

"뭘 그렇게 신기해서 바라보고 있어요. 이 교감은 라일락꽃 처음 봤어요? 아까 보니 뭐 김학규 선생 책상에는 더 많은 꽃이 꽂혀 있던데."

강 교장은 오히려 그 라일락에 주의가 끌리고 있는 내가 이상스럽다는 듯 모처럼 만에 그 인색스런 미소까지 떠올리고 있었다.

나는 비로소 짐작이 갔다.

"웬 꽃입니까. 거참 곱군요."

짐작이 가는 것을 짐짓 어정쩡한 얼굴로 물으니까. 이번에는 강 교장 역시도 지레 사연을 모르겠다는 식이었다.

"글쎄요. 아침에 나와 보니 웬 학생 아이가 이 꽃을 병에 꽂고 있더군요."

"그 아이가 어제 김학규 선생 자는 그림 그린 아이가 아니었습니까?"

짚이는 것이 있어 내가 물으니까 교장은

"잘도 알아맞히는군요. 맞았어요. 교감 선생까지 그걸 다 알고 있는 걸 보니 이거 아무래도 무슨 음모가 있었던 거 아니오? 아까 교무실 김 선생 책상에도 그 아이 꽃이 꽂혀 있는 것 같던데 말요."

내력이 썩 의심스럽다는 투면서도 말처럼 그렇게 기분이 나빠

하지는 않는 얼굴이었다.

"글쎄요. 저도 잘 모를 일이기는 합니다만 무슨 음모가 있었더라도 이런 이쁜 꽃까지 동원해야 할 성질의 음모라면 용서할 수도 있는 거 아니겠습니까?"

나는 한동안 조회 결과 보고도 잊은 채 교장 앞에서 모처럼 홀가분한 웃음을 웃고 있었다.

그러니까 교장의 생각이 바뀐 것은 아무래도 그 라일락꽃 때문이었다고 할 수밖에 다른 도리가 없는 일이었다.

그러나 그것은 물론 장담을 할 수는 없는 말이다. 쑥스러워선지는 모르지만 교장이 그걸 자기 입으로 분명히 말한 일도 없었고, 그렇다고 꽃을 꺾어 온 아이한테 그때 교장의 기분이 어떻더냐고 물어볼 수도 없는 일이었다. 김학규 선생이 무슨 그런 계략을 꾸몄다면 그만 효험쯤 미리 점을 치고 있었을 법도 했지만, 정작 그 김 선생이란 사람은 교장실에도 누가 그런 꽃을 꽂아두고 간 사실조차 깜깜 모르고 있는 형편이었다.

교장실을 나오자마자 김 선생한테로 가서 주인이 없는 사이에 그 꽃이 꽂히게 된 사연을 다그치고 드니까 김학규 선생은,

"아, 어제 그 녀석이었군요. 내 어젠 녀석한테 호통을 좀 쳤지요. 선생님 망신을 주었으니 너 여기서 볼기짝 까고 회초리 세 대 맞을래, 회초리 대신 내일 아침 학교 올 때 너희 집 라일락을 한 아름 꺾어 올래…… 그 녀석이 아마 부끄럼이 많아서 그 소릴 진담인 줄 곧이들었던 게지요."

여태까진 정말로 그 자기 책상 위의 꽃을 알아보지 못하고 있었던 듯 두리번두리번 새삼스레 눈길을 굴려대고 있었다.

"글쎄, 어제 그 녀석 사실은 전부터 내가 제 애비를 알고 있는 아이였거든요. 이맘때면 그 집 담장 곁에 라일락이 참 탐스럽길래 그저 해본 농담이었는데."

음모를 꾸민 흔적은 조금도 없었다. 음모는커녕 그는 지금 그 학생 아이가 교장실에까지 꽃을 나눠다 꽂아준 사실도, 어제는 또 무슨 일로 그 아이에게 그런 농담을 건네고 있었는지, 그리고 조금 전까지만 해도 그토록 나를 난처하게 만들고 있던 그 자신의 일들마저 아무것도 염두에 남아 있지가 않은 사람 같았다.

무엇 때문에 오늘 아침 교장 생각이 갑자기 바뀌게 되었는지는 그러니까 결국 아무도 정확한 것은 말할 사람이 없었다. 교무실 선생들은 물론이지만 꽃을 꺾어 온 학생 아이도 김 선생도 심지어는 스스로 마음을 바꿔 먹은 교장 자신마저도.

라일락꽃이 아마 그녀의 생각을 바꾸게 했으리라는 것도 물론 나의 짐작에 불과한 소리일 것이다. 책상 위의 라일락꽃이 너무 곱고 싱그럽고 탐스럽다 보니까 공연히 그 꽃 이름을 빌려 혼자 그렇게 상상을 지어보았을 뿐—

(1975)

따뜻한 강

　—가고 싶어라 고향 집…… 뒷집 금순이는 아직도 나를 기다리고 있는지.

　포성이 그친 지도 어언 10여 년이 훌쩍 흘러가버린 어느 해 가을, 6·25 동란의 격전지로 유명했던 철의 삼각지의 일각 구 철원읍, 폭격과 포탄으로 파괴된 그 구읍의 한 폐가 바람벽에서 뒤늦게 발견된 희미한 낙서가 나의 가슴을 뜨겁게 끓어오르게 한 일이 있었다.

　그런 낙서는 아마 어느 날 밤 포성의 공포와 굶주림 속에서 전장의 밤을 지새우던 한 병사가 자신을 잃지 않기 위해 몸을 의지하고 있던 좁은 바람벽에다 그런 애절한 절규를 남기고 있었던 것인지도 알 수 없었다. 그리고 그는 그 소박하고 간절한 기구를 마지막으로 탄우 속을 달리다 장렬한 최후를 끝마치고 말았는지도 모를 일이었다. 혹은 그것은 밤이 아닌 어느 궂은비 젖어 내리는 오후의 목멘 유서였을 수도 있는 일이었다.

하찮은 낙서나 무심스러울 수 있는 한 구절의 글발이 나의 가슴을 울려왔던 경험은 그뿐이 아니었다.

—어머니 배가 고파요.

30여 년 전 강제 징용으로 끌려간 한 이름 모를 한국인이 일본 북해도의 어느 탄광 벽에다 서투른 한글로 써 남겼다는 낙서 또한 나의 눈시울을 뜨겁게 했던 기억이 있다.

—지나가는 길손이여! 여기 당신들의 자랑스런 아들들이, 사랑하는 조국의 산하와 영광을 위해 용감하게 싸우다 잠들어 누워 있노라 자유민에게 전해주오.

마음속에 오랫동안 잊혀지지 않고 남아 있는 그런 글귀 가운데는 10여 년 전 군영 생활 시절 휴전선 부근의 그 따사롭고 적막스런 햇볕 아래 이름 모를 산새들의 노랫소리에 묻혀 서 있던 이런 기막힌 전적비의 명문(銘文) 같은 것도 있었다.

그런저런 연유 때문이었는지, 혹은 애초부터 내겐 그런 데에 유독 관심이 자주 끌릴 만한 어떤 괴팍스런 성격의 일면이 숨어 있었던지, 그러니까 나는 언제부턴가 바로 그런 주인 없는 낙서나 묘비명, 기념 명문 같은 것에 남다른 호기심과 감동을 즐기는, 이를테면 낙서 전문가가 되어온 셈이었다.

그중에서도 낙서는 특히 그것을 남긴 사람의 동기나 내력, 신분 같은 것이 대체로 불분명하기 때문에 상상의 날개를 펴나가기 편했고, 거기서 맛보는 감동 또한 유별났다. 글쎄, 그 이름 모를 사람들의 소박한 독백 속에 깃든 그의 꿈과 소망을 만났을 때마다 나는 얼마나 신비스럽고 가슴 벅찬 삶의 감동을 맛보곤 했던가. 그래서 나는 이름도 내력도 알 수 없으되, 누군가의 삶의 체온이 스며 있는 그런 낙서를 특히 아끼고 사랑했다. 나는 차라리 낙서 채집가가 되어 한마디 감동적인 글발을 만나기 위해 방방곡곡 발길을 헤매고 다니지 않은 곳이 없을 정도였다. 낙서의 세계는 곧 내 인생의 장이었다. 그가 어디서 어떻게 살아왔으며 지금은 무엇을 하고 있는지를 알 수 없으되, 그 한마디 독백 속에 그의 삶의 애환을, 그의 소망스런 꿈과 좌절을 읽을 수 있는 낙서들은 곳곳에서 만날 수 있었다.

어느 산골 외딴 주막집 술청 벽이나 낡은 마을 회관 건물의 처마 밑에서, 혹은 인가를 알리는 마을 어귀의 정자나무 그 해묵은 나무껍질 위나 눈보라 몰아치는 험준한 겨울 산정의 바위 위에서, 그리고 어느 낯선 해변길 옆 노송 가지 휘늘어진 암벽 위나 오랜 절간의 흰 회벽 한 모퉁이, 강물 굽이쳐 내리는 언덕 위의 붉은 누각 기둥 한구석에서도 바람처럼 세월을 스쳐 지나간 사람들의 그 지친 듯하면서도 다감스런 삶의 행적들을 얼마든지 자주 만날 수 있었다.

미지의 인간들과의 그 수수께끼 같은 해후를 위한 낙서 채집 여행은 그리하여 세월이 흐를수록 나의 중요한 생활의 한 부분이 되어갔고, 그런 한 해의 네 계절 가운데서도 특히 세모가 가까워져 오기만 하면 그것은 어느새 내 1년을 결산하는 은밀스런 연말 행사로까지 버릇이 들어가고 있었다.

한 해가 저물어가는 세모가 되면, 즐거운 사람들은 주위가 더욱 즐겁고 풍성해지는 반면, 가난하고 외로운 사람들은 그에 못지않게 주위가 더욱 가난하고 외로워지기 일쑤였다. 세모의 서울 풍속은 도회 생활에 가장 익숙하게 버릇되어온 사람들조차도 약간은 불안스런 흥분기 같은 것을 느끼게 하기 마련이었다. 나는 그 세모의 서울에 늘상 겁을 집어먹곤 했다. 들떠 붐벼대는 도회의 거리를 등지고 낙서 채집 여행을 떠나버리는 것이 나의 10년 가까운 세모 행사였다. 그러니 지난해의 세모에도 나는 물론 서울을 빠져나가 어느 한적한 산 녘의 목조 역사 대합실이나 외딴 산골의 누각 기둥, 또는 여객선 드나드는 남해의 한 작은 포구 술집 바람벽 같은 데서 어느 이름 모를 인간의 수수께끼 같은 사연들을 만나고 있었어야 하는 게 당연했다.

하지만 서운하게 생각지 말아주시기 바란다. 그리고 지금 내 이야기는 그 낙서 채집 여행이 얼마나 즐겁고 흥미로운 것인지를 말하려는 것이 아니라, 마침내 어떻게 해서 그 10년 가까운 내 세모 행사를 단념해버리게 되었는가를 고백하기 위해서임을 미리 알아주시기 바란다.

그러니까 이젠 분명히 말해둬야 할 것 같은데, 나는 실상 지난해엔 세모를 당하고 나서도 그 연례적인 내 낙서 채집 여행을 떠나지 못하고 만 것이다. 그리고 그보다 더욱 중요한 사실은 어쩌면 그런 변고로 해서 올해의 세모에도 그 여행은 다시 길을 떠나게 될지 어떨지조차 장담을 할 수 없게 된 것이다. 그런 파행은 어쩌면 아마 그 지난해 여름부터 미리 그렇게 점지되어 있었던 일인지도 모른다.

하지만 그 역시도 어떤 낙서 때문이었다. 어떤 낙서의 이상스런 요술 때문이었다. 아마 내가 굳이 이 글을 쓰게 된 숨은 동기도 10년 가까운 내 세모 여행을 중단시키고 만 이 기묘한 낙서의 요술을 소개하고자 함에 있을는지 모른다.

이제 그 낙서의 요술을 소개하겠다.

내가 그 낙서를 처음 만난 것은 그러니까 지난해 어느 늦여름날 저녁 무렵, 장충단 공원 숲 속에 자리한 활터 정자의 회벽 위에서였다.

늦더위를 피해 공원 숲길을 들어선 김에 나는 그날 활터까지 걸어 올라가서 예의 정자 근처를 늦게까지 서성거리고 있었다. 한데 그 정자의 청마루 안쪽 벽면 위엔 유독히 지저분한 낙서들이 많았다. 나는 하릴없이 또 그 낙서들을 하나하나 감상해나가고 있었는데, 그때 문득 나의 눈길을 끌어오는 별난 글귀 하나가 나타났다.

—백 년이 흐르고 나면……

키가 잘 닿지 않을 만큼한 처마 밑 높은 벽면 위에 어떻게 손을 뻗쳐 썼는지 또박또박 박아 쓴 연필 글씨가 수많은 다른 낙서들 위로 쉽사리 나의 눈길을 붙잡아왔다. 서서히 깃을 펴 내리기 시작한 저녁 어스름 속으로 그 연필 낙서는 언제쯤부터 거기 씌어져 있었는지도 알아볼 수 없을 만큼 희미해져가고 있었지만, 말뜻만은 아직 분명하게 찾아 읽어낼 수가 있었다.

—백 년이 흐르고 나면 우리는 이제 아무도 여기에 남아 있지 않으리라는 것보다 분명한 사실이 있으랴. 그때 우리는 이곳을 떠나가고 지금은 그 목소리나 생김새조차 상상할 수 없는 사람들이

이곳을 드나드는 주인이 되어 있을 것을.

쓴 사람의 이름도 날짜도 적히지 않은 낙서의 내용은 그런 것이었다.

희한한 일이었다. 이런 곳에 이런 낙서가 남겨져 있었다니. 낙서를 읽고 난 나는 한동안 그곳을 떠나지 못하고 서 있었다. 그 무렵 일로 해선 참으로 드물게 맛보는 감격이 아닐 수 없었다. 나는 낙서에서 받은 내 나름의 은밀스런 감동을 견디기 위해 서서히 저녁 어둠 속으로 가라앉아들어가는 먼 시가지를 한동안이나 넋을 잃고 내려다보고 있었다. 몸을 죄어드는 듯한 무서운 적막감, 가물가물 형체를 붙잡을 수 없는 어느 미지의 얼굴이, 그의 따뜻한 삶의 진실이, 그 애틋한 그리움 같은 것이 나를 한없는 침잠 속으로 빠져들어가게 하고 있었다. 골짜기를 건너 올라온 교회당 종소리마저 그토록 유심(幽深)하고 간절스러울 수가 없었다.

그런 일이 있은 다음부터 나는 줄곧 그날의 감동을 잊지 못하고 지냈다. 그것은 일종의 충격과도 같은 것이었다. 틈만 나면 낙서의 주인공에 대한 생각으로 그 내력이나 깊은 암시에 조금이라도 더 가까워질 수 있기 위해 나는 끊임없이 내 상상의 날개를 펴나가곤 했다. 그 낙서는 과연 어떤 사람이 남긴 것이었을까. 세상을 어떻게 살아왔고 또 그것을 남기고 나선 어떤 식으로 그의 세월을 살아가고 있었을까. 아니 도대체 그는 어떤 내력으로 그곳에 그런 독백을 남기고 싶어졌더란 말인가. 자신의 생애에 대한 어떤 낭패감과 체념에서? 헤어날 수 없는 삶의 절망감에서? 외로움에서? 그렇다면 그것은 그의 생애 가운데의 어느 대목쯤 되는 곳에서?

어느 해 어느 날쯤에? 그의 말대로 정말 백 년쯤 전에? 백 년이 아직 아니라면 그럼 지금쯤은 어디서 무엇을 하고 있는 사람이길래. 지금은 이미 그 정자 벽 한구석에 그런 독백을 남긴 사실조차 까마득히 잊어버리고 있는 게 아닐는지. 기억을 되살려낼 수 있다해도 그는 이제 그것을 후회하고 있거나 아니면 그도 저도 다 버린채 이젠 이미 이 세상에서 사라져간 세월 속의 허망스런 인간사가되어버린 것이 아닌지……

새 낙서를 찾아냈을 때마다 수없이 되풀이되어온 달콤한 상념들이었다.

확연해질 수 있는 것은 물론 아무것도 없었다. 하지만 나는 그런 상상들 속에 어렴풋이나마 그 낙서의 주인공을, 그가 살고 간 눈물겨운 삶의 진실을 느낄 수가 있었다. 나는 해가 다 가도록 끊임없이 그것을 즐기고 있었다.

그리고 또다시 세모가 다가오자 나는 이번에야말로 모처럼 만에 그 연말 채집 여행마저 단념하지 않을 수 없었다.

짐작하고 있겠지만 그것은 물론 예의 그 낙서 때문이었다. 그믐날 저녁 다시 한 번 그 활터 정자를 찾아가 상상 속에서나마 그 독백의 주인공을 만나고 싶었기 때문이다. 그 무렵에는 왠지 다른 기억할 만한 낙서를 기대할 수도 없었거니와 사람의 삶과 죽음, 세월의 오감에 대한 뼈저린 암시가 깃든 듯한 그 활터 정자의 독백이야말로 다시 한 번 그 세월의 갈림목에 서야 했던 나의 그믐밤을 위해서는 더없는 위안거리가 아닐 수 없었기 때문이다.

마침내 그 그믐날이 다가왔다. 그리고 나는 그 겨울날 하루의 짧은 일몰을 기다려 공원 숲 속의 활터 정자로 올라갔다. 얼굴 없는 친구와의 세모 해후를 더욱 은밀스럽게 하기 위해 일부러 저녁 녘을 택해 숲길을 오르고 있던 나는, 그사이 그 낙서가 누구의 손에 의해 훼손을 입었거나 아예 흔적도 찾아볼 수 없도록 지워져 없어져버리지나 않았는지 몹시 걱정이었다. 조급한 걸음걸이로 단숨이듯 정자까지 올라가보니, 그러나 거기에는 예기치도 않았던 웬 방해꾼 한 사람이 먼저 정자 마루청을 차지하고 있었다. 어디선지 낯이 익은 듯한 여자였다. 가까이 다가가보니 여인은 언젠가 내가 정자를 찾아갔다 낙서를 처음 발견했던 날, 다른 사람들과 나란히 사선(射線)에 끼어 서서 서투른 솜씨치고는 제법 멋이 밴 몸매로 화살을 날려 보내고 있던 한창 나이의 여자 궁사였다. 깨끗한 한복 차림에 말없이 차례를 기다렸다가 시위를 높이 끌어당겨 화살을 날려 보내곤 하던 모습이 한동안 기억에서 사라지지 않고 있던 여인이었다.

하지만 이날 저녁엔 여자가 그때의 하얀 치마저고리 대신 간편스런 바지 차림에다 색이 옅은 회색 코트를 걸쳐 입고 있었다.

—활을 쏘러 온 건 아닐 텐데 저 여자가 여긴 또 웬일인가.

나는 잠시 발길을 머뭇거리고 서서 여자의 거동을 살피기 시작했다. 정자 주위에는 서서히 내려 깔리기 시작한 저녁 어스름뿐 인적이 완전히 끊어져 있었다.

하지만 여자는 그 정적만이 내려 깔린 정자 마루청 기둥 곁에 미동도 없이 몸을 기대고 서 있었다. 낯선 사내가 곁으로 접근해오는 것도 아랑곳을 하지 않은 채 조용히 어둠 속으로 가라앉아들어가고 있는 시가지 풍경만 하염없이 내려다보고 있는 모습이었다.

나는 공연히 가슴을 두근거리면서 좀더 가까이 여자 곁으로 다가갔다. 그녀가 바로 나를 방해하고 있었기 때문이다.

그런데 도대체 어찌 된 인연이었을까. 알고 보니 그녀는 실상 그 어둠에 싸여들고 있는 시가지 풍경에 넋이 사로잡혀 있었던 것이 아니었다. 하염없이 안으로 스며들고 있는 듯한 여자의 시선은 이상스럽게도 나의 그 낙서 위를 유심히 더듬고 있는 것이 아닌가. 여자 역시 그 주인 모를 낙서의 독백 속을, 그 낙서의 비밀에 취해 자신의 상념 속을 헤매고 있는 게 분명해 보였다. 그리고 그것을 알아차리고 나면서부터 정체 모를 그 벽면 위의 낙서 말은 이상스럽게도 내게 그 신비스런 요술을 부려오기 시작한 것이었다.

하지만 나는 물론 그 당장 거기서는 그 낙서의 독백이 내게 과연 어떤 요술을 걸어오고 있는지를 분명히 깨달을 수가 없었다. 나는 다만 여인의 그 신비스럽도록 차분한 분위기에 끌려 그녀와 함께 예의 그 낙서 말을 조용히 지켜보고 있었을 뿐이었고, 그러면서 그동안 내가 끊임없이 내 상상 속에 만나고 위로받아온 독백의 의미가 이날만은 이상스럽게 딴판처럼 느껴지고 있는 자신을 어렴풋이 느끼고 있었을 뿐이었다. 그리고 나는 마침내 그런 자신을 더 이상 견딜 수가 없게 되어가고 있었으므로, 때마침 골짜기를 건너 올라온 시가지의 먼 저녁 종소리를 핑계 삼아 여자에게 이젠 산을 내려가야지 않겠느냐고, 마치도 오랫동안 속마음을 서로 나눠온 사이처럼, 그녀의 외로움이 깃들어 보이는 어깨 위로 내 한 손을 스스럼없이 뻗어 올려놓을 수 있었을 뿐이었다.

하니까 내가 그 낙서의 독백이 내게 행한 요술의 비밀을 알아차리게 된 것은 오히려 그녀와 내가 정자를 떠나 숲길을 내려가서 거리의 한 아늑하고 작은 찻집 구석에 자리를 마주하고 앉게 되었을 때부터였으리라.

"댁에서도 아마 저 낙서를 눈여겨보아오신 모양인데……."

이상스럽도록 여자는 처음부터 별로 나를 경계하는 빛이 없었다. 그녀의 어깨 위에 손을 얹으면서 속삭이듯 지껄여댄 나의 말에 그녀는 차라리 어떤 지극한 신뢰의 빛이 담긴 눈길로 나를 잠시 건너다보고 나선 내 팔이 이끄는 대로 순순히 숲길을 따라 내려와 준 것이었다.

"그래 오늘은 아마 활을 쏘지도 않았을 텐데 댁에서도 그 낙서를 보러 거기까지 일부러 길을 올라갔었나요."

뜨거운 커피로 속을 잠시 덥히고 나서 나는 여자를 향해 묻고 있었다. 하지만 그녀는 아직도 그 불가사의한 신뢰감 같은 것이 가득한 눈으로 가만히 나를 건너다볼 뿐 얼핏 입을 열려고 하지 않았다. 건너다보고 있는 그녀의 눈길이 오히려 내게 말을 재촉하고 있는 것 같았다.

"우습게 들릴지 모르겠습니다만 난 지난여름 우연히 그 낙서를 발견하고는 오랫동안 어떤 감동에서 벗어나지 못하고 있었습니다."

나는 여자가 무엇을 생각하고 있든 이제 나의 가슴속에서 어떤 암시인 양 안타깝게 피어오르고 있는 말들을 무작정 혼자 지껄여 나가기 시작했다. 내가 어떻게 그 낙서를 만났던가. 그리고 나는 내 상상 속에서 그 후 어떤 방법으로 어떻게 그 독백의 주인공을 만났으며 그로부터 어떤 위로를 받아왔는지를 말했다. 나는 자신도 내가 지껄여낸 소리들을 잘 납득을 할 수가 없었다. 하지만 나에게는 그때 이미 그 낙서의 이상스런 요술이 행해지고 있었다. 나의 속에서 그 오랜 낙서의 의미가 터무니없이 변한 것을 느낄 수는 있었다. 하지만 나는 아직도 그것이 어째서 내게 그토록 갑자기 의미가 달라져가고 있는지를 설명할 수는 없었다. 어떤 몽롱한 자기 암시 속을 헤매듯 정신없이 계속 말을 지껄여댔을 뿐이었다.

"백 년이 흐르고 나면…… 독백은 그렇게 말하고 있었지요. ─ 백 년이 흐르고 나면 그는 이미 이 세상에서 사라지고 없으리라는 사실보다 더 분명한 사실은 없을 거라고 자신 있게 말입니다. 맞는 말이에요. 나도 줄곧 그렇게 믿어왔구요. 하지만 난 오늘 저녁 아무래도 그 말을 믿을 수가 없을 것 같아요. 아니 그 말이 틀렸다고 할 필요는 없겠지요. 틀렸다기보다 그냥 믿기가 싫어진 거니까요. 적어도 그 말이 가르쳐준 진실보다 더욱더 분명한 것이 있는 것만 같은데, 그게 무언지가 잘 생각이 나질 않거든요. 알 수 없는 일입니다. 난 아까 거기서 댁을 만나기 전까지만 해도 그렇질 않았는데…… 그때까진 그런대로 모든 게 정연한 편이었는데 말입니다. 이런 말 그쪽에선 우습게만 들리고 있을 테지요만, 어쩌면 이건 아마 그쪽의 허물일 것 같은 생각마저 드는군요."

말없이 듣고만 있던 여자가 마침내는 아니라는 듯 서서히 고개를 가로젓고 있었다. 그리고는 수줍은 듯 희미한 미소를 머금은 입술로 조용히 부인해왔다

"아니에요. 전 우습게 생각하지 않아요."

뜻밖이었다. 그녀는 방금 자신이 한 말을 내가 믿어주는지 어떤 지를 확인하고 싶은 듯 잠시 입을 다물고 나의 표정을 유심스레 읽고 나서 이윽고 다시 말을 이었다.

"그리고 전 선생님이 말씀하신 제 허물도 부인하려 하지 않아요. 알고 보면 저도 지금 선생님 때문에 같은 낭패를 겪고 있거든요."

"댁에서도? 아가씨도요?"

나는 다시 한 번 알 수 없는 요술기를 느끼면서 조급스럽게 반문했다.

여자가 고개를 끄덕였다.

"그래요. 저도 아마 선생님처럼."

"나처럼 무엇이 어떻게?"

"그 낙서 말씀이에요. 그 낙서 말은 저도 지금까지 수없이 보아 왔거든요. 그 낙서에 대해 저 나름대로 믿는 것도 있었구요. 그런데 오늘 저녁 선생님이 제 곁으로 다가오시고부터는 모든 것이 달라져버렸어요. 믿었던 것이 믿을 수 없게 되고 지금까진 믿고 싶지 않았거나 믿으려조차 해보지 않은 일들이 분명한 사실이 되어 나타나고…… 마치도 그 쓸쓸하고 암울스럽던 수많은 저녁들의 종소리들이 갑자기 생기에 찬 찬송 소리로 돌변해 들려오듯이…… 냉기 서린 시가지의 불빛들이 그토록 정겨운 눈빛으로 변해오듯이. 하지만 전 선생님처럼 마음이 혼란스럽지는 않아요. 조급하지도 않구요. 그 낙서에서 한 말, 그 낙서가 정말 백 년이 되었거나 말았거나 언젠가 세월이 흐르고 나면 그 사람은 이곳을 떠나가고 그때는 얼굴조차 상상할 수 없었던 사람들이 이 땅과 세월의 주인이 되어 있으리라던 얘기 말씀예요. 그것만은 어쨌거나 분명한 사실이 되어 있지 않아요. 그 이상 분명해져야 할 사실을 생각할 필요가 있어요?"

그렇다. 바로 그것이었다. 여자의 이야기로 하여 그토록 애매하던 요술의 비밀이 드디어 정체를 드러내고 있었다. 낙서가 모든 것을 달라지게 만들고 있었다. 그리고 그 낙서는 나와 여자 사이에서 스스로 그 뜻이 달라지는 요술을 행하고 있었다.

나는 이제 더 이상 말이 필요 없었다. 낙서가 내게 행해 보인 요술의 비밀을 깨달은 이상 그렇게 묵연히 자리만 지키고 앉아 있을 수도 없었다. 나는 잠시 여자가 그 내밀한 자기 침묵 속으로 가라앉아 드는 것을 기다렸다가 이윽고 그녀를 눈짓하여 자리를 일어섰다.

눈짓만으로 순순히 자리를 따라 일어서주는 그녀를 이끌고 다방문을 나서고 보니 바깥엔 언제부턴지 탐스러운 함박눈이 조용히 송이져 내리고 있었다. 아늑하고 정겨운 저녁 거리였다. 나는 그 거리의 어느 쪽으론지 행선지도 정하지 않은 채 무작정 여자를 이끌어갔다. 그리고 어느샌지 모르게 손을 올려놓고 있는 그녀의 어깨가 파고들듯 나의 가슴 쪽으로 서서히 기울어들기 시작했을 때, 나는 비로소 그 낙서의 마지막 요술을 보고 있었다.

"낙서를 쓴 건 두 사람이었어. 흐르는 시간을 질투하는 사람들…… 그 낙서에는 분명히 우리라고 써 있었는데 내겐 어째서 여태까지 한 사람밖엔 보이지 않고 있었을까……"

"그리고 그날도 아마 오늘처럼 포근한 저녁 눈이 내리고 있었을 거구요."

　꿈이라도 꾸고 있는 듯한 내 중얼거림을 따라 한참 만에 되돌아
온 그녀의 대꾸였다.

　그놈의 요상스런 낙서가 내게서 그 기묘한 요술을 마지막으로
완성한 것은 그러니까 그때 그 어둠 속으로 역시 꿈을 꾸듯 한 눈
길로 나를 쳐다보며 조용히 속삭여온 그녀의 그 작은 목소리 속에
서였는지도 알 수 없는 일이다.

(『한국일보』 1975년 12월 25일)

사랑의 목걸이

베스 놈의 횡사는 녀석의 인자스런 여주인이자 동물학대방지협회(動物虐待防止協會)의 발기인회 대표격인 공삼덕 여사의 신념을 더한층 새롭게 해주었다.

공 여사가 발기인회 준비 관계로 며칠 낮 부엌 아이에게 집을 맡기고 나다니다 보니 어느 날 저녁 베스 놈이 홀연 집 안에서 종적을 감춰버리고 말았다.

여사는 기분이 몹시 언짢고 서운했으나, 발기인회 일이 아직도 채 매듭이 나지 않고 있는 참이라서, 대문 단속을 허술히한 부엌 아이만 실컷 나무래놓았을 뿐 당분간은 녀석의 일을 잊고 지내는 수밖에 별다른 도리가 없었다.

―이젠 철도 거의 다 지났겠다. 종자가 종자니만큼 설마 하면 그 끔찍스런 보신탕 집으로는 끌려가지 않았겠지.

좋은 주인 만나 귀염이나 받고 살아가기를 빌어주는 정도로 섭섭한 마음을 좋이 달래오고 있던 참이었다.

　한데 그러고 다시 며칠이 지난 어느 날 저녁 생각지도 않았던 곳에서 느닷없이 녀석의 그 끔찍스런 주검이 발견되어 나온 것이다.
　부엌 아이가 사나흘 만에 한 번씩 제 방을 덥히러 내려가곤 하던 지하실 연탄 아궁이 속에서 무참스럽게도 그 탐스럽던 몸뚱이의 털 끝이 반쯤이나 타들어간 녀석의 사지를 질질 끌어내어왔던 것이다.
　"연탄불을 밀어 넣고 나니까 아궁이 속에서 이상한 노린내가 나지 않아요. 화덕을 다시 빼놓고 손을 들이밀어보았더니 글쎄 이게, 이이그……"
　부엌 아이 년은 멋모르고 죽은 베스 놈의 발목을 끌어 잡아당긴 일이 새삼 끔찍스러워지는 듯 몸서리를 치고 있었다. 몸집이 작은 것이라, 녀석이 웬일로 하필 그 지하실 아궁이 속까지 들어갔다가 불 당긴 연탄 화덕에 갑자기 출구가 막힌 바람에 그 안에서 그만 질식을 당해 죽고 만 모양이었다.
　공 여사는 다시 한 번 가슴이 미어지는 듯한 아픔을 맛보았다. 아픔이라기보다도 그것은 공 여사가 일찍이 겪어보지 못한 일대 충격이었다.
　원래가 인정 많고 눈물이 많은 편인 공 여사의 성품이었다. 거기다 세상 누구보다도 그 시간이라는 것이 철철 남아 넘치는 공 여사였다. 그야 아무리 그 시간을 주체할 수 없는 여사라 하더라도 베스 놈에 대한 그녀의 각별한 관심이 아니었더라면 여사가 별안간 그 동물학대방지운동을 작정하고 나설 만큼 그녀의 인정과 눈물이 알뜰한 신념을 잉태할 수는 없었을 터이었다. 시간만을 처리하기 위해서라면 그녀는 아마 동물학대방지회가 아닌 혼분식 장려운동 주부회 모임이라는가 하다못해 요즘 한창 유행을 더하고 있는 테니스 클럽이라도 나다니는 식으로 다른 소일거리를 찾아냈을 수도 있었다. 하고많은 소일거리 중에 여사가 하필 동물보호운동을 결심하고 나선 데는 여사의 눈물과 인정과 그리고 그것들을 필경 어떤 보람스런 신념으로 결정(結晶)지워줄 흡족한 시간 외에, 무엇보다도 그녀의 그 베스 놈에 대한 각별한 사랑이 밑받침되고 있었다.

인정과 눈물이 많은 사람일수록 대상에 대한 판단과 자기 신념이 맹목적일 정도로 빠르고 강해지는 수가 있었다. 베스 놈을 앞에 놓고 그 귀여운 모습과 재롱에 공 여사는 참으로 많은 시간을 생각했다. 녀석만 들여다보고 앉아 있으면 여사는 놈을 위해 그녀가 무엇인가를 해줘야 할 것만 같은 생각이 들곤 했다. 녀석이 그녀에게 바치는 사랑과 위안에 대해 그녀가 녀석에게로 되돌려줄 수 있는 보답이 항상 모자라고 있는 느낌이었다. 공 여사는 궁리에 궁리를 거듭했다. 그리고 그녀는 그런 보람이 있어 어느 날 문득 하나의 각성에 도달했다. 놈을 위해 그녀가 할 일을 깨달은 것이었다.

개 도살을 허가제로 관리하겠노라는 당국의 음흉스런 복안을 신문 보도에서 읽은 날 저녁이었다. 동물학대방지운동에 공 여사는 신명을 다하기로 결심을 굳혔다.

그것은 이를테면 베스 놈에 대한 여사의 사랑의 개가였고, 또한 놈을 위한 보다 큰 사랑에로의 비약이었다. 여사는 가엾은 동물들에 대한 자신의 숭엄한 인간애에 스스로 감격하고 스스로 도취되었다. 그리고 그 모든 것 위에 하나의 고귀한 신념이 요지부동으로 굳게 자리 잡기 시작했다.

그렇게 시작된 동물학대방지협회 일이었다.

베스 놈의 횡사는 그런 공 여사에게 이만저만한 충격이 아닐 수 없었다. 베스 놈에 대한 쓰라린 연민의 정은 둘째치고 대상이 누구랄 것도 없는 막연한 분노가 가슴속을 부글부글 끓어올랐다. 녀석을 좀더 세심하게 관리하지 못한 자기 가책과 회한의 정을 느끼지 않은 것은 아니었다. 그리고 하필이면 발기회 일이 고비에 달해가고 있을 때 그런 낭패를 당하고 보니 공 여사 자신의 입장이 이만저만 난처해지지 않은 바도 아니었다. 무엇보다도 부엌 아이에게 함부로 녀석을 내맡기고 집을 나다닌 자신의 부주의가 큰 허물이었다.

하지만 공 여사는 그 베스 놈에 대한 관리의 책임이나 난처해진 자기 입장을 따지기에 앞서 근원을 알 수 없는 어떤 무참스런 배신감에 몸을 떨었다. 그리고 가엾은 베스 놈의 죽음에 대한 복수라도 다짐하듯 애초의 신념을 더욱더 굳게 했다. 공 여사에게는 그것이 베스의 죽음으로 인한 무참스런 낭패감과 분노에 대한 자기위안의 방법일 수도 있었다. 발기회 준비가 막바지에 이르고 있었다. 방송국엘 나가서 협회 취지도 설명해둬야 하고, 신문기자에게 사업 계획에 따른 만천하 동물 애호가들의 협조도 호소해야 했다. 첫번째 사업 목표는 때가 다소 늦은 감이 있었지만 집안 남자들에게서부터 개고기를 안 사 먹게 하자는 '개고기 안 먹기' 캠페인을 벌이는 일이었다. 베스 놈 때문에 상심하고 있을 수가 없었다. 베스 놈의 죽음은 공 여사로 하여금 오히려 그 동물들에 대한 적극적인 보호와 사랑을 각성케 하고 있었다. 놈을 죽게 한 그녀의 부주의도 따지고 보면 녀석을 보다 넓고 크게 사랑하고자 했던 그녀의 충정에서 연원된 실수였다. 베스 놈은 차라리 고귀한 희생양이었다.

공 여사는 무엇보다도 우선 그 베스 놈에 대한 자신의 과실을 사죄하기도 할 겸 또 다른 강아지 한 마리를 얻어들였다. 사실 동물학대방지협회의 사실상의 발기인 대표 격인 공 여사 처지로서는 집 안에 귀여운 강아지 한 마리 기르지 않고 있다는 것도 말이 안 될 일이었다. 이번에는 베스놈의 경험을 참작해서 장난기나 모험성이 덜함 직한 암캐 쪽을 골라왔다. 이번에도 털이 썩 탐스러운 삽살개 종류로 이름을 메리라 지어 불렀다.

그리고 그녀는 베스 놈에게서 당한 낭패를 또다시 되풀이하지 않기 위해 이번에는 미리부터 철저한 보호 대책을 강구했다. 예쁜 쇠 장식이 달린 가죽 목걸이를 목에 걸어주고, 그 목걸이를 다시 무게가 크지 않은 쇠줄에다 적당한 길이로 연결하여 문간방 앞에 놓인 년의 집 모서리에 고정시켜놓았다.

그 목걸이는 이를테면 가엾은 동물들에 대한 사랑과 보호와 자기 신념의 상징이었다. 메리 년은 그 인형처럼 예쁘게 색칠을 한 삼각집으로부터 쇠줄의 길이가 허용하는 거리 안에서만, 그러나 인형처럼 예쁘게 자라가기 시작했다. 그리고 마음을 놓게 된 공 여사는 이제 또다시 그 협회 일로 바쁜 나들이를 시작했다.

베스 놈의 원혼을 위로하기 위해서라도 여사는 협회 일에 배전의 열성을 바치지 않을 수 없었고, 그녀의 그런 열성은 그 베스 놈의 죽음으로 하여 더욱더 왕성하고 투철해진 신념과 사명감의 발양임에 틀림없어 보였다.

한데 어찌 된 일이었을까.

공 여사가 그런 열성과 사명감으로 협회의 발기 총회를 제법 성공적으로 끝마친 다음, 연이어 본격적인 협회 사업들을 추진해가고 있을 즈음이었다.

그동안 한 달 가까이나 탈 없이 자라오던 메리 년의 거동에 이상스런 변화가 나타나기 시작했다. 처음에는 그저 식욕이 좀 덜 한 듯이 끼니를 거르곤 하더니, 2, 3일이 지난 다음부터는 공 여사가 외출에서 돌아오는 것을 보고도 무슨 따돌림병을 얻은 놈처럼 주인을 반가워할 줄도 모르고 시들시들 몸뚱이를 감고 누워 있을 뿐이었다.

공 여사는 처음 별로 걱정을 하지 않았다. 회충약도 미리 먹였고, 광견병·홍역 예방주사도 미리미리 단속을 해둔 터이었다. 돌림병 따윌 얻어 걸렸을 리는 없었다. 잠자리가 마땅찮은가 살펴봐도 더 이상 손을 봐줘야 할 데가 없었다. 국물이나 좀 달리해서 밥을 먹게 해보라고 부엌 아일 단속해두는 정도로 공 여사는 협회일로 분주한 나들이를 계속했다.

하다 보니 메리 년의 동태는 점점 더 수상쩍어져가고만 있었다. 대문을 나서려다 공 여사가 잠깐 바쁜 틈을 내어 들여다보기라도 할라치면 년은 이상스럽게 무슨 애원기 같은 것이 가득 담긴 눈초리로 시들시들 주인을 사려 볼 뿐, 그나마도 이내 부질없는 원망을 아끼려는 듯 측은스런 눈꺼풀을 힘없이 내리깔아버리곤 하였다.

—이년이 벌써 상사병이 나서 바깥 마실을 못 나가 이러나? 그렇담 이년아 더 기다려라. 네년이 그렇게 굴지 않아도 때가 오면 내 어련히 알아서 신랑감을 구해줄려구. 좋은 씨 받으려는 것도 다 참한 신랑감이 나설 때까지 참고 기다릴 줄을 알아야 한단 말이다, 이년아.

여사는 메리 년의 몰골에 몹시도 가슴이 아팠으나, 한편으로는 또 그 아픔 때문에 년을 좀더 혼자 견디게 하지 않으면 안 된다고 생각했다. 년의 그 측은스런 모습이 마음 아프면 아플수록 년에 대한 여사의 사랑과 보호의식은 그녀에게 보다 큰 사명감을 불러일으켰고, 그녀는 그 사명감에 따라 자신을 더욱더 분주하게 채찍질해대지 않으면 안 되었기 때문이었다.

—오냐. 참으로 가엾은 짐승들이로구나. 너희는 하루빨리 이 비정스럽고 죄 많은 인간들의 학대를 벗어져나와야 한다. 인간들은 보다 많은 사랑을 베푸는 데 주저함이 없어야 하고, 너희들은 그것을 누려야 할 권리가 있는 것을. 하지만 이 잔인한 인간들이 아직도 그것을 깨닫지 못하고 있으니……

공 여사는 그런 인간들을 하루빨리, 그리고 보다 널리 일깨우기 위하여 메리 년을 훨씬 더 혼자 있게 하지 않으면 안 되었다. 여사는 메리 년이 가엾어지면 가엾어질수록 협회 일에 대한 뜨거운 보람과 사명감이 불타올랐다.

316

그러니까 메리 년이 앞서 간 베스 놈의 뒤를 따라 또다시 그 비운의 횡액을 겪게 된 것은 그로부터 다시 며칠이 지난 후, 공 여사가 그 벅찬 보람과 사명감을 감당하고자 협회의 첫 번 사업으로 시작한 '개고기 안 먹기' 캠페인을 위한 연설회에서 2백여 여성의 청중을 상대로 열띤 호소를 토하고 돌아온 바로 그날 밤의 일이었다.

　연설회에서의 흥분이 아직 채 가시지 않은 공 여사가 모처럼 흐뭇한 기분으로 대문을 들어서다 보니, 이날사말고 하필 그 메리 년의 태도가 더한층 수상쩍었다. 여사가 다가서도 년은 이제 목덜미를 사타구니 사이로 잔뜩 휘어박은 채 눈조차 거들떠보려고 하질 않았다. 머리통을 쳐들어놓아도 탄력 잃은 고무줄처럼 서서히 다시 땅바닥으로 허물어 내려앉아버리곤 했다. 청승맞게 끙 한숨 소리까지 토해내고 있는 년의 어느 구석에서부터는 종류를 알 수 없는 불결스런 냄새까지 번져 나오고 있었다.

　년을 그대로 놓아두고는 아무래도 속이 꺼림칙해서 맘을 편히 지닐 수 없을 것 같았다. 바깥일에만 쫓기다 보니 여사는 그동안 베스 놈 시절부터의 단골 병원에라도 한번 데려가볼 생각을 못하고 있었던 게 후회가 되었다.

　여사는 곧 년을 껴안고 거리 입구 단골 가축 병원으로 달려갔다.

　아니나 다를까. 가축 병원의 젊은 수의사는 메리 년을 한동안 이리저리 살피고 나더니 첫 마디부터 공박조로 나왔다.

　"이 개, 목걸일 한 번도 갈아 끼워주질 않았군요."

　공 여사는 그런 의사의 어조가 별로 탐탁지를 않았으나, 그의 말이 무슨 뜻인지를 몰라 잠시 어리둥절한 표정으로 대답을 망설

이고 있으려니까,

"강아지 목이 굵어져가는 것도 모르고 어떻게 개를 기릅니까. 이건 참으로 잔인스런 동물 학댑니다, 사모님."

젊은 의사가 이번에는 좀더 노골적인 힐난 투로 말하고 나서 메리 년의 목털 속에서 그 쇠장식이 달린 가죽 목걸이를 조심스럽게 풀어냈다. 그리고는 목걸이를 풀어낸 메리 년의 목덜미 털 속을 여사 앞으로 들춰내 보이고 있었다.

하지만 이번에는 공 여사 쪽에서 그 메리 년의 목덜미를 들여다보려고 하지 않았다. 여사는 이미 젊은 의사가 조심스럽게 벗겨든 목걸이에 굳은 핏자국이 묻어 나오고 있는 것을 보았기 때문이었다. 목걸이의 쇠붙이 장식 부분이 메리 년의 목줄기를 졸라매들어가다 종당에는 년의 살 속을 파고든 것이었다.

공 여사는 년의 목털 속으로부터 그 피 묻은 목걸이가 뽑혀 나오는 것을 보는 순간에 벌써 아찔한 현기증과 함께 눈앞이 까맣게 변해가고 있었던 것이다.

의사 앞에 할 말이 없었다.

그녀는 한동안 눈을 감은 채 힘없이 허물어져 내리려는 사지를 간신히 지탱하고 서 있었을 정도였다.

"상처가 깊이 곪아들어가서 치료가 썩 힘들 것 같습니다. 치료가 가능하다 해도 시일이 꽤 걸릴 거구요."

년의 목덜미를 다시 한차례 세심하게 살피고 난 의사가 뭔가 주인의 결단이 필요하다는 듯 천천히 그녀를 돌아다보며 말해왔을 때도 공 여사는 그 메리 년을 다시 한 번 들여다볼 용기가 나지 않았다.

그녀는 이제 그만 아무것도 보고 싶지가 않았다. 젊은 의사로부터도 더이상 무슨 말을 듣고 있기가 싫었다. 한시바삐 이 난처한 입장을 벗어나고 싶은 마음뿐이었다.

메리 년의 고통을 덜어주기 위해서라도 일을 일찍 서둘러 끝내주는 것이 훨씬 인간적일 것 같았다. 가능성이 희박한 일을 가지고 시간을 끄는 것은 메리 년의 고통을 그만큼 오래 연장시켜주는 것뿐이었다. 그 또한 용납될 수 없는 학대 행위였다.

그러고 보면 공 여사로서는 의사 쪽에서 먼저 년의 치료를 달갑게 여기고 있지 않은 듯한 어조가 되고 있는 게 지극히 다행스런 일이었다. 그리고 그쪽에서 먼저 공 여사의 어떤 난처한 결단을 은근스레 암시해오고 있는 것도 무척은 고마운 일이었다.

공 여사는 물론 의사가 그녀에게 기다리고 바라는 것이 무엇인가를 알고 있었다. 그리고 그 젊고 영민한 의사 자신이 이미 그녀의 결단이 어느 쪽이 될 것인가를 미리 점치고 있으리라는 것도 충분히 짐작을 하고 있었다. 여사는 의사에게 다만 고개를 끄덕여주기만 하면 될 일이었다.

그야 물론 누구보다 메리 년을 아껴왔고, 년에 대한 사랑으로 협회 일에까지 신명을 다해온 공 여사로서는 이 비정스럽고 불가피한 선택에 마음이 쓰이지 않을 리 없었다.

하지만 이젠 그 방법만이 메리 년을 위하는 길이었다. 그리고 그만한 아픔쯤은 년을 돌봐온 주인으로서야 오히려 의당한 것이었고, 또한 훈훈한 보람일 수 있었다. 하물며 그 아픔을 참아 이겨내는 것이 또한 년에 대한 사랑의 증거일 수 있음에랴!

아픔이 없을 수 없었다.

사양해서는 안 될 뜻있는 아픔이었다.

공 여사는 마침내 결단을 내렸다.

결단을 내리고 나니 과연 달콤한 슬픔 같은 것이 새삼 가슴에 촉촉히 젖어들어왔다.

여사는 그 슬픔을 한 방울이라도 헛되이 흘리지 않게 하려는 듯 조심스럽게 의사를 향해 돌아섰다. 의사가 말없이 그녀를 기다리고 서 있었다. 여사는 이제 비로소 용기가 생긴 듯 그녀를 기다리고 있는 의사의 눈을 정면으로 바라보았다. 그리고는 묵묵히 그녀를 기다리고 서 있는 젊은 의사에게 한두 차례 조용히 고개를 끄덕여주고 나서 말했다.

"선생님, 저 가엾은 것이 고통이라도 좀 빨리 잊게 해주세요."

(『한국문학』 1976년 1월호)

해공(蟹公)의 질주

술기가 거나해진 L군의 하숙 시절 이야기—어느 날 밤 L군이 부엌 연탄불에서 혼자 오징어를 굽고 있는데 냄새에 홀린 주인집 셰퍼드란 놈이 등 뒤로 다가와서 꼬리를 흔들고 있더란다. L군이 오징어 다리를 한두 개 던져주다 방으로 들어오면서 손짓을 하니, 셰퍼드란 놈 참지를 못하고 방 안으로 성큼 뛰어들어왔는데, 그로부터 L군은 녀석과 대작으로 네 홉들이 소주 한 병을 다 마셔치웠다고. L군이 술 한잔 마시고 구운 오징어를 뜯어 보이고 녀석에게도 술잔과 오징어 조각을 차례차례 내밀어서 녀석의 구미를 끈질기게 유인해댔더니 영리한 녀석도 끝내는 식욕을 참지 못하고 술과 안주를 함께하기 시작했다.

과장과 허풍이 섞인 소리임은 분명하다. 하지만 L군은 그 셰퍼드 녀석과의 하룻밤 대작이 화근이 되어, 얼마 뒤엔 결국 하숙집을 쫓겨나게까지 됐노라고 제법 그럴듯한 후일담까지 덧붙이며 자신의 이야기가 엉터리 우스갯소리가 아님을 강조. 다름 아니라 전부터도 주인아주머니로부터 족보 자랑이 대단하던 그 셰퍼드란 놈, 그 무렵에 하필 고가의 새끼들을 배에 담고 있었는데(임신이라고 해야!), 그날 밤 L군과의 폭주가 원인이 되어 뜻하지 않은 유산의 불상사가 빚어졌고 그게 결국 L군의 야릇한 유희의 결과였음이 판명되고 말았기 때문이었단다.

그것 참! 건방진 개새끼같으니라고.

그 L군의 이야기에 맞장구를 치고 나선 K군의 개에 얽힌 또 다른 우스개 한 토막.

K군의 어렸을 적 시골 마을에는 골목을 나다니는 남의 집 개들을 꾀어다가 그 개들의 귀 끝을 감쪽같이 베어 구워 먹어버리는 괴상한 장난을 즐기는 작자가 있었는데—영문을 알 수 없던 마을 사람들, 처음에는 동네 개들이 까닭 없이 하나하나 귀가 잘려나가는 것을 보고 무슨 흉조나 든 것처럼 법석들을 떨었단다. 범인을 찾아내고 보니 동네 개들이 귀가 잘려나가게 된 사연인즉 그 짓궂은 친구의 어이없는 별식 취미가 유죄였더라고.

"어이없는 노릇이지. 하지만 그건 작자가 배가 고파서라거나 육식이 그리워서였다는 따위로 말을 하면 재미가 없어. 일종의 식도락이래야지. 아, 글쎄 동네 개들은 그래 얼마나 어이들이 없었겠어. 귀 잘린 어느 개가 역시 귀가 잘린 다른 개를 골목에서 만나고 보면 어! 너도 당했군? 도대체 이게 무슨 꼴들이야, 인간 망종들한테 그래? 어쩌고 하면서 사람들보다도 더 어이들이 없어 했을

게 아닌가 말야, 허허……"

이야기를 하고 나서 껄껄거리며 덧붙이던 C군의 실없는 익살.

※ 유사한 에피소드를 하나쯤 더 찾아내서 옴니버스 스타일로 이야기를 한 편 묶어낼 수 있을 듯.

※ 제목은 「바야흐로……」

72. 3. 4.

바야흐로, 바야흐로?

이런 제목으로 묶여질 만한 이야기가 또 하나 어디에 있었지?

과연 73년 8월께에 그런 기록이 있었다.

창경원 어느 일요일.

넋을 잃은 사람처럼 한 식경이나 정신없이 사자 우리를 구경하고 있던 어느 휴가병 아저씨―무슨 생각이 들었던지 불현듯,

"이놈, 사자 놈아, 덤비거라!"고 벽력같은 소리를 내지르며 우리 속의 짐승 쪽으로 돌진해 들어갔다. 어이가 없어진 사자 놈 가당치도 않다는 듯 가벼운 일격으로 그 아저씨를 냉큼 격퇴하고 말았는데…… (D지에 실린 휴일 한담 기사 한 토막)

글쎄 그 휴가병 아저씨 무슨 생각으로 그런 엉뚱스런 돌진을 감행하게 된 것일까. 사람이 놈을 구경하는 게 아니라 놈 쪽에서 오히려 철책 너머로 사람들을 구경하고 있는 듯한 오만스런 눈길이 아니꼬워서? 혹은 질투 때문에? 그가 가령 언제나 문의 바깥쪽으로 쫓겨 나와 문 안으로 다시 들어가기를 열망해본 경험을 지닌

친구라면 아마도 그런 질투가 충분히 가능했으리라(그들은 항상 문을 나오고 싶어 하는 것으로만 착각하고 그들이 영영 그 문을 다시 나올 수가 없게 하기 위하여 그들을 거꾸로 문밖으로 내쫓아버렸었지. 그들은 얼마나 간절히 그 문을 다시 들어가기를 열망했던가. 그러나 그 열리지 않는 문들의 압도적인 위엄 앞에 얼마나 절망적인 질투를 일삼고 있었던가. 그리고 그들은 서로 그것을 얼마나 이해하지 못했던가. 그것은 참으로 기묘하고도 효과적인 방법이었지).

아저씨는 오히려 그 자신이 문밖으로 쫓겨나 있는 기분이 들었을 수도 있었을 터이므로. 녀석의 오만스런 독점을 보았을 터이므로.

73. 8. 13.

바야흐로—바야흐로라는 제목으로 함께 묶여질 수 있을 것 같다.

하지만 나는 결국 책장을 다시 덮고 말았다. 이야기들이 너무 외설스럽다. 괜한 말장난들처럼 보일 것 같다. 좀더 진중하고 호소력 있는 작품이 될 소재는 없을까. 무엇보다도 옴니버스 스타일의 작품 형식은 주제 전개가 불분명해지기 쉬운 약점이 있다. 다른 얘기를 좀 생각해보자. 우선 머리를 좀 쉬었다 일어나서 다시 생각을 해야 할 것 같다. 낮잠이라도 한숨 자두도록 하자. 머리를 쉬고 나서 새 기분으로 이야기를 찾아보자.

나는 책상을 물러 나와 자리 위로 몸을 눕히고 드러누웠다.

하지만 자리로 누워봐도 피로한 화물 자동차 운전수처럼 잠이 쉬 들어올 리는 없다. 언제나처럼 마음만 점점 더 초조해진다.

오늘은 어떻게든지 서둘러도 몇 장 시작을 해놔야 할 텐데. 무엇을 어떻게 써야 할지도 결정을 내리지 못한 채 일을 계속 망설이고만 있을 수는 없다. 이젠 더 이상 일을 미루고 있을 여유가 없다.

써야 할 이유를 굳이 말해야 할까. 무엇보다도 우선 이달치 곗돈을 물어넣었어야 할 날짜가 사흘이나 지나 있다. 마누라가 어디서 임시변통을 해댔는지 모르지만, 30만 원짜리 24번계 곗날이 매달 초아흐렛날이었다. 15평짜리 아파트 매입 잔금을 치르느라 6번으로 30만 원을 타먹은 계가 원금액을 훨씬 넘어 부어들어간 듯싶은데도 아직 이달이 21개월째밖에 되지 않는단다. 그 곗날이 벌써 사흘을 지났으니 이잣돈 물어가면서 버틸 처지도 못 되고 보면 원고라도 좀 시원시원 씌어져나가줘야 할 터이다.

곗날은 또 곗날, 어차피 날짜가 지난 일이니 차치해두고라도 잡지사 친구들에 대한 체면 또한 말씀이 아니다. 기일 안에 쓸 수 없는 글은 아예 쓸 수가 없노라고 정직하게 사양을 하고 말던 것도 옛말. 요즘 와선 그저 어떻게 틈 봐서 해보겠지만 믿지는 말라는 정도로 적당히 요령을 부려두곤 한다. 하니까 원고를 거두는 쪽은 또 그런 정도만 가지고도 충분히 독촉을 해댈 꼬투리가 되는 셈이다. 그런저런 방법으로 얼렁뚱땅 약속이 되어 추궁을 당하고 있는 곳이 몇 자리. 그러나 아직 이름 잊지 않고 독촉 연락을 계속해주는 친구는 고마운 쪽이라고 해야 할 판이다. 석 달, 넉 달 일이 틀리다 보면 그럭저럭 소식이 영 끊기고 만다.

"그 새긴 틀렸어. 이제 우리 사무실에서 그 새끼 이름은 들먹이지도 마!"

그쯤 거래 중단이 선언되고 만다는 거다. 자의거나 타의거나 약속은 약속이었던 게고 한 달이 지났거나 1년이 지났거나 빚은 빚이었던 모양이니, 그런 꼴로 글쟁이 이름을 파문당하고 만 불명예를 회복하는 길이란 오로지 원고를 좀 일찍일찍 써내는 것뿐이렷다. 하지만 이런저런 사정에 앞서, 한 편이라도 글다운 글을 써내고 싶은 근본적인 요구는 우선 나 자신에서부터임을 다시 말할 나위는 없을 터이다.

사람의 일상 생활은 대개 눈에 보이지 않는 어떤 일정한 가락 같은 것을 타고 있게 마련이다. 글을 쓰는 일을 일종의 정신의 모험이라고도 말하지만, 새로운 세계에 대한 어떤 가슴 떨리는 기대와 예감으로 간직하고 있으면서도 오랫동안 길을 떠나본 일이 없는 조바심만 늘어가는 여행자의 파탄 같은 것, 글을 써야 하는 자가 오랫동안 글을 쓰지 못하다 보면 그런 식의 자기 파탄 같은 것이 은근히 두려워지기 마련이다. 공연히 허전하고 불안스럽고 그리고 답답하기 그지없는 나날이 계속된다. 그것은 글을 써오면서 제풀에 익어진 달갑잖은 버릇의 하나일 터이었다. 생활의 가락이 질서를 잃은 데서 오는 현상임이 분명했다. 생활의 리듬을 잃지 않기 위해선 형식적으로나마 자신의 불안감을 달래줄 방편이 있어야 했다. 그래서 나는 글이 잘 써지지 않는 날이라도 원고지 몇 장쯤은 무슨 이야기로든 억지로 지면을 메워두는 버릇을 들이고 있었다. 그것이 나중에 정말로 글이 되든 아니 되든 그것은 문제가 아니었다. 그것을 하고 나야 겨우 하루를 살고 난 기분이 되곤 했다.

억지로 쓰는 원고지 열 장—그런데 그 열 장이 문제였다. 왜 그 열 장이 문젠고 하니, 갈수록 그 장수가 늘어나고 있기 때문이다.

웃지 말라. 사람의 생활에는 그 사람에게 가능할 일상의 수입 규모나 그 수입의 지속성에 근거해서 마음의 안정을 함께 누리게 되는 경우가 많지 않은가. 억지로 써야 하는 원고지 장수는 바로 그나의 수입 규모와 지속성에 관계된다.

가령 이렇게 생각해보자.

지금부터 10년 전인 1965, 6년 무렵에 원고지 한 장의 원고료가 대략 60, 70원에서 1백 20, 30원까지로 대체로 1백 원 내외였다. 그 무렵 일급 신문사 입사 초봉이 대략 1만 원 내외. 은행이나 무역회사 같은 곳은 아니더라도 그것이 하숙 생활을 갓 벗어난 병아리 사원의 최저 생활급쯤 된다고 치고, 글로써 그것을 대신하자면 한 달에 원고지 1백 장짜리 단편소설 한 편 정도. 1년 열두 달 쉬지 않고 1백 장짜리 소설을 써낼 장사 없고 다달이 그것을 실어줄 지면도 없었지만 그러나 그게 가능하다고 치면 하루 평균 원고지 3, 4매 정도의 작업 분량이 된다.

그러던 것이 1970년대 이후를 돌아다보면 사정이 다시 달라진다. 1971년 봄 『지성』이라는 월간 잡지의 원고지 1매당 고료는 3백 원, 지성사 자체의 사원 월급이 5만 원이었으니 지성사 원고료 같은 회사 월급분을 써내자면 1일 평균 5장 이상의 작업분.

그런데 요즘의 원고료와 관련된 나의 하루 작업 책임량은 얼마쯤 되고 있는가. 아니 예서부터는 남의 월급액에 원고료를 비교하느니보다 간단히 알기 쉬운 물가 대비를 하여보자. 1971년 지성사 무렵의 짜장면 한 그릇 값이 50원을 했고 다방 마담한테 특청을 넣어야 겨우 얻어 사 피울 수 있었던 청자 담배가(신탄진을 피웠으

니까 그럴 필요는 없었지만) 금 1백 원정으로 원고지 한 장에 짜장
면 여섯 그릇, 청자 담배 세 갑꼴. 그럼 요즘의 원고료와 담뱃값
싸장면 값의 대비는 어찌 되고 있는가. 문예진흥원에서 수지 안
맞는 일 하느라 고생한다 해서 덧붙여주는 그 의연금 조의 보조분
을 제외하고 난 자체 고료는 금 2백 원 정도에서부터 잘해야 5백
원 내외. 평균 잡아 4백 원을 치고 보면 1백 50원 하는 짜장면 두
그릇 반에 최고급 담배인 선이나 거북선(질이야 물론 세 배로 높아
졌을 터이지만) 한 갑 정도. 가까운 필수품 대비로는 실질 원고료
가 다시 절반으로 떨어진다.

누가 시켜서 하는 일이 아니라서 나이 먹고(나이를 먹으면 부양
가족이라는 게 늘지 않는가) 관록 붙고(관록이 도움이되기는커녕 언
제나 새로운 출발점에 서야 하고 언제나 신인이어야만 하는 글쟁이들
에게는 거꾸로 창의력의 소실과 작업 능력의 쇠퇴만을 의미하기 쉬운
터가 아니던가) 승급을 거듭해가면서 하는 일까지도 점점 더 쉽게
익숙해져가는 직장인의 자연발생적(?)인 자기 개선은 탐낼 바가
못 되지만 어쨌거나 사정이 이쯤 되고 보면 1971년도에 고정시켜
둔 자기 개선의 조건들을 감수하면서라도 그때의 수입선을 유지하
자면 적어도 원고지 10장 정도의 일일 작업량이 되고 있다. 일요
일도 쉬지 않고 한 달 30일을 내내 일한다고 해야 하루 평균 10장
정도가 되고, 10장 정도로 써봐야, 1매당 평균 4백 원을 쳐서 월
수입 12만 원정. (1백 장짜리 단편소설 세 편에 12만 원정! 1백 장
이 넘는 소설은 실어주는 곳이 드무니까 천상 세 편 정도로 나눠 써
야) 나이 서른여덟에 한 달 수입 12만 원 정도를 바란다고 나무랄

사람도 드물겠지만, 그렇더라도 그럼 그 12만 원을 다 벌어들이냐, 하면(아니다!) 2만 원을 다시 사양해서, 10만 원만 잡더라도 하루 작업 분량은 역시 8장 정도……

이런저런 양보를 하고 나더라도 집필업 10년 경력에 하루 작업량 3, 4매 정도의 원고지가 줄기는커녕 배 이상으로 늘고 있으니 문제는 쉽지가 않다. 게다가 마음의 부담을 줄인답시고 메모 형식으로 원고지 칸을 억지로 메우는 일이 8장 정도의 분량이 되고 보면 그건 벌써 메모랄 수가 없다. 이야기도 없이 억지로 써내질 장수가 아니다. 8장을 쓸 만한 이야기가 정해지면 그건 이미 억지로 적는 메모가 아니라 본격적인 작품의 시작이다.

이를테면 나는 이제 글이 씌어지지 않을 때 마음의 빈 곳을 채우기 위하여 하루 작업량만큼 한 원고지를 억지로 채워오던 일조차도 계속해나가질 못하게 되어가고 있다는 이야기다. 작업량이 너무 부담스러워진 것이다.

그런 지가 벌써 한 달 이상이 되어가고 있다. 써놓은 메모장만 들춰보다 말기가 일쑤였다.

더 이상은 견딜 수가 없다.

오늘은 어떻게든 원고지를 몇 장쯤이라도 메우고 나야 잠이 올 것 같다.

나는 다시 자리에서 몸을 벌떡 일으켜 앉았다. 어젯밤에 줄거리를 꾸미다가 잠자리로 들어갔던 이야기를 메모장에서 다시 들춰냈다. 간밤엔 과연 원고지 몇 장쯤 이야기를 시작해놓을 뻔한 기억이 아직도 머리에 남아 있었다. 마음이 워낙 초조해진 데다 술기까지 제법 알알해 있었던 때문이었는지 모른다. 취재 노트를 들추다 보면 가끔 있는 일이지만, 전날엔 전혀 손을 대볼 엄두가 나지 않았던 이야기가 갑자기 가슴을 찌르고 드는 대목이 한 곳 있었다. 보다 더 절실한 실감과 그 실감을 감동적으로 그려 보일 수 있는 이야기 형식이 떠오르지 않는 한은 손을 대지 않으려던 소재였다.

G군의 화려한 추억.

어떤 사람들은 전혀 가난이라는 걸 경험해본 일이 없으면서도 그것을 경험한 일이 없기 때문에 그 가난을 쉽사리 입에 올리고, 자기 진실의 근거를 그것에 기대려 하는 경우가 있는 것 같다. 나쁠 것은 없는 일이지만 나는 오히려 너무도 혹심한 가난의 학대를 겪어봤기 때문에 오히려 그 가난을 함부로 말하기가 두려워지고 있는 것 같다. 그런 가난의 경험이야말로 나의 문학 수업에는 무엇보다 귀중한 것이 되고 있을 터이지만 나는 그것을 그저 언젠가 내가 가장 적절한 가난의 이야기를 쓰게 될 소중스런 것으로 깊이 간직할 뿐, 지금 그것을 이야기할 엄두는 감히 못 내고 있는 형편이다……

이런 뜻을 담은 나의 말에 소설을 쓰는 G군.

"개새끼들, 지놈들이 무얼 알아! 진짜 가난을 살아봤어? 배때지 뜨뜻하게 밥 처묵고 아랫목에 드러누워 무신 가난이 어쩌고 어째?"

화를 벌컥 내며 털어놓은 그 화려한 가난의 추억 —

6·25사변이 끝날 무렵, 그는 대구 교외의 한 다리 아래에다 병

든 아버지를 뉘어놓고 아침저녁 밥 비럭질은 나다니는 생활(?)을
하고 있었다고 했다.

　그 무렵 G군의 친구들은 그래도 밥 비럭질 다니는 것이 창피한
노릇인 줄은 알아서, 한동안 음력 대보름 명절을 몹시도 기다린
일이 있었다고 했다. 대보름날 아침에는 집이 있는 아이들도 골목
골목 오곡밥을 얻으러 다니는 '놀이'가 있다는 것을 알고 있었기
때문. 보름날 아침만 되면 그날 하루만은 거지 표 드러내지 않고
여느 집 아이들과 한데 섞여 당당하게 밥을 얻으러 다닐 수 있으리
라는 기대에서였단다. 하지만 보름날 아침이 되어서 막상 골목을
들어서고 보니 남루한 옷매무새가 아니더라도 이번 역시 한눈에
거지 신세가 분명한 것이 그놈의 원망스런 밥깡통 때문이더라고.
여느 집 아이들과는 밥을 빌어 받는 그놈의 구걸 용기가 그렇게 달
라버리더란다—

　"뒷얘기는 뭐 하나 마나지— 난 요즘도 가끔 꿈속에서 그놈이
비렁뱅이 시절이 되어가지곤 밤새도록 미제 반합을 원망하다가 잠
을 깨어날 때가 있거든, 빌어묵을, 허허허."

　술기 때문인지 눈자위를 붉혀가며 껄껄거리는 G군의 웃음소리
엔 나까지 괜히 가슴이 섬찟해왔다. 미제 군용 밥깡통 만세다, 젠
장 맞을!

76. 6. 14.

　간밤에 정한 소재는 그 G군의 이야기였다. 무서운 이야기였다.
무서웠기 때문에 함부로 손을 대볼 엄두가 나지 않던 이야기였다.

어머니라든가 고향이라든가 하는 것들이 그런 식이다. G군에겐 더더구나 엄두가 나지 않을 이야기였다. 당사자는 아니지만, 당사자가 아닌 나에게까지 그 정황이 너무도 절실하고 소중스럽게 느껴졌기 때문에 나의 그 깊은 실감을 섣부른 이야기로 상처 내고 싶지가 않았기 때문이었다. 상처 내지 않고 이야기를 써낼 가망이 없어 보였기 때문이었다. G군이 아끼듯이 나 역시 그것을 아껴오고 있던 이야기였다.

한데 어젯밤에 이상스런 용기가 생기고 있었다. 차라리 어떤 체념 같은 것에서였는지도 모른다. 마음을 작정하고 나서 그길로 곧 이야기를 시작해버릴까도 생각했다. 하지만 나는 이제 무엇을 쓰리라고 작정을 내린 것만으로도 충분히 만족하고 있었다. 날이 새면 아침부터 맑은 기분으로 일을 시작하리라 맘먹었다. 그리고 잠자리로 들어갔다. 밤사이 또 뜻밖에 좋은 얘기가 떠올라줄지도 모른다는 가냘픈 기대를 품어보면서.

과연 아침이 되고 보니 마음이 영 딴판이었다. 밤새 마음으로 정했다가도 날이 밝고 나면 기분이 괜히 데면데면 싱거워지고 마는 일은 수없이 되풀이되어온 경험이었다. 그래서 어쨌단 말인가. 가난이 그토록 혹심해서 무엇을 어쩌겠다는 것이냐 말이다. 이젠 그 이야기를 해야 한다는 어떤 절실감 그걸 이러이러한 식으로 이야기하면 되겠다는 즐거운 자기도취감 같은 것이 까맣게 뒤로 물러서버리고 있었다. 소재 자체에 대한 해석의 방향조차도 아직 분명한 것이 마련되지 못하고 있었다.

느닷없이 가와바타의 「조선인」이라는 옛날 단편이 떠올랐다.

일정 시절. 현해탄을 건너가, 일본 각지를 유랑하던 한국인의
무리가 내륙으로 들어가는 길을 가고 있다. 지치고 굶주린 이 유
랑의 대열 뒤끝에선 이제 발길조차 제대로 옮겨 디딜 수 없을 만큼
지치고 약한 소녀 하나가 자꾸만 길을 뒤처지고 있다. 그녀가 더
이상 길을 걸을 수 없어 대열을 단념하고 주저앉으려 할 때 그녀를
슬금슬금 뒤따라오고 있던 사내 하나가 소녀에게 타이른다. 내게
로 시집을 오거라, 그러면 내가 너를 함께 데려가주마. 소녀는 한
숨을 내쉬고, 그리고 그녀가 버리고 온 등 뒤의 먼 바다를 마지막
으로 한번 뒤돌아보고 나서 사내에게 대답한다. 그러면 저 바다가
보이지 않는 곳으로 나를 아주 데려다 주오…… 그 처절스런 가
난과 피압박민의 절망, 그 아름답도록 절실한 설움과 소망……

나는 나의 초조감에 몰려 나의 가장 귀중한 것을 그토록 함부로
다루려 했던 것 같았다. 요컨대 자신이 없었다는 말이다. 좀더 참
고 기다리기로, 차례를 다시 미뤄놓고 말았다. 자신이 서지 않는
소재는 이야기를 꾸미고 싶은 자기 감동조차 죽고 만다.

다시 노트장을 넘겨본다. 소재를 새로 찾는 것보다는 취재 노트
에 의지하는 편이 역시 편하리라. 하루에 몇 번씩 책장을 넘기면
서 취재 때의 의욕이나 감동을 되살려낼 수가 없거나 혹은 자신이
없어져서 본격적인 작업을 미루고 미뤄온 것들이었지만, 그러나
한때는 나의 가슴을 흥분으로 떨게 하여 기록을 남기게 한 것들이
었다.

문득 눈길에 쉽게 다가오는 이야기가 있다. 「증인」이라는 가제
(假題)에다 등장인물하며 얘기 전개 방식까지 제법 구체적으로 적

어놓고 있는 것이었다.

　단편 「證人」의 素材—H군과 한방 하숙을 하던 명륜동 시절의 H
군의 장한(?) 순애보.
　인물— '나'를 화자로 하여 H군과 P녀.
　줄거리—P녀는 고졸 학력을 가진 가련형의 순진파 종삼 위안
부. 대학 재학 중 P녀를 만난 H군은 예기치 않게도 그녀와의 감성
적인 사랑에 빠져 결혼을 결심. H군의 고백을 들은 양친은 그의
엉뚱스런 고집을 꺾기 위해 H군에게 P녀를 단념하든지, 혈륜의
의를 끊고 나가 살든지 두 길 중의 하나를 택하라고 강요. 고집이
점점 부푼 H군 양친에 대한 반발 반, P녀에 대한 연민 반으로 가
출을 감행. '나'의 하숙으로 옮겨온 H군은 처음 자기 자신의 부모
와 이웃에 대한 반발로 보이기 쉬운 P녀와 당당한 애정 행각을 계
속. 그동안 H군의 모든 이웃은 가혹한 냉대로써 그의 고집을 꺾으
려 부심. 우정을 빙자한 '나'의 충고는 물론, 그의 진정을 위한 진
심에서 P녀 또한 H군과의 결혼만은 사양. 하지만 그럴수록 H의
의지는 경화일로, 나중에는 자신의 미래에 대한 모든 가능성을 단
념하더라도 P녀와의 결합을 떳떳하게 성취해 보이고 말겠노라는
결의를 과시함으로써 숭고한 사랑의 순교자가 되기를 갈망.
　그 H군이 어느 날 밤 P녀를 하숙방으로 데리고 와서
　"너 한 사람만이라도 우리의 진실을 용납해달라, 너 한 사람만
이라도 우리의 증인이 되어달라. 너 한 사람만의 증인으로써도 우
리는 충분히 만족하고 행복해질 수가 있을 것이다. 한 사람의 이

름이라도 우리의 증인을 갖고 싶다"고 사랑의 증인 되어주기를 간청한다. 그날 밤 '나'는 마침내 그의 진정에 감동되어, 두 사람의 증인이 되어줄 것을 다짐하고 그리고 성사를 자축하기 위한 간략한 주연을 나눈 다음 하숙방을 두 사람의 신방으로 내어주고 외박을 나가다.

그런데 막상 두 사람의 결합에 '내'가 증인이 되어줄 것을 다짐한 다음—그러니까 H군은 기어코 그의 사랑에 대한 '나'라는 증인을 한 사람 얻어낸 다음 그는 별반 이유도 없이, 이제 그는 P녀에 대해 그녀와의 사랑에 대해 할 일을 다한 사람처럼, 그들의 사랑은 그것으로 완성이 되어버린 것처럼 갑자기 P녀를 시들해하기 시작하더니 오래지 않아 그의 부모가 기다리는 본가로 머리를 숙여 들어가다.

69. 10. 6.

아쉬운 대로 우선 이야기를 만들어낼 수 있을 것 같다.

하지만 나는 이것도 이내 단념을 하고 말았다. 이 이야기를 생각할 때마다 겪는 일이지만 이번에도 또 그놈의 토마스 만이 떠오른 때문이었다. 토마스 만의 그 「행복에의 의지」라는 단편 말이다. 죽을 날짜를 받아놓다시피 한 한 사내 녀석이 몸도 돌보지 않고 제 연인을 찾아 헤매는 그 몇 해 동안은 믿어지지 않을 만큼 육신의 병을 잘 이겨낸다. 육신의 병을 견디면서도 그는 여인에 대한 사랑을 불태우며 언젠가는 결국 그녀를 만나고 말리라는 줄기찬 희망을 잃지 않는다. 그리고 마침내 그가 그 여인을 만나 깊은 사랑의 소망을 만족시키고 돌아섰을 때 오래도록 그를 기다리고 있던 육신의 병은 비로소 그를 죽음으로 쓰러뜨리고 만다. (그의 눈에는 깊은 진실성이, 그리고 승리감이 깃들어 있었다. 이 이상 나는 무슨 말이 있겠는가, 그는 죽었다—그 능청스럽도록 간명한 작자의 결말!)

아무래도 비슷한 느낌이 드는 이야기다. 만이란 작자, 왜 하필 그런 이야기까지 다 써먹고 말았는가—글을 쓰려다 보면 전날에 이미 자신이 써온 주제나 형식을 넘어서지 못하고 그것만 자꾸 닮으려고 하는 위험스런 자기 모방의 경향 때문에 방해를 받는 일이 허다하다. 그것은 생존과 질서에 대한 어떤 새로운 모험도 감행해 보지 못하고 있는 게으르고 무기력한 자신을 밝혀 확인시켜주곤 한다. 새로운 모험이 없는 자기 모방은 진실한 의미의 창작 행위랄 수가 없다. 부끄러움 없이는 쓸 수가 없는 뻔뻔스런 퇴행 현상이다. 게다가 웬만하면 옛날에 한번 써먹었음 직한 소재를 한번 더 다른 주제로 해석해보고 싶은 유혹은 이만저만 끈질긴 것이 아니다. 같은 주제를 다른 소재로 다뤄보고 싶은 경우 또한 마찬가지다.

그런 짓을 넘보느니 차라리 남의 얘기를 터놓고 베껴먹는 판이 양심적일는지 모른다.

글쎄, 남의 얘기를 베끼면서 베끼지 않은 척 이야기를 쓱싹 꾸며댈 방법은 없을까.

나는 마침내 다른 메모장을 한 권 서랍에서 뽑아들었다. 7, 8년 전부터 늘 기회를 엿보며 별러오던 그 남의 이야기가 두어 가지 있었다.

나는 노트를 훑어내려가며 새판잡이로 다시 궁리를 짜내기 시작했다.

　하나는 우리나라에 아직 자동차 자해 공갈배라는 것이 생겨나지 않았던 1968년경에 일본 영화의 시나리오에서 메모를 따놓은 것이었다.

　달리는 자동차로 뛰어들어 몸을 부순 다음 불의의 사고처럼 가장해서 피해 보상을 받아 살아가는 사내의 일가 이야기. 사내는 그런 일로 나이 겨우 열 살을 넘은 사내아이와 그보다도 더 철이 덜 든 딸아이 오누이의 생계를 꾸려간다. 나이가 위쪽인 사내아이는 아비의 비정한 자해 사고 각본에 따라 아비와 함께 사고 공연을 해야 한다. 그러던 어느 날 아비는 또 달려오는 자동차에 몸을 던져들었다가 잘못 실수를 범해 정말로 머리가 부서져 죽어버린다. 의지가 없어진 오누이는 다시 그 짓밖엔 세상을 살아갈 길이 없었고 그러나 이번에는 아비가 없이 두 오누이끼리 자해 사고를 연출해내야 할 처지. 한데 어린 누이는 솜씨가 전혀 서투르다. 오라비는 누이의 솜씨를 익혀주기 위해 눈 덮인 북해도의 한 산골 설원 위에서 누이의 실습을 돌보고 있다. 달려오는 차를 향해 기술적으로 몸을 날려드는 요령을 되풀이 되풀이 시범해 보여줘도 어린 누이는 동작이 영 서투르다. 바람은 차고 배는 고픈데 시범을 위해 자꾸만 눈밭을 뒹굴어대자니 소년은 그만 견딜 수 없이 짜증이 난다. 그는 누이를 향해 원망 섞인 고함을 질러대고 손찌검까지 해가면서 눈밭을 뒹군다. 추위와 공포에 지친 누이는 그만 이를 악문 채 울음을 터뜨리고 고함을 질러대던 소년의 얼굴도 찾을 수 없는 눈물로 범벅이 된다. 울면서 소리지르면서 끝없이 눈밭을 뒹굴어 대는 오누이. 그 설원의 메아리——

67. 8. 3.

자해 공갈단이라는 것이 잘 알려져 있지 않던 때의 이야기치고는 제법 마음이 끌림 직한 소재요 설정이다. 더욱이나 소설이 아닌 시나리오의 전개임에서랴.

한데 시기는 좀 뒤지지만 비슷한 장소에서 비슷한 경로로 내 노트로 옮겨진 시나리오 이야기가 아직도 한 가지 더 남아 있었다. 이번 것은 아예 일부 용어나 장소까지도 우리나라의 그것으로 옮겨놓고 있었지만, 그 역시 일본의 한 시나리오에서 따 옮겨놓은 것이었다.

시민회관 연주회를 가고 싶어도 표 구할 돈이 없어 간절한 연주회를 단념해야 하는 가난한 애인 한 쌍.

연주회를 약속하고 광화문 근처에서 만난 두 사람은 그러나 아쉬운 마음을 달래기 위해 시민회관 앞 광화문 근처를 한동안 서성거린다. 그리고 연주회장 안으로 들어가는 사람들을 부럽게 바라보는 것만으로도 마음이 한껏 즐거워져서 흐뭇한 기분으로 발길을 돌이킨다. 거기서부터 다시 한동안 재건 데이트를 즐기고 있던 두 사람. 그러나 이젠 별로 가볼 만한 곳도 그럴 자금도 없어 소풍 삼아 쉬운 대로 시외버스를 타고 인천을 갔다 오는데, 두 사람이 다시 서울로 돌아왔을 때는 시민회관 연주회도 끝나버린 저녁 어스름 녘.

어떻게 어떻게 해서 텅 빈 연주회장으로 숨어들어간 두 사람.

여자는 객석 쪽에 연주회를 감상하듯 자리를 잡아 앉고 음대(音大)를 다니고 있는 사내 녀석은 오케스트라의 지휘대 위에 버티고 올라서서 빈 악단석을 향해 지휘를 흉내내기 시작한다.

지휘가 차츰 열을 올리기 시작함에 따라 객석에 앉아 있는 여인의 귀에는 그날 낮 연주가 있었던 곡목의 선율이 흐르기 시작하고 사내 녀석 역시 그 소리에 취해 점점 더 미친 듯이 열띤 몸짓을 계속한다. 오케스트라의 화음은 마침내 두 사람뿐만 아니라 연주회장 안을 가득 차 넘치고 사내와 여인은 그 소리에 넋이 흠뻑 취해든다.

마침내 연주가 끝나고 지휘를 끝낸 사내녀석이 객석을 향해 땀 흘린 얼굴을 정중히 숙여 보일 때, 객석의 여자는 눈물을 흘리면서 감동스런 박수갈채로 답례.

※ 티 없이 맑고 청순한 연인들의 이야기.

※ 주위를 탓하지 않고 용기를 잃지 않으려 사랑으로 자족하는 젊은이들.

68. 2. 7.

전자나 후자나 어쩌면 비슷한 감동을 위한 소설을 한 편쯤 쓸 수 있을지 모른다고 7, 8년을 기다려온 이야기들이다. 전자에 관해서는 자해 공갈단이라는 것이 우리에게도 흔한 이야기가 되어버린 다음부터는 그만 단념을 할 수밖에 없었지만(소설을 무의미하게 만드는 가공스런 현실), 후자에 관해서는 계속 어떤 미련 같은 것을 지녀오고 있던 나였다. 그렇게 밝고 청순한 연애를 그려볼 수는 없을까. 우리의 주위에는 그만한 이야기가 없는 것일까. 스스로의 감동이 없이 섣불리 이야기를 꾸미려 했다간 그건 남의 소설 표절이나 매한가지다. 그것을 압도할 만한 다른 이야기 비슷한 이야기를 소재로 삼더라도 그것을 더한층 높은 감동으로 재창조해낼 길은 없는 것일까, 그런 이야기나 길이 있었을는지도 모른다.

하지만 나는 이날 이때까지도 아직 그것을 못해내고 있는 꼴이다. 그 자기 모방이라는 것도 견딜 수가 없는 노릇이지만 하물며 남의 이야기에서 격발을 받고 있는 어떤 소설에 대한 작의야말로 더욱더 저열하고 꺼림칙한 기분이 아니 될 수 없었기 때문이다.

이번엔 아쉬운 대로 그거나 한번 시도해봐?

하지만 천만의 말씀! 그런 이야길 쓰느니보다 차라리 자기 모방의 고통을 견디는 쪽이 아직은 더 나으리라.

나는 물론 그 쉬운 자기 모방의 용기조차도 이젠 부족하다. 결국은 모든 것을 다시 백지로 돌리는 수밖엔 도리가 없다.

피곤하다.

저녁때가 되고 있었다. 이젠 저녁이나 먹으면서 머리를 좀 쉬고 나서 생각을 다시 해봐야겠다. 일단은 모든 것을 집어치워두자. 견딜 수가 없다.

하지만 저녁 전에 소주 몇 잔을 반주로 앉은 것이 기분을 더욱 엉망으로 만들고 말았다.

누군가가 꼭 주위에서 내게 글을 못 쓰게 방해하고 있는 사람이 있는 것처럼 부글부글 화가 끓어오르기 시작했다.

　—요즈음 어떻게 영 소설다운 소설을 찾아볼 수가 없더군요. 문사다운 기백들이 없어요. 작가로서의 양심이나 사회적인 책임감 같은 것도 찾아볼 수가 없구요. 우리 사회의 현실에는 아예 눈들이 멀어버린 거 아닙니까. 그렇게 둔감할 수가 있나요. 10년 묵은 체증이 시원스럽게 뚫려 내려갈 만큼 깜짝 놀랄 작품을 한 편 만났으면 좋겠어요. 일테면 그 구역질 나는 말재간이나 지저분한 신변잡담 같은 소설들 말고 말예요. 그런 건 도대체 원고료가 아까워서! 어쨌든 이번에 송 형한텐 기대가 많습니다. 더욱이 이번엔 우리 책 창간홉니다(혹은 창간 몇 주년 기념 소설 특집입니다. 중견 특집입니다. 신예 특집입니다. 정예 특집입니다…… 등등).

　양심 좋아하시네! 헐수할수없어 글이나 써 팔아먹고 사는 주제에 누가 지사가 되겠다던가.

　돌아서버린 여인에게 마지막 저주의 글을 쓰듯, 얻어맞고 돌아와서 일기장 위에서나 못난 자기 복수를 하듯, 멀리 있는 친구에게나 괴로운 고백의 편지를 쓰듯이 해오는 내 글인데. 글쎄 그런 인간을 보고 세상을 한번 놀라게 해보라고? 세상에 못나고 약한 것이 글쟁이인데(그래서 애초 글을 쓰기 시작했는지도 모르는데), 그 글쟁이가 도대체 누구를 위해 무엇을 할 수가 있단 말인가. 누구를 물 먹이고 싶어 하는 소리들인가.

　다들 글쟁이보다도 더 잘 살고 늠름해들 하면서 불평은 또 무슨 멋이나 취미라도 되는 일인가. 이건 좀 악랄하고 잔인한 취미가 아닌가 말이다.

하지만 보다 더 날렵하고 의뭉스런 골탕법은—

—그 뭐 요즘 사람들 긴 소설 좋아합디까. 무거운 얘기에는 그저 머리를 돌려대는 것도 좋은 현상은 아닐는지 모르지만 따지고 보면 소설이라는 것도 뭐 별겁니까. 한 60, 70장 읽히기 쉽게 가벼운 걸로 써줘요. 60장이면 충분하지요. 뭐 그리고 매번 좋은 작품만 내놓으려는 욕심도 좀 버리고…… 사람이 어떻게 늘 좋은 글만 써낼 수가 있나요. 이런 것도 쓰고 저런 것도 쓰고 하다 보면 그중에 어쩌다 쓸 만한 작품이 나오기도 하는 거겠지요. 그러니까 좋은 글은 나중에 쓰실 요량하고 이번에는 그저…… 그야 물론 맘먹고 쓰시면 원고 매수가 좀더 길어져야겠지만 이번에는 좀 참아주시고……

일률적인 장수 제한! 한결같이 1백 장을 넘어서는 그 쓸데없이 길기만 한 저주스런 나의 이야기들! 편집자들과의 간절한 친분!

그러나 남을 핑계 대고 있을 수만은 물론 없다. 그 원고지 장수 때문에 글을 시작하지 못하고 있는 것은 아니다. 남의 말에 꾀어넘어가 물을 먹게 될지도 모른다는 의구심에서 그런 것도 아니다. 어차피 억울해서 혼자 숨어 행하는 복수일진대 주위의 눈길이 새삼스럽게 두려울 리는 없을 터이다. 문제는 좋은 복수의 방법을 찾아낼 수가 없을 뿐이다. 원망을 삭이고 그 나의 원망에서 해방이 되어(갈등의 해소!) 남과 같이 믿음을 가지고 자신을 부추겨나갈 수 있게 할 통쾌한 복수의 방법이 떠오르질 않기 때문이다.

복수는 방법이 알려져서는 안 되는 법인데 그나마 알고 있는 방법은 그사이에 모두 써먹어버리고 말았기 때문이다.

　새로운 복수의 방법을 찾아야 하는데, 그건 잘 찾아지지가 않고 써먹어버린 방법들만 자꾸 되돌아 보아진다. 기껏 하니 새로운 걸 찾고 보면 그것마저 또 남들이 벌써 써먹어버린 다음이기 십중팔구. 결국은 자기 모방을 벗어나지 못하는 꼴이다. (하지만 그런 미련한 방법을 되풀이 써먹으려 했을 때의 낭패라니.)

　그런 것이 진짜로 이야기를 시작할 수 없는 이유가 분명할 터이다. 문제는 실상 거기에 있는 거다. 원고지 장수의 제한 같은 바깥의 제약뿐이라면 문제는 훨씬 간단할 터이다. 자신을 용납할 수만 있다면 그쯤은 차라리 문제가 될 수 없다.

　복수의 대상은 오히려 나 자신이 되고 있었다.

　젠장 맞을, 한번만 자신을 견뎌보기로 하자. 이번 한번만 눈 딱 감고 아무 얘기나 원고지를 채워나가보기로 하자. 참아보는 거다. 이번 한번만 우선. 그래서 좀 소질이 엿보이면 그쪽으로 슬슬 자신을 단련시켜나가는 거다.

　나는 마침내 결심을 했다. 저녁상을 물러 나와 담배를 피우면서 몇 번이고 다시 다짐을 되풀이했다.

　비로소 용기가 생기기 시작했다. 이야기가 재미있거나 말거나, 이미 있었던 얘기를 베끼게 되거나 말거나 그런 건 전혀 상관을 말기로 하자.

　아니 이야기가 좀 재미있거나 심각해지면 그럴수록 있었던 얘기를 베끼고 있기가 쉽고 그럴수록 베낀 것이 들통나기 쉬운 법이다. 아무런 주의도 모여들지 않도록 시시하고 재미없는 얘기를 쓰자.

애매한 얘기를 쓰자(제발 아무도 읽는 일이 없기를!). 이 지경이 되어가지고서 잡지사 쪽 눈치 같은 건 불편해할 필요가 없는 것이다.

원고 청탁서—글의 종류, 단편소설. 원고지 장수 70장, 원고 마감 날짜, 모월 모일, 원고료—가장 중요한 원고료 액수는 항상 공란으로 남은 청탁서를 보내오는 사람들이다. 알아서 줄 테니 글이나 써 보내라는 식이다. 아니면 우리 회사는 관례로 내는 액수가 있으니 그걸 알고 승복을 하라는 식이다. 그것은 이를테면 못된 회사 취직해 들어갈 때 권리 조항은 거의 없고 무엇무엇을 어떻게 해야 하고, 무엇무엇이 어떻게 되었을 때는 어떤 처벌도 감수하겠노라는 의무 조항만 가지런한 일반적인 고용 계약서 한가지였다. 도장만 맡기는 백지 위임장 한가지였다.

글 써서 먹고사는 놈이 어디 있어? 주면 주는 대로 받아가지 치사하게 원고료 같은 걸 따지고 들어? 작품 속에는 노동이 있어야 한다면서, 그렇다면 글만 써서 먹고사는 글쟁이의 생활에서 글쟁이가 글을 쓰는 것은 노동이 아니던가.

좋은 작품 속에서라면 또 글쟁이의 현실감각이 그것 속에서 구체적으로 살아 움직여야 한다면서 그렇다면 그 글쟁이에겐 원고료 액수와 지불 방법에 앞설 명확하고도 구체적인 자기 생활의 현실이라는 것이 따로 있을 수 있던가. 자기 자신의 생활은 살지 말고, 남의 생활만 담으란 말인가.

재미없고 애매한 이야기를 찾기 시작했다.

이내 그럴듯한 메모가 한두 가지 발견되었다.

염모 씨의 옛 수병 시대 일화.

2차대전(?) 말기, 단기간의 교육 훈련을 끝마치고 맨 처음 작전 선을 올라탔을 때 그 배의 고참병 한 녀석은 염씨의 승선 첫날밤을 위해 짓궂은 물건 하나를 선물했다.

자식! 첫날밤 선물이다. 미인이나 끼고 자거라. 배 위에선 다른 호강시켜줄 게 없으니까.

고참병이 던져준 물건이란, 바람을 불어넣으면 실물 크기의 부 피로 모양이 부풀어오르게 된 고무 제품의 여인 인형이었다.

그런데 그런 일이 있은 며칠 뒤부터선 염씨의 소중한 곳이 어이 없는 증상을 나타내기 시작했다. 이유를 알 수 없었다. 염씨는 그 럴 리가 없다고 생각했으나 어쨌든 걱정이 되다 못해 고참병에게 물었더니, 그 고참병 실없는 웃음을 흘리면서 하는 말,

자식, 숫처녀 줄 알았던 모양이군. 하지만 목욕이라도 좀 시켜 서 품지 그랬어. 이 배에 있는 여자라곤 통틀어서 그 아가씨 하나 뿐이었으니까 말야.

69. 4. 8.

주간지의 '웃음보따리'란 같은 데나 소개함 직한 얘기였다.

또 이런 것도 있었다.

C군의 집은 5층짜리 아파트의 맨 꼭대기층. 발코니에 물을 담은 화초분을 내놓았더니 어느 날 웬 비둘기 한 마리가 날아와서 물도 찍어 먹고 날개를 푸덕이며 목욕까지 하고 가더란다.

다음 날도 또 녀석이 물을 찾아오는 것을 본 C군이 이번에는 화초를 다치지 않게 하기 위해 큰 대야에다 따로 물을 하나 가득 떠놓았더니 다음부터는 녀석이 아주 제 짝까지 데리고 나타나서 심심찮은 재롱을 보이곤 하더라고.

한데 언제부턴가는 다시 녀석들 중의 한 마리가 모습을 보이지 않기 시작, C군은 아마 무슨 불의의 사고 같은 걸로 두 마리 중의 하나가 과부 아니면 홀아비 신세가 된 모양이라고 측은해하고 있었는데 그로부터 다시 며칠이 지나고 나니 이번에는 처음 놈 대신 또 다른 놈 한 녀석이 교대로 나타나서 목욕을 하고 가더라는 것.

그로부터 교대교대로만 목욕을 다니던 녀석들이 얼마 뒤에는 또 다시 다정하게 나란히 발코니로 날아들기 시작하는 것을 보고 C군은 그제서야 그사이 녀석들이 무엇을 하고 있었는지를 짐작하게 되었다고—

75. 5. 17.

사랑의 이야기였다. 하지만 어디서나 볼 수 있는 그저 그렇고 그런 사랑 이야기로 소설적인 호소력 따위와는 아예 거리가 먼 얘기였다. 그래서 별로 주의를 기울여본 일이 없던 얘기였다.

이런 정도의 얘기면 될까?

하지만 나는 이내 또 다른 이야기를 한 가지 더 찾아내고 있었다.

이번에는 아주 줄거리 비슷한 것조차도 없는 단순한 문장 스케치 같은 것이었다. 순간적인 심상 스케치의 나열일 뿐이었다. 자기 모방의 글보다는 차라리 남의 글을 베끼는 것이, 남의 글을 베끼는 것보다는 재미도 뜻도 없는 애매한 글을 쓰는 것이, 그런 것 가운데서는 제법 무슨 심각한 작의가 숨겨진 듯이 독자를 홀리면서 무슨 글에 대한 책임 같은 건 지지 않아도 좋은, 줄거리조차 없는 그런 글(수필과 논픽션 전성 시대 아니던가)을 쓰는 편이 좋은 터이었다.

"멀리 있는 것은……"

시골 초등학교 계집아이들의 오줌터.

하학 길을 돌아가는 산길가. 보리밭 언덕 밑은 철쭉꽃이 만발하고 그 함성처럼 낭자한 철쭉꽃 무더기 사이로는 꽃 꿀을 탐내고 숨어 있는 봉첩의 그것처럼, 또는 봄 아지랑이처럼 언제나 그 적막스럽도록 하얗게 어른거리는 계집아이들의 궁둥이들. 버릇처럼 꽃더미 속에서만 오줌을 누고 간 뒷자리는 봄볕에 따스하게 흙이 젖고, 꽃이 젖고, 꽃잎이 젖어 있고…… 숨을 헐떡이며 숨어 쫓아가는 개구쟁이 녀석들의 귀엔 그 화창한 계집아이들의 웃음소리가 까마득히 산모퉁이를 돌아가고……

살의로 곱게 꽃핀 겨울 사격장의 먼 타게트 선……

여인의 눈에 어리는 수평선.

사내가 사랑을 말할 때마다 먼 수평선만 바라보던 여인은, 붙잡을 수 없는 수평선을 담은 눈길이 그렇게도 사내를 안타깝게 절망시키던 여인은 마침내 그녀의 그 수평선처럼 아득한 세월의 물굽이를 넘어가버리고……

멀리 있는 것은 그리움. 귀하고 소중스러운 것들은 항상 멀리만 있게 하고 멀리 있는 것들은 나를 그리워하게 한다. 가을은 또한 모든 여인들을 내게서 멀리 있게 한다. 그리하여 살아 있는 젊은 여인들마저 지나간 세월 속의 꽃이 되게 한다. 추억이 별이 되게 한다……

66. 2. 3.

우리를 슬프게 하는 것들, 우리를 즐겁게 하는 것들, 우리를 화나게 하고 또는 우리를 미소 짓고 희죽거리게 하는 것들……

이런 식이라면 아마 이야기는 끝이 없을 것이다.

하지만 이날 저녁 마지막으로 내가 8장 정도의 원고지를 메워두고 잔 이야기는 실상 그것도 아니었다.

마음을 굳게 다짐하고 나서, 펜을 잡기 전에 마지막으로 한 번 더 휴식을 취하러 들어갔던 변소간 안에서, 변기를 타고 앉아 신문을 읽다 말고, 홀연히 무슨 계시처럼 머리를 스쳐오는 영감을 붙잡은 것이다.

소설은 무슨 변소간 같은 데서나 심심파적으로 읽는 사람이 많다던가. 어쨌거나 진리는 항상 가까운 데에 있는 법.

나는 그 신문의 광고란을 훑고 있던 자신을 발견한 나머지 그것을 베끼는 것이, 오히려 글을 쓰기도 쉽고 읽기도 편하리라는 데에 나의 창의가 상도한 것이었다.

사랑은 진정 눈으로 오는 것인가.

노을이 타는 언덕에서, 낙엽을 밟던 언덕에서,

우리는 아무 말도 없이 마주 보고 서 있었다……

그리움에 가슴 졸이던 무지갯빛 꿈의 속삭임…… 우리의 약속

당신은 스페인에서 유행된 로프로 꼬은 캐주얼을 신어보셨습니까?

드디어 문을 활짝 열었습니다. 신사 숙녀의 고급 사교장……

지능 높은 스타들이 고상하게 웃겨

수준 높은 손님들이 격조 높게 웃어

연소자 입장불가……

당신이여! 싱그러운 아침을 받아주오

아! 오붓한 우리의 세계에, 당신이여 —

지난밤 과음이 어제의 과식이

당신을 괴롭혀도

좋은 아침, 아침 건강 주체 급체 소화불량에……

75. 2. 13.

附記: 빌어먹을! 아무래도 이젠 글 같은 글을 쓰긴 틀려버린 모양인데 이거저거 다 집어치우고 그럼 이제부턴 슬슬 문협 이사장 선거에나 출마해보는 도리밖에 다른 희망은 없는 건가?

(『월간중앙』 1976년 4월호)

해설

어떤 미스터리

허윤진
(문학평론가)

제복의 사회

나는 교복을 입고 다니던 시절에 이청준을 읽기 시작했다. 온갖 수식이 그려진 칠판 앞에서 『수학의 정석』 뒤에 숨어 이청준의 소설을 읽었다. 이청준은 내가 입시교육으로부터 잠시 탈출할 수 있게 해주는 하나의 비상구 역할을 해주었다. 입시교육이 끝이 나는 것처럼 보이던 때에, 나는 언젠가 한번쯤은 이 작가를 만나서 고맙다는 인사를 할 수 있었으면, 하고 바랐다.

이청준의 소설에서 많은 것을 배웠으면서도 나는 작가로서의 이청준을 늘 의심해왔다. 그의 소설을 내가 문학의 어떤 원형이나 모범으로 절대화하는 순간, 그가 나의 '조백헌 원장'이 될 것이기 때문이다. 그러면 나는 이청준이 그토록 깨고자 했던 모든 우상들의 자리에 그를 올려놓는 꼴이 될 것이다. 나는 작가로서의 이청준을 끝끝내 완전히는 믿을 수가 없었지만, 그가 '이상욱 과장'으로서의 독자를 늘 기다리고 있으며, 그 독자의 존재를 반갑게 의식할 것이라고는 믿었다. 그래야만 그가 자신이 만들어놓은 미로에 스스로 갇히지 않을 수 있으므로.

이청준의 소설은 이미 현대소설의 고전이 되었지만 나는 내심 「줄 뺨」(1974년 7월)을 비롯한 그의 인상적인 소설들이 이미 지나간 시대를 다룬다고 생각하려 애썼다. '의용학도대' '가형자(加刑者)와 수형자(受刑者)' 같은 단어들은 1950년 무렵의 한국 사회, 그리고 그 이후에 휴전 국가로서 군부 독재를 경험하면서 무력의 구조를 내면화해온 시절에나 어울리는 것으로 치부하고 싶었다. 물론 조직 사회의 훈육과 처벌이야 아직까지도 주위에서 심심찮게 볼 수 있는 것이지만, 나는 제도적 폭력이 사회의 '일탈적인' 상태이길 바랐다. 「줄 뺨」에서 의용학도대의 한 중대장인 김만석이 중대원들에게 가한 다섯 단계의 기합이 구체적으로 어떤 것이었는지 다시 따져보기 전까지는 말이다. 조직 상부의 억압 앞에서도 공동체의 선(善)을 지켜왔던 대흥면 중대의 중대원들을 지배하고 통치하기 위해 김만석이 사용한 기합은 1) 열외(列外)를 만드는 것 2) 구보 3) 선착순 구보 4) 팔굽혀펴기 5) 줄 뺨이었다.

이 기합의 단계들은 한나 아렌트가 『전체주의의 기원』에서 규명한 전체주의 운동의 구성 원리[1]를 잘 보여준다. 인간의 상호신뢰를 파괴하고, 공동체를 악과 죽음에 물들게 하는 데에는 나치 식

---

1) 한나 아렌트, 『전체주의의 기원』 2, 이진우·박미애 옮김, 한길사, 2006, pp. 107~43 참조.

으로 독일 시민들에서 일반 당원들을 '선택'하고, 또 그 당원들 안에 계속해서 엘리트 조직을 만들며, 엘리트 조직 안에서 또다시 엘리트 조직을 만드는 선택적 배제의 방식이 유용했다. 하부에서 상부로 올라가는 나치의 상향식 전체주의 운동과는 반대로, 볼셰비키 식으로 전체주의 엘리트 조직으로서의 비밀경찰의 감시논리를 일반 민중들에게까지 확산시키는 하향식 통일의 방식도 효과적일 수 있다.

김만석이 지배의 통치술로써 1), 3) 단계에서 쓴 것은 바로 나치식의 배제 원리다. 하나의 공동체를 이루고 있는 사람들 중에서 치질 환자처럼 고통과 환부를 가진 '낙오자'를 분리해내어 그를 수치스럽게 만들고, 선착순 구보로 무한 경쟁 구조를 만들어 매 순간 승리자—실패자의 도식을 만들어내는 것이다. 4)의 일심동체 팔굽혀펴기도 대오를 흩뜨러뜨리는 열등한 부류를 선별해낸다는 점에서 마찬가지의 원리를 따른다. 대홍면 중대는 이 4단계까지도, 서로를 비난하거나 밀고하는 데에 이르지 않았다.

소설의 표제이기도 한 최종 단계의 줄 뺑이 가장 두려운 것은 바로 이 지점에서다. 눈에 보이는 권력자가 있고 그가 다수의 사람들을 억압한다는 것이 분명할 때, 피억압자들은 억압자에 맞서서 하나의 윤리적인 집단을 이룰 수 있다. 그러나 그 강력한 통치자의 동상이 철거되고, 이제 폭력이 개인 대 개인의 차원으로 환치되어 용서 없는 복수와 폭력이 사적(私的) 차원에서 반복되면, 사회는 폭군이 없는데도 무한히 악한 전쟁터로 변해버린다. 파괴적 심급으로서의 악이 바라는 것은 바로 이러한 '표상 없는 기계적 구조'의 반복일 것이다. 배제와 경쟁, 복수만이 남은 「줄 뺨」의 절망적인 마지막 장면은 불행하게도 현재 한국 사회의 현상들과 구조적으로 같다.

눈에 보이는 사악한 위정자들과 권력자들보다 훨씬 더 가공할 만한 것은, 바로 이 얼굴 없는 악(惡), 관계를 단절시키고 우리 모두를 가해자이자 피해자로 만드는 악이다. 악이 사라지지 않는 한, 그 '암흑의 핵심'을 보려 했던 이청준의 소설은 당분간 고전일 수밖에 없고, 그의 소설이 '어느 먼 옛날의 이야기'가 아니라는 점이 우리 시대의 비극이다.

새롭게 출간되는 이청준 전집 10권 『이어도』에 발표연도 순에 따라 첫번째로 수록된 단편 「건방진 신문팔이」에서, 거리의 빛처럼 사람들을 비추었던 작은 신문팔이 소년은 신문을 팔겠다는 영리상의 목적과는 무관한 사람으로 보인다. 그 소년은 왜 신문을 파는 직업을 가졌을까? 소년은 신문을 파는 자신의 일을 잠시 그만두기라도 한 것처럼 숨어버리고, 그를 아는 거리의 모든 사람들인 '우리'는 그의 안부를 궁금해한다. 소년은 동아일보, 서울신문, 중앙일보, 민국일보 등의 신문 이름을 외치면서 언론의 이름들로 '음악'을 만드는 일에 골몰하고 있던 터였다. 그런데 민국일보가 자진 폐간의 형식으로 발간을 중단한 이후에는 그 고유명사들의 체계가 더 이상 완벽할 수가 없었다. 소년은 자신의 연극적 대사와 음악을 완성할 수 없어서 신문을 팔지 않는다. 이 소설을 알레고리적으로 읽는다면 우리에게 없는 것은 민주 정치 국가[民國]이다. 민주 정치가 실종되고 민주 언론이 실종된 시대에, 어린 신문팔이는 노래를 밥벌이를 빼앗긴 채 몸을 숨겼다. 이청준은 실종된 타인들, 신원미상인 존재들에 대한 탐색 과정에 독자인 우리를 연루시킨다.

위험한, 지적 호기심

『이어도』에는 정체불명의 인물이나 공간에 대해서 다른 인물(들)이 탐문해가는 형식의 작품들이 수록되어 있다. 이야기 세계의 인물들이나 서사 세계 바깥의 독자가, 몰랐던 대상이나 진실에 대해서 알아가는 추적과 탐문의 형식은 사실 서사 자체가 지니는 중요한 속성 중의 하나라고 할 수 있다. 서사로서의 소설은 이런 맥락에서 모두 '미스터리'라고도 할 수 있다. 하위 장르로서의 탐정소설detective story이나 추리소설은 이야기의 이러한 본질적인 성격을 특히 강조한 종류라고 할 수 있겠다. 『이어도』에 실린 동명 표제작 「이어도」나 「안질주의보」「뺑소니 사고」「구두 뒷굽」 같은 작품들은 특히 미스터리의 성격이 강한 작품들이라고 할 수 있다.

히가시노 게이고 등의 작가들이 속한 문학적 계보의 시초로 알려져 있는 마쓰모토 세이초(松本淸張)의 논픽션인 『미스터리의 계보』나 대표적인 픽션인 『점과 선』『구형(球形)의 황야』와 같은 작품들은 미스터리의 좋은 교본이다. '미스터리' '추리소설' 등의 장르 명으로 분류할 수 있는 이 작품들에서는 해결되어야 할 문제가 서사의 초반부에 발생한다.

독자를 비롯한 인간들에게 가장 충격적인 상황, 누구나 '해결'해야 한다고 보는 상황은 대개 인간의 유한성 문제인 죽음과 결부되어 있다. 이때의 죽음은 반드시 물리적인 죽음이 아니더라도 강간이나 실종처럼 인간성을 훼손시키는 폭력적 상황과 관련된 위기 상태다. 이야기가 성공적이고 이야기꾼이 성공한다면, '누가 그랬는가whodunit'하는 문제는 규명된다. 넓게 말해서 범죄문학 crime literature의 범주에 들어가는 이런 유형의 서사들에서 중요한 것은 서술자와 독자가 논리적 구조의 빈틈을 찾아내어 문제를 '논리의 차원'에서 해결하는 것이다.[2] 셜록 홈스나 괴도 루팡의 서사, 애거사 크리스티의 서사에서도 마찬가지다. 해결되어야 할 문제가 있고, 정확한 논리적인 추론만이 그 문제의 진실을 밝힐 수 있다.

이청준의 소설은 범죄문학의 문법으로 보면 '실패한 미스터리'처럼 보인다. 우선 이야기는 해결해야 할 문제적 상황에 복무하지 않는다. 오히려 아무 문제가 없어 보이는 평범한 현실에 구조적인 왜곡과 변형이 일어나기 시작하는 것은 누군가 수수께끼와 같은 질문을 던짐으로써 문제적 상황을 야기할 때다. 비유컨대 문제는 진실을 찾는 자로서의 탐정─작가, 탐정─인물, 탐정─독자에게 있다. '어째서 우리에게 아무 문제도 없다고 말하는가?'라는 불편한 질문을 던지는 존재들에 의해 이야기는 촉발된다. 탐정이나 수사관 등이 범죄자 자신이 아닐 것을 전제하는 범죄문학의 장르 문법

---

2) Julain Symons, *Mortal Consequences: A History-From the Detective Story to the Crime Novel*, New York: Shocken Books, 1973, pp. 1~2.

과는 배치된다. 숨겨진 진실과 타인의 정체를 파헤치는 행위는 복수(複數)의 인물들에 의해 실행된다. 질문을 던짐으로써 골칫거리를 만드는 한 인물은 곧 자신의 엉뚱한 추리 과정에 다른 인물(들)을 끌어들여 그들을 추리의 공모자로 만든다. 이청준이 관심을 가지는 것은 연쇄살인범이 아니라 연쇄추적의 행위다.

예컨대 「안질주의보」에 등장하는 예비군복을 입은 한 사내(훗날 그를 관찰하는 일인칭 서술자에 의해 그의 이름이 김길수라는 정보가 독자들에게 공개된다)는 함께 예비군 훈련을 받는 사람들 중에서 남도 사람을 찾으려고 한다. 일인칭 서술자는 그 사내와 함께 남도 사람들을 찾아내는 게임을 한다. 「안질주의보」에는 적어도 '남도 사람을 찾는 김길수 ← 김길수의 행적과 정체를 관찰하는 나 ← 이 모든 행위자들을 뒤쫓는 독자'와 같은 중층적인 추적의 구조가 있다.

「안질주의보」의 김길수뿐만 아니라 「뺑소니 사고」의 배영섭 기자도 타인의 정체를 밝히려 함으로써 문제를 해결하기보다 오히려 심화시키는 인물이다. 그는, 대의를 위한 금식기도 중 타계함으로써, 자유를 위한 해방운동의 상징이 된 일파(一波) 선생이 금식 중에 사실은 취식(取食)을 하지 않았는가 하는 문제를 탐구한다. 여기에는 '진실을 쫓는 배영섭 기자 ← 그를 관찰하며 그가 밝히려는 진실을 덮으려 하는 양진욱 ← 배영섭 기자의 사건을 탐문하는 익명의 '우리' ← 이 모든 행위자들을 뒤쫓는 독자'의 관계가 있다.

표제작이기도 한 「이어도」에서는 정체불명의 전설적인 섬 파랑도에 대한 수색작전이 이루어진다. 그런데 이 과정에서 수색 현장 취재를 위해 동행했던 천남석이라는 기자가 실종된다. 공간에 대한 의문이 인간에 대한 의문을 낳는 것이다. 이청준은 실종된 기자의 사고 경위를 조사하는 선우현 중위라는 인물을 배치해둔다. 그는 천남석 기자의 상사인 양주호 편집국장이 어째서 사고 경위나 사건의 진실에 대해서 궁금해하지 않는지를 추궁한다. 군 관료답게 행정적인 태도로 사건에 접근하는 대신 인간들의 내면과 동기를 살피려고 한 선우 중위는 인간이라는 불확실성 자체, 인간이라는 난제의 소용돌이에 휘말리고 만다.

「안질주의보」나 「뺑소니 사고」에 비해 「이어도」에서는 추적의 구조가 한층 더 복잡하다. 여기에서는 '전설의 섬 이어도를 좇던 천남석의 아버지 ← 그 아버지를 찾고 기다리던 어머니 ← 유년 시절의 기억 속에 각인된 이어도를 찾던 천남석 기자 ← 천남석의 실종 원인을 밝히려는 선우현 중위 ← 이 모든 행위자들을 뒤좇는 독자'의 연쇄추적 구조를 가정해볼 수 있다. 천남석의 실종에 대한 모든 추리는 천남석의 시체가 해변으로 밀려옴으로써 모두 논리적으로 해명될 수 없는 불가지론의 영역에 빠져들고 만다.

「안질주의보」「뺑소니 사고」「이어도」와 같은 작품들에서 타인의 정체나 진실에 대해서 알고자 하는 인물들은 자신들의 치명적인 지적 호기심으로 말미암아 난국에 처하곤 한다. 김길수는 자신이 남도 사람이라고 지목했다 실패한 사내를 어느 날 기마전을 하던 중에 목 졸라 죽이려 한다. 그러나 오히려 그 사내에게 흠씬 매를 맞기도 한다. 배영섭 기자는 누구에 의한 것인지는 알 수 없지만,

일파 선생의 허위 금식에 대한 보도를 하기 전에 뺑소니 사고로 목숨을 잃는다. 죽음의 배후에 혹시 배영섭 기자의 "고약한 추리극"(p. 204)을 못마땅하게 여겨왔으며, 이전에는 기자였으나 이제는 일파사상연구회의 회장이 된 양진욱이 있는 것은 아닐까? 「이어도」의 선우현 중위는 천남석 기자의 개인사를 뒤밟아가다가 결국 천남석 기자의 여자와 하룻밤을 보내야 하는 상황이 된다. 그는 술집 〈이어도〉의 여자를 '공유'하는 천남석-양주호 등의 수컷 무리에 타의로 편입되고, 여자에 대한 가학 행위에 동참하게 된다. 그는 이어도라는 환상에 갇혀 현실의 삶을 저당 잡힌 또 하나의 인간이 되는 것이다.

이청준의 소설에 '관념소설' '지식인 소설' 등의 수식어가 붙은 것은 바로 인물들과 작가가 가지는 진실에 대한 열망과 지적 호기심 때문인 면이 있다고 본다. 모든 사건들이 논리적 구조의 명료한 아름다움으로 수렴되는 탐정소설이나 미스터리의 문법과 이청준 소설의 문법에 유사한 요소들이 있는 것도 이 때문이다. 차이가 있다면, 우선 범죄문학에서는 인물들의 감정이나 내면보다는 사건 자체와 그것에 대한 논리적인 해명이 더 중요하다. 반면 이청준의 소설에서는 사건의 인과관계를 넘어선 인간의 복잡한 내면, 감정이나 윤리, 자연의 파국적인 힘 등 범죄문학에서 논리를 방해한다고 간주되는 요소들이 부각된다.

표면적으로 보기에 이청준의 소설과 범죄문학을 비교하는 일에는 무리가 있어 보일 수 있다. 한국의 문학 관습에서 이청준은 소위 본격-고급문학, 장르문학은 대중문학으로 이분화되었기 때문이다. 흥미롭게도 영미권의 경우 링컨 대통령이나 케네디 대통령은 범죄문학의 열렬한 독자였으며, 범죄문학의 주 독자층이 지식인인 경우가 많았다.[3] 문제 상황에서 논증을 하고 해답을 찾아서 문제를 해결하고자 하는 의지는 선과 정의에 대한 의지이다. 즉, 범죄문학의 지식인 독자는 악의 사회적 구조를 밝히고 그에 대한 판단을 내리고자 하는 영웅적인 인물일 확률이 높다. 이청준은 매우 논리적이고 지적인 작가로서 현상적인 모순과 악의 구조를 파악하려고 시도한다.

범죄를 통해 악이 가시화된 소설적 상황에서는 다음과 같은 인간학의 양상들이 전개된다. 우선 죽음이 문제되는 것은 인간의 유한성이라는 불가해한 진실이 우리의 눈앞에 노출되었기 때문이다. 인간의 유한성mortality을 누군가 드러냈다. 이때 죽음을 가져온 타인의 동기는 인간의 도덕성morality과 악의 문제를 묻게 만든다. 즉, 인간의 유한성과 도덕성의 두 가지 영역이 겹쳐지면서, 범죄crime라는 부분 속에서 죄sin라는 전체가 부상한다. 행정/사법 권력이 꾀하는 것은 범죄를 죄로부터 분리시킴으로써 마치 악이 사회에서 제거된 것처럼 보이게 하는 것이다. 일반 문제를 일부의 탓으로 돌림으로써 구조적 해결이 아닌 현상적 해소만을 도모하는 것이다.

이청준이 문제를 제기하는 부분은 바로 이 지점이다. 그는 탐정과 범인을 이원론적으로 구분하지 않는다. 누구나 심문의 대상이

---

3) 앞의 책, p. 6.

될 수 있고, 동시에 심문의 주체가 될 수 있다. 더 나아가 그는 제도가 법적으로 규정하는 '올바름' '도덕' '정의' 같은 것을 위반하는 인물들을 주인공으로 창조한다. 예컨대 「낮은 목소리로」에서 일인칭 서술자의 아버지는 그럭저럭 넉넉한 형편의 가정을 꾸리고 있으며 회사의 차장으로 근무하고 있다. 그는 텔레비전 수상기를 등록한 후 월 3백 원의 시청료를 납부하라는 방송공사 조사원들의 단속을 피해 공짜로 텔레비전을 본다. 그는 제도를 위반함으로써 일상 속의 작은 쾌감을 느낀다. 그는 방송공사 조사원에게 결국 자신의 이러한 기행(奇行)을 들킨 이후에는 이웃집 담벼락에 노상 방뇨를 하고 집에서 밤에 바지에 실례를 하는 등 '정상적이고 합법적인' 삶을 영위하는 성인답지 못한 행동을 연달아 한다.

「필수 과외」에서도 상황은 비슷하다. 일인칭 서술자가 교감으로 근무하고 있는 학교에는 교장과 사이가 좋지 않은 김학규라는 교사가 있다. 그는 아이들에게 그리고 싶은 그림을 그리라고 한 후 아이들을 내버려두거나 아이들 책상에서 낮잠을 자면서 수업시간을 보낸다. 조직의 관리자이자 감독으로서의 교장에게 김학규 선생은 자신의 의무를 다하지 않는 게으르고 불성실한, 인생의 낙오자일 뿐이다. 한때는 화단(畫壇)에서 주목도 받았지만 이제는 별볼일 없는 퇴락한 화가이니 더욱 그렇다.

허물도 죄도 없는 완전무결한 인간이 과연 존재할 수 있을까? 『이어도』에서 특히 흥미로운 인물들은 괴상한 웃음기를 흘리며 조사원을 골려먹는 「낮은 목소리로」의 아버지라든가, 낮잠을 자주 자고 아이들은 가르치지 않는 듯한 「필수 과외」의 김학규 선생, 구두 고치는 일을 하면서도 구두 뒷굽의 닳은 부분을 좋아하는 「구두 뒷굽」의 사내 같은 인물들이다. 이청준이 모색하는 인간학은 바로 완벽하고 흠 없는 우상의 자리 대신 모든 흠과 허물, 죄를 덮는 따뜻한 피가 흐르는 심장의 자리에서 시작된다.

낙서(落書)의 신비

『이어도』에 묶인 작품들을 조판된 원고의 형태로 처음 읽기 시작했을 때 나는 「마지막 선물」이나 「필수 과외」 「따뜻한 강」 같은 작품들이 이청준의 세계와는 어울리지 않는 소품(小品)들이라고 생각했다. 다양한 작품들을 하나의 체계 안에 구겨 넣는 일은 실패로 돌아갔다. 사소한 작품들 때문에 말이다.

이청준의 소설을 가까이 두고 비교적 자주 읽어왔음에도 그의 소설은 매번 내 지력(知力)의 한계를 뛰어넘는 가장 어려운 수수께끼로 내게 다가왔다. 그의 소설은 당혹스러울 정도로 내 모든 해석으로부터 자유롭게 도망쳤다.

내 자신이 '병신과 머저리'처럼 느껴지고 이제는 한계에 부딪혔다고 생각하자, 사소하고 평범해 보였던 작품들이 놀라운 생명력으로 황홀하게 빛나기 시작했다. 어리석게도 나는 문학에서는 높은 것이 낮아지고, 사소한 것이 위대해지는 역설이 진실일 수 있다는 것을 오랫동안 잊고 있었던 것이다.

왜 우리는 소설을 읽는 것일까? 이성과 논리에만 기반한 범죄문학의 서사는 한 번 수수께끼가 풀리고 나면 더 이상 어떤 '잔여물'을 남기지 않는다. 그러나 사실 우리에게 내밀한 영향을 깊게 미치는 것은 부수적으로 보이는 잉여의 것들, 목적 지향적인 인간이 되어 앞으로 달려가는 데 하등 쓸모가 없는 것들이다. 「안질주의보」나 「낮은 목소리로」 같은 작품들에서 묘사되는 온갖 불쾌하고 부정적인 감정이나 사내들의 킬킬거리는 웃음기, 「이어도」에서 선우현 중위가 예정에도, 계획에도 없던 장소에서 마신 술 같은 것 말이다. 우리는 아는 것을 확인하기 위해서가 아니라 모르는 것을 만나기 위해서, 안다고 생각했던 것을 모르기 위해서 소설을 읽는다. 소설의 핵심은 작가가 숨겨두고, 독자가 찾아서 다시 감추는 비밀이 아닐까.

「건방진 신문팔이」에서 서대문 거리의 여러 사람들이 신문팔이 소년을 사랑하는 데에는 이유가 있든 없든 상관없다고 했다(p. 14). 「필수 과외」의 김학규 선생 같은 사람이 학생들의 사랑을 받는 것은 관리자들의 눈에는 납득하기 어려운 일이었다. 미션 스쿨에서 직원회의 기도 시간에 졸다가 "아니 예수님 그 양반 벌써 돌아가셨나…… 왜들 갑자기 이렇게 조용해지지?"(p. 283)라고 묻는 그가, 남들에게 들리도록 열성적으로 기도하는 사람들보다 훨씬 더 신에게 가까이 있을 거라는 생각이 든다. 그는 어린이들에게 자유를 주고 어린이들을 있는 그대로 사랑하는 사람이기 때문이다.

우리는 서로가 서로에게 처음에는 누구나 신원미상의 상태인 타인들이다. 각자 고립되어 있던 점들 사이에 선이 생겨나고, 선을 따라 이야기가 생겨나는 것은 우리가 다른 사람의 '구두 뒷굽'에 관심을 가지면서부터다. 어째서 서대문에, 학교에, 이 비정한 도시에, 우리들의 이야기가 생겨나기 시작했는지, 우리는 모든 인과 관계에 대해서 알 수 없다. 우리의 현재는 하나의 원인이 미친 작용만으로 설명되기에는 너무나 복잡하고 신비롭기 때문이다.

소설은 우리에게 다양한 형태로 된 비밀을 선물해준다. 국적을 버리고 죽은 사람이 된 외교관이 자신의 정체를 모르는 딸과 함께 부르는 동요로.[4] 이청준의 경우라면, 그 비밀은 신문팔이의 노래로, 어린이들의 그림, 어린이가 가져다준 라일락 꽃다발 같은 것으로 온다. 또, 세상을 떠난 아내를 화장하고 남은 재의 따뜻하고 부드러운 촉감으로 온다. 혼자 남겨진 남편에게 주는 아내의 마지막 온기로 온다(「마지막 선물」). 설명할 수도, 형언할 수도 없는 텍스트의 신비를 자아 직접적으로 상징하는 낙서(落書)도 있다.

낙서는 특히 그것을 남긴 사람의 동기나 내력, 신분 같은 것이 대체로 불분명하기 때문에 상상의 날개를 펴나가기 편했고, 거기서 맛보는 감동 또한 유별났다. (「따뜻한 강」, p. 297)

낙서를 남긴 사람은 대체로 자신의 정체를 감춘다. 그래서 낙서는 작가─독자 사이에 모종의 추리극을 낳게 마련이다. 「따뜻한 강」에서 낙서를 읽고 그것에서 상상을 펼치는 것이 취미였던 '나'

<hr />

4) 마쓰모토 세이초, 『구형의 황야』 하, 김소연 옮김, 북스피어, 2014, p. 284.

는 10년 가까이 세모(歲暮)에 낙서를 채집하는 여행을 연례행사로 가졌다. 그러다 하나의 낙서가 파생시킨 일이 그의 여행을 중단시킨다.

백 년이 흐르고 나면 우리는 이제 아무도 여기에 남아 있지 않으리라는 것보다 분명한 사실이 있으랴. 그때 우리는 이곳을 떠나가고 지금은 그 목소리나 생김새조차 상상할 수 없는 사람들이 이곳을 드나드는 주인이 되어 있을 것을. (「따뜻한 강」, pp. 300~01)

장충단 공원 숲 속에서 만난 이 낙서는 '나'에게 특별한 감동을 주었다. 그는 이 낙서를 어떤 사람의 독백으로, 유한성에 대한 탄식으로 읽었다. 마치 회고류의 시를 읽듯이 말이다. 그는 여름에 만난 그 낙서를 다시 만나기 위해 그해의 그믐날에 그 낙서를 찾아갔다. 그러나 "거기에는 예기치도 않았던 웬 방해꾼"이 서 있었다 (p. 303). 그 낙서를 처음 발견했던 날 우연히 마주쳤던 한 여자 궁사(弓師)였다.

그와 그녀는 같은 낙서를, 같은 지점을, 누군가가 남긴 텍스트를 바라보고 있었다. 남들이 남긴 문자를 혼자서 오랫동안 읽고 보아왔던 남자는 자신의 독서를 "방해"하는 여자를 만나고 나서야, 비로소 자신이 읽었던 낙서가 독백이 아니었음을 깨닫게 된다. 낙서에 쓰어진 "우리"라는 주어는 '나'를 포함한 두 명 이상의 주체를 가정하고 있기 때문이다. 자신과 다른 독자는 텍스트에 대한 새로운 해석을 주었다.

텍스트는 하나의 미스터리다. 그 미스터리는, 독자를 또 다른 미스터리로 이끈다. 바로 사랑이라는 미스터리로 말이다. 텍스트-나-너의 객관적이고도 내밀한 연합으로, 그 삼위일체로. 사랑은 모든 지식과 논리를 초월하며, 동시에 그것을 완성한다.

내가 읽은 최초의 이청준론이었으며, 김현이 『당신들의 천국』(1976) 해설로 썼던 「자유와 사랑의 실천적 화해」에서 이 글은 반 발자국도 더 나아가지 못했는지도 모른다. 그래도 훗날 이청준 선생을 처음으로 만나게 되면, 나는 그의 소설 덕분에 어떤 힘겨운 시절을 버틸 수 있었다고 말할 것이다. 그때까지, 그 인사를 더듬더듬 연습만 해도 괜찮을 것이다.

〔2015〕

텍스트의 변모와 상호 관계

이윤옥
(문학평론가)

「건방진 신문팔이」

| **발표** | 『한국문학』1974년 2월호.
| **최초의 단행본 수록** | 『가면의 꿈』, 일지사, 1975.

1. 텍스트의 변모

1) 『한국문학』(1974년 2월호)에서 『가면의 꿈』(일지사, 1975)으로

- 7쪽 11행, 17행: 그 → 녀석
- 13쪽 15행: 사내는 혹 녀석의 얼굴에 눈물이라도 흐르고 있지 않나 싶어
  → 녀석의 볼 위에 눈물이라도 보고 싶은 것처럼 사내는

2) 『가면의 꿈』(일지사, 1975)에서 『조율사』(홍성사, 1984)로

- 16쪽 20행: 우리는 갈수록 → 〔삽입〕
- 17쪽 14행: 예기치 않은 → 〔삽입〕

3) 『조율사』(홍성사, 1984)에서 『자서전들 쓰십시다』(열림원, 2000)로

- 9쪽 4행: 호흡 → 숨결

---

* 텍스트의 변모를 밝힘에 있어 원전의 띄어쓰기 및 맞춤법을 그대로 살렸음을 일러둔다.

- 9쪽 11행: 정확하게 → 〔삽입〕
- 9쪽 16행: 제일 → 영락없이
- 10쪽 23행: 여차장 → 여자 차장애
- 11쪽 3행: 그때부턴 녀석을 참을 수가 없어졌다. 차가 떠날 때는 함부로
  → 녀석을 더 기다려주지 않았다. 차가 떠날 때는 그저 인정머리 없이
- 12쪽 20행: 굳이 나, → 굳이
- 12쪽 23행: 무슨 일로 → 여느 때와 달리
- 16쪽 21행: 다시 말하지만 그 사내가 굳이 나, 누구였다고 말하기 싫은
  것은 이 이야기 중의 모든 경험을 나 혼자의 것으로 말하지 않고 〈우리〉
  라고 말하고 싶은 것과 같은 이유에서이다. 그것으로 무슨 특별한 뜻을
  담으려는 것이 아니라, 나 이외에도 많은 사람들이 소년을 알고 있을, 틀
  림없이 알고 있을 것이기에 말이다 → 다시 말하지만 그 사내가 굳이 누
  구였다고 말하지 않는 것은 이 이야기 중의 모든 일을 이번에도 누구 혼
  자의 것으로 말하지 않고 그저 '우리'라고 말하고 싶은 것과 같은 이유에
  서다
- 17쪽 5행: 요즘은 왜 신문을 팔지 않느냐, 신문을 팔지 않고 무엇을 하고
  지내느냐는 따위 이쪽의 허물없는 물음에, 녀석은 처음 → 〔삽입〕

2. 소재 및 주제

- 우리: 소설에서 화자의 인칭은 중요한 의미를 갖는다. 소설의 화자는
대부분 1인칭과 3인칭이며 아주 드물게 2인칭이 쓰인다. '너' 같은 2인칭
이 화자인 경우, 독자는 작품을 읽는 동안 심문을 당하거나 그와 유사한
입장에 처한 느낌을 갖게 된다. 1인칭으로는 주로 '나'가 쓰이는데, 「건방
진 신문팔이」의 화자는 1인칭 복수인 '우리'다. 이청준의 작품 중 「이상한
나팔수」도 '우리'가 화자다.

「안질주의보」

| **발표** | 『문학사상』1974년 6월호.
| **최초의 단행본 수록** | 『병신과 머저리』, 삼중당, 1975.

1. 실증적 정보

1) 초고: 작가의 육필 초고가 남아 있다. 초고의 표제는 '남도 사람'이다. 초고와 함께 '고향 알아맞히기' '고향사람'이라는 제목의 작품 구성 메모가 둘 있다. 초고에서는 발표작의 '남도' '대흥면' '장○읍'이 각각 '전라도' 'D면' 'C읍'이다.

2) 전기와 연관성: 남도에 있는 대흥면 장산읍은 이청준의 고향 전남 장흥군 대덕면의 변형이다. 대흥은 대덕과 장흥에서 각각 한 자씩 취해 만든 지명이다. 초고의 'C읍'은 발표작에서 '장○읍'으로 바뀌고 단행본 수록작에서는 '장산읍'이 된다. C읍은 「줄광대」, 장산읍이나 대흥면은 「줄빰」「들꽃 씨앗 하나」의 배경이기도 하다. 특히 「안질주의보」에서 바닷가 마을에 대한 묘사와 그곳을 찾아가는 과정은 회진읍에 있는 이청준의 고향고을 모습, 가는 길과 일치한다(30쪽 7행).

— 수필 「삶으로 맺고 소리로 풀고」: 기차 편으로 고향엘 갈 경우, 나의 자리 옆에 선 입석 손님이 서성대지 않는다. 내가 그보다 멀리 가거나 잘해야 종점 근처에서 거의 함께 내리게 될 위인이기 때문이다. 광주에서 기차를 버스로 갈아타고도 사정은 마찬가지다. 나는 2백 리 장흥읍(長興邑)을 지나서도 90리를 더 가는 대덕읍(大德邑) 종점 손님이기 때문이다. 자리가 빌 희망이 없는 것이다./서너 시간씩 버스를 기다릴 수 없어 대덕에서 바로 택시를 잡아타면 6킬로 정도의 진목리(眞木里) 갯나들까지 승차요금이 5천 원 내외.

3) 수필 「편견에 대하여 Ⅱ」: 이청준은 전라도 출신이다. '그 위험스런

368

편견'이라는 부제가 붙은 수필 「편견에 대하여 II」는 지역성에 대한 무책임한 편견과 거기에 대한 의식의 종속을 비판한 글이다. 「안질주의보」는 '남도', 더 정확히 말해서 초고에 나오는 '전라도'라는 특정 지방 출신 사람들에 대한 이야기다. 그들은 대부분 고향을 숨기고 싶어 한다. 그 이유는 작품 속에 분명히 드러나 있지 않지만 세상의 부정적인 편견 때문일 것이다. 「굴레」에서도 'X지방 출신'은 태생의 굴레로 작용한다.

- 「편견에 대하여 II」: 이를테면 이 사회 자체가 이미 그런 지역성에 대한 무책임한 편견을 함부로 조작해내고 있다는 이야기다. 실제로 우리 주변엔 적지 않은 사람들이 그러한 편견들을 반성 없이 받아들여버리고, 그것을 무슨 객관적 진실처럼 신념으로 굳혀버린 사람들마저 없지 않다. 그리고 무엇보다도 더욱 놀라운 일은, 우리 주변에서 일어나는 일들 중에는 앞서 말한 지역 인간의 특질이 어느 정도 사실로 입증되어 나타나는 경우가 적지 않다는 점인 것이다./△△도 사람들은 조급한 일을 당해서도 스스로 그 여유만만한 행동으로 자신의 낙천성을 과시하려 드는 경우가 많고, XX도 사람들은 종종 자신의 출신지를 숨기는 것으로 그의 개인적 이기심을 부인하려 함으로써 제 스스로 바람직스럽지 못한 XX도인의 특질을 시인해 보이는 듯한 경우를 볼 수 있다.

4) 「어린 날의 추억독법」: 「어린 날의 추억독법」은 '죽음' '삶' '보리밭, 연, 허기' '해변의 육자배기' '여선생과 피난민' '내쫓긴 자의 귀향' 등 총 6장으로 구성된 작품이다. 그중 4장 '해변의 육자배기'가 2001년 작품집에 「안질주의보」의 '작가 노트'로 수록된다.

2. 텍스트의 변모

1) 『문학사상』(1974년 6월호)에서 『병신과 머저리』(삼중당, 1975)로

* 장○읍 → 장산읍

- 23쪽 10행: 녀석이 건네올 말이라는 것도 어느 정도는 벌써 짐작이 가고

있는 터였다. 하지만 사내의 말은 나의 예상을 일단 빗나가고 있었다. →
〔삭제〕

- 23쪽 16행: 하지만 그걸 보면 형씨도 아마 조금은 흥미가 있을 겁니다.
→ 〔삭제〕

- 24쪽 1행: 그러자 사내는 한 번 더 나의 예상을 뒤집고 있었다. → 〔삭제〕

- 25쪽 14행: 남도쪽 → 남쪽

- 26쪽 2행: 재미를 붙이고 → 열을 올리고

- 26쪽 16행: 무얼로 저 사람 고향을 당신이 여기다 저기다 장담을 하느냔
말요. → 〔삭제〕

- 27쪽 13행: 녀석은 사내와 나에게서 계속 주의를 놓치지 않은 채, 어떤
때는 그 바보스런 웃음을 흘리다가 또 어떤 때는 금세 초조하기 그지없는
목소리로 열심히 간청을 해 오는 것이었다. → 〔삭제〕

- 28쪽 2행: 아무래도 녀석의 말이 엉터리없는 수작같이만 생각되었다. 그
렇지가 않다면 아예 골통 속이 좀 수상한 작자임이 틀림없었다. → 〔삭제〕

- 37쪽 20행: 하지만 녀석은 그럴수록 자신을 단념할 수가 없는 모양이었
다. 훈련날만 되면 녀석은 또 열심히 새 내기를 제의해 왔다. 그리고 그럴
수록 더욱더 신중하게 내기의 대상을 물색해 냈다. 내가 보기엔 다른 사람
하고 아무 것도 다른 데가 없어 보이는 사람이라도 녀석은 신중하고 끈질
긴 관찰 끝에 확신을 가지고 상대를 물색해 냈다. 그리고 그럴 때만은 녀
석도 다시 무슨 약바늘을 몸에 꽂은 사람처럼 생기가 제법 되살아나 있곤
했다./하지만 사정은 역시 늘 마찬가지였다. 신중하고 열심스런 만큼 그
때마다 녀석이 더욱더 크게 상심이 될 것도 당연한 노릇이었다. → 〔삭제〕

- 38쪽 22행: 녀석은 도대체 어떻게 된 인간인지 속을 헤아릴 수가 없었다.
→ 〔삭제〕

- 46쪽 10행: 나는 좀더 초조해지고 있었다. → 〔삭제〕

- 47쪽 16행: 그렇다고 녀석이 아직 나의 말뜻을 알아듣지 못하고 있는 것

같지는 않았다. 그 한 사람의 남도치를 찾아내지 못할 만큼 눈이 어두워 버린 것도 물론 아닌 것 같았다. 하면서도 웬일인지 녀석은 자꾸 나의 말을 무시하려 들기만 했다. 그야 말을 하나마나 뻔한 일이 아니냐는 듯 맥 풀린 웃음기만 흘려 보이고 있었다. → 〔삭제〕

- 51쪽 23행: 두루두루 궁금스런 곳이 많았다. → 〔삭제〕
- 52쪽 12행: 도대체 상심기에 젖고 있는 위인이 아니었다. → 〔삭제〕
- 52쪽 20행: 나는 녀석의 말투가 아무래도 미심쩍었다. 내쪽에서도 일단은 부질없을 만큼 어조가 완강해지고 있었다. → 〔삭제〕

2) 『병신과 머저리』(삼중당, 1975)에서 『병신과 머저리』(열림원, 2001)로
* '녀석'이 '그' '위인' '작자' '사내'로 바뀐 경우가 많다.

- 25쪽 20행: 어이가 좀 없어졌다, 라기보다 우선 기분이 나빠지기 시작했다. → 싱겁고 어이가 없었다, 라기보다 새삼 기분이 찜찜해지기 시작했다.
- 28쪽 22행: 사투리의 그것이 → 방언 투가
- 33쪽 2행: 고향읍 → 그쪽 장산읍
- 38쪽 3행: 놈이 너무도 그것에만 집착하고 있는 것 같았고 → 그는 너무도 집착이 심했고
- 38쪽 18행: 형씨 → 형장
- 44쪽 1행: 나의 고향 → 그곳
- 44쪽 20행: 털어놓기 시작했다. → 털어놓으며 조심스럽게 위인의 반응을 살펴 나갔다.
- 44쪽 22행: 친구에게 들은 이야기들을 하나하나 빠짐없이 옮기면서 조심스럽게 녀석의 반응을 살펴 나갔다. → 〔삭제〕
- 45쪽 12행: 화를 참을 수가 없어진 것이었다. → 〔삭제〕
- 45쪽 18행: 헤프디 헤프던 웃음기 → 헤프고 방심스런 표정
- 49쪽 18행: 격절스런 → 〔삽입〕
- 58쪽 11행: 덤벼라! → 〔삽입〕

- 60쪽 18행: 나의 느낌 → 어떤 진한 느낌

3. 소재 및 주제

1) 제복: 제복은 그것을 입은 사람으로 하여금 '나'가 아니라 그 제복의 집단인격으로 생각하고 행동하게 만드는 속성이 있다(23쪽 2행).

- 수필 「제복에 대하여」: 평소에 입던 일상복과 구두를 벗고 그것들 대신 하루의 훈련을 위한 제복과 훈련화로 몸차림을 바꾼다. 물론 머리에도 제모를 단히 눌러 쓴다. 그러고서 집을 나서면 만사가 달라지기 시작한다. 그런 옷차림을 하고 나면 마음 가짐도 벌써 제복의 그것으로 달라져 있는 것이다.

2) 한과 육자배기: 한은 이청준의 연작 '남도 사람'의 핵심이 되는 정서다. 한은 한마디로 말해 '아픔 속에 숙성된 우리 정서'라고 할 수 있다. 남도 육자배기나 판소리의 바탕에 흐르는 것도 한의 정서다(42쪽 13행, 43쪽 6행).

- 수필 「아픔 속에 숙성된 우리 정서」: 무엇보다 그 판소리의 우리 인생사에 대한 총체적 포용과 융합적 이해양식은 그 아픔과 괴로움까지를 함께 끌어안아들여 보다 더 강인하고 힘찬 삶을 숙성시켜 온 우리네 누님과 어머니, 그 선인들의 유현한 정서구조와 맥을 같이하고 있기 때문이다.

「줄 뺨」

| **발표** | 『세대』 1974년 7월호.

| **최초의 단행본 수록** | 『남도 사람』, 예조각, 1978.

---

1. 실증적 정보

1) 초고: 작가의 육필 초고가 남아 있다. 초고는 발표작과 3장 결말 부

분이 다르다.

- 기합은 성공적이었다. 하지만 이날의 기합 역시 김만석이 애초에 기대했던 것만큼 성과가 있었는지 어쨌는지는 후일까지도 사실이 확실하게 증명된 바가 없었다. 왜냐하면 그날 밤 누군가가 그 김만석을 숙소로 은밀히 만나러 간 친구가 있었다 해도 그는 거기서 그 김만석을 만날 수가 없었을 것이기 때문이다.

이해가 됨 직한 일이기는 하지만 김만석은 이날 저녁 기합을 끝내고 돌아온 다음 이상하게 허탈한 모습으로 혼자 멍청하니 천정을 처다보고 누워 있더니 날이 어두울 무렵이 되자 아무도 모르게 혼자 마을을 떠나버렸기 때문이었다. 그를 찾아갔다 허탕을 치고 돌아온 녀석이 있었다 해도 스스로 그런 사실을 털어놓을 리 없었고, 김만석 역시 한번 그렇게 마을을 떠나간 후로는 영영 다시 소식을 들을 수 없었기 때문에 기합 효과에 대해서는 거론을 불가능하게 하고 만 것이다.

2) **전기와 연관성**: 노령의용학도대 장산군지구대대 대흥면 중대. 앞의 「안질주의보」 주석 참조.

3) **「금지곡 시대」**: 연작 '가위 밑 그림의 음화와 양화' 세번째 작품인 「금지곡 시대」의 첫 장 '수수께끼의 얼굴들'에 「줄 빰」의 원화가 들어 있다. 이청준은 초등학교 시절 한국전쟁기 후반에 고향 마을에서 '잔혹스럽고 희극적인 줄 빰치기 기합'을 목격했다. 잊지 못할 이 경험 속의 동네 청년들 30~40여 명과 면 지서 순경은 「줄 빰」에서 대흥중대원들과 중대장 김만석이 된다.

- 「금지곡 시대」: 한편으론 겁이 나고 한편으론 우스꽝스럽기조차 했던 그날의 진풍경 역시도 내겐 오랫동안 잊혀지지가 않았다. 그 기이한 행작들이 아무래도 잘 이해가 가질 않았다. 어떻게 서로 허물이 없는 줄 알면서도 상대방에게 빰따귀 올려붙일 수 있었을까. 처음 사람은 순경의 강요 때문이었다 치더라도 나중엔 서로가 원수지간이나 된 것처럼 다투어 열을

올려댄 것은 무엇이란 말인가. 사람이 어떻게 그럴 수가 있는 것인가. 사람이 어째서 그리 될 수 있는 건가….

4) 수필 「권력의 덫」: 2001년 작품집에 수필 「권력의 덫」이 '작가 노트'로 수록된다.

2. 텍스트의 변모

1) 『남도 사람』(예조각, 1978)에서 『숨은 손가락』(열림원, 2001)으로

- 68쪽 13행: 어휘 → 말
- 68쪽 19행: 말 → 입
- 68쪽 20행: 패덕 → 악덕, 패덕 → 효율성
- 68쪽 23행: 기합이란 이름으로 아무렇게나 폭력을 휘둘러댄다. 그리고 불필요하게 사람들을 학대한다. → 비능률적인 폭력을 아무렇게나 휘둘러대고, 목적이나 필요가 없이 사람들을 학대하고…
- 69쪽 2행: 맹목적인 → 〔삽입〕
- 69쪽 3행: 음험한 → 위협적인
- 70쪽 19행: 학대 → 시행
- 79쪽 23행: 은밀스런 의미작용이 이루어지게 되어 있었다. → 괴로운 경쟁 현상을 유발하게 되어 있었다.
- 86쪽 7행: 중대원 전체가 그가 요구하는 일정 시간까지 → 〔삽입〕
- 86쪽 16행: 그럴 경우 대열의 높이가 다시 일사불란해질 때까지 동작 횟수를 계속해 가게 하는 것이 이 4단계 기합의 요체였다. → 〔삽입〕
- 91쪽 22행: 한 은밀한 비결이었다. → 없지 못할 비결이자 덕목이었다.

3. 인물형

- 김만석: 「조만득 씨」의 동생, 「세상에 단 혼자 팬츠를 입은 남자」 「누군들 초장부터 꾼으로 태어나랴」의 주인물도 만석이다.

4. 소재 및 주제

– 기합의 세련성, 비폭력성: 「공범」의 강 중위는 사병을 상처가 나도록 구타한 일이 없는 상관이다. 하지만 비폭력성을 내세운 그의 기합은 역설적으로 피기합자에게 '가장 견딜 수 없는 모욕감을' 준다. 강 중위는 그런 점에서 김만석과 같은 유형의 사람이다(69쪽 14행).

– 「공범」: 그는 주먹이나 워커 발이나 몽둥이를 사용하지 않고 회초리 하나로 족히 사병을 학대(중위는 그것을 가장 인격적인 방법이라고 믿고 있는 모양이지만, 실상 그 회초리에 의한 인격의 호소는 지능적인 학대라고 고준은 생각했다) 하는 방법을 알고 있었다. 그는 절대로 상처가 나도록 사병을 구타한 일이 없었다.

「이어도」

| 발표 | 『문학과지성』 1974년 가을호.

* 제6회 한국일보창작문학상 수상작(수상 심사평 및 수상 소감 → 자료집 참조)

| 최초의 단행본 수록 | 『가면의 꿈』, 일지사, 1975.

1. 실증적 정보

1) 초고: 작가의 육필 초고와 주인물들의 이름에 대한 메모가 남아 있다. 발표작의 천남석은 초고에서 변남석→고남석→천남석으로 변하며, 양주호는 양준명→양주호→양우준으로 변한다. 이청준이 발표작에서 양준명, 양우준 대신 양주호를 택한 것은 '준' 때문인 것 같다. '준'은 「퇴원」을 시작으로 여러 작품에 나오는, 이청준을 환기시키는 인물이다.

2) 수필 「〈이어도〉의 실재와 허구의 의미」: 「이어도」가 연극으로 공연될 때 쓴 글로 1998년 작품집에 「이어도」의 '작가 노트'로 수록된다. 거기

서 이청준은 「이어도」를 쓴 이유를 말한다.

- 「〈이어도〉의 실재와 허구의 의미」: 나는 소설 「이어도」에서 이어도의 전
설을 소개하고 그 섬의 정체를 밝히려는 것이 아니라 그 섬이 어떻게 우
리들의 삶을 거꾸로 간섭해 왔고, 또 모습지어 왔는가를 보려고 노력했
다. 이어도를 빌어서 피안의 그것이 아닌 현실의 삶의 한 참 모습을 해명
해보고 싶어 한 것이다./바라건대 우리에게 더 많은 이어도가 있어줬으면
좋겠다.
3) **전기와 연관성**: 남석은 이청준의 아버지 이름이다.

2. 텍스트의 변모

1) 『문학과지성』(1974년 가을호)에서 『가면의 꿈』(일지사, 1975)으로

- 96쪽 21 남지나해 → 동지나해
- 98쪽 14행: 장교님 → 중위님
- 108쪽 6행: 선생은 도대체 → 〔삭제〕
- 137쪽 16행: 아니 그 어머니의 입속에서 소리가 웅얼거려지고 있는 것
같지도 않았다. → 〔삭제〕
- 140쪽 11행: 천가야 천가야 → 천가여 천가여
- 156쪽 21행: 천남석의 어머니도 남편이 수평선을 넘어온 날 밤이면 어둠
속에서 애가 타게 그 이어도를 찾아 헤매곤 했다던가. → 천남석의 어머
니도 남편이 수평선을 넘어오는 날이면 비로소 그 격정스런 밤의 어둠속
에서 이어도를 만나곤 했다던가.
- 166쪽 6행: 격절스런 어조에 → 분위기에
- 167쪽 13행: 우린 날마다 이어도를 찾아옵니다. 이어도를 찾아와서 술을
마시고 이 이어도 여자와 노래도 부르고 사랑도 하면서 하루하루씩을 더
살아갑니다. 그 이어도의 술집 덕분이었을까. 양주호는 술집에서 체념쪼
로 지껄인 것과는 반대로, 일단 그 〈이어도〉를 돌아서기만 하면 그의 삶은

천남석의 그것에 대해 너무도 태연하고 정색스러운 편이었다. → 〔삽입〕

- 167쪽 22행: 그 수심기가 어린 듯한 → 조금은 의례적인 것일 수도 있는 엷은 수심기 같은 것이 어린

- 172쪽 3행: 그리고는 여전히 그 영감과 비약 투성이의 설명을 바로 자신의 이야기를 말하듯 열심히 쏟아놓고 있었다. 이젠 눈빛마저도 그 마지막 날 밤 천남석의 그것이 그랬던 것처럼 꿈을 꾸고 있는 것 같기도 했고, 또는 어떤 형언할 수 없는 불안감 같은 것을 한창 치열하게 견디고 있는 것 같아 보이기도 했다. → 〔삭제〕

- 176쪽 4행: 남지나해 → 동지나해

2) 『가면의 꿈』(일지사, 1975)에서 『이어도』(열림원, 1998)로

- 96쪽 22행: 이잡듯이 → 갈아엎듯이

- 115쪽 14행: 새삼스럴 정도로 → 정색을 한 어조로

- 170쪽 5행: 그의 가슴속에 은밀히 숨쉬고 있는 그의 이어도를 그는 끝끝내 부인해 버릴 수가 없었습니다. → 〔삭제〕

3. 인물형

- **양주호**: 주호는 본문에 나오듯 술항아리〔酒壺〕를 뜻하는데, 뜻은 다르겠지만 「과녁」의 검사 이름이기도 하다.

3. 소재 및 주제

1) **섬을 배경으로 하는 작품들**: 『당신들의 천국』「섬」『신화를 삼킨 섬』도 「이어도」처럼 섬을 배경으로 한다. 『당신들의 천국』- 소록도, 「섬」-홀섬(독도), 『신화를 삼킨 섬』- 제주도.

2) **가족 관계**: 「바닷가 사람들」에는 이후 『사랑을 앓는 철새들』「이어도」「연」「어린 날의 추억독법」「해변 아리랑」 연작 '남도 사람' 등 여러 작품에서 다양하게 변주되는 가족 관계가 나온다. 바다를 넘어가 영영 오

지 않는 아버지, 그 아버지를 기다리며 끊임없이 울음소린지 노랫소린지 모르는 소리를 뱉는 어머니, 그 어머니를 보며 홀로 노는 '나', 아버지처럼 바다를 넘어가 오지 않는 형. 「이어도」에서도 이 가족관계는 반복된다. 단지 바다를 넘어간 형이 이어도 여자의 오라비로 바뀔 뿐이다.

3) 암무당의 외동딸: 『신화를 삼킨 섬』의 연금옥은 진짜 암무당의 외동딸이다. 연금옥 역시 이어도의 여자처럼 처음 본 외지 남자를 통해 섬을 나가려 하지만 결국 섬에 남는다(122쪽 3행).

– 『신화를 삼킨 섬』: 하물며 뱀신을 모시는 암무당 딸 처지라니.

4) 황홀한 절망: 천남석이 실재하지 않는 이어도를 보게 된 것이 어째서 무섭지만 황홀한 절망일까? 이어도를 본 사람들은 모두 이어도로 가기 때문이다. 부재하는 섬으로 가는 방법은 죽음뿐이지만 그 섬은 구원의 섬이다. 이상향으로 가기 위해 자기를 지우려는 욕망은 후에 「황홀한 실종」에서 자기실종의 황홀한 욕망으로 나타난다(130쪽 16행).

5) 이어도의 요술: 이어도와 제주도의 관계처럼 고향은 현실이 품은 이상향 같은 것이다. 제주도 사람들이 이어도의 요술로 현실을 살아가는 것처럼 「귀향연습」의 남지섭은 고향 동백골의 요술로 현실을 버틴다.

– 「귀향연습」: 난 사실 지금도 그 동백골이 어떤 곳이었던가를 깡그리 잊고 있던 건 아니거든. 그런데 거기 너무 오래 발을 끊고 지내다 보니 어릴 적 일들이 터무니없는 요술을 부리려 들더구만. 그럴듯한 요술로 나를 마구 속이려 든단 말일세. 내 눈으로 다시 가서 사실을 확인해두고 싶기도 했어. 더 이상 내게 요술을 부릴 수 없도록. 하지만 아직도 내게는 용기가 훨씬 모자란 것 같아. 고향이 나를 두렵게 하더라도 그 현실을 현실대로 정직하게 맞부딪쳐 들어갈 수 있는 내 용기가 말일세. 당분간은 그 동백골 한 곳이라도 나를 속이게 놔두는 것이 나을 듯싶더구만. 그래야 또 자네 말대로 그 악마구리 속 같은 서울살이를 버텨나가기가 나을 듯싶기도 하고…

6) **고향으로 돌아오기**: 이어도를 만나서 이어도로 간 천남석, 바다에 빠져 죽은 천남석의 육신은 자신이 살던 제주도로 돌아온다. 이런 「이어도」의 결말은 이어도가 곧 제주도임을 보여준다. 이어도는 제주도라는 현실이 품은 구원의 섬, 이상향이다. 이청준은 뒷날 이어도라는 신화를 품은 제주도를 『신화를 삼킨 섬』으로 형상화한다. 「석화촌」의 별녜와 거무도 천남석처럼 바다에 빠져 죽은 뒤 그들이 살던 바닷가로 돌아온다(176쪽 4행).

  - 「석화촌」: 하지만 아직도 그리운 게 있어서였을까. 어느 날 아침 두 사람은 그 먼 곳으로부터 다시 고향 마을로 돌아왔다. 그러나 이번에는 두 사람이 물론 배를 저어 돌아온 것은 아니었다. 배를 버린 채 이번에는 둘이 함께 물 끝을 타고 돌아와 있었다. 아직도 살아서 힘을 주고 있는 듯한 네 팔로 두 몸뚱이가 하나로 꼭 엉킨 채, 어느 날 아침 두 사람은 문득 그렇게 마을 앞 바닷가로 파도를 타고 밀려와 있었다.

「뺑소니 사고」

| **발표** | 『한국문학』 1974년 9월호.
| **최초의 단행본 수록** | 『가면의 꿈』, 일지사, 1975.

1. 실증적 정보

- 초고: 작가의 육필 초고가 남아 있다. 초고의 'P일보'는 발표작에서 'T일보'로 바뀐다.

2. 텍스트의 변모

1) 『한국문학』(1974년 9월호)에서 『가면의 꿈』(일지사, 1975)으로

  - 183쪽 13행: 배영섭의 기분을 무의식중에 자꾸 거북하게 간섭해 오고 있

는 것은 역시 그 빈 유리잔들이었다. → 〔삭제〕

- 189쪽 21행: 누군가가 선생의 말씀을 그렇게 새기기 시작했고, 사람들은 그 선생의 말씀에 감사했다. → 누군가가 선생의 말씀에 감사했다.

- 191쪽 22행: 30년 → 14년

- 200쪽 18행: 그는 이번에야말로 정말 진실을 말하지 않을 수가 없게 되어버리고 있었다. → 〔삭제〕

- 200쪽 21행: 진실을 밝힌 사람은 이제 그 혼자뿐이었다. 그는 새삼 자신이 두려워지고 있었다. → 이제부터는 나 혼자 견뎌야 한다. 혼자서는 견디어낼 자신이 없었다. 그는 두렵고 외로왔다. 그는 이번에야말로 사실을 말하지 않을 수가 없게 되어버리고 있었다.

2) 『가면의 꿈』(일지사, 1975)에서 『예언자』(열림원, 2001)로

- 181쪽 8행: 선생이 아니더라도 → 〔삽입〕

- 189쪽 21행: 누군가가 → 누구나

- 190쪽 12행: 그 유리잔들이 선생의 말씀을 엉뚱하게 바꿔 놓고 있었다. → 〔삭제〕

- 191쪽 22행: 14년 → 10년

- 192쪽 12행: 배영섭이 간신히 스승을 뵙게 된 → 〔삽입〕

- 198쪽 6행: 선생을 → 선생의 유덕을

- 198쪽 16행: 하지만 진실을 알고 있는 사람은 배 영섭 자기 한 사람만이 아니었다. → 〔삭제〕

- 206쪽 3행: 두말없이 → 그럭저럭

- 207쪽 11행: 함께 역사를 만들어 갈 수가 없게 됩니다. → 〔삭제〕

3. 인물형

- **배영섭**: 『자유의 문』의 주 인물도 영섭이다.

4. 소재 및 주제

1) 단식: 『씌어지지 않은 자서전』『조율사』에는 「뺑소니 사고」와 달리 진짜 단식을 하는 인물들이 나온다. 이청준은 젊은 시절 단식에 관심이 많았고 직접 체험하기도 했다. 그는 수필 「다시 태어남에의 꿈」에서 단식을 "모든 육신과 정신의 '현재'를 버리고 위험스럽기 그지없는 유사죽음의 강을 건너 새로운 탄생에의 가능성에 자신의 삶을 걸고 나서는" 것으로 여겼다(185쪽 12행).

2) 사실과 역사: 배영섭은 사실을 중시하고, 양진욱은 사실에 대한 해석과 그에 기초한 역사에 대한 책임을 역설한다. 『춤추는 사제』의 홍은준 박사와 윤지섭도 이들처럼 사실과 역사에 대해 대립되는 태도를 취한다(196쪽 9행).

– 『춤추는 사제』: 하지만 박사님의 그 진실이라는 것은 결국 무엇을 뜻하시려는 것이겠습니까. 역사가 아무리 있어 온 사실을 바탕으로 한 과거사의 기술이어야 한다고는 하지만 그러한 기술이 어차피 전면적 과거사의 재현이 될 수가 없을 바엔 그러한 과거사들 가운데서 우리의 미래에 대한 희망적 선택과 해석의 기술(記述)이 될 수밖에 없을 것이고, 그러한 선택과 해석을 앞설 역사의 진실이라는 것이 따로 있을 수는 없는 일 아니겠습니까.

3) 임금님의 귀: 이청준은 「금지곡 시대」에서 '임금님의 귀' 설화를 통해 '금계망의 절대화'를 비판한다. 배영섭은 설화의 인물처럼 보지 말아야 할 것을 본 뒤, 그것을 말할 수 없어 고통스럽다. 「소문의 벽」에서 박준이 쓴 소설 「벌거벗은 임금님」도 '임금님의 귀' 설화를 변형한 것이다(200쪽 22행, 206쪽 19행).

– 「소문의 벽」: i) 그것이 참으로 희한한 일처럼 여겨지기 시작한다. 공연히 자신이 대견스러워진다. 그런 사실을 오직 혼자서만 알고 있어야 하는 처지가 답답해 견딜 수 없다. ii) 이 작품에서 박준이 하고 싶은 이야기란 결국 우리들에게 옛날 이발쟁이 경우에서와 같은 '구원의 숲'이 있을 수

없다는 것, 그러기 때문에 어떤 진실을 목도하고도 그것을 어떤 다른 이해관계나 간섭 때문에 말하지 않으려고 한다면, 그것은 곧 보다 큰 파국을 초래하는 자기부정의 비극을 낳게 한다는 뜻이 아니었을까.

- 「금지곡 시대」: '보았던 사실을 말해서는 안 된다'는 간단한 금지와 우리 인간의 본성에 관련하여 저 시대와 양의 동서를 넘어서 인구에 회자해온 '임금님의 귀' 설화는, 다른 한면으로 우리 인류의 그 같은 끈질긴 노력의 한 실례가 될 것이다. 그것은 바로 한 가지 본성에 대한 금계의 압력이 우리의 삶을 어떻게 왜곡시키고 파괴하며, 거기 길들지·않으려는 본성의 저항이 얼마나 집요하고 끈질긴 것인가를 보여준다 할 것이다.

4) 명분: 양진욱은 배영섭에게 '역사에 대한 책임'을 명분으로 내세우며 일파의 거짓단식에 대해 침묵할 것을 강요한다. 이청준은 수필 「명분에 대하여」에서 「뺑소니 사고」가 적나라하게 보여주는 거창한 명분의 독점이 가져오는 폐해에 대해서 말한다(207쪽 4행).

- 수필 「명분에 대하여」: i) 상대편을 이기기 위해 상대편보다 유리한 명분의 고지를 차지하려 드는 사람들은 우리 주위에 의외로 많다. 그리고 그 사람들은 상대편을 이기기 위하여 자기주장이나 행위의 명분을 아전인수 격으로 자꾸 미화하고 고급화시켜간다. 명분이란 대의에 입각한 것일수록 보다 큰 도덕적 구속력을 지니기 때문이다. / '보다 나은 세계' '사람다운 삶' '민주주의' '역사' 같은 것을 위해서라 함은 명분중의 일급 명분에 속할 말들이다. ii) 명분이라는 것도 이쯤 되면 한낱 남을 설득하고 굴복시키기 위한 치사한 구실에 불과할 수밖에 없다. 그리고 그 거창한 명분에 승복을 아니치 못하는 사람들에게는 괴롭고 불편스런 협박이요 굴레가 아닐 수 없다.

5) 우상: 사랑을 받을 수 없는 위인은 한낱 우상에 머무를 수밖에 없다. 『당신들의 천국』에서 이상욱과 황희백 장로, 이정태가 조백헌 원장에게 경고하는 것이 바로 이점이다(208쪽 13행).

「낮은 목소리로」

| **발표** | 『현대문학』 1974년 10월호.

| **최초의 단행본 수록** | 『가면의 꿈』, 일지사, 1975.

1. 실증적 정보

- **초고**: 작가의 육필 초고가 남아 있다. 초고의 '부엌아이'는 발표작에서 '방울이 아가씨'가 되었다.

2. 텍스트의 변모

1) 『현대문학』(1974년 10월호)에서 『가면의 꿈』(일지사, 1975)으로

- 231쪽 13행: 방울이 아가씨 → 방울이년

- 233쪽 23행: 몇달 → 몇 해

- 242쪽 2행: 용변사건 → 방뇨사건

- 243쪽 10행: 어머니는 다만 거기까지만 간단히 이야기를 끝내도 마신 것이었다. → 어머니는 나한테도 전혀 그런 사실을 숨겨 버리려 하였다./하지만 아버지는 역시 재수가 없는 분이었다./정체불명의 팬츠 뭉치가 발견된 것이 불운이었다. 방학 여행을 떠나기 위해 그날 오후 나는 아버지의 등산용 배낭을 뒤지다가 우연히도 그 배낭 속에서 심학 악취와 오줌 얼룩으로 찌들어 있는 영문모를 팬츠 뭉치를 하나 발견하게 되었던 것이다. 그 불결한 팬츠 뭉치를 찾아내게 된 것은 그러니까 물론 (맹세코!) 나의 본의에서가 아니라, 뜻하지 않은 우연의 소치였음은 다시 말할 필요가 없는 일이었다./어머니는 팬츠 뭉치가 발견되자 이젠 더 이상 말씀을 숨기실 수가 없었던지 비로소 땅이 꺼질 듯한 한숨과 함께 아버지의 슬픈 비밀을 귀띔해 주신 것이었다. 하지만 어머니는 이때도 물론 그 정도의 간단한 귀띔뿐이었다. 간밤의 일에 대해서도 거기까지만 간단히 이야기를

끝내고 나신 어머니는,

- 244쪽 9행: 이날 오후, 방학여행을 떠나기 위해 아버지의 등산용 배낭을 꺼내 뒤지다가, 그 속에 구겨 박혀있던 오줌얼룩의 팬츠뭉티를 발견하게 된 것은 그러니까 전혀 나의 본의에서 결과한 일이 아니었다. → 〔삭제〕

2) 『가면의 꿈』(일지사, 197)에서 『병신과 머저리』(열림원, 2001)로

- 217쪽 13행: 기가 꺾이고 있었다. → 기가 꺾여 어물댔다.
- 219쪽 19행: 몰아세우는 기야. → 몰아세워 기를 꺾어놓는 거야.
- 222쪽 11행: 인연이 없는 → 사리가 닿지 않는
- 224쪽 9행: 착해 → 성실해
- 229쪽 5행: 이상하게 쌍스럽고 → 묘하게 막되고
- 231쪽 19행: 재수없는 → 정말 운이 나쁜
- 233쪽 2행: 그런 세상에서도 아버지는 아직까지 그 〈한탕〉을 한 번도 치러 본 일이 없는 분이었다. 무능하도록 선량하시기만 했다. 언제나 당신의 처지를 만족하고 계셨다. 아버지가 세상을 그토록 차분한 안정감을 가지고 살아오실 수 있었던 데에는 한 가지 중요한 비밀이 있었다. 바로 그 등록되지 않은 텔레비전 수상기가 비밀의 열쇠를 가지고 있었다./범죄 본능이라고 하면 말이 좀 과장된 느낌이 있는 것 같다. 일종의 공범 의식이라고 고쳐 말하면 어떨는지 모르겠다. 사람들은 언제 어디서나 그들에게 맞는 풍속을 만들고, 그 풍속의 옷을 입고서야 비로소 마음놓고 세상을 살아갈 수 있다 했다. 보편적 인간성이라든가 선량성이라는 것도 그 풍속의 옷을 입지 않으면 외롭고 불안하다. 다른 사람들이 살아가는 방식을 보고 그 판에 끼어들고 싶어하는 것은 자신도 시의에 맞는 풍속의 옷을 마련코자 함이요, 거기서 자신의 안정을 꾀하고자 하는 바램이다. → 〔삭제〕
- 237쪽 2행: 오해를 받아 → 곱빼기로
- 237쪽 17행: 돈을 건네지 않았더라면 일은 차라리 더 간단했을지 모른다는 것이었다. → 두 차례 다 차라리 돈을 건네지 않았다면 일이 더 쉬웠

을지 모를 사안이었다.

- 240쪽 17행: 그 〈한탕〉에 대한 미련을 다시 들먹여대시곤 했다. 아직도
  → 〔삭제〕
- 243쪽 6행: 난처한 표정 → 난감한 심사

3. 소재 및 주제

- **풍속**: 이청준은 수필 「풍속에 대하여」를 비롯해 「매잡이」 『사랑을 앓
는 철새들』 연재의 변 등 여러 글에서 풍속에 대해 언급했다(233쪽 11행).

- **「매잡이」**: 그래 우리는 우리들 자신의 풍속의 의상이 없는 시대에서
그 삭막하고 참담한 삶의 현실을 맨몸으로 직접 살아내고 있는 것인지도
모른다. 그보다도 그 참담스런 삶의 현실이 또 다른 풍속으로 부화되는
것을 거부하며, 자기 삶의 새로운 풍속화(風俗化)에 대항하여 그것을 거
꾸로 인내하고 있는 것인지도 모른다.

「장 화백의 새」

| **발표** | 『샘터』 1975년 9월호.
| **최초의 단행본 수록** | 『가면의 꿈』, 일지사, 1975.

1. 실증적 정보

- **장욱진**: 장 화백의 실제 모델은 화가 장욱진이다. 이청준의 작품에
는 「병신과 머저리」의 동생을 시작으로 「지관의 소」의 양정관, 「날개의
집」의 세민 등 화가가 많이 나온다. 그중 「나들이 하는 그림」의 실제 모델
은 이중섭이다.

2. 텍스트의 변모

- 『샘터』(1975년 9월호)에서 『가면의 꿈』(일지사, 1975)으로

  - 245쪽 11행: 화가 → 양화가

  - 246쪽 5행: 학생 아이들 → 학생들, 실없는 → 어린애처럼 철없는

  - 246쪽 18행: 실없는 → 순진스런

3. 소재 및 주제

- 새와 해

-「여름의 추상」: 여름 햇볕속의 들판을 건너자니 아이와 새와 햇덩이가 나오는 장욱진의 그림속이라도 움직여가고 있는 느낌.

『마지막 선물』

| **발표** | 1975년

소재 및 주제

- 새가 된 영혼(255쪽 20행)

-「학」: 그러더니 이윽고 학이 된 그의 어머니는 커다랗고 흰 날개를 활짝 펴며 스르르 공중으로 날아 올라갔다.

-「섬」: 갈매기 떼는 이제 수많은 영혼들의 슬픈 비상처럼 환상의 섬 위를 희미하게 맴돌고 있었다. 거기 따라 나의 가슴속 상념은 갈수록 환상 쪽을 뒤쫓고 있었다. 얼마나 많은 영혼들이 저렇듯 새가 되어 섬으로 건너왔던가. 그 새들 중에 자형의 영혼은 어느 것에 깃들었던가.

-「흰 철쭉」: 언제부턴가 꽃나무 가지 위에 이름 모를 새 한 마리가 눈을 감고 깃을 개고 앉아 있었다. 순백의 꽃빛 속에 적막스럽고 애틋한 모습이 어떤 기나긴 기다림의 꿈속에 젖어 있는 것 같았다. 할머니의 넋이 새가 되어 돌아온 것인가….

386

- 『인간인』: 이 찬 가을 낙엽진 산골에 새가 되어 굽이굽이 소리나 뿌려주고 다닐 것을. 소리를 하다하다 지쳐서 죽고 나면 혼령이라도 다시 새가 되어 소리를 하고 다닐 것을……

「구두 뒷굽」

| **발표** | 『문학사상』 1975년 12월호.
| **최초의 단행본 수록** | 『남도 사람』, 예조각, 1978.

1. 텍스트의 변모

1) 『문학사상』(1975년 12월호)에서 『남도 사람』(예조각, 1978)으로

- 273쪽 9행: 그 남의 아픈 곳을 누구보다 귀하게 아껴 주는 셈이겠죠 뭘…… → 그 선생님의 아픈 곳을 당사자인 선생님 자신보다 귀하게 아껴오고 있었다고나 할까요…

2) 『남도 사람』(예조각, 1978)에서 『별을 보여드립니다』(열림원, 2001)로

- 256쪽 11행: 보기싫게 → 〔삭제〕
- 256쪽 20행: 하는 → 건네오는
- 256쪽 23행: 그게 설마 나를 부르는 소리랴 싶었으나 → 누가 설마 나를 부르랴 싶었지만,
- 258쪽 20행: 다른 굽을 → 양쪽 굽을 서로
- 259쪽 11행: 그게 그 첫날 녀석을 떼어 보내고 난 뒤의 내 체념기 어린 심사였다. → 〔삽입〕
- 261쪽 4행: 무위한 고집이 → 똥고집마저
- 263쪽 16행: 것 같아 보이기 시작한 것이다. → 듯한 도발기 같은 느낌이 들어온 거였다.
- 266쪽 13행: 나는 더 이상 미룰 수가 없었다. → 〔삽입〕

- 267쪽 14행: 엇비슷한 장소 → 엇비슷한 시각 엇비슷한 지점
- 267쪽 15행: 그 곳 → 어느 특정한 곳
- 268쪽 5행: 게임의 사정상 이쪽에서 → 〔삽입〕
- 271쪽 1행: 사내에게 알 수 없는 일이 한두 가지가 아니었다. → 사내에 대한 궁금증이 풀리지 않고 있었다.
- 273쪽 11행: 허탈스런 → 빈
- 273쪽 21행: 그런 내쪽은 처다보지도 않고 → 〔삽입〕
- 274쪽 6행: 모습 → 피곤한 모습

2. 소재 및 주제

- 아픔 앓기: 이청준은 『흰옷』의 '작가 노트'에서 삶의 아픔 앓기를 세 단계로 말한다. 자신의 본모습과 근본을 잃고 살기 → 그 아픔을 삶 속에 포용하고 삭이기 → 함께 아파하기, 대신 아파하기. 「병신과 머저리」의 동생은 자기 아픔의 환부를 모르지만 형의 아픔을 함께 아파하기에 이른다. 「구두 뒷굽」도 함께 아파하기에 대한 이야기다. 수필 「함께 아파하기」에 따르면 그런 이야기는 뜨거운 사랑의 이야기이기도 하다(284쪽 5행, 9행).

- 「병신과 머저리」: 비로소 몸 전체가 까지는 듯한 아픔이 전해왔다. 그것은 아마 형의 아픔이었을 것이다. 형은 그 아픔 속에서 이를 물고 살아왔다. 그는 그 아픔이 오는 곳을 알고 있는 것이다.

- 수필 「함께 아파하기」: 자기 아픔에 대한 호소나 원망은 그것을 이겨낼 직접적, 물리적 힘을 모을 수 있는 데 비하여, 남의 아픔을 함께하거나 대신하는 데에서는 그런 직접적인 힘에 앞서 사람들끼리 서로 위로하고 마음의 의지가 되어주는 뜨거운 사랑을 낳기 때문이다. 그리고 그 사랑이야말로 무엇보다도 귀하고 크고 미더운 힘의 원천이 될 수 있기 때문이다.

「필수 과외」

| **발표** | 1975년.

「따뜻한 강」

| **발표** | 『한국일보』 1975년 12월 25일.
| **최초의 단행본 수록** | 『남도 사람』, 예조각, 1978.

1. 실증적 정보

– **개제**(改題): 이 작품의 이름은 발표 당시 「따뜻한 겨울」이었다. 그 후 「따뜻한 강」으로 개제되어 창작집 『남도 사람』에 실렸다. 이청준은 표제에 '강'이 들어가는 작품을 세 개 남겼다. 「더러운 강」 「따뜻한 강」 「흐르지 않는 강」.

2. 텍스트의 변모

1) 『한국일보』(1975년 12월 25일)에서 『남도 사람』(예조각, 1978)으로

– 296쪽 18행: 그런 낙서는 아마 어느 날 밤 포성의 공포와 굶주림 속에서 전장의 밤을 지새우던 한 병사가 자신을 잃지 않기 위해 몸을 의지하고 있던 좁은 바람벽에다 그런 애절한 절규를 남기고 있었던 것인지도 알 수 없었다. 그리고 그는 그 소박하고 간절한 기구를 마지막으로 탄우 속을 달리다 장렬한 최후를 끝마치고 말았는지도 모를 일이었다. 혹은 그것은 밤이 아닌 어느 궂은비 젖어 내리는 오후의 목메인 유서였을 수도 있는 일이었다. → 〔삽입〕

– 297쪽 15행: 그런 저런 연유 때문이었는지, 혹은 애초부터 내겐 그런데 유독 관심이 자주 끌릴 만한 어떤 괴팍스런 성격의 일면이 숨어 있었던지

→ [삽입]

- 298쪽 16행: 찾아볼 수 있었다. → 자주 만날 수 있었다.

- 309쪽 7행: 모른다. → 알 수가 없는 일이다.

2) 『남도 사람』(예조각, 1978)에서 『예언자』(열림원, 2001)로

* 여인 → 여자

- 297쪽 10행: 자유 시민 → 자유민

- 299쪽 20행: 금년에 다시 세모기 다가와도 나의 그 세모 여행은 → 올해
  의 세모에도 그 여행은

- 300쪽 2행: 진짜 동기 → 숨은 동기

- 300쪽 23행: 인간 → 사람

- 302쪽 17행: 상념 → 상상

- 304쪽 3행: 여인이 서 있는 마루청 앞 처마 벽에 예의 낙서가 있었기 때
  문이었다. → [삭제]

- 306쪽 18행, 19행: 아가씨 → 그쪽

- 306쪽 20행: 아가씨 → 여자

3. 소재 및 주제

- **여자 궁사**: 「과녁」에도 활을 쏘는 흔치 않은 여자가 나온다.

「사랑의 목걸이」

| **발표** | 『한국일보』, 1976년 1월호.

| **최초의 단행본 수록** | 『남도 사람』, 예조각, 1978.

1. 실증적 정보

- **초고**: 작가의 육필 초고가 남아 있다.

2. 인물형

– **베스와 메리**: 이청준의 소설에는 「복사와 뚱개」 「그림자」처럼 개 두 마리가 중요 역할을 하는 경우가 있다. 이때 개들의 정체성이나 속성은 주로 베스, 메리, 복술이, 누렁이 같은 이름을 통해 드러난다. 베스와 메리는 「복사와 뚱개」 「그 가을의 내력」에도 나온다.

3. 소재 및 주제

– **사랑의 사슬**: 「사랑의 목걸이」에서 사랑은 사슬이 되어 대상을 묶고 노예처럼 속박하며 운명에 굴종하게 한다. 「빛과 사슬」도 사랑의 사슬에 대한 글이며, 이때 사슬의 뜻은 『흰옷』에 잘 나타나 있다.

「해공(蟹公)의 질주」

| **발표** | 『월간중앙』 1976년 4월호.
| **최초의 단행본 수록** | 『남도 사람』, 예조각, 1978.

---

1. 실증적 정보

1) 초고: 작가의 육필 초고가 남아 있다. 초고는 발표작과 몇 가지 다르다. 초고에는 특별한 제목 없이 그저 '1일' 표시가 하나 있을 뿐이다. '2일' '3일'이 이어지지는 않지만, 이청준은 처음에 이 글의 형식으로 글을 쓰기 힘든 날들을 하루하루 기록하는 일기를 생각했던 것 같다. 그 밖에 초고와 발표작이 다른 부분은 다음과 같다.

– 초고와 발표작이 다른 부분.

73. 8. 17. → 73. 8. 13./73. 6. 24.→ 76. 6. 14./75. 8. 9. → 75. 5. 17.

A군 → L군, L군 → G군, B군 → K군, K군 → C군

- 초고에 없고 발표작에 있는 부분

66. 2. 3./75. 2. 13.

살의로 곱게 꽃핀 겨울 사격장의 먼 타게트 선…

- 초고에 있고 발표작에 없는 부분(광고)

시각을 지킵시다. 선물(膳物). 6가지 모델 자가 포커스 Model No 450-601

자가 포키스 Model No 440-510

마리안느 Model 225-512 마리안느… 마리안느…

절약시대에 선택될 수 있는 가장 이상적인 아파트 여의도…38평형

2) 전기와 연관성: 『지성』은 이청준이 1971년 창간부터 참여한 잡지다.

3) 다른 작품과의 연관성: 「해공의 질주」에는 다른 작품들의 모티프가 많이 들어있다. 「황홀한 실종」(323쪽 12행), 「증인」(333쪽 22행), 『이제 우리들의 잔을』(347쪽 8행), 「무서운 토요일」(347쪽 17행), 「귀향연습」 (347쪽 18행).

4) 수필 「가난과 가난의 소설」: G군의 화려한 추억은 수필 「가난과 가난의 소설」에 그대로 담겨있다.

2. 텍스트의 변모

1) 『월간중앙』(1976년 4월호)에서 『남도 사람』(예조각, 1978)으로

- 328쪽 8행: 1갑반 → 1갑

- 330쪽 10행: 문학의 진실을 → 진실의 근거를

- 331쪽 20행: 73 → 76

- 333쪽 7행: 대열로 → 〔삭제〕

- 345쪽 5행: 이거나 → 미인이나

- 349쪽 17행: ×→ 13

- 349쪽 20행: 협회 → 문협

2) 『남도 사람』(예조각, 1978)에서 『가면의 꿈』(열림원, 2002)으로

- 331쪽 2행: 그 무렵 G군에겐 단지 두 가지 소망이 있었는데, 그 첫째는
  병든 아비가 빨리 돌아가셔서 밥비럭질이나마 짐이 좀 덜어졌으면 싶었던
  것, 그래서 비럭질해 온 것을 혼자서 좀 양껏 먹어 보고 싶었다는 것―그
  리고 두번째 소망은 비렁뱅이질이나마 남같이 좀 그럴 듯한 밥쪽박을 하
  나 가지고 싶었다는 것이었다. G군은 그때 요즘으로 치면 무슨 빈 분유통
  같은 것에다 철사끈을 양쪽에 매어 들고 다녔는데 간절한 소망이 그저 다
  른 거지 아이들처럼 미제 군용 반합을 하나 구해 가지고, 보란 듯이 그걸
  들고 거리를 활보해 봤으면 싶었다는 것이었다. → [삭제]

3. 인물형

- 나: '나'는 「줄광대」 이후 이청준 소설에 꾸준히 나오는 소설을 쓰지
못하는 소설가, 소설가 지망생과 유사하다.

4. 소재 및 주제

1) 가난: 가난을 겪어보지 못했으면서 가난을 깊이 이해하는 것처럼 말
하고 행동하는 사람들이 있다. 「현장사정」의 유행가가 그렇듯 가난을 구
체적 삶으로 체험한 사람들은 가난을 함부로 이야기할 수도 팔 수도 없다
(330쪽 8행).

- 「현장사정」: 사내를 비키고 나니 나는 더욱 기분이 처연해졌다. 얼치기
  도회지 녀석들에게 나는 내 가난까지 빼앗기고 만 느낌이었다.

- 수필 「가난과 가난의 소설」: 그렇다면 그들은 도대체 언제쯤 그 자신들의
  진짜 가난의 이야기를 쓰게 될 것인가. 그들이 생각하듯 그 가난의 장사
  치들만이 언제까지나 그 가짜 가난만을 팔게 해둘 것인가./그 역시 아마
  도 그렇게 되지는 않을 것이다. 그들이 그 가난의 기억을 소중히 아끼고
  무서워해온 만큼 그들도 언젠가는 그 자신들의 가난을 쓰게 될 때가 오기

를 기다리고 있음에 틀림없을 터이다. 하지만 그게 도대체 언제가 될 것인가.

2) 광고란: 『조율사』에서 소설가인 '나' 역시 광고란에 '흥미가 깊은 편'이다. 그가 심심풀이로 광고란에 주의하는 것은 아니다. 광고란에는 꾸미지 않은 세상의 진짜 얼굴, 해학과 비애가 들어있다(359쪽 18행).

　－『조율사』: 거기 비하면 차라리 하단의 광고란이 더 마음이 편했다. 거기에는 어떤 것이든 변조되지 않은 세상 사람들의 모습과 진짜 얼굴이 있었다. 그들이 호흡하고 있는 도시의 분위기가 담겨 있었다. 만화 같은 해학과 비애가 있었다…

3) 사실과 허구의 경계: 소설가가 소설쓰기의 어려움을 토로하는 옴니버스 형식의「해공의 질주」는 사실과 허구의 경계에 있는 독특한 글이다. 이청준은 이런 유형의 글을 몇 편 남겼다.「가위 밑 그림의 음화와 양화」「여름의 추상」「어린 날의 추억독법」등.

4) 문협 이사장 선거 출마:「해공의 질주」의 '나'처럼 글 같은 글을 쓸 수 없는 작가는 무능하다. 그런 '나'가 문협 이사장 선거에나 출마해야겠다고 한다. 문협 이사장 선거 출마는 무능한 작가의 유일한 희망인가(360쪽 20행).

　－수필「무제-행간낙종」: 가장 편하고 안심할 수 있는 문협(文協) 이사장 출마의 변은 자기 무능을 맹세하는 것.